2025
신예작가

추천위원

이상문 이승하 채문수

2025
신예작가

사단법인 한국소설가협회

차 례

발간사 ㅣ 이상문(한국소설가협회 이사장)

기명진 ㅣ 살미 · 10

김만성 ㅣ 골드 · 36

김영은 ㅣ 지금은 아닌 · 56

박　숲 ㅣ 날아가거나 머무르거나 · 74

유호민 ㅣ 붉은 베리야 · 96

윤호준 ㅣ 전복 캐는 소녀 · 118

이지혜 ㅣ 북바인딩 수업 · 138

임택수 ㅣ 오랜 날 오랜 밤 · 160

구　연 ㅣ ㄷ · 180

미　진 ㅣ 감기 · 200

이도하 ㅣ 블루노트 · 222

이용기 ㅣ 사라지지 않는 것들 · 244

김영자 ㅣ 청포도 · 264

김종혁 ㅣ 별미집 오순례 · 284

박태호 ㅣ HELP · 306

신희동 ㅣ 효도는 얼마예요? · 326

◆ ◆발간사

한국소설 세계를 쏘다

독일계 스위스인으로 소설가, 시인, 화가였던 '헤르만 카를 헤세'의 장편소
설『싯다르타』중에 이런 구절이 있다.

'자신의 마음 깊은 곳에 아무도 발을 들여놓을 수 없는 고요한 산장 같은
장소를 준비해 둬라. 곤란한 일이 생겼을 때, 어떤 결단을 내려야 할 때, 자
신의 길을 확인해야 할 때, 그곳으로 돌아가 참된 자신의 마음과 천천히 대
화를 나눠라. 그곳은 너만의 신비로운 피난처이며, 네가 다시 새롭게 태어날
소중한 장소다.'

작품 속 인물인 '싯다르타'가 모든 가족과 지인을 떠나 스스로 깨달음을 찾
는 인생의 여정이 그대로 드러나 있는 위 구절은 우리들의 여정, 즉 소설가
로서의 여정 속에 담긴 의미와 다르지 않다. 우리는 곤란한 일이 생겼을 때,
어떤 결단을 내려야 할 때, 자신의 길을 확인해야 할 때, 아무도 발을 들여
놓을 수 없는 고요한 공간과 시간 속으로 들어가 자신의 마음과 천천히 대화
를 나누며 살아간다. 그 과정은 우리의 신비로운 피난처가 되며, 그 결과는
'작품'으로 새롭게 태어난다. 줄여 말하자면, 소설가는 내면의 인간적 고뇌와
외면의 현실적 상황을 고요한 공간과 시간 속에 녹여내 신비로운 작품으로
만들어 내는 예술가다.

한국소설가협회는 고요한 공간과 시간 속으로 기꺼이 들어가기로 결심한
신세대 소설가를 위하여 문화체육관광부의 후원을 받아 매년 '신예작가 포
럼'을 개최하고 '신예작가 작품집'을 발행한다. 국내 일간지 신춘문예와 문예
지 신인상으로 등단한 5년 차 전후 신예작가들이 작품을 통해 독자들과 직
접 만날 기회를 마련해 주면서 동시에 선배 작가들과 소통할 수 있는 자리도

만들어 주는 것이다. 또한 신예작가들의 창작 의욕을 고취 시키고 작가로서의 정체성을 확립하는 데 도움을 주고자 한다.

'2024 신예작가 포럼'은 AI 시대의 흐름에 발맞추어 '인공지능 시대 소설이 나아갈 방향은?'이라는 주제로 개최되었다. AI 시대를 살아가는 소설가와 소설의 독창성, 창작성 그리고 방향에 관한 발제와 토론을 통하여 새로운 시대와 마주하고 있는 신세대 소설가가 가야 할 길을 미리 들여다보았다.

그리고 그들이 마주하게 된 또 다른 새로운 시대가 있다.

2024년 10월, 스웨덴 한림원이 한국의 소설가 '한강'을 2024년 노벨문학상 수상자로 확정 발표한 것이다. 2016년 『채식주의자』로 맨부커상 인터내셔널 부문 수상에 이어 한국 문학계에 큰 경사가 일어나 현재 국내 도서 전체 판매량 증가는 물론이고 독립서점과 대형서점의 상생 분위기가 조성되고 있다. 이는 단순히 문학 출판계의 경기 회복을 기대하는 데 그치지 아니하고 실험성과 독창성을 지닌 다양한 소설가들이 성장할 수 있는 환경을 만드는 원동력이 될 것이라고 조심스럽게 예상하여 본다.

소설가 한강은 1999년에 제25회 한국소설문학상을 수상한 바 있어서 한국소설가협회는 그 영광을 함께하며 한국 문학계의 새로운 시대를 맞이하는 주체로서 막중한 책임감을 가지고 있다.

『2025 신예작가』에는 16명의 실험성과 독창성이 녹아 있다. 고요한 공간과 시간 속으로 기꺼이 들어가고자 하는 결심을 넘어 이미 이곳으로 들어와 있는 신예작가들에게 축하와 감사의 마음을 전한다.

2024년 11월
사단법인 한국소설가협회
이사장 이상문

기명진 | 살미

2024년 문화일보 신춘문예와 2021년 진주가을문예에서
단편소설로 당선하였다.
서울에서 태어나 부산에서 어린 시절을 지냈다.
지금은 경기도에 살고 있다.

살미

기명진

시고모가 쓰러지고 사 년이 지났다. 그사이 윤정은 시고모가 살던 강원도 살미의 집과 땅을 우리 집, 우리 땅, 하고 부르기 시작했다. 남편인 재균 앞에서는 그렇게 부르지 않았다. 재균은 자신도 오랫동안 살았던 그 집을 그 집, 그 땅으로만 불렀다.

병원 자리를 알아보고 온 날, 윤정은 재균 앞에서 시고모의 집을 가리켜 처음으로 우리 집, 우리 땅, 하고 말했다. 재균이 뭐? 하고 되물었다.

– 아니, 거기 고모님 사시던 집이랑 땅 말이야.

– 거기가 왜 우리 집, 우리 땅이야?

– 어차피 우리가 물려받을 거잖아.

재균은 아무 답도 하지 않았다. 곰곰 생각에 잠긴 얼굴로 가만 앉아 있기만 했다. 윤정은 재균을 때렸다는 아저씨를 떠올렸다. 고모는 어느 해인가부터 어떤 아저씨와 함께 살았는데 그가 재균을 죽도록 때린 적이 있다고 했다. 같은 동네에 살던 애가 하나 죽었다. 재균이 그 애를 죽인 것도 아닌데 아저씨는 재균의 팔과 다리를 부러뜨렸다. 살미에 대한 그의 마음이 과연 어떠할지 윤정은 헤아려보고 싶었다. 강원도 살미에 있는 시고모 소유의 집과 땅을 살미집이라고만 부르기로 마음먹었다.

윤정은 재균에게 말하지 않고 동물병원 자리를 보러 갔다. 대단지 아파트 앞 상가에 매물이 나왔고 소개해 준 영미는 거기가 딱 언니네 자리라고 말했다. 영미는 윤정이 오래전에 알고 지낸 사람의 동생이었다. 몇 년 전 우연히 다시 만난 이후로 가끔 연락해서 함께 차를 마셨다.
– 여기에 동물병원만 없어. 소아과랑 내과랑 치과도 다 있는데 말이야. 정형외과는 우리 건물에 다음 달 오픈이고.
영미는 근처에서 부동산을 하고 있었다.
– 딱 언니랑 형부 생각이 나더라고. 형부도 이제 개원할 때 되지 않았어?
둘이 앉은 커피숍 통창 너머로 한 여자가 개를 안고 지나갔다. 그 여자의 뒤로 또 다른 여자가 개를 산책시키고 있었다.
– 이미 오래전에 지났지.
재균은 마흔이 넘었지만 개원할 생각을 도통 하지 않았다.
– 형부는 언제까지 떠돌아다니면서 소랑 돼지한테 주사 놓고 다닐 거래?
이제 좀 편하게 살아도 되지 않냐고 영미가 덧붙였고 윤정은 그 말이 맞다고 몇 번이나 맞장구를 쳤다.
제약회사에 다니는 재균은 강원도 지역 가축 담당으로 자주 출장을 다녔다. 주변 사람들이 개원 얘기를 꺼내면, 아직은 아니라며 재균은 어깨를 움츠렸다. 가축들에게 주사를 놓는 일 외에는 별로 할 일도 없어서 회사가 마냥 편하기만 하다고 말하기도 했다. 묻지도 않았는데 확인하듯 먼저 그렇게 말하는 이유를 윤정은 알 수 없었고 알고 싶지도 않았다. 괜찮은 병원 자리가 있다고, 다른 사람들이 눈독 들이는 자리라고, 고모님

사시던 집이랑 땅을 팔아서 그 자리를 사자는 말을 그날은 결국 하지 못했다.

다음 날이 재균의 강원도 출장일이었다. 윤정이 함께 가겠다고 하자 재균은 의아한 표정을 지었다. 윤정은 병원 자리가, 하고 말을 꺼내는 대신 고모님을 안 뵌 지 너무 오래되어서, 하고 말했다.

— 남들이 다 욕해. 시고모님 한번 안 찾아가 보는 나쁜 조카며느리라고.

재균은 윤정의 얼굴을 빤히 쳐다보다가 힘들지 않겠냐고 물었다.

강원도에 출장 갈 때마다 일정을 다 끝내면 재균은 항상 고모가 있는 요양병원에 들른다고 했다. 안부를 살피고 나면 살미집에 들렀다.

시고모가 쓰러지고 사 년 동안 윤정은 딱 한 번 요양병원에 가보았다. 윤정은 안 가고 싶은 마음은 없었다. 오히려 자주 가봐야지 했다. 하지만 재균이 굳이 그럴 필요는 없다고 잘라 말했다. 그때 윤정은, 왜? 하고 물어보았고 재균은 어깨만 으쓱하고 말았는데 윤정은 그가 자신을 배려해서 그렇게 말하나보다 하고 생각했다.

해가 지날수록 윤정은 시고모를 잊었다. 보러 가야겠다고 마음먹는 일도 없어졌다. 시고모가 태어난 삼월 언저리나 명절이 되면 문득 떠올리기도 했다. 살미는 시고모와는 달리 자주 떠올렸다. 시고모가 쓰러지는 순간까지 쓸고 닦았다는 살미의 집과 푸른 잔디와 근처에 있는 시고모 소유의 땅과 산을 생각했다. 그럴 때마다 윤정은 개원에는 아무 생각 없어 보이는 무뚝뚝한 재균도 그리 지겨운 사람은 아니라고 다짐하듯 마음을 고쳐먹고는 했다.

홀로 재균을 다 키워냈다는 시고모는 윤정에게 임신 채근도 하지 않았다. 여느 집안들과는 다르게 아이 보는 일에 무심하기까지 했다. 윤정은 고마웠다. 스무 살 무렵에 앓았던 병이 아직도 불안했고 아이를 낳아도 되는지 자신이 없었다. 가끔은 섭섭했다. 혹시 내가 미덥지 않은 거냐고 물어보고 싶을 때도 있었다. 시고모가 쓰러졌다가 기억을 잃은 채로 정신을 차리는 동안 윤정은 섭섭하거나 괜히 미안하던 마음은 잊었다. 재균은 그 전에도 이후로도 아이 얘기는 꺼내지 않았다.

윤정이 짐을 싸는 동안 영미에게서 문자가 왔다.

다른 데서 그 자리 보러 올 거래 좀 이따가.

윤정은 휴대전화를 꼭 쥔 채로 뒤를 돌아보았다. 재균이 오래된 점퍼의 지퍼를 끼우려고 애를 쓰고 있었다.

윤정이 살미에 가는 건 세 번째였다. 전부 결혼 후에 갔다. 상견례를 한 후에도 재균은 윤정을 살미로 데려가지 않았다. 결혼하고 맞이한 첫 추석에야 살미집을 볼 수 있었다. 살미라는 지명은 재균에게서 처음 들었다. 윤정은 그곳이 강원도 산골 한구석의 인적 드문 마을일 거라 생각했다. 희뿌옇게 먼지가 피어오르는 흙길을 상상했다. 영화나 드라마에서 보았던 풍경을 자연스레 겹쳐 보았다. 그런데, 가는 동안 신혼부부의 새 차는 한 번도 흙바람을 맞지 않았다. 마을 초입의 길은 매끄럽게 잘 닦여 있었다. 번듯한 집들이 길을 따라 늘어서 있었다.

살미의 시고모는 서울에서와는 달랐다. 결혼식장에서는 안색과 맞지 않는 푸른색 한복을 입고 인형처럼 뻣뻣하게 앉아있기만 했는데 살미집 담 안에서는 자연스러웠다. 편안하게 걷고, 앉고, 말했다.

대문 위에는 청포도가 달려있었다. 윤이 나게 닦여 반들반들했다. 가짜였지만 먹음직스럽게 빛났다. 포도알을 통과한 빛이 그 아래를 지나는 시고모의 이마 위에 푸르게 어른거렸다. 청포도를 매단 이유는 문틀이 낮아서라고, 드나드는 사람이 머리를 부딪힐까 봐 달아놓은 거라고 시고모가 말했다. 키가 작은 윤정은 청포도에 머리가 닿지 않았다. 키가 큰 재균은 푸르게 반짝이는 청포도를 피해 고개를 숙이며 들어왔다. 윤정은 그를 보며 웃었다. 포도가 소중한 뭐라도 되는 양 고개를 숙이며 피하는 무뚝뚝한 남편을 보며 웃었다.

낮은 대문 안을 들어선 윤정은 놀랐다. 잔디밭이 넓었다. 마당이 아니라 정원이었다. 서울 북쪽에서나 볼 수 있는 담 높은 주택의 정원처럼 잔디가 깔려있었고 크기가 비슷비슷한 다양한 돌들이 화단을 가지런하게 빙 두르고 있었다.

재균은 곧장 정원을 가로질렀다. 가림막을 둘러 햇빛을 막고 의자와 테이블, 평상까지 놓은 자리로 갔다. 가림막을 걸친 골조가 든든하고 튼튼해 보였다. 여자 혼자 사는 집 같지 않았다. 재균이 오래된 등나무 의자 위에 앉았다. 시고모는 윤정을 데리고 집을 한 바퀴 돈 다음 마당에 쪼그리고 앉았다. 손바닥으로 잔디를 싹싹 쓸었다. 윤정도 따라 앉았다.

– 이상하지?

시고모가 물었다. 윤정은 영문을 몰라 되물었다.

– 잔디 말이야. 시골집에 잔디를 깐다고 욕을 엄청 먹었어.

시골집 마당에 잔디를 까는 정신 나간 집은 우리 집밖에 없을 거라고 시고모가 말했다.

– 그런데 윤정아, 그래도 나는 깔고 싶더라. 몇십 년을 벼르다가 재균이 장가보내고서야 깔았네.

시고모가 윤정을 향해 이름으로 부른 건 그때가 처음이었다. 윤정은 친정집에 온 것처럼 편안해졌다. 잘 깎아놓은 잔디가 새 이불 같았다. 누워보고 싶었다. 윤정을 반기려 잔디를 심은 게 아닌데도 윤정은 새 이불 건네받는 새 신부 기분으로 왠지 들떴다. 바닥에 쪼그리고 앉아 이부자리 펼치듯 손바닥으로 잔디를 쓸어보았다. 잔디밭 저편으로 튼튼하게 매달린 가림막 아래 눈을 감고 앉아 있는 재균이 보였다. 윤정은 나중에 이 집을 갖게 되면 저 자리에 창이 달린 별채를 짓는 것도 괜찮겠다고 생각했다. 시고모도 재균이 앉은 쪽을 쳐다보았다. 가늘게 뜬 눈이 마치 못마땅해 찌푸린 것처럼 보였다.

시고모가 쓰러지기 전까지 두 번째 방문은 하지 못했다. 첫 추석이 시고모와 마주 앉아 밥을 먹은 마지막이었다. 그 추석에 시고모는 재균과 윤정에게 이제는 오지 말라고 했다. 굳이 올 필요 없다. 서로 편하게 살자. 야박한 말투는 아니었다. 부러 하는 듯한 과장된 기미도 없었다. 재균의 말투가 시고모를 닮았는지 윤정에게는 익숙한 말투이기도 했다. 에이 왜 그러세요, 하는 말도 없이 재균은 천천히 고개를 끄덕였다. 윤정만 당황스러웠다. 매년 와도 되는데. 아니 더 자주 와도 될 것 같은데. 하지만 윤정은 시고모의 말과 대답 없는 재균 사이에 끼어들 수 없었다.

갈비찜과 해물찜을 올린 상을 마주하고 있을 때 들은 말이었다. 오지 말라는 말끝에 시고모는 차례는 따로 지내지 않는다고 덧붙였다. 밥 먹기 전에 간단하게 각자 기도나 하자고 했다. 주먹 쥔 두 손을 다리 위에 올리고 묵념하듯 눈을 감은 고모와 조카가 서로 닮았다는 걸 윤정은 그때 처음으로 깨달았다. 모자처럼 닮아 보였다. 둘이 각자 기도하는 대상이 윤정에게는 본 적 없는 시부모, 시고모에게는 하나밖에 없는 오빠 부부이고 재균에게는 기억도 어렴풋한 일찍 죽은 부모일 테지만 윤정은 이상하게 그 대상이 불운하게 사망한 부부가 아니라 다른 사람일 것만 같다는 생각이 들었다. 윤정은 그때서야 눈을 꾹 감았고 벌써 눈을 뜬 고모와 조카가 수저 드는 소리를 들었다. 윤정도 서둘러 눈을 떴다. 그리고 생경한 장면을 보았다. 시고모는 갈비찜 그릇에 제일 먼저 젓가락을 가져가더니 제일 두툼한 갈비를 하나 들어 망설임 없이 자기 그릇 위에 놓았다. 참참

소리 내며 살점을 뜯어먹었다. 고기나 생선의 커다란 살점을 아버지나 사위의 그릇 위에 먼저 놓아주며 식사를 시작하는 친정엄마와 달랐다.

운전하는 재균의 옆자리에 앉아 윤정은 영미의 문자를 다시 한번 들여다보았다. 다른 사람들이 그 자리를 보러 온다. 윤정은 비어있는 상가 안이 눈앞에 자꾸 어른거렸다. 지난밤에는 침대에 누워서도 그 자리를 계속 떠올렸고 결국 제대로 잠을 이루지 못했다. 커피숍 통창 바깥으로 보이던 산책하는 개들이 생각났다. 개들은 하나같이 미용이 잘 되어 있었고, 어느 개 하나는 천진한 눈으로 멈춰서서는 통창 안을 들여다보기도 했다. 개가 나를 쳐다보는 것 같았어. 영미에게도, 재균에게도 이 말은 할 수 없었다. 언니, 일단 가계약금이라도 조금 걸어봐. 영미가 이렇게 말했을 때 윤정은 내가 돈이 어딨니, 하고 말꼬리를 흐렸다. 돈이 없는 건 아니었다. 재균에게 말하지 않은 돈이 있었다.
　- 여보.
　재균이 왜? 하고 물었다. 개원에 대해 말하고 싶었지만 살미집에 대해 물었다.
　- 살미집, 괜찮아?
　- 뭐가?
　- 사람이 안 산 지 오래됐잖아. 그럼 비도 새고, 문짝도 떨어지고 막 그러지 않아? 잔디도 다 죽었겠다.
　재균은 눈썹을 올리는 것으로 대답을 대신했다.
　- 고모님은 어떠셔?
　- 똑같지 뭐.
　재균은 더 이상 말을 잇지 않았다. 윤정은 하릴없이 손안에 쥔 휴대전화만 바로 놓고 뒤집기를 반복했다. 얼마 전에 친정엄마가 물었던 말을 떠올렸다. 근데 장 서방 고모는 왜 결혼을 하지 않았다니?

언젠가 윤정이 물어본 적이 있었다. 처음에 재균은 고모에게도 사람이 있었는데 잘 안됐다고만 대답했다. 재균이 먼저 고모에게 있었다는 남자 얘기를 꺼낸 적도 있었다. 나만 아니었으면 고모도 그 아저씨랑 결혼할 수 있었을 텐데. 밑도 끝도 없이 나왔던 말이라 윤정은 궁금했던 사연을 더는 묻지 못하고 말았다. 재균의 양육이 고모의 결혼에 걸림돌이 되었으려니 하고 짐작만 했다. 그런데 그 말을 들었던 그다음 해인가 그 다다음 해인가 재균이 또다시 아저씨 얘기를 꺼냈다. 강원도 일대 가축들 사이에 병이 심각하게 돌던 때였다. 출장을 다녀온 재균은 무척 피곤해했고 소와 돼지를 얘기하던 중에 맥락 없이 아저씨 얘기를 시작했다. 죽어가는 가축들 얘기를 하다가, 죽은 애에 대해서 말을 꺼냈고 아저씨가 재균의 팔다리를 부러뜨린 날에 대해 얘기했다.

윤정은 숨을 들이마시며 겨우 물었다.

– 자주 때렸어?

재균은 고개를 저었다. 씁쓸한 미소까지 짓고 있어서 윤정은 더 놀랐다.

– 딱 한 번 때린 게 다야. 그 한 번이 너무 심해서 문제였지.

아저씨는 살미집 마당 한복판에서 재균을 때렸고 고등학생이었던 그는 뼈가 부러졌다.

– 그래서, 자기는 맞고만 있었어? 아니, 고모님은 보고만 있었어?

– 내가 잘못을 했잖아.

윤정은 기가 막혔다. 재균은 망만 보았다고 말했다. 친구들이 그 애를 괴롭히는 동안 창고 밖에서 어른들이 오는지 보기만 했다.

– 대체 뭘 잘못 했다는 거야? 걔네들이 시킨 거잖아? 당신은 시킨 대로만 했던 거잖아?

재균은 천천히 고개를 저었다. 무엇을 부정하는 건지 윤정은 알 수 없었다. 두고두고 그런 재균을 이해할 수 있을 것 같지 않았다. 재균에게 그 일에 대해 더는 묻지 않았다. 도무지 알 수 없는 사람 속은 괜히 건드려 터뜨릴 필요가 없다고 친정엄마가 누누이 말했다.

하지만 네 시간 넘게 차를 타고 가야 했다. 윤정은 팔 년을 함께 살았지만 여전히 익숙해지지 않는 재균의 침묵을 참기 힘들었다. 그래서 묻고 말았다. 여느 때 같으면 묻지 않았을 그의 지난 시간이었다.

— 고모님 사귀시던 그 아저씨 있잖아, 아직 살아있대?

재균은 윤정을 돌아보았다. 다시 앞을 보며 입술을 달싹였다. 그러다가 말았다. 윤정이 길게 숨을 내쉬면서 다시 휴대전화를 들여다보려는데 재균이 뜻밖에 말문을 열었다.

— 아저씨가 손재주가 좋았거든.

그가 살아있다는 답은 하지 않았다.

— 그 집 마당에 화단이 크잖아.

윤정은 풍성한 화초 사이에 돌하르방이며 앙증한 조각까지 놓여져 있던 화단을 떠올렸다.

— 그 화단을 두른 돌들 말이야, 그거 아저씨가 다 모양을 쪼개고 맞춘 거야. 제각각이던 돌들을 전부 일정한 크기로 반듯하게 말이야.

— 손으로?

윤정은 자신이 멍청한 질문을 했다고 생각하는데 재균은 진지하게 답을 했다.

— 장비를 썼지. 아저씨가 장비 손질도 잘했어. 학교 갔다가 돌아오면 장비들이 반질반질하게 윤을 내며 마당 한편에 늘어서 있었어. 매일같이 화단 둘레로 가지런하게 돌이 늘어났고.

이윽고 돌들은 커다란 화단을 전부 감쌌고 아저씨는 마당 한편에 쇠파이프 몇 개를 기다랗게 세우더니 테라스 같은 공간을 만들기 시작했다. 낡아서 처박아 두었던 등나무 의자 세트도 가져다 놓고 평상도 직접 만들어 놓았다. 가림막 아래로 그늘이 시원했다. 가끔 거기서 동네 애들과 함께 카세트로 음악을 듣기도 했다고 재균이 말했다. 그런데 그의 목소리에는 그리움 같은 게 하나도 없고 윤정이 기대했던 비참함 같은 것도 없었다.

— 그 아저씨, 어떤 사람이었어?

한참 말이 길었던 재균이 다시 입을 닫았다. 고개를 옆으로 살짝 기울인 채로 운전만 했다. 아저씨가 어떤 사람이었는지는 뻔했다. 재균을 팔다리가 부러질 때까지 때린 사람이었다. 휴게소에서 밥을 사 먹는 동안에도 둘은 아무 말도 나누지 않았다. 요양병원에 도착할 때까지 한마디도 하지 않았다.

시고모는 앙상했다.

윤정은 재균에게 귓속말로 물었다.

— 굶기는 거 아니야?

재균이 무심하게 답했다.

— 먹으면 자꾸 탈이 나니까 못 드시게 한 대.

그럼 진짜 굶기는 거냐고 윤정이 물었다. 재균은 작아진 고모를 내려다보며 답했다.

— 굶기지는 않지. 조금씩 먹여.

시고모는 말을 하지도, 사람을 알아보지도 못했지만 식사와 배변은 할 수 있었다. 고모님 저희 왔어요, 하고 인사하는 윤정을 시고모는 벽이라도 보듯 무심하게 쳐다봤고 곧 다른 쪽으로 고개를 돌렸다. 재균도, 윤정도 시고모에게 더 이상 아무 말도 건네지 않고 옆에 가만 앉아 있기만 했다. 십 분쯤 지나자 재균이 일어서며 가자고 했다. 윤정은, 벌써? 하고 물었다. 재균은, 더 있어서 뭐하냐고 했다. 윤정은 머뭇거리다 곧 따라 일어섰다. 나가기 전에 시고모의 손을 잡았다.

　－고모님, 또 올게요.

　재균은 벌써 문밖으로 나가고 없었다. 윤정은 그때서야 시고모의 얼굴을 가까이에서 들여다보았다.

　－고모님, 정말 저희를 못 알아보시겠어요?

　시고모의 색바랜 눈이 윤정을 마주 보았다. 인사하는 윤정을 향해 시고모가 하품을 했다.

　살미집 가까이에 이르자 윤정은 가슴이 뛰었다. 재균 모르게 우리 집, 우리 땅, 하고 부르던 그 집을 몇 년 만에야 다시 찾았다. 반가운 기운이라도 묻어날까 봐 윤정은 말을 아꼈다. 살미로 가는 길이 햇살을 받고 자글자글 빛났다.

　재균은 윤정에게 시청 쪽에 숙소를 정하자고 했지만 윤정은 일단 살미집에 가보자고 했다. 가서 보고 잘 수 있으면 거기서 하룻밤을 지내자고 말했다. 말하면서도 내키지는 않았다. 4년 동안 비어있던 집의 몰골이 눈앞에 그려졌다. 영 상태가 좋지 못하면 그때 숙소를 정해도 늦지 않을 것 같았다. 새로 생긴 호텔에 가보자고, 재균이 어울리지 않게 살갑게 말하는데도 윤정은, 일단 살미집에 가서 보자고 우겼다.

　재균이 잠긴 대문을 여는 동안 윤정은 여전히 걸려있는 청포도를 반갑게 쳐다보았다. 비에 씻겼는지 반들반들했다. 문이 열리자 마당과 집이 보였다.

　윤정은 탄성을 내었다. 잔디가 푸르렀다. 누렇게 변한 부분 하나 없이 넓은 잔디가 온통 초록이었다. 재균이 앞서 걸으며 집 바깥을 살폈고, 그 뒤를 따라 걸으며 윤정은 감탄했다. 가림막 쳐 놓은 곳도, 가지런히 돌이 늘어선 화단도, 두꺼운 시멘트 뚜껑으로 막아놓은 우물도 어제까지 사람이 살았던 것처럼 정갈하고 단정했다. 윤정은 재균이 이토록 부지런한 사람이었나 싶었다. 출장 올 때마다 들러서 이렇게 깨끗하게 다듬어 놓았나. 그러고 보면 집에서도 곧잘 집안일을 했다. 빨래를 개키고, 베란다를 청소하는 일은 재균이 윤정보다 깔끔하게 해냈다. 윤정은 예전에 그려보았던 창문 달린 별채를 떠올렸다. 부지런한 시고모가 평생을 쓸고 닦던 집이라 오래 비어있어도 여전히 윤이 난다고, 윤정은 집이 잘 팔리겠다고 생각했다. 별채 안에서 단란한 시간을 보낼 어느 가족을 떠올렸다. 훈기로 흐려질 창을 그렸다. 재균이 열쇠를 달그락거리며 잠긴 현관을 열었다. 소리 없이 매끄럽게 문이 열렸다.

왼쪽으로 길게 난 부엌이 보이고 냉장고 돌아가는 소리가 웅웅 들렸다. 욕실 불을 켜자 환한 빛이 곰팡이 하나 없는 깨끗한 타일을 비췄다. 안방에는 온돌을 데우면서 눌은 자국이 아랫목에 조금 보일 뿐, 굴러다니는 물건 하나 없이 정갈했다. 재균이 어린 시절부터 썼다는 사랑방에는 한쪽에 물건들이 쌓여있었지만 조금도 흐트러져 있지 않았다. 책상 위에 놓인 책을 펼쳐 보았다. 약초도감이었다. 삭은 페이지 하나 없이 깨끗했다.

변기 물을 내리는 소리가 들렸다. 찬장을 열어보는 소리가 들렸다. 윤정은 책상 앞으로 난 격자무늬 창을 통해 화단을 보았다. 크기가 비슷한 돌들이 반듯하게 서서 화단을 감싸고 있었다. 저걸 전부 혼자 힘으로 했다는 거지. 윤정은 새삼 놀라운 심정으로 내다보았다. 마당으로 통하는 유리창 끼운 미닫이문을 열어보았다. 재균이 대문을 향해 가고 있었다.

그가 다녀올게, 하고 말했다. 윤정은 미닫이문을 통해 뛰어나가 대문 앞에 선 재균의 팔을 잡았다.

– 여보, 우리 이 집 팔자.

재균이 고개를 숙였다.

– 정말 좋은 자리를 찾았어. 개원하기에 딱 좋은 자리야. 영미가 하는 부동산 근처에, 거기가 합치면 사만 세대 넘는 동네거든, 상가에 빈자리가 하나 났는데, 아직 주변에 다른 동물병원도 없고, 내가 영미랑 있으면서 잠깐 동안 지나가는 개를 세어봤는데.

그때서야 재균이 입을 열었다.

– 윤정아.

윤정은 계속 말을 이었다.

– 그 잠깐 사이에 개가 몇 마리나 지나갔는지 알아? 여덟 마리나 지나갔어. 아직 낮이었는데도, 대낮에 산책하는 개들이 여덟 마리나 되더라고.

윤정은 영미와 헤어지고 나서 내내 생각했던 말들을, 일을 하러 나가봐야 한다는 재균 앞에서 다 쏟아냈다. 쏟아내다 보니 개가 여덟 마리나 지나갔다는, 차마 할 생각은 없던 말까지 하고 말았다. 재균이 다시 윤정아, 하고 불렀다.

– 그 슬리퍼.

재균은 윤정이 신은 슬리퍼를 보고 있었다.

– 그 슬리퍼, 어디 있었어?

재균의 시선을 따라 윤정도 슬리퍼를 내려다보았다. 연보라색 슬리퍼였다. 낡았지만 깨끗했고, 사이즈가 컸다. 윤정은 재균의 두 팔을 다 잡았다. 집을 팔아서 그 자리를 사자고 다시 말하려는데, 재균이 먼저 말했다.

– 윤정아, 내가 어떻게 이 집을 팔아.

재균이 나가고 잠시 후에 문자가 왔다.

문이랑 창문 꼭 잠그고 누가 찾아와도 문 열어주지 마.

그 사이에 개가 여덟 마리나 지나갔어. 그 말은 하지 말았어야 했다며 윤정이 고개를 흔들 때 대문 위에 매달아 놓은 청포도도 흔들, 움직였다.

재균이 나가자 윤정은 잠이 쏟아졌다. 갑자기 밀려드는 피로와 허기로 손까지 덜덜 떨렸다. 연보라색 슬리퍼를 있던 자리에 벗어놓고 사랑방으로 올라와 미닫이문을 잠갔다. 집안을 돌아다니며 창과 문을 전부 잠갔다. 냉장고 문은 열어보려다 말았다. 안에는 아무것도 없거나 많은 것이 가득 차서 상해있을 터였다. 냉장고가 웅웅 소리를 냈지만 전원이 어딘지는 보이지 않았다. 윤정은 가방에 챙겨 온 음료수와 과자 몇 개를 꺼내 먹었다. 안방으로 들어가 커다란 장롱을 열어보았다. 옷들이 빼곡히 걸려있었다. 다른 칸을 열어 이불을 찾았다. 가지런히 개켜진 솜이불 아래에서 주황빛 담요를 끄집어냈다.

묵은 먼지가 담요를 덮고 눕는 윤정의 위로 천천히 내려앉았다.

– 윤정아, 일어나봐.
목소리가 들렸다. 그는 윤정 옆에 앉아 있었다. 윤정은 눈을 떴다. 방은 어두웠고 창밖에서 푸르스름한 빛이 들어오고 있었다. 푸른 빛을 등지고 앉은 얼굴이 잘 보이지 않았다. 윤정은 다시 눈을 감고, 언제 왔어? 하고 물었다. 대답이 들려왔다. 지금, 막.
윤정은 이마에 손을 짚었다. 따뜻한 방바닥이 등을 끌어당겼다. 윤정이 손을 내밀자 그가 손을 잡았다. 그는 윤정을 부축해서 일어나 앉게 했다.
– 또 병이 돌기 시작했어.
잠에서 덜 깬 윤정은 재균이 하는 말이 무슨 말인지 바로 알아듣지 못했다.
– 이번엔 정말 심각해.

– 뭐라고?

– 가축들. 소와 돼지 말이야.

잠이 쉬 가시지 않았다. 재균이 전하는 병과 죽음이, 삶이 머릿속에서 뒤엉켰다. 윤정이 집 아닌 곳에서 이렇게 까무러치듯 잠이 든 건 처음이었다.

– 방이 따뜻해서 그런가 간만에 정말 푹 잤어. 언제 보일러를 올린 거야?

재균은 대답하지 않았다. 윤정은 문득 슬리퍼를 떠올렸다. 슬리퍼를 내려다보던 재균의 얼굴. 살미에 온 다음부터 그는 전에 본 적 없는 낯선 표정을 짓기 시작했다. 재균이 몸을 일으키더니 고기를 먹으러 가자고 말했다. 근처에 아는 데가 있다고 했다. 잊고 있던 허기가 되살아났다. 소인지 돼지인지 물어보았다. 둘 다, 하고 재균이 대답했다.

아까 들어왔던 길을 안으로 더 들어가 집들을 끼고 돌아나가면 고깃집으로 가는 지름길이 있다고 했다. 나오기 전에 집 안의 불을 다 껐다. 마당 한편에 푸르스름한 등만 켜두었다. 윤정이 먼저 대문을 열고 나왔다. 뒤따라 나오는 재균의 이마에 청포도가 부닥쳤다. 그는 시퍼런 불빛을 머금은 청포도를 이마로 헤치고 살미집을 나왔다.

집들이 길을 따라 드문드문 늘어서 있었다. 걸으면서 윤정은 세어 보았다. 한 채, 두 채, 세 채… 안쪽에 전부 네 채가 있었다. 살미집은 안에서부터 다섯 번째 집이었다. 다른 집들에는 불이 켜져 있었는데 제일 안에 있는 집만 깜깜했다. 벽은 온통 꺼멓게 그늘이 져서 마치 그을린 자국 같았다. 불난 집처럼 시꺼먼 집을 지나며 윤정은 재균 옆에 바짝 붙었다.

– 여기가 안이야.

윤정에게는 아니야, 라고 들렸다.

– 아니라고?

– 아니, 안, 이. 제일 안쪽에 있는 집이라서 모두 이 집을 안이라고 불렀어. 여기 사는 애도 안이라고 불렀고, 걔 엄마는 안이엄마, 아빠는 안이아빠라고 부르고.

시꺼먼 그 집을 돌아보며 윤정이 다시 물었다.

– 아, 그 죽은 애?

이름 대신 안이라고 불린 아이의 집에는 사람 사는 흔적이 보이지 않았다.

– 지금은 아무도 안 살아?

재균은 대답하지 않고 계속 걸었다. 길 끝에 이르러서야 밝은 도로를 등지고 돌아선 그가 그늘진 얼굴로 윤정에게 말했다.

– 이제는 아무도 안 살아.

재균은 다시 입을 닫았고, 윤정은 안의 집을 생각했다. 컴컴한 그 집에도 사람이 살았다. 사람이 드나들던 모습이 도무지 상상되지 않았다.

고깃집은 적막한 도로의 한편에 있었다. 벽면 가득 붙은 작은 전구들이 요란한 빛을 사방에 뿜어내고 있었다.

가게 안에는 손님이 없었다. 재균은 윤정에게 등을 보인 채로 계산대에 앉은 남자와 한참 얘기했다. 남자는 윤정을 보자 티브이의 볼륨을 높였다. 아무도 안내해 주는 사람이 없었지만 윤정은 방에 들어갔다. 발바닥으로 짚어 제일 따뜻한 자리를 골라 앉았다. 방 안 창가에는 담금주들이 줄지어 서 있었다. 황기, 인삼, 더덕 같은 것들이 누런 액체 속에 선 채로 둥둥 떠 있었다. 늙은 여자가 방에 들어와 고무장갑 낀 손으로 물병을 내려놓았다. 뒤이어 재균이 와서 자리에 앉았다. 여자는 윤정을 이마로 가리키며 재균에게 물었다. 처야? 재균은 그렇다고 대답하면서도 윤정과 여자를 서로 인사시키지 않았다. 윤정은 고기가 나올 때까지 벽에 기대어 방바닥이 머금은 온기를 만끽했다. 여자가 가져온 숯불이 상 위의 공기를 뜨겁게 데웠다. 갖가지 반찬이 나와서 상을 메웠다. 윤정은 상추를 집어 입에 넣었다. 씁쓸하면서도 고소했다. 반찬은 평소 먹던 것과는 간이 달랐지만 투박한 맛이 제법 괜찮았다. 윤정이 재균에게 물었다.

— 아까 저 아저씨랑 무슨 얘기했어?

재균이 대답했다.

— 소랑 돼지.

그는 침울한 목소리로 말을 이었다. 소와 돼지를 얘기하진 않았다.

— 외져서 사람들이 잘 안 올 것 같지만 이상하게 이 식당에 손님이 많았어.

그제서야 윤정은 휴대전화를 떠올렸다. 잠에서 깨어난 이후로 한 번도 보지 않았다. 영미에게서 문자가 와 있을 수도 있는데. 요양병원에서 나오는 길에 영미가 또 문자를 보냈다. 오전에 보러오기로 한 사람들이 시간을 저녁으로 늦췄다고 전했다. 윤정이 젓가락을 내려놓고 가방을 뒤지는 동안 재균은 시키지도 않은 말을 이어 나갔다.

— 고모와도 이 식당에 왔던 적이 있었어.

— 여보, 나한테 전화 좀 해봐.

별로 크지도 않은 가방 안을 계속 뒤지면서 윤정이 말했다. 살미집에 전화를 두고 나왔을까 봐 조바심이 났다. 재균이 전화를 걸었고, 윤정의 재킷 주머니에서 진동이 울렸다. 안도하면서 윤정은 만약 오늘 저녁 계약이 불발된다면 가계약금을 걸어야겠다고 생각했다, 오백만 원쯤. 계약금을 걸었다는 걸 알면 재균도 마음을 움직일 거라고 영미가 말했다. 여자가 고기를 방문 앞에 두고 갔다. 재균이 불판 위에 고기를 올렸다. 숯불 위로 작은 불씨가 튀어 올랐다.

— 원래 안이엄마아빠가 이 식당을 했거든. 손님이 정말 많았어.

비어있는 상가 자리가 윤정의 눈앞에 계속 어른거리는데, 가계약금은 이백만 원이 좋을지 오백만 원이 좋을지 머리가 복잡한데 앞에 앉은 재균은 묻지도 않은 말을 계속해서 꺼내며 고기를 구웠다. 윤정의 머릿속으로 시커멓게 그늘져 있던 그 집이 다시 떠올랐다. 재균은 그 집 같았다. 아무도 드나들지 않는 집. 듣고 싶지 않은 이야기를 재균이 계속하려는 이유를 알 수 없었다.

― 고모랑 여기 딱 한 번 와 본 적이 있어.

재균은 시고모가 고기를 별로 좋아하지 않았다고 했다. 잘 익은 고기를 입에 넣으면서 윤정은 정말? 하며 목소리를 높여 되물었다. 제일 두툼한 갈비를 들고 쩝쩝거리며 먹던 시고모를 윤정은 이미 보았다.

― 정말, 고모님이 고기를 안 좋아하셨다고?

윤정이 다시 물었다. 윤정은 커피숍 앞을 지나가던 개들이 얼마나 귀여웠는지 얘기하고 싶었지만, 대신 시고모의 식성을 두고 재균에게 따져야 했다.

― 고모님이 고기 좋아하시던 거 내가 분명히 봤는데 당신은 왜 자꾸 엉뚱한 얘기를 해?

재균은 고기를 굽다 말고 윤정을 빤히 쳐다보았다.

― 고모는 고기를 별로 좋아하지 않았어. 친한 동네 사람이 하는 식당이 었는데도 여기에 한번 들러 보지도 않았어.

윤정은 그를 마주 보고 앉은 몸을 옆으로 틀어 유리병 속에 담긴 황기, 인삼 같은 것들을 들여다보았다.

― 안이엄마가 고모를 볼 때마다 한번 들러라, 꼭 한번 들러라 하며 좋은 고기로만 준다고 하는데도 고모는 미안한 얼굴로 웃으면서, 다음엔 꼭 가겠다는 말만 했어.

밖에서 커다란 기침 소리가 들렸다. 계산대에 앉은 남자가 내는 소리였다. 티브이 소리는 계속 왕왕 울리고 재균은 쉬지 않고 고기를 구우면서 말을 이었다. 시고모와 재균이 이 식당에 온 것은 안이가 죽고 안이엄마아빠도 모두 죽은 다음이었다고 했다. 종수 형이, 하고 말하며 재균은 눈짓으로 계산대 쪽을 가리켰다. 귓속말하는 것처럼 낮고 작은 목소리로 말하는 재균의 얼굴이 점점 연보라색 슬리퍼를 보던 그 표정으로 변해갔다.

─ 오면서 봤지? 동네에서 제일 큰 집. 다 죽고 나서 종수 형이 식당을 샀어. 그랬더니 고기 맛이 변했다고 다들 그랬대. 안이네가 할 때랑 종수 형이 할 때랑 맛이 완전히 달라졌다고.

고기 맛은 나쁘지 않았다. 오히려 다른 곳보다 좋았다. 재균이 계산대에 앉은 남자와 오래전부터 알고 지낸 사이라, 윤정이 재균의 아내라 특별히 더 좋은 고기를 주는가 하고 생각했다.

─ 그런데 나는 안이네가 팔던 고기를 먹어본 적이 없으니 그게 얼마나 맛있었는지는 몰라.

왼손과 왼발에 깁스를 하고 고깃집에 앉은 재균은 시고모가 구워주는 고기를 다 받아먹었다. 정말 맛있었다고 했다. 병원에 오래 입원했던 재균은 숯불에 구운 고기를 환장한 듯, 재균이 그렇게 표현했다, 환장한 듯 씹어 삼켰다. 시고모는 찌개와 밥도 시켜주었다. 그날, 재균은 시고모가 고기를 먹는 모습을 보았다. 시고모는 고기를 상추에 싸서 입안에 욱여넣었다. 끊임없이 씹고 삼켰다. 우악스레 고기를 먹는 고모의 모습을 재균은 그날 처음으로 보았다. 재균은 아저씨의 행방을 묻고 싶었지만 묻지 못했다. 그 개새끼는 어디 있어요, 하고 내질러보고 싶었지만 참았다. 아저씨를 떠올리면 깁스를 한 팔과 다리가 못 견디게 가렵기 시작했다고 재균은 윤정에게 말했다.

고모와 조카는 아무런 말도 나누지 않고 고기를 먹었다. 잔치국수도 두

그릇 시켰다. 국수를 앞에 놓고서야 시고모는 재균에게 말을 걸었다. 이런 국수 말고 안이네가 만 메밀국수를 먹었어야 했는데. 고모가 하는 말에 재균은 고개를 푹 숙였다. 그런데 이제 어디 가서도 그걸 먹을 수 없게 되었어. 재균은 식당을 나가고 싶어졌다.

— 너는 많이 처먹어, 재균아.

고모가 말했다.

— 남의 살이니 말 안 해도 잘 처먹겠지. 남이 뼈 빠지게 만든 밥이랑 국도 실컷 처먹고 살아. 고마워할 줄 모르는 너도 언젠가는 알겠지. 이 고기랑 밥이 누구 피땀으로 발라낸 건지, 피눈물 흘리고 몸부림치면서 대체 누가 자기 살을 내주는 건지. 그러니까 깨달을 때까지 너는 실컷 처먹고 또 처먹어.

밖에서 남자가 티브이 볼륨을 더 높였다. 윤정은 시고모가 했다는 말에 질렸다. 그럴 줄 알았다. 시고모랍시고 뻣뻣하게 앉은 모양새가 처음부터 교양이 없어 보였다. 조카가 죽도록 얻어맞는 것을 내버려 두었다. 얼마나 아팠을까. 윤정은 재균이란 사람을 도무지 이해할 수 없었지만, 앞으로도 절대 이해할 수 있을 것 같지 않았지만 가엾고 애처로운 마음이 들었다. 하지만 밥 먹는 중에 듣고 싶은 이야기는 아니었다. 그만하라고 하고 싶었다. 마침 문자도 왔다. 기다렸던 문자였다. 영미는 계약 불발이라는 문자 뒤에 웃음소리를 초성으로 길게 덧붙였다. 윤정은 상추에 검붉은 쌈장을 듬뿍 발랐다. 고기와 밥을 얹어 한입에 삼켰다. 하얀 무가 소붓하게 담긴 동치미를 후루룩후루룩 소리 내어 마셨다. 와하하하, 하는 웃음소리가 티브이에서 흘러나왔다. 윤정도 따라 웃고 싶었다. 웃음소리는 멈추지 않고 계속 들렸다. 고기는 입에 달았고, 하염없이 먹을 수 있을 것 같았다.

웃음소리가 그치자 여자가 방문 앞에 커다란 쟁반을 두고 갔다. 대접이 두 개 놓여있었다. 재균은 대접을 상에 올리지 않고 한참 내려다보았다. 대접 안에는 검은 머리 타래 같은 메밀국수가 맑은 국물 안에 담겨있었다.

국수를 테이블 위로 들여놓은 재균은 방을 나갔다. 꽝꽝 울리는 티브이 소리 사이로 재균이 종수 형, 하고 부르는 소리가 들려왔다. 윤정은 휴대전화를 들고 영미의 문자에 서둘러 답장을 보냈다.

영미야 내가 가계약금 보낼게. 계좌번호 물어봐 줘.

영미는 금방 답을 보냈다. 이천만 원은 보내는 게 좋을 거 같아. 윤정은 바로 답을 보내지 못했다. 매매라고는 하지만 가계약금인데 이천만 원은 너무 크지 않은가. 친정엄마에게 전화로 먼저 물어볼까 하다가 말았다. 영미가 상가 주인의 계좌번호를 보내왔다. 고민하다 보면 놓친다고, 지금도 사람들이 줄을 섰다고 영미가 덧붙였다. 윤정의 명의로 된 통장에는 이천오백만 원이 있었다. 재균이 되돌아오는 기척이 들렸을 때 윤정은 휴대전화를 켜고 얼굴을 바짝 들이밀었다. 서둘러 이천만 원을 이체시켰다.

메밀국수는 맛있었다. 국물은 깊고 구수했다. 메밀 온면이 이렇게 맛있는 건지 몰랐다며 윤정은 감탄했다. 재균은 방에 돌아와서도 메밀국수 대접을 들여다보기만 했다. 이윽고 그가 젓가락을 들었을 때 윤정이 말했다.

– 이천만 원 보냈어. 병원 자리 말이야.

차마 재균을 바로 보지 못하고 고개를 숙인 채 국수를 먹었다. 따뜻한 국물에 담긴 메밀 가닥이 입에 보드랍게 감겼다. 재균이 아무 대답도 하지 않아서 윤정은 고개를 들 수밖에 없었다.

　- 여보?

　윤정은 놀랐다. 재균이 눈을 일그러뜨리고 윗니를 반쯤 드러낸 채 윤정을 보고 있었다. 윤정은 기다렸다. 그가 무슨 말인가를 하기를, 화를 내기를. 그러나 재균은 그 표정 그대로 윤정을 보기만 했다. 메밀국수 한 가닥이 걸린 젓가락을 허공에 들고서 남편은 아내를 노려보았다. 윤정은 휴대전화를 움켜쥐고 일어섰다. 화장실에 다녀오겠다고 말하며 방을 나섰다.

　변기에 오래 앉아 있지는 않았다. 오줌이 마렵지 않았다. 영미에게서 온, 입금 확인을 했다는 문자를 보았다. 영미는 하트 표시를 열 몇 개나 붙여 보냈다. 거울을 보고 얼굴에 낀 기름을 닦고 머리모양을 다듬었다. 손을 씻고 거울을 보며 한 번 씩 웃어보았다. 화장실에서 나오는 길에 카운터에 선 남자와 여자가 하는 말을 들었다.

　- 나쁜 년놈.

　자신에게 하는 말일 리가 없다고 생각하면서도 윤정은 기분이 나빴다. 식당에 손님을 앉혀놓고 한다는 말이 이년 저놈밖에 없냐며 속으로 한심해했다. 표정을 말끔하게 지운 재균이 얼마를 보낸 거냐고 되물었을 때, 윤정은 가게의 남자와 여자를 흘겨보며 느꼈던 한심함을 다시 떠올렸다.

　- 당신, 대체 왜 그래? 나 혼자 잘 살자고 이러는 거 같아?

　일부러 날을 세워 목소리를 높였다. 그러니까 아직도 시골 동네를 헤매고 다니면서 소나 돼지한테 주사나 놓고 다니는 거 아니냐고 말했다.

　아까의 눈빛은 온데간데없이 잔뜩 풀이 죽은 얼굴로 재균은 메밀국수를 집어 올렸다. 가닥가닥 집어서 조금씩 맛보더니 젓가락을 곧 내렸다. 가자는 말도 없이 그가 일어섰다. 재균은 다시 계산대로 가서 남자와 속삭이듯 이야기를 나누었다. 윤정은 먼저 나왔다. 가게를 등지고 어두운 도로를 보았다. 재균은 좀처럼 나오지 않았다. 어두운 도로에 차 몇 대가 지나갔다. 전부 외제 차였다. 시골 동네 주제에 무슨 랜드로버를. 술을 마시지도 않았는데 술 마신 것처럼 혼잣말이 나왔다. 들을 사람도 없으니 마음 놓고 중얼거렸다. 수의대 나온 주제에 무슨 의사 행세는. 촌구석에서 식당 하나 하는 주제에 손님한테 유세는. 누군가의 입김이 느껴져서 윤정은 뒤를 돌아보았다. 아무도 없었다. 재균은 여전히 계산대에 몸을 바짝 붙인 채 남자와 이야기에 열중하고 있었다. 고무장갑을 낀 여자가 재균 옆에 가서 서는 게 보였다. 윤정은 걷기 시작했다. 껌껌한 지름길 말고 가로등이 켜진 도로를 따라 걸어가면 조금 멀어도 무섭지 않게 살미집에 갈 수 있을 터였다. 가게 안의 누군가는 윤정을 볼 것이다. 유리문 너머로 윤정이 지름길이 아닌 도로를 따라 살미집으로 향하는 걸 볼 것이다. 재균도 곧 따라오겠지. 배가 불렀다. 화가 났다. 이천만 원이 어디서 났는지 물으면 친정엄마가 주셨다고 말을 하려고 했다. 작은 돈도 아닌 이천만 원인데 재균은 출처를 묻지 않았다. 성난 표정만 지었다. 얼굴을 일그러뜨리고 윗니를 드러내고, 개처럼. 아무나 보고 이빨을 드러내는 떠돌이 개같이 굴었다. 그러니까 떠돌아다니면서 소랑 돼지 새끼들 궁둥이나 만지고 다니지. 껌껌한 도로를 걸으면서 윤정은 평소에는 입에 담지 않는 말들을 중얼거렸다.

터벅척터벅턱터벅척터벅턱. 발소리가 들렸다. 윤정의 뒤에서 들리는 소리였다. 차가 한 대도 지나가지 않았다. 지름길이 아닌 길은 많이 멀었다. 재균밖에는 따라올 사람이 없다는 걸 알면서도 윤정은 돌아보기 겁났다. 재균이 아닐 수도 있다는 생각이 자꾸 들었다. 터벅터벅이 아니라 터벅척터벅턱 하는 소리가 낯설기도 했다. 한쪽 다리를 끄는 소리였다.

재균도 아주 가끔이지만 다리를 절 때가 있었다. 아저씨가 부러뜨린 다리가 가끔씩 아프다고 했다.

발걸음 소리는 윤정 가까이로 다가오지는 않았다. 한 백 미터는 떨어진 것처럼 들렸다. 윤정은 재균에게 전화를 걸어보려다 말았다. 휴대전화가 든 가방을 가슴에 꼭 안은 채로 조금씩 걸음을 빨리했다. 소리가 점점 멀어졌다. 길이 점점 환해지며 종수라는 이름의 식당 주인이 사는 집이 나타났다. 길 초입에 커다랗게 자리 잡은 종수의 집에는 방방마다 불이 켜져 있었다. 대문은 빠끔 열려있었다. 지나면서 윤정은 슬몃 안을 들여다보았다. 시멘트를 바른 바닥이 허옇게 빛났다. 가운데에 커다란 까만 개가 누워있었다. 움직이지 않았다. 사람처럼 길게 늘어져 있었다. 윤정은 발걸음을 빨리했다. 몇 집을 더 지나 살미집에 이르렀다.

대문이 잠겨있었다. 열쇠는 재균에게 있었다. 노란빛이 거실 창에서 흘러나와 잔디를 따스한 빛깔로 물들였다. 담 너머로 환한 집을 보면서 윤정은 대문을 발로 찼다. 남의 집도 아닌데 들어가지 못하는 상황에 화가났다. 대문을 또 찼다. 청포도가 세차게 흔들렸다. 괴괴한 공기 속으로 쾅쾅거리는 소리가 크게 울렸다. 통화하고 싶지 않았지만, 밤에는 다시 살을 맞대고 자야 하는 재균에게 윤정은 전화를 걸었다. 그는 전화를 받지 않았다. 발신음만 울리는데 길 맨 안쪽에서 귀에 익은 전화벨 소리가 희미하게 들려왔다. 네 채의 집을 지난 깊숙한 안쪽에서 울려 나왔다. 윤정은 안으로 발을 옮겼다.

― 여보.

담벼락 앞에 선 재균이 기다렸다는 듯 윤정을 불렀다.

― 전화는 왜 안 받아?

재균은 주머니에 넣고 있던 두 손을 들어 보이며 말했다.

― 종수 형 가게에 두고 왔어.

귀에 익은 벨소리가 어디선가 또 들려오는 것 같았다. 윤정은 두 팔로 몸을 감쌌다. 재균이 춥냐고 물었다. 윤정은 한기가 든다며 얼른 집으로 돌아가자고 했다. 재균의 손을 잡아끄는데, 그가 윤정의 손을 가볍게 뿌리쳤다. 재균의 손이 도로 바지 주머니 속으로 들어갔다. 윤정은 소리를 지르고 싶었지만 참았다. 돌아가려고 보니 온 길이 더 어두워 보였다. 드문드문 켜져 있던 집의 불빛들이 하나둘씩 꺼졌다. 전부 꺼져버리고 말았다.

　ㅡ 돌아가자고.

　윤정이 말했다. 애써 낮은 목소리를 내었다. 얼른 집에 가자니까. 재균은 꿈쩍도 하지 않았다. 주머니에 두 손을 푹 찔러 넣고서 안이네 집으로 걸음을 옮기기 시작했다. 터벅터벅 움직이는 재균의 발걸음을 윤정은 보았다. 아까 윤정의 뒤를 걷던 사람은 재균이 아니었다. 그 사람은 살미로 들어오지 않고 가버렸다. 어디로? 윤정은 뒤를 돌아보았다. 아무도 없었다. 앞에는 재균도 없었다. 그는 이미 안이네 집에 드리운 어둠 속으로 사라졌다. 대문이 열려있었다. 재균은 문을 닫지 않았다. 할 말 많은 입처럼 반쯤 열린 대문 안으로 윤정은 들어가고 싶지 않았다. 하지만 윤정은 그를 데리러 갔다. 재균이 들어가 버린 어둠을 따라갔다. 밤과 흙의 냄새가 났다. 살미라는 곳의 냄새였다. 전에 맡았던 냄새가 아니었다.

김만성 | 골드

고흥 거금도에서 태어났다.
전남대 신문방송학과 재학 시
「소떼의 반란」이 대학신문에 당선되어 첫 당선소감을 썼으나
소설을 잊고 생업을 좇아 증권회사에서 29년째 근무 중이다.
번아웃을 겪고 뒤늦게 소설을 쓰기 시작해
2022년 전라매일, 2023년 전남매일 신춘문예에 당선되었다.
2023년 첫 소설집 『보스를 아십니까』를 발간했다.
깜박거리는 한글워드의 커서를 보면 가슴이 뛴다.
퇴직 후 작은 책방지기가 되어
읽고 쓰는 일을 계속하는 꿈을 꾼다.

골드

김만성

"하이고 사장님! 걱정하지 마소. 내가 한두 해 골드를 봐온 것도 아이고, 요래 저래 좀 돌려보면 마 얌전한 차로 바뀔 겁니더. 사장님이 요놈아를 얼매나 아끼는지 내사 마 잘 알고 안있는 교. 얼라맹키로 그리 놀랜 얼굴 좀 피소 마."

며칠 전부터 골드를 탈 때 쇳소리가 났다. 노인의 해소 기침 뒤에 이어지는 급한 호흡 같은 가르릉거리는 소리가 신경을 거슬렀다. 주행 중에는 양치질을 할 때 갑자기 일어나는 헛구역처럼 쿨렁이기까지 했다. 차가 멎는 것은 아닌가 싶어 핸들을 쥔 손에 힘이 가고 마른 땀까지 바싹 났다. 무슨 사단이라도 날까 싶어 점심시간에 단골 공업사에 들렀다. 노킹현상이라고 오래된 차에서 흔히 발생하는 것이고 원인을 찾으면 쉽게 해결할 수 있으니 하루 정도 차를 맡기라고 했다.

사투리가 정겨운 최 기사의 말에는 나를 안심시키려는 의도도 있지만 차에 그만 좀 집착하라는 핀잔도 들어있다. 최근 점검을 받았을 때 최 기사는 골드의 엔진이 기름을 먹는다며 엔진오일 교체 주기를 평소보다 한 500킬로미터 정도 빨리하라고 했다. 내가 고개를 갸우뚱하자 차가 오래

되면 오일이 조금씩 새는데 그걸 그리 표현한다고 설명했다. 그때도 차가 노후화되면 당연히 발생하는 현상이라며 대수롭지 않게 말했다. 나는 18년 동안 29만 킬로미터를 달린 골드의 엔진이 기름을 먹는다는 말에 가슴에서 쏴아 흐르는 물줄기 소리를 들었다. 때가 된 것만 같아 대수롭지 않게 말하는 최 기사의 이야기가 귀에 들어오지 않고 걱정이 앞섰다.

해결할 수 없는 문제가 닥치면 늘 그랬듯이 흉통과 복통이 동시에 일어났다. 나는 오른손으로 왼쪽 가슴을 누르고 왼손으로는 배를 쓰다듬었다. 가슴과 배에서 평상시보다 빠른 박동이 느껴졌다. 좋지 않은 조짐 같아 마음이 불편했다.

나는 할 수 없이 골드를 공업사에 맡기고 택시를 탔다. 통증은 가라앉았지만 이번엔 뒷목에서 생긴 두통이 앞머리까지 욱죄고 들었다. 나는 머리를 시트에 기대고 최대한 편한 자세를 취했다. 눈을 감고 심호흡을 했다. 갓 출고한 새 차인지 진한 가죽 냄새가 풍겼다. 골드를 처음 만났던 날의 냄새와 비슷했다.

기억이 가물가물하지만 2002년 새해가 열리자 나는 원룸 출입문에 유명 화가의 모조화가 그려진 달력을 걸었다. 달력 첫 장에 크게 써진 2002라는 숫자가 눈에 들어왔다. 앞뒤로 2가 둘러싸고 가운데 0이 나란히 사이좋게 배치된 모양이 안정감을 주었다. 숫자 밑에는 임오년 흑말 띠라는 글자와 함께 뒷발을 버티고 앞발은 하늘을 향해 치켜든 검은 말이 그려져 있었다. 입은 쩍 벌린 채로 이빨이 드러났다. 이히히힝 울부짖는 말 울음소리가 들릴 것만 같았다. 다리는 울퉁불퉁 근육이 돋았고 금방이라도 하늘을 향해 날아오를 태세였다.

2001년 말 정기 인사에서 나는 대리 승진자 명단에 내 이름이 있는 것을 보고 당황했다. 기대하지 않는 일이 일어났기 때문이었다. 당시만 해도 S그룹 계열사의 대리승진은 호락호락한 과정이 아니었다. 직전 3년 동안 A고과 한번 없이 B+와 B를 오간 평범한 고과를 받았던 나로서는 대리승진을 미리 포기하고 있었다. 하위고과인 C가 하나도 없다는 것이 그나마 위안이긴 했다. 하지만 C가 전체 평가대상 중에서 하위 5%에게 주어지는 고과라는 것을 알고 나면 C가 없다는 것이 그리 특별한 것도 아니었다. 그때 나는 95% 안에 들면 눈 밖에 날 일은 그나마 없겠구나하고 생각했다. 그것은 경쟁이 치열한 S그룹의 업무강도에도 불구하고 나를 무척이나 안심시켰다. 앞서기는 어려워도 하위 5%로 떨어지지 않으면 괜찮겠구나 싶었던 것이다. 그것이 잘한 생각인지, 아니면 불행을 예고한 것인지 지금까지도 혼란스럽다.

어쨌든 나는 첫 승진 연한에서 덜컥 대리승진을 한 것이 어쩐지 불편했다. 같이 입사한 동기들이 전부 대리승진을 한 것은 아닌가 하고 명단을 유심히 살펴봤다. 모두 승진한 것은 아니었다. 그럼 그들은 하위 5%에 들었거나 나보다 더 낮은 고과를 받았던 것일까. B+와 B만 있는 나보다 낮은 고과를 받은 동기들이 있다는 사실 앞에서 나는 안도감 보다는 불안감을 느꼈다. 혹시 뭔가 잘못되지나 않았을까 하는 마음이었다. 금방이라도 메일함에 대리 승진자 명단에 착오가 있었다는 공지가 뜨거나 사내 번호로 전화가 걸려 올 것만 같았다. 그러나 시간이 흘러도 그런 공지는 뜨지 않았고 전화 또한 걸려 오지 않았다. 어리벙벙한 상태로 2001년의 12월을 보내고 2002년 1월 1일자로 나는 대리 직급을 달았다.

하는 일이 바로 달라진 것은 아니었지만 3월 업무 개편에서는 다른 부서로 전출되어 좀 더 책임 있는 일이 주어진다고 했다. 책임이라는 말에 마음이 두근거렸지만 그저 하위 5%로 밀리지만 말자고 생각했다. 그러자 마음이 조금은 안정되었다. 2002라는 달력의 숫자가 주는 안정감일 수도 있었다. 당시에 나는 토정비결이나 재미로 보는 운세 따위를 즐겨 보았다. 재미로 본다고 했지만 하루하루 신문에 나오는 운세를 볼 때마다 2002년의 운세가 매번 좋게 나오는 것이 신기했다. 귀인이 돕고, 어느 방향으로 가도 해로울 것이 없는 운세였다.

대리 승진은 내게 두 가지 변화를 가져왔다. 하나는 급여가 15%나 오른 것이고, 또 하나는 나보다 먼저 입사한 업무직 여사원들의 특별한 시선을 받게 된 것이다. S그룹의 대졸 초임 급여는 많은 이들이 부러워할 만큼 상위 클래스였고, 거기에 15%가 올랐으니 나는 갑자기 부자가 된 것 같았다. 여윳돈이 생기니 그것으로 무엇을 해야 할지 행복한 고민에 빠졌다.

다음으론 여러 여직원이 내게 관심을 가진다는 얘기가 들렸다. 학창 시절에도 입사 후에도 연애다운 연애 경험이 없던 나로서는 당혹스런 일이었다. 언변이 좋은 것도 아니고, 인물이 잘난 것도 아니고, 스스로 별 매력이 없다고 생각한 나로서는 그런 관심이 부담스러웠다. 그저 소문 정도로 여겼으나 복도에서, 사무실에서 그리고 회식 자리에서 분명 달라진 여사원들의 눈빛을 받았다. 뭐랄까. 내 셔츠 위로 쏟아지는 시선이 셔츠를 뚫고 들어와 맨살에 닿는 느낌이었다. 그럴 때면 나는 손으로 팔이나 목덜미를 쓰다듬었다. 단순히 대리로 승진했다는 사실이 이런 변화를 가져왔나 몇 번 의구심을 가지기는 했다.

그리고 2002년 3월에 마이카 족이 되었다. 2002년은 전국이 축구 열기로 뜨거웠다. 한일월드컵 개최가 결정되고 주요 도시마다 웅장한 최신형 축구경기장이 들어섰다. 내가 근무하는 J시에도 우주선 모양의 타원형 경기장이 완성되었다. 오 대 영이라는 비난을 받기는 했지만 인맥 축구 논란을 잠재운 네덜란드 출신의 히딩크가 축구 국가대표 감독으로 선임되었다. 외국인 감독 선임은 개최국 자격으로 본선에 자동 출전하는 대표팀에 대한 기대를 한껏 높였다. 대그룹을 중심으로 축구동호회가 창설되었고, 축구 열기를 북돋운다는 차원에서 계열사별 대항전 경기도 자주 열렸다.

 세상이 월드컵 열기로 달아올랐을 때 S그룹도 과감한 도전을 시도했다. 자동차회사를 새로 만들었다. 비록 일본에서 핵심기술을 전수받고 외장부품만 국내에서 생산해 조립했지만 S자동차의 이름을 달고 첫 모델이 출시되었다. S그룹 계열사의 대리급 이상 직원들에겐 출시 기념으로 30% 할인이란 파격적 혜택을 주었다. 총무과에서는 직원들의 명단을 작성하고 구매를 종용했다. 차를 사야겠다는 생각은 딱히 없었다. 필요성도 그리 느끼지 않았다. 다만 오른 급여가 제법 쌓였고, 무엇보다 첫 출시한 모델의 디자인이 맘에 들었다. 딱히 뭐라고 표현할 수는 없지만 신차는 날렵하면서도 중후한 멋이 느껴졌다.

 그리고 강렬한 골드 색상! 화이트나 블랙, 기껏해야 실버톤이 전부였던 국산차에 비해 아우라를 발산하는 눈부신 황금빛 광택은 한순간에 나를 사로잡았다. 내 안에서 뭔가가 꿈틀거렸다. 1등의 색깔, 귀족의 색깔, 부와 명예의 상징인 줄만 알았던 골드 색이 나의 내면으로 파고들었다. 폭발이 일어났다. 잔뜩 응축되었던 것이 무한정 퍼져나갔다. 퍼져나간 황금빛은 주위를 환하게 밝혔고 다른 색이 더 빛나도록 후광이 되었다. 골드 빛이 그렇게 나를 유혹했다.

 질주하는 S자동차의 황금빛 세단이 TV광고에 자주 나왔다. 나는 광고를 볼 때마다 내 육체에서 영혼이 이탈하여 TV광고 속의 번쩍거리는 세단의 운전대를 잡고 있는 환상에 빠졌다. 내가 운전하는 차는 눈부신 광채를 발산하며 빠른 속도로 질주해 태양 속으로 사라졌다. 나는 무수한 빛 속으로 완벽하게 숨어들어 빛과 하나가 되었다. 그런 것이 광고의 힘이라면 나는 포로가 된 셈이었다. 나는 유혹을 이기지 못하고 구매를 결정했다. 2002년 월드컵이 시작된 7월에 내 인생의 첫 차인 골드, 그러니까 황금빛을 발하는 세단을 인도받았다.

골드와의 첫 만남은 그리 유쾌하지 못했다. 나는 장롱면허증 소유자였다. 자동차 판매사원이 도로 연수를 시켜주겠다고 호언장담을 해서 안심하고 있었다. 그러나 조언자인 판매사원을 옆에 태우고 액셀러레이터를 밟은 순간 차는 굉음을 지르고 앞으로 튀어 나갔다. 머릿속이 시커멓게 변했다. 운전대를 놓쳐버렸다. 차가 인도로 돌진하면서 은행나무 가로수를 들이받았다. 우지끈 소리가 나면서 차는 멈췄다. 곁에 있던 영업사원이 재빨리 한 손으로 핸들을 붙잡고 다른 손으로 브레이크를 밀어 작동시키지 않았더라면 지나던 행인을 치었을지도 몰랐다. 차가 멈추었지만 심하게 뛰는 심장은 쉽게 멎지 않았다. 119 앰뷸런스가 요란하게 달려오고 나는 들것에 실려 병원으로 이송되었다. 긴장이 풀어졌는지 스르르 눈이 감겼다.

눈을 떠보니 병원 침대였다. 팔, 다리, 머리는 모두 멀쩡했다. 통증도 없었다. 영업사원이 근심어린 얼굴로 나를 내려 보고 있었다. 나는 영업사원에게 물었다.

"차는 어떻게 되었어요?"

그때 왜 차의 안부를 물었는지 지금도 이해할 수 없다. 영업사원의 안부를 먼저 묻는 것이 도리에 맞는 것이 아니었을까.

"차는 공장으로 들어갔습니다. 제가 일단 안전한 곳으로 인도하고, 차분히 연수를 시켜드려야 했는데 죄송합니다."

영업사원이 말끝을 흐리며 머리를 긁적였다. 사실 그가 죄송할 것은 없었다. 그가 탁송된 차를 내가 살고 있는 집의 도로변에 정차하고 키를 건네자마자 운전석에 바로 앉은 것은 나였기 때문이다. 지금도 그 순간을 잊을 수 없다. 내가 장롱면허증 소유자이고, 면허를 취득할 때 말고는 한 번도 운전을 해보지 않았다는 사실을 망각했다. 나는 시동을 걸고 액셀러레이터를 밟으면 차가 드라마나 영화에서처럼 스르르 미끄러지며 앞으로 나아갈 줄 알았다. 눈앞에서 번쩍거리는 황금빛 세단이 밑도 끝도 없는 자신감을 불러일으켰다. 앞을 주시한 채 서서히 액셀을 밟으라는 영업사원의 말이 들린 것도 같았다.

어쩌면 사고는 2002년이 주는 근거 없는 자신감에서 비롯된 것이기도 했다. 대리로 덜컥 승진을 했고, 예사롭지 않은 여사원들의 눈빛을 받다가 소위 사내에서 퀸카로 소문난 8년 차 가영 대리와 연애를 시작했고, 축구 국가대표팀은 예선을 통과하고 16강을 넘어 8강을 기다리고 있는 시점이었다. 무엇이든 할 수 있을 것 같았고, 시도하면 모든 것이 이뤄질 것 같았다.

2002년의 사건 중에서 가장 놀라운 것이 가영 대리와의 만남이었다. 가영 대리는 나보다 입사가 한참 빠른 8년 차 고참이었다. 하지만 고교를 졸업하고 입사했기에 나와 동갑내기였다. 그녀는 대리 승진자 명단이 발표된 후 먼저 내 앞으로 와서 머뭇거리지 않고 말했다.

"조 대리님 승진 축하해요. 승진기념으로 여친 어때요. 저 괜찮죠?"

그때 나는 바로 대답을 하지 못했다. 그녀를 쳐다볼 수 없었다. 고개를 수그리고 바짓단 끝의 구두코를 보다가 고개를 들었더니 그녀가 나를 바라보며 웃고 있었다.

"저, 저에게 데이트 신청하는 거 맞아요?"

나는 그렇게 말을 더듬으며 물었다. 그녀는 망설임 없이 고개를 까닥하고는 바로 다가와 팔짱을 꼈다. 그녀의 가슴이 물큰 팔뚝에 느껴졌다. 내 가슴에서 쿨렁 소리가 났다.

사고 후 골드는 1주일이 지나 멀쩡한 모습으로 다시 내 앞에 나타났다. 나는 손바닥으로 골드의 차체를 쓸면서 한 바퀴를 돌았다. 매끄러운 감촉에 따스한 기운이 손바닥에 전해졌다. 광택은 어디 하나 흠난 것 없이 완벽하게 복원되어 제 빛을 퉁겨냈다. 원형의 엠블럼은 황금빛 보닛 위에서 도도하게 은색으로 빛났다. 광폭타이어는 날렵한 휠을 감싼 채 아스팔트를 탄탄하게 딛고 있었다. 모든 것이 완벽했다. 좋은 직장에서 제때 승진하고 갓 출고된 황금빛 세단에 멋진 애인까지.

가영 대리는 한일월드컵에서 우리나라가 4강 진출에 성공한 날 저녁, 골드 안에서 내 입술을 훔쳤다. 나는 가영 대리를 태우고 빵 빠 방 빵, 빠 방 빠 빵빵! 리드미컬하게 경적을 울리며 거리로 나왔다. 태극기로 배꼽티를 만들어 입은 가영 대리가 정지신호가 걸린 틈을 타 운전석의 시트를 뒤로 젖혔다. 천천히 눈을 감고 할 새도 없이 가영 대리의 촉촉한 입술이 내 입술을 덮쳤다. 골드 안에 별이 쏟아졌다. 나는 가영 대리의 가는 허리를 끌어당겼다. 어디선가 클락션이 울렸다. 빵 빠 방 빵! 그 키스 후 정확히 3달이 지나 나는 가영 대리에게 이별을 통보받았다. 아니 어쩌면 내가 이별을 통보한 것일 수도 있다.

대리로 승진한 내게 주어진 업무는 구매 담당이었다. S카드 지역본부의 사무용품은 물론 마케팅에 필요한 판촉물을 구매해 각 지점에 배분하는 일이었다. 내가 그 자리로 배치를 받자 가영 대리는 축하한다고 박수를 쳤다. 실권이 주어지는 자리이고, 승진도 빠를 거라며 나보다 더 환호했다. 경리업무를 담당하던 가영 대리는 자기가 많이 도와줄 테니 업무는 걱정하지 말라고 했다. 구매 담당으로 배치받은 후 첫 주말에 가영 대리는 거제도의 펜션을 예약했다며 1박 2일 여행을 제안했다. 골드를 타고 거제도까지 달리는 동안 가영 대리는 내 손을 먼저 잡고 한 번도 놓지 않았다. 나는 구름 위를 걷는 기분으로 주말을 보냈다. 그날 가영 대리를 안았다.

구매 담당으로 부임하자 여러 업체의 납품담당자들이 다투어 식사를 하자고 요청했다.

"대리님 믿을 만한 사람 명의로 통장을 하나 만드세요."

"위에 보고할 때는 저희가 별도로 현금을 준비하겠습니다."

"술은 좀 드셔야 할 거예요"

업무상 필요한 미팅이라 해서 나간 식사 자리에서 그들이 내게 은근하게 말했다. 나는 그것이 무엇을 의미하는 것인지 처음엔 이해하지 못했다. 가영 대리에게 물어보고 나서 내가 어떤 자리에 있는지 정확히 알게 되었다. 가영 대리는 걱정하지 말라고 했다. 자기가 미리 차명 통장도 만들었고, 현금은 누구누구에게 주면 된다고 말했다. 그렇게 어려운 일도 아니고, 다른 곳으로 발령 날 때쯤이면 단단히 한몫 잡게 될 거라며 윙크를 날렸다.

1주일간을 고민한 끝에 나는 회사 감사실로 보낼 구매업체들의 로비상황 보고서를 작성했다. 그리고 가영 대리를 만났다.

"가영 씨는 내게 가장 황홀한 3개월을 선물해 주었어요. 남자로서 행복했고, 내가 능력 있는 사람 같아 자신감을 가졌고, 미래를 꿈꿀 수 있어서 기뻤어요."

"어머! 자기 너무 진지하게 나오는 거 아니야? 그렇게 말하면 내가 좀 민망하잖아. 난 결혼은 아직 생각 없는데."

가영 대리는 내가 청혼하는 줄 알고 웃으면서 말했다. 나는 가영 대리에게 내가 작성한 보고서를 내밀었다. 가영 대리가 미소를 머금은 채 웬 편지냐며 봉투를 열어 보고서를 보았다. 가영 대리의 얼굴에서 미소가 사라지고 표정이 구겨지는 것을 나는 찬찬히 바라보았다. 가영 대리가 나를 쳐다봤다.

"자기 바보야? 얼마든지 즐기며 살 수 있는데 이런 짓을 왜 해? 내가 맘에 안 들어?"

"그 보고서에 가영 씨 이름은 들어있지 않습니다. 고민했던 것은 과연 가영 씨가 얼마나 개입되어 있는가 입니다. 나는 가영 씨가 다치는 거 원치 않습니다. 가영 씨를 좋아합니다."

"좋아한다면서 이런 짓을 해? 자기한테도 좋고, 모두가 좋은 일이야. 남들은 이 일을 하지 못해서 안달인데. 내가 사람 잘 못 본 거야. 내가 준우 씨 찍었고, 추천했단 말이야. 왜 그렇게 사람이 꽉 막혔어. 우리 좋았고, 즐거웠잖아. 계속 갈 수 있고, 준우 씨 승진도 빠를 거야. 뭐가 문제야."

가영 대리의 목소리엔 짜증이 묻어났다. 상기된 얼굴로 나를 쳐다봤다. 앞서기는 어려워도 하위권으로 밀려나지 않을 자신은 있을 거라는 기대감이 조금씩 사라졌다. 내가 받아들이기에는 너무나 큰 문제가 바로 앞에 산처럼 버티고 있었다. 나는 가영 대리의 손을 잡고 드라이브를 하자며 밖으로 나왔다. 골드의 조수석에 가영 대리를 태우고 운전대를 잡았다.

가영 대리도 골드를 좋아했다. 실내가 넓으니 편하고 골드색 가죽시트는 포근하다며 차에 타면 조수석을 뒤로 눕혀 눕곤 했다. 이런 차를 만드는 그룹의 일원이어서 자랑스럽다고도 했다. 그러나 손을 잡혀 골드에 탄 가영 대리는 이번에는 시트를 눕히지 않았다. 어디로 가는지 묻지도 않고 미간에 깊은 골을 만든 채로 팔짱을 낀 채 말없이 앉아 있었다. 나 역시 입을 다물고 앞을 주시한 채 도시의 외곽도로로 빠졌다. 어디로 가야겠다는 생각은 없었지만 신호에 방해받지 않고 빠른 속도로 달리고 싶었다. 가영 대리가 휴대폰을 열어 어딘가로 메시지를 보내는 것 같았다. 고속도로 톨게이트가 얼마 남지 않았는데 나의 휴대폰이 울렸다. 창에 뜬 발신자 이름에 구매팀장의 이름이 떴다. 나는 전화를 받지 않았다. 가영 대리가 나를 쳐다봤다. 왜 전화를 받지 않느냐고 항의하는 듯 따가운 눈빛이 느껴졌다. 잠시 후 꺼졌던 휴대폰이 다시 울렸다. 이번에는 경리

팀장이었다. 나는 휴대폰을 길게 눌러 전원을 꺼버렸다. 그리고 고속도로에 진입하기 전에 불법 유턴을 했다. 골드가 휘청했지만 이내 균형을 되찾았다. 나는 갓길에 골드를 정차했다.

"가영 씨 내리세요."

가영 대리가 거칠게 차에서 내리고 쾅하고 문을 닫았다. 나는 백미러를 통해 그녀를 봤다. 가영 대리는 내리자마자 휴대폰을 귀에 대고 누군가와 통화를 시작했다. 나는 골드의 액셀을 밟았다. 가영 대리가 멀어졌다.

한동안 회사가 온통 가영 대리의 스캔들로 떠들썩했다. 구매팀장과 경리팀장을 비롯하여 전, 현직 부장급 팀장과 경영지원 임원 두 사람이 사표를 냈다. 나의 전임 구매 담당 선배 두 사람도 사표를 썼다. 회사는 가영 대리를 횡령 혐의로 고발했고 혐의가 인정되어 구속 수감되었다. 그녀가 횡령한 자금은 이십억이 넘었다. 경리팀에만 근무한 8년 동안의 누적 금액이라고 했다. 나 역시 조사를 받았다. 그녀와 어떤 관계인지, 골드의 구매자금은 어디서 났는지 추궁당했다. 그녀에게서 선물 받은 것이 있는지도 물었다. 그녀는 골드가 사고 후 수리가 끝나고 인도되던 날, 미리 준비한 골드색 십자가 펜던트를 룸미러에 걸었다. 너무 어울린다고 박수를 쳤다. 나는 아무것도 받은 것이 없다고 말했다. 나는 경위서를 한 장 쓰는 것으로 조사를 마무리했고, 구매팀에서 교육팀으로 보직이 변경되었다.

나는 가영 대리가 수감되어 있던 교도소에 면회를 한 번 신청했다. 가영 대리는 나의 면회를 받아주지 않았다. 그녀는 3년을 교도소에 수감되었다가 나왔다. 그녀가 출소하던 날 나는 골드 안에서 그녀를 바라보았다. 출소하는 그녀의 모습은 크게 변하지 않았다. 깔끔한 투피스 정장을 차려입었고, 화장을 한 화사한 얼굴이었다. 누가 보더라도 교도소에서 출소하는 모습처럼 보이지 않았다. 그녀 앞으로 검은색 정장 차림의 젊은이가 다가가 꾸벅 인사를 했고 손짓으로 안내를 했다. 대기하던 검은색 외제차의 뒷문이 열리고 그녀는 그 안으로 사라졌다. 뒷문이 열리는 순간 그녀의 얼굴에 환한 미소가 번졌다. 그녀는 반가운 사람을 만나 포옹이라도 하듯이 차 안으로 재빨리 들어갔다.

　가영 대리 사건 후로 나는 과장 진급이 5년 늦었고, 차장 진급에선 계속해서 밀렸다. 어느 순간부터는 대상자에도 오르지 않았다. 보직은 주어졌으나 의욕을 가지고 진행한 일들이 번번이 상급자 선에서 제지당했다. C고과는 없으나 A고과도 B+고과도 없는 B의 연속이었다. 한 번 인사 담당 임원에게 면담을 신청했다. 임원은 성실하나 특별한 공헌이 없는 것이 승진 누락의 원인이라고 했다. 앞서가기는 힘들어도 뒤처지지는 않을 것 같았던 회사생활이 어그러졌다. 나는 뒤처졌고, 뒤처질 때마다 많은 시간을 골드와 함께 보냈다. 차 안의 골드색 십자가 펜던트가 흔들릴 때마다 그것을 떼어내 버려야 할지, 그냥 두어야 할지 혼란스러웠다.
　골드는 손이 많이 가는 차였다. 황금색 외장은 잔흠집이 자주 났다. 화이트나 블랙 차량에 비해 먼지가 조금이라도 내려앉으면 바로 광택을 잃었다. 매주 차량용 세제로 거품을 많이 낸 다음 부드러운 스펀지를 이용해 차체를 닦았다. 물기를 제거하고 극세사 타올에 고광택 왁스를 묻혀 세심하게 문질렀다. 휠과 타이어도 세정제로 깨끗하게 세척했다. 엔진오일은 4,000킬로미터마다 꼬박꼬박 교체했다. 6개월 단위로 병원에서 진찰을 받듯 오토센터에서 점검을 받았다. 시간이 날 때마다 차 안의 대시보드와 글로브박스, 센터콘솔, 가죽시트까지 레자왁스로 구석구석 닦았다. 그러자 시간이 지나도 골드는 안과 밖 모두 광택을 잃지 않았다. 엔진소리도 고르고 조용했다.
　골드는 빛이 나는 동안은 거리의 왕자였다. 멀리서도 눈에 띄었다. 태양 빛이 강할수록 골드의 아우라는 돋보였다. 제 색을 튕겨내다가도 다른 색의 차가 지날 때는 후광이 되었다. 후배들이 너도나도 한 번쯤은 골드를 타보고 싶어 했다. 관리의 비법을 묻기도 했다. 그 뒷면에선 수군거렸다.

"차 이름이 골드라지? 정말 대단한 차야! 대단한 과장님이고, 근데 만년 과장이라니."

쇳소리가 나던 골드를 공업사에서 되찾았다. 시동을 걸자 더 이상 쇳소리는 들리지 않았다. 시트를 뒤로 누이고 풋레스트에 왼발과 오른발을 꼬아 가볍게 올려놓은 채 한동안 눈을 감고 누워 있었다. 라디오를 클래식 채널에 맞추고 호흡을 가다듬었다. 두통은 가라앉았고, 심장도 고르게 뛰었다. 눈을 뜨니 미세하게 흔들리는 십자가 펜던트가 보였다. 골드 빛이 바래있었다. 나는 조용히 읊조렸다.

"골드야! 괜찮아?"

골드는 대답하지 않았다. 고른 엔진소리만이 낮게 들렸다. 쿨렁거림도 사라지고, 엔진소리에 겹쳐 베토벤의 피아노 소나타 14번이 울려 퍼졌다. 골드와 함께 이만하면 괜찮지 않은가 나에게 물었다. 그런 것도 같고 그렇지 않은 것도 같았다. 라디오의 곡이 끝나자 시트를 세우고 출발했다. 골드색 십자가 펜던트가 거칠게 달랑거렸다. 세척을 한번 해야겠다고 생각했다. 점심시간이 끝나가고 있었다. 액셀을 세게 밟았다.

신호가 없는 사거리에서 주위를 살피며 속도를 늦추는데 차량 한 대가 조수석을 향해 돌진해왔다. 급하게 경적을 울렸지만 차는 멈추지 않았다. 쾅 소리와 함께 몸이 등받이에서 떨어졌다가 제자리로 돌아오며 고개가 휘청 뒤로 꺾였다. 안전벨트를 안 했다면 머리가 앞 유리창에 부딪힐 뻔했다.

순간적으로 상황판단이 되지 않았다. 나는 신호등이 없는 사거리에서 좌회전을 위해 깜빡이를 넣은 채로 좌우를 살피며 속도를 늦췄다. 뒤도 아니고 앞에서 조수석을 향해 돌진한 상대 차량은 사거리 우측에서 좌회전을 한 셈이었다. 길게 돌아 황색실선을 넘어 주행해야 마땅한 상황이었다. 그런데 멈춰 서 있는 내 차를 향해 돌진하다니 이해가 되지 않았다.

앞을 주시하지 않았거나 운전이 미숙한 경우가 아니라면 벌어질 수 없는 충돌이었다. 나는 몸에 이상이 없는지 여기저기 움직여보았다. 통증은 느껴지지 않았다. 나는 천천히 안전벨트를 풀고 밖으로 나왔다. 앳된 얼굴의 청년이 황급히 차 문을 열고 나와 연신 고개를 조아렸다. 그때서야 허리가 욱신거리고 고개에 뻐근한 통증이 느껴졌다.

다음날 가해 차량의 보험사에서 연락이 왔다. 내 차량가액이 248만 원인데 수리비 견적이 550만 원이 나왔다고 했다. 나는 잘 고쳐 달라고 말했다. 수화기 너머에서 잠깐 뜸을 들이더니 차를 수리하려면 내가 300만 원 정도를 자가 부담해야 한다고 했다. 나는 그 말이 바로 이해되지 않았다. 어제 사고수습 시에 골드를 향해 돌진한 청년이 자기가 내비게이션을 보며 운전하다가 중앙선을 넘어 사고를 냈다고 말했다. 긴급출동한 상대편 보험사에서 청년의 과실이 90% 이상이라고 분명히 말해주었다. 100%라고 말하지 않는 것이 찜찜했으나 몸이 아프면 병원에 꼭 가보라는 이야기까지 들으며 나는 고개를 끄덕였다. 생각 같아서는 병원 침대에서 한 1년 정도 아무것도 하지 않은 채 누워있고 싶었다. 허리나 머리, 아니면 갈비뼈라도 서너 대 부러졌으면 하는 마음까지 들었다.

골드의 조수석 앞 상향등이 깨지고 오른쪽 바퀴가 안으로 밀려 차축이 휘었다고 했다. 범퍼와 오른쪽 문도 심하게 찌그러져 전부 교체해야 한다는 말도 덧붙였다. 그 비용이 전부 550만 원이 드는데, 내 차의 차량가액이 248만 원밖에 되지 않아 가액을 초과하는 비용은 자가 부담해야 한다고 보험사 직원은 약관의 조항을 들먹이며 설명했다. 나는 어쨌든 사고를 낸 쪽은 그쪽이니 무조건 차를 완벽하게 고쳐 달라고 말하고 전화를 끊었다. 몇 번 더 보험사에서 전화가 걸려 왔으나 나는 전화를 받지 않았다.

보험사에서 내가 전화를 받지 않자 문자를 보냈다. 차를 찾아가지 않으면 폐차를 하고, 차량가액인 248만 원을 통장에 넣을 테니 계좌번호를 알려달라는 내용이었다. 나는 보험사에 전화를 걸었다.

"피해 차주입니다. 내 차는 비록 18년 된 차지만 바로 어제까지 멀쩡하게 아무 문제 없이 잘 운행되던 차입니다. 내가 가해자도 아닌 피해자입니다. 사고가 나기 전의 상태로 되돌려만 주면 됩니다. 나는 아무런 잘못도 없습니다. 젊은 친구가 내비게이션을 보다가 사고를 냈다고 증언했지 않습니까? 내 차와 나를 더 이상 괴롭히지 말아 주세요. 그냥 사고가 나기 전의 상태로 되돌려만 주면 됩니다. 내가 피해자인데 그게 그렇게나 무리한 요구입니까? 왜 내게 돈을 내라 마라 하는 겁니까? 그리고 무엇보다 골드, 아니 내 차의 가격이 248만 원이라니요. 그 가치는 도대체 누가 정하는 겁니까? 나의 추억, 나의 소망, 나와 골드의 대화, 골드의 심장 소리 그 모든 것들에 누가 값을 그따위로 매긴 겁니까? 다시 말하지만 골드를 사고 나기 전의 상태로 그대로 복원해서 내 앞에 갖다 놓으세요. 그렇지 않으면 내가 뭔 짓을 할지 모릅니다. 내가, 내차 골드가 피해자란 말입니다."

상대방이 말할 틈을 주지 않고 나는 나오는 대로 말을 쏟아냈다. 수화기 저편에서 아무 말이 없었다.

인사과에서 면담 요청이 들어왔다. 장기 승진누락자를 대상으로 희망퇴직을 받는다는 소문이 돌고 있었다. 대강 어떤 내용일지 짐작이 갔다.

나는 바쁜 일 처리가 있다며 면담을 받아들이지 않았다. 오후 반차를 내고 나는 골드가 견인된 자동차공업사로 향했다.

어제 내가 가입한 보험사의 전화를 받았다. 교통사고가 접수되었는데, 상대 보험사에서 9대1로 사고처리를 하겠다고 통보가 왔는데 그렇게 해도 되겠느냐는 것이었다. 나는 상황을 설명하고, 상대방이 100% 과실이 아니냐고 물었다. 내 보험사 직원은 난처한 듯 잠시 머뭇거렸다. 사고 당시에 왜 전화를 하지 않았느냐고 물었다. 나는 사고 당시를 떠올렸다.

젊은이가 맞은편에서 뛰어나와 머리를 곧바로 조아렸다. 연신 미안하다며, 자기가 미처 앞을 보지 못했다고 말했다. 다친 데는 없느냐며 자기가 모두 책임지겠노라고 했다. 젊은이의 차는 보기에도 출고된 지 얼마 되지 않은 새 차였다. 동그라미 네 개가 균등하게 잇대어진 엠블럼이 빛을 받아 반짝거렸다. 골드도 나름대로 제 색을 튕겨내고 있었지만 범퍼가 형편없이 찌그러져 상대적으로 초라해 보였다. 곧이어 젊은이가 가입했다는 보험사 직원이 나타나더니 상황을 정리했다. 자기 측 운전자가 가해 차량이니 보험을 통해 모든 것을 복원해 주겠노라고 했다. 병원에 입원하라는 말까지 덧붙이고 나서 내 차의 연식을 물었다. 나는 18년이 되었노라고 말했다. 그때 젊은 운전자도 보험사 직원도 얼핏 웃는 것 같았다. 넋 나간 사람처럼 기운이 빠져 있는 나를 바라보며 아는 공업사가 없으면 자기네와 협약을 맺은 1급 정비공업사로 차를 견인해도 되겠느냐고 물었다. 나는 골드에게서 십자가 펜던트를 꺼내 양복 안쪽 호주머니에 넣었다. 이 차는 내게는 아주 오래되고 소중한 차니 잘 고쳐 달라고 말했다.

나는 사고 당시의 상황을 보험사 직원에게 말했다. 전화를 걸만한 상황이 아니었고 그럴 필요도 느끼지 못했노라고 했다. 직원이 길게 한숨을 쉬었다.

"고객님! 상대편 차가 갓 출고한 새 외제차량입니다. 교통사고는 아무리 해도 100% 과실이 잘 나오지 않습니다. 9대 1이라 해도 그 차 수리 비용이 1,000만 원 이상이 나왔답니다. 고객님 차는 연식이 오래되어 차량가액이 낮습니다. 오래된 차라 부품 구하기도 쉽지 않고, 제대로 고치려면 고객님 차량가액보다 훨씬 더 많은 비용이 나옵니다. 보험사에서는 차량가액만큼만 보상하게 되어 있습니다. 일단 고객님 차를 가서 보시고 폐차를 하시든지, 아니면 중고 부품으로라도 저렴하게 고쳐 달라고 해야 할 것 같습니다. 제가 먼저 가서 봤는데, 차라리 폐차하고 이번에 새로 차를 구입하시는 게 나을 것 같았습니다. 아! 참고로 상대 차량 수리비가 많이 나와서 내년부터 고객님 보험료가 할증될 것 같습니다. 아무리 9대 1이라지만 외제차와 부딪히면 참 재수 없는 경우지요. 사고 당시에 저희를 불렀으면 그 자리에서 어떻게 조정을 해봤을 텐데 아무튼 그렇습니다."

골드는 사고 당시의 찌그러진 상태로 먼지를 뒤집어쓴 채 정비공업사의 가장 구석진 곳에 주차돼있었다. 부딪힌 부위는 도색이 벗겨져 검은 칠이 드러나 있었다. 운전석 문을 열고 골드에 탑승했다. 혹여 골드가 내게 어떤 말을 걸어오지 않을까 한참 동안 기다렸다. 골드는 힘에 겨운지 아무 말이 없었다.

시동을 걸었다. 평상시처럼 시동은 금방 걸렸다. 기어를 중립에 놓고 액셀을 밟았다. 쇳소리가 심하게 났다. 나의 심장이 빠르게 뛰었다. 후진 기어를 넣고 다시 액셀을 밟았다. 끽끽 소리가 나면서도 골드는 움직였다. 다시 전진 기어를 넣었다. 덜커덩거리기는 했지만 골드를 운행할 수 있을 것 같았다. 도로로 나서기 전 물티슈로 골드의 구석구석을 닦았다. 먼지가 시커멓게 묻어났다.

어디로 가면 골드를 골드답게 재생할 수 있을까. 그런 곳이 있기는 할까. 그래도 지금은 앞으로 가야 한다고 나는 생각했다. 도로를 향해 핸들을 돌렸다. 골드의 휘어진 바퀴에서는 연신 삐거덕거리는 소리가 났다. 쇳소리는 조금씩 커졌다. 사거리에 접어들자 신호등이 녹색에서 주황색으로 바뀌며 깜박거렸다. 나는 액셀을 밟으려다가 브레이크를 밟았다. 골드가 아무래도 사거리를 안전하게 벗어날 수 없을 것 같았다. 골드가 정지선을 밟고 멈춰선 순간 덜커덕하며 앞 범퍼 한쪽이 떨어져 땅에 부딪히는 소리가 났다. 그때 가영 대리가 한 말이 떠올랐다. 내가 감사팀에 그녀의 만류에도 불구하고 보고서를 올린 직후였다.

"자기가 황금색 세단을 좋아해서 자기도 나와 같은 부류인 줄 알았어. 모든 게 다 순간인데, 그냥 즐겁게 살고 싶었어. 십자가 펜던트 있잖아, 그거 가짜 아니야. 진짜 금이거든. 그걸 사면서 나도 어쩌면 다른 꿈을 꾸었는지도 모르겠어. 자기가 너무 완강하게 거부해서 그런 기회를 놓친 게 아쉽지만 나는 자기가 더 걱정돼. 아마 오래도록 외롭거나 힘들지 않을까 하고…."

관리하기 힘든 골드를 왜 그동안 그렇게 애지중지 아꼈을까. 새 차를 사면 모든 것이 새롭게 시작되었을 것인데도, 나는 골드를 벗어나지 못했다. 그것이 내가 선택한 길이었다. 어쩌면 가영 대리의 예언을 빗나가게 하고 싶었는지도 모른다. 나는 금은방에서 세척한 십자가 펜던트를 다시 룸미러에 걸었다. 차 안이 훤해졌다. 나는 지금 외롭거나 힘든가 하고 나에게 물었다. 어쨌든 골드가 있어서 나는 외롭거나 힘들지 않다고 생각했다. 그녀가 틀렸고 내가 옳았다는 생각도 희미해졌다. 2002년이 주었던 안정감과 들뜸. 그리고 선택, 그 시간이 내게 있었으므로 나는 아무렇지 않다고 나를 다독였다.

신호가 녹색등으로 바뀌자 브레이크에서 발을 떼고 액셀을 밟았다. 끼익거리는 소리를 내면서도 골드는 앞으로 나아갔다.

김영은 | 지금은 아닌

2024 한국일보 신춘문예 소설 부문 당선.
명지대학교 대학원 문예창작학과 박사 졸업.

지금은 아닌

김영은

　모든 일은 사소한 것에서 시작되었다. 보일러가 고장이 났다. 아무리 눌러도 에러 코드만 뜰 뿐이었다. 집주인에게 연락을 했지만 제대로 된 답변이 오지 않았다. 급한 대로 보일러 업자를 불렀고 수리 비용 이십만 원을 우선 결제했다. 그 후 영수증을 첨부해 집주인에게 문자를 보냈다. 여러 번 전화도 걸었다. 감감무소식이었다. 이상했다. 의정도 연락이 닿지 않는다고 했다. 부동산에서 전셋집 계약을 진행했을 때 집주인이라며 나타난 남자는 내 또래 정도로 보였다. 악수를 청해오는 손에서 알이 굵은 시계가 번쩍였다. 그는 아이스 아메리카노를 쭉쭉 빨면서 작성된 계약서를 읽어보고는 도장을 꺼내 망설임 없이 찍었다. 그 짧은 순간에도 나는 플라스틱 컵에 맺힌 물방울에 계약서가 젖을까 봐 걱정되었다. 내 돈과 의정의 돈, 은행 대출뿐만 아니라 진수 형에게도 갚아야 할 보증금이었기에 서울에서 이 값에 못 살아요, 아시죠? 하던 그의 너스레를 받아 줄 여유가 없었다. 남자는 부동산 앞에 주차해둔 고급 승용차를 타고 사라졌다. 그것을 마지막으로 남자는 끝내 모습을 드러내지 않았다. 전세 사기 피해자 모임에 다녀온 후 나와 의정은 자연스레 각방을 사용했다.

늦은 밤에 들려오는 낮은 기침 소리나 베란다 한구석에 놓인 재떨이에서 서로를 희미하게나마 감지할 수 있었다. 그러니 의정이 소파에 앉아있는 내게 말을 걸어온 것은 꽤 오랜만의 일이었다.

"이번에 굿을 하는데 와달래."

의정은 에코백에 자동 우산과 립밤을 챙겨 넣으며 말했다.

"굿?"

"응. 아무래도 집에 우환이 든 것 같다고 연락이 와서."

"진수 형 어머님이 그러셔?"

나는 소파에 비스듬히 기대어 있던 상체를 일으켜 세웠다. 언제부터 진수 형네 엄마와 연락을 하고 지냈는지 묻고 싶었지만 참았다. 나도 종종 메시지를 주고받은 적이 있었지만 안부에 불과했다. 그런데 굿 이야기가 오갈 정도라니. 의정이 나 몰래 연락을 주고받은 것만 같은 기분을 떨칠 수가 없었다.

"알잖아. 도의적인 차원이라 생각하자."

의정의 말을 들으며 유리컵에 담긴 얼음을 씹었다. 그러지 않으면 갈증이 풀리지 않았다. 내가 알기로 진수 형은 엄마와 그리 살가운 사이는 아니었다. 가족 이야기를 한 적이 거의 없었는데 장례를 치르고 난 후 진수 형네 엄마는 나와 의정에게 연락을 하기 시작했다.

처음에는 한순간에 자식을 잃은 부모의 마음일 것이라 여겼다. 시도 때도 없이 걸려 오는 전화를 받았고 열렬한 기도문이 담긴 메시지에도 일일이 답장했다. 그러다 맥주 가게로 불려 나가 진수도 너네처럼 살아있다면 얼마나 좋았겠니, 오순도순 연애도 하고 말이야, 따위의 말을 직접 들었을 땐 진수 형에게서 빌린 삼천만 원 때문이란 생각이 스쳤다. 당장 자리를 뜨고 싶었지만 묵묵히 맥주를 따르는 의정을 보며 참았다. 결국 집으로 돌아오며 의정과 큰소리로 다퉜다. 우리가 진수 형이랑 친하게 지낸 것은 맞지만 돈을 빌린 것도 맞지만 그렇다고 이렇게까지 많은 책임과 의무와 죄책감을 떠안을 필요는 없다는 내 말에 의정이 그럼 어떻게 해야 하느냐고 외쳤다. 나는 아무 말도 하지 못했다.

"크게는 아니고 작게 할 거래. 꼭 와줬으면 좋겠다네."

의정은 이미 마음을 굳힌 것 같았다.

"차라리 돈을 드릴까? 굿을 하든 말든 알아서 하라고 하고."

나는 조금 더 부드러운 말투로 말했다. 쏘아붙이고 화를 내다가 다투고 싶진 않았다.

"너 돈 있어?"

의정이 현관 앞에 우뚝 서서 나지막하지만 단호하게 말했다. 돈이라는 단어를 어금니로 꾹꾹 씹는 듯했다. 밑단이 해진 에코백이 의정의 손에서 위태롭게 흔들렸다. 의정이 휴대전화기로 아르바이트 시간을 확인했다. 나는 두 눈을 손가락으로 지그시 눌렀다. 현관문이 열렸다가 닫히는 소리가 들렸다. 피로에 젖은 발소리가 서서히 멀어졌다.

진수 형이 살아있었더라면 무언가 달라졌을까. 나이를 먹어도 좀처럼 익숙해지지 않는 마음의 생채기가 날 때면 진수 형에게 달려가고 싶었다. 그러면 진수 형은 평소처럼 소주나 한잔하자고 한 뒤 넋두리를 들어주고 돈 몇 푼을 슬쩍 쥐여줬을지도 모른다. 보증금이 부족해서 집을 구하기 어렵다고 말했을 때처럼, 다음날 통장으로 입금된 돈 때문에 전화했더니 너나 의정이한텐 안 받는다 생각하고 줄게, 라고 말했던 것처럼 엉망진창으로 불안한 내 마음을 다독여줬을지도 모른다.

진수 형과는 우연히 참석한 과 술자리에서 만났다. 복학한 선배라 들었는데 많은 이들이 그를 따르는 분위기였다. 대부분의 비용이 형의 주머니에서 나왔다는 사실은 나중에야 알게 되었다. 그 당시 진수 형은 어느

모로 보나 나와 같은 조무래기 대학생들보다 더 앞서 있었다. 고물이라 며 별것 아니란 듯 굴었지만 외제 차를 몰고 다니는 것이나, 아르바이트 나 학교 성적에 연연하지 않는 것이나, 여자친구가 자주 바뀌는 것 등등 을 옆에서 지켜볼 때면 진수 형처럼 살고 싶다는 생각이 자연스럽게 스며 들었다. 무엇보다 진수 형에겐 설명하기 힘든 여유가 있었다. 상대방의 삶의 한 조각이나 종종 그 자신도 잊어버리는 습관 같은 것까지 기억하는 여유.

진수 형은 갓 전역해 어리숙했던 나에게 의정을 소개해주기도 했었다. 형은 나를 믿을 만한 사람이라고 말했다. 정확히 나의 어떤 부분을 믿는 지는 모르겠지만 나도 누군가에게 그런 믿음을 줄 수 있는 사람이 되었다 는 건 특별한 기분이었다. 진수 형과 의정과 나는 특히나 입맛이 잘 맞았 는데 제철 음식을 좋아해 꼬박꼬박 챙겨 먹었다. 봄에는 미나리, 여름에 는 백숙, 가을에는 전어, 겨울에는 대하와 같은 식이었다. 제철 음식 덕 분에 계절마다 모임을 가졌고 대학을 벗어나 직장 생활을 하면서도 미식 생활 비슷한 것이 이어졌다. 종종 진수 형의 여자친구와 어울리기도 했 는데 늘 그랬듯 얼마 못 가 헤어졌다. 진수 형은 셋일 때가 가장 편하다 고 했다.

의정과 내가 결혼 자금을 모으기 위해 동거를 하기로 했다는 소식을 알 렸을 때도 집 구하기에 발 벗고 나서주었다. 부동산 어플과 여러 소식통 을 거쳐 지금 사는 동네를 콕 집어주었다. 이제 막 재개발이 끝난 동네이 기 때문에 대부분 신축 빌라였고 맞은 편에는 아파트 단지가 있었다. 헬 스장, 영어 학원, 치과, 피부과, 유명 제과점, 카페, 뷰티샵까지 새롭게 들어선 곳이었다. 하지만 나에게도 알아본 곳이 있었다. 시세보다 저렴 했고 노선의 끄트머리이긴 하지만 나름 역세권이기도 했다. 그곳에 대해 서 이야기하자 진수 형이 거긴 너무 낙후되었다고 딱 잘라 말했다.

"돈을 조금 더 보태면 되지."

진수 형은 나와 의정이 겨우 마련한 보증금 액수를 에둘러 말했을 때도 그런 말을 덧붙였다. 그 조금이라는 말이 내 마음을 무겁게 짓눌렀다. 애당초 계획했던 동거 날짜가 한 달, 두 달 뒤로 밀리며 자취방의 계약 종료가 가까워지니 괜히 조급해졌다. 의정을 더 설득해서 내가 알아봐 둔 곳으로 이사를 가도 되는 것이었지만. 그때는 그런 생각을 하지 못했다. 의정은 진수 형이 추천한 동네를 더 마음에 들어 하는 듯했다.

동거 첫날, 이삿짐 정리를 도와준 진수 형과 함께 이 동네에서 삼계탕으로 유명하다는 식당으로 향했다. 우리는 땀을 뻘뻘 흘리며 닭 뼈를 발라냈다. 입가심 서비스로 나온 인삼주도 들이켰다. 의정은 배가 터지겠다고 엄살을 피웠고 진수 형은 이거 한 잔 더 못 마시냐, 하면서 입맛을 다셨다. 나는 이사 기념으로 인삼주를 더 시켰다. 전셋집을 구할 수 있게 도와준 진수 형에게 고마웠다. 그것을 시작으로 편의점에서 위스키며 와인이며 죄다 사서 이삿짐으로 어질러진 거실 한복판에 앉아 축하 파티를 열었다. 고맙다, 꼭 갚겠다, 그런 말을 수도 없이 되풀이했다. 다음 날 오후가 되어서야 일어난 내게 의정은 소주나 마시면 될 것을 쓸데없이 비싼 와인이랑 위스키를 샀다고 핀잔을 주었다. 나는 집주인이 그 정도는 해야 한다고 대꾸했다. 진수 형에게서 어제 잘 마셨다고, 좋은 집에서 좋은 일만 있기를 바란다는 메시지가 와있었다. 의정이 열어둔 거실 창문으로 바람이 불었다. 훈훈하면서도 시원한 초여름의 바람이었다. 의정은 아파트 단지 근처이고 그만큼 거리와 상가가 깨끗한 점이 마음에 든다고 했다.

"언젠가 우리도 저기로 갈 수 있겠지?"

창문 앞에 서 있는 의정의 정수리로 햇빛이 내려앉았다. 여기서 잘 살아가기만 하면 되는 것이다. 몸집을 불리듯 점점 키워나가는 거다. 혼인 신고도 하고 결혼식도 올리는 거다. 이제 막 삼십 대에 들어섰으니 아주 늦은 것도 아니다. 한 단계씩 나아가며 살면 된다. 못할 게 뭐 있나. 부딪치면서 사는 거지. 나는 의정을 꼭 안으며 생각했다. 단단한 조약돌 같은 꿈이 손에 쥐어진 듯했다. 그런 날들이었다. 특별할 것 없는 소소한 날들. 언제나 있으리라 믿어 의심치 않던 날들. 그런 날들은 다 가버렸다. 고장 난 보일러와 연락이 닿지 않는 집주인과 휴지 조각이 된 등기부등본과 진수 형에게 사정을 잘 말해보자는 의정에게 "너 진수 형 좋아하냐?"와 같은 시답잖은 말로 언쟁하던 때. 진수 형의 전화를 피하고 제철 음식 맛집 링크를 보내오는 메시지에 답장을 하지 않았을 때. 경찰 조사에서 진수 형의 휴대전화기에 저장된 번호가 가족 이외에 나와 의정의 것이 전부라는 사실을 듣게 되었을 때. 진수 형네 엄마에게서 연락이 왔을 때. 이 모든 일이 아득하게 느껴졌다.

*

약속 장소에 진수 형네 엄마가 먼저 나와 있었다. 검정 투피스 차림에 구두를 신은 차림새가 어딘가 단정하고 꼿꼿한 느낌을 주었다. 굵고 풍성하게 물결 진 머리칼이 머플러와 함께 어깨선을 부드럽게 감싸고 있었다. 얇고 가느랄 목덜미에는 새하얀 진주 목걸이가 반짝였다. 두툼한 패딩을 입은 나와 의정이 초대받지 못한 손님처럼 느껴졌다. 진수 형네 엄마가 손을 흔들었다. 쌓였다가 녹은 눈 때문에 길 곳곳은 흙과 먼지로 뒤엉켜 질펀했다. 구두 굽이 미끄러질 듯 말듯 아슬아슬했다.
"보살님께서 신당에 오기 전에 속을 깨끗하게 하라셔."
진수 형네 엄마의 말에 나와 의정을 어리둥절한 표정을 지었다. 그는 입술에 살짝 힘을 주었다가 풀며 근처 백반집을 가리켰다. 허름하고 작은 창에서 정체 모를 연기가 새어 나오고 있었다.

"저기서 속풀이를 해야 한다더라."

"아, 밥을 먹고 와서…."

내가 거절하려는 의사를 내비치려는 찰나, 의정이 내 말을 싹둑 잘랐다.

"괜찮아요, 어머님. 같이 가요."

의정은 진수 형네 엄마의 곁에 바싹 다가서서 발걸음을 맞춰 걸었다. 서울역에서 이곳까지 내려오는 내내 입맛이 없다며 물만 마신 의정이었다. 나는 그런 의정의 뒤통수를 바라보며 걸었다. 백반집에 도착한 의정이 테이블 위에 물컵과 수저를 놓았다. 진수 형네 엄마는 허리를 쭉 편 다음, 머플러와 장갑을 찬찬히 벗어 옆자리에 개켜두었다. 그리고 두부정식 세 개를 주문했다.

"멀리까지 와줘서 고맙다."

물을 한 모금 마신 진수 형네 엄마가 그제야 생각난 듯 말했다.

"아니요, 어머님. 당연한 일이죠."

의정은 마치 며느리라도 된 것처럼 꼬박꼬박 어머님이라 호칭하며 고개를 숙였다.

"우리 진수가 그렇게 되고 나서 도저히 그 집에 살 수가 없더라고. 서울 집 다 정리하고 여기로 내려왔는데도 마음이 영 편하지 않더라."

말을 하는 틈틈이 진수 형네 엄마는 물을 마셨다. 입에 잠깐 머금다가 삼키는 바람에 말과 말 사이가 툭툭 끊겼다. 그 짧은 시간도 길게만 느껴졌다. 진수 형네 엄마가 나와 의정을 번갈아 바라보았다.

"밤마다 심장이 아프고 식은땀이 나. 병원에 가도 아무 병도 없고 멀쩡하단다. 잘 먹고 잘 자면 된다는데 그게 어디 말처럼 쉽니."

"그럼요. 쉽지 않죠."

의정이 맞장구를 쳤다. 두 손을 꼭 쥐고 바짝 앞으로 당겨 앉은 자세가 자신 또한 그렇다고, 온갖 잔병치레를 겪는데 병이 있는 게 아니라서 되려 곡할 노릇이라고 하소연하는 것만 같았다. 의정은 내과와 신경정신과를 전전하며 높은 염증 수치와 불면증, 면역체계 이상과 불안증 사이를 오가고 있었다. 나 또한 원인을 알 수 없는 알레르기 반응에 시달렸다. 어떤 날은 목에, 어떤 날은 다리에, 어떤 날은 등과 엉덩이에 발진이 돋아났다 가라앉기를 반복했다. 언제 어디서 어떻게 생겨날지 알 수 없었기에 비상약을 항상 소지해야 했다. 테이블 위에 국그릇과 간장 종지, 나박김치와 멸치볶음이 차례로 놓였다. 부드럽게 으깨진 두부에서 뜨거운 김이 피어올랐다.

진수 형네 엄마가 먼저 숟가락을 들었다. 의정과 나는 국물에 메마른 혀를 축이는 정도로만 먹었다.

"속이 좀 편해졌니?"

얼마간의 침묵을 뚫고 진수 형네 엄마가 물었다. 나는 겨우 반 정도, 의정은 반도 먹지 못하고 있었다. 무슨 말을 해야 할지 몰라 수저만 부지런히 움직였다. 그릇과 그릇 사이를 오가는 소리가 날카롭게 울리는 듯했다. 진수 형네 엄마는 입가심으로 물을 천천히 마셨다. 그러면서 나와 의정을 빤히 쳐다보았다. 그 눈빛을 읽어내기가 쉽지 않았다. 숟가락을 국그릇에 넣었다가 빼기를 반복했다. 먹는 둥 마는 둥 하는 내 행동을 의정이 곁눈질하는 것이 느껴졌지만 아랑곳하지 않았다.

식당을 나서자 대형 승합차 한 대가 눈에 띄었다. 매끈한 신형이었다. 뒷문이 자동으로 열렸고 앞줄에는 나이를 가늠하기 어려운 무당이 앉아 있었다. 젊어 보이기도 하고 늙어 보이기도 하는 얼굴이었다. 화장품과 향수가 뒤섞인 냄새가 훅 끼쳤다. 뒷좌석에는 굿을 도와주는 사람들이 있었다. 얼핏 보면 풍물놀이 공연을 하는 사람들이나 연극배우들 같기도 했다. 진수 형네 엄마는 무당을 향해 고개 숙여 인사를 한 후에 승차했다. 나와 의정도 따라서 고개를 숙인 채 그 뒤를 따랐다. 오래된 도로인데도 승합차의 바퀴는 큰 소음 없이 부드럽게 굴러갔다. 열선 시트와 히터는 적절한 온도로 따뜻함을 유지했다. 새삼 의정에게 돈을 조금 보태자고 했던 나 자신이 우습게 느껴졌다.

"잘했어?"

무당이 물었다.

"네네, 보살님. 덕분에 깨끗한 마음이 되었습니다."

진수 형네 엄마가 고개를 조아리며 말했다.

"그래. 미움이나 원망은 오물과도 같아서 아무리 숨기려 해도 냄새를 풍기기 마련이야. 그 썩은 내가 풀풀 풍기는 걸 자기만 몰라."

마음의 오물. 무당이 그 말을 할 때 왠지 나를 쳐다보는 것 같았다. 의자 폭이 넓은데도 의정은 자꾸만 내 쪽으로 엉덩이를 댔다. 차창 너머로 시선을 돌렸다. 빠르게 지나가는 가로수에 집중했다.

신당의 분위기는 지극히 사무적이었다. 도우미로 보이는 사람들이 분주히 움직였다. 진수 형네 엄마는 미리 준비해둔 캐리어에서 진수 형의 옷가지들을 꺼내어 곱게 접어 제사상 옆에 두었다. 친인척들도 몇몇 참석했지만 그 수가 손에 꼽을 정도였다. 그들은 굿판이 시작되기 전부터 기도를 하거나 별 감흥 없이 신당 주변을 구경하듯 오갔다. 의정과 나에게 인사를 건네오는 사람은 없었다. 나는 마당 뒤편으로 향했다. 가슴께가 답답했다. 바지 주머니에 넣어둔 담배를 꺼냈다. 숨을 들이마시고 내뱉을 때마다 어머님, 하던 의정의 목소리가 맴돌았다. 혀끝이 씁쓸했다. 돈을 빌린 것뿐이지 죄를 지은 것은 아니다. 게다가 진수 형네 엄마가 돈 이야기를 꺼낸 적은 없었다. 어쩌면 나와 의정이 돈을 빌렸다는 사실조차 모르고 있을 수도 있다. 그런데도 고개부터 숙이고 보는 의정의 모습이 마음에 들지 않았다. 담뱃불을 운동화 앞코로 지그시 눌렀다. 낮은 지붕들 위로 펼쳐진 하늘이 지나치게 푸르고 높았다.

무당은 꽹과리 소리에 맞춰 널뛰기 시작했다. 그 힘이 젊은 사람 못지 않아 신당 바닥이 쿵쿵 울렸다. 진수 형네 엄마는 무릎을 꿇고 앉아 무언가를 끊임없이 속삭였다. 눈치를 보던 의정도 따라서 무릎을 꿇고 앉았다. 나는 미닫이문과 가까운 벽에 등을 바짝 붙였다. 무언가에 압도되는 느낌이라기보단 그저 스크린에 상영되는 이름 모를 영상 같아 보였다. 어느 날 갑자기 알고리즘에 떠서 보게 된 그런 것. 꽹과리 소리가 귓전을 때렸다. 무당이 흰 천을 어깨에 휘감았다. 그 위에 진수 형의 옷가지를 둘렀다. 잠시 후 무당이 낮은 목소리로 흐느끼더니 진수 형네 엄마에게로 다가갔다.

"진수야! 진수야!"

진수 형네 엄마가 무당을 올려다보며 울음을 터뜨렸다. 목울대가 팽팽하게 부풀며 들썩였다. 그 움직임을 따라 진주 목걸이도 흔들렸다. 몇몇 이들이 흐느꼈다. 무당은 눈물을 뚝뚝 흘리며 술병을 들고 일렬로 앉아있는 친인척들 한 명 한 명에게 다가갔다. 술 한 모금에 한마디씩 말했다. 잘 살아야 한다, 건강해야 한다, 난 잘 지내고 있다, 억울한 것 없다…. 그럴 때마다 무당의 어깨에 둘린 진수 형의 옷가지가 나풀거렸다. 정말 진수 형이 여기에 있는 것이라면 분명 나에게도 그런 말을 할 것이었다. 좋은 말들. 애정 어린 말들. 도움을 주고 싶다는 말들. 이제는 부채로 남은 말들. 이자로 셈해 꼬박꼬박 갚아야 할 말들.

진수 형이 불쑥 집 앞으로 찾아온 것은 한밤중이었다. 여러 차례 전화를 걸어왔기에 술주정이라도 하려나 싶어 대충 모자를 구겨 쓰고 나갔다. 종일 부동산 어플을 들락거리며 현재 위치에 찍힌 경매에 넘어간 빌라들을 본 날이었다. 새빨간 표시등이 홍역처럼 우수수 찍혀있었다. 눈가가 떨리다 못해 욱신거렸다. 패딩을 입었는데도 겨울밤은 추웠다. 진수 형은 어둠 속에 검정 세단과 함께 서 있었다. 코트 주머니에서 꺼낸 담배를 내게 건넸다. 패딩 주머니에 담뱃갑이 있었지만 금연 중이라고 거절했다.

"의정이는? 잔대?"

"피곤하다고 저녁도 안 먹고 자고 있어."

거짓말이었다. 의정은 거실에서 티브이를 보고 있었다. 쉬는 날이면 종영한 지 십 년 가까이 된 예능 프로그램들을 보는 것이 유일한 낙이었다. 밤새 티브이를 보다가 소파에서 잠들고 일어나서 일을 나가는 생활이 이어졌다. 떠들고 웃는 소리가 적막한 집 안을 채워주었다. 의정의 방에는 방치된 이삿짐 상자가 있었다. 그곳엔 미처 정리하지 못한 시집, 소설 창작론, 시나리오 작법서 같은 것들이 있었다. 한때 의정은 밤마다 노트북 앞에 앉아 무언가를 썼다. 잠깐 화장실을 가거나 물을 마시러 부엌에 갈 때면 문틈 사이로 조그만 책상 앞에 앉아 노트북 화면을 바라보고 있는 의정의 모습이 보였다. 노트북 화면에서 퍼지는 빛과 자판을 두드리는 소리를 들을 때면 어떤 따스한 감정이 스며들었다.

의정의 소설을 읽는 것은 꽤 재미있는 일이었다. 일상 속에서 소소하게 나누었던 농담이나 여행, 어린 시절의 일화 같은 것들이 등장했기 때문이었다. 내가 마지막으로 본 의정의 소설에는 죽은 남자가 등장했다. 유령이 된 남자는 한 집에 머물게 되고 그 집은 살아생전에 잊어버린, 아주 오래전에 살았던 어린 시절의 집이었다. 그 집에 머물다가 떠나는 사람들의 삶을 엿보며 자신의 삶을 반추하는 것이 주된 줄거리였다. 지난여름이었다. 그때까지만 해도 의정은 읽고 쓰고 고치기를 반복하며 창작에 열을 올렸다. 나는 슬쩍 우리 집 창문을 쳐다보았다. 암막 커튼으로 가려져 있어 내부가 보이지 않았다.

"잘 지내나 싶어 와봤다."

진수 형이 희미하게 웃었다. 나는 새삼스레 무슨 그런 말을 하느냐고 말했다. 한편으로 의정이 진수 형에게 우리가 겪은 일에 대해 몰래 털어놓았을까 하는 의구심이 들었다. 입안이 말랐다. 괜히 헛기침을 했다. 그러면서도 어차피 진수 형은 돈이 많으니까 어떻게든 잘 살 것이라고, 나와 상관없다고 생각했다. 실제로도 그랬고 앞으로도 그럴 것이었다.

"예전엔 다 같이 잘 지내면 좋겠다고 생각했는데."

진수 형이 약간 머뭇거리며 담배를 한 대 더 꺼냈다.

"요즘은 그런 것 같지 않아. 다들 원하지도 않고."

하고자 하는 말을 애써 빙빙 돌리는 것 같았다. 뭉친 어깨가 아팠다. 진수 형이 담배를 세 개비째 꺼냈을 때 내일 출근이라 들어가 봐야 한다고 말했다. 출근이니 야근이니 하는 세계에 살지 않는 진수 형은 직장인에게 일요일 밤이 얼마나 소중한 시간인지를 모를 것이었다. 진수 형이 어, 그래, 라고 말하며 담배를 코트 주머니에 다시 집어넣었다. 추위로 손등이 새빨갰다.

"시간만 뺏었네. 얼른 들어가서 자."

진수 형이 운전석 문을 열었다. 순간 불쑥 묻고 싶어졌다. 내가 빌려달라고 한 것도 아닌데 왜 먼저 돈을 준 거냐고. 삼천까지 쥐여주면서 무엇을 원했던 거냐고. 나와 의정 사이에 끼고 싶었던 거냐고. 그럼 의정을 남몰래 좋아하고 있는 것인지, 외로워서인지, 삼천이 정말 가벼운 액수였던 것인지, 호의였던 것인지, 이것도 다 아니라면 그저 내가 불쌍해 보여서였는지. 그러나 엉뚱한 말이 튀어 나갔다.

"형도 금연 좀 해."

내 말에 진수 형이 웃었다. 웃고 있었지만 어딘가 찡그린 표정 같기도 했다. 검정 세단이 골목길을 빠져나갔다. 팔자 좋은 소리 하네. 골목길을 내려가는 세단을 보며 침을 뱉듯 중얼거렸다. 언제부터 진수 형이 거북해졌을까. 진수 형이 나와 의정의 집에 드나드는 것이, 밥을 먹자고 하는 것이, 대학 시절을 추억하는 것이, 일자리를 대신 알아봐 주겠다고 이런저런 기업 모집 요강들을 모아 메일로 보내는 것이, 힘든 일이 있으면 언제든 말하라는 대책 없는 말들이 불편했다. 그보다 나 자신이 더 대책 없는 놈이란 생각이 들었다. 진수 형이 추천해준 동네로 이사 오지만 않았더라도, 기꺼이 돈을 빌려주겠다는 그의 말에 흔들리지만 않았더라도. 나는 진수 형의 부고를 들었을 때도 이날 밤의 생각을 곱씹었다. 그리고 곧 죽음 앞에서 돈부터 셈한 나 자신의 바닥을 보고야 말았다.

　북이 울렸다. 진수 형의 옷가지가 한 벌씩 벗겨졌다. 방울들이 서로 부딪치며 요란하고도 높은 소리를 냈다. 이제 무당은 진수 형의 옷가지들을 완전히 벗었고 도우미들이 그것을 주워 담았다. 옷가지들은 마당에서 피어오르고 있는 불길 속에 던져졌다. 새빨간 불과 함께 검은 연기가 공중으로 솟구쳤다. 매캐한 섬유 냄새가 났다. 사람들은 본능적으로 코와 입을 막으며 뒷걸음쳤다. 나와 의정도 뒤로 물러섰다. 진수 형네 엄마만이 흙바닥에 엎드린 채 흐느끼며 무언가를 속삭였다. 진수 형에게 하는 말인지 자기 자신에게 하는 말인지 알 수 없었다. 구두 굽은 마당의 흙먼지로 더럽혀져 있었고 머리칼은 헝클어져 있었다. 웅크린 등과 어깨가 공벌레를 떠올리게 했다. 공벌레에서 점으로, 그보다 더 작은 티끌로 변할 것만 같았다. 그렇게 점점 더 작아져서 아예 사라져버릴지도 몰랐다. 그리고 그것은 진수 형이 나와 의정의 삶에서 완전히 빠져버렸다는 것, 그가 영원히 사라져버렸다는 것, 정말로 죽었다는 사실을 알려주었다. 어느새 곁으로 다가온 의정이 내 손을 잡았다.

서울역에 도착할 때까지 의정과 나는 아무 말도 하지 않았다. 다만 서로의 손을 꼭 잡고 놓지 않고 있었다. 굿판이 끝나고 친인척으로 보이는 남성이 시내까지 데려다주겠노라고 했지만 나와 의정은 이미 택시를 부른 상황이었다. 기사는 도착지에 다다를 때까지 창문을 열고 운행했다. 백미러에 매달린 십자가가 이리저리 흔들렸고 그럴 때마다 나와 의정에게서 재 냄새가 느껴졌다. 서울역에 도착한 후 지하철과 버스를 번갈아 타고서 동네에 도착했다. 먼 여행길에서 돌아온 것만 같았다.

"산책이나 할까?"

의정이 횡단보도를 가리켰다. 우리 집과는 반대 방향이었다. 그곳엔 의정이 처음 이 동네에 왔을 때 자주 찾아갔던 아파트 단지 내 공터가 있었다. 비자나무와 벚나무로 조성된 공터의 벤치에 앉아서 쉬는 것이 의정의 산책 코스였다. 신호가 바뀌었다. 나와 의정은 여전히 손을 잡고 있었기에 자연스럽게 횡단보도를 건넜다. 의정의 발걸음이 가볍고 익숙해서 아파트 입주민처럼 느껴질 정도였다. 아파트 입구에 세워진 대리석 문주에는 캐슬이라는 단어가 황금색으로 빛나고 있었다. 공터로 향하면서 조금도 숨이 차지 않았다. 가파른 골목길을 오르내리다 보면 계절과 상관없이 현관에 도착했을 때쯤엔 등줄기에 땀이 흐르기도 했는데 이곳은 그렇지 않았다. 의정과 나는 천천히 발을 맞추며 걸었다. 은은한 풀잎 냄새가 코끝을 스쳤다. 의정이 왜 항상 이곳으로 산책을 왔는지에 대한 의문이 풀렸다. 몇몇 아이들이 소리를 지르며 뛰어놀고 한구석에 엄마들이 모여있는 풍경은 길 하나를 사이에 두고도 전혀 다른 분위기를 자아냈다. 의정과 나는 미끄럼틀과 그네가 보이는 벤치에 앉았다.

"시원하다."

의정의 표정이 한결 가벼웠다. 오랜만에 보는 밝은 표정이었다.

"그러게. 여기 참 좋다."

차가운 공기가 머리를 맑게 해주는 듯했다.

"그치? 저쪽에는 어린이 도서관이 있고 그 옆으로는 카페테리아도 있어. 거기 커피 맛이 괜찮아."

의정이 손가락으로 단지 내 이곳저곳을 가리켰다. 내 시선은 능숙한 의정의 손끝을 따라 움직였다. 아이들이 미끄럼틀과 그네를 타며 소리를 질렀다. 그 옆으로 여자들이 삼삼오오 모여 이야기를 나누고 있었다. 그때 한 아이가 울음을 터뜨렸다. 미끄럼틀 아래에서 넘어진 것이었다. 한 여자가 서럽게 우는 아이에게로 달려갔다. 다른 아이들도 놀란 눈치로 아이와 여자의 주변을 뱅뱅 돌았다. 아이는 누가 자기를 밀었다는 둥 어쨌다는 둥 소리 높여 말했다.

"네가 잘못한 게 아니면 됐어."

여자가 아이의 뺨을 손바닥으로 닦아주며 말했다. 소란은 금방 일단락되었다. 아이는 코를 훌쩍이면서도 활기를 되찾았다. 다른 아이들도 아까 전과 마찬가지로 미끄럼틀과 그네를 오가며 뛰어놀았다. 여자도 다시 자리로 돌아갔다. 모든 것이 금방 제자리를 찾았다.

"근데 말이야."

의정이 고개를 돌려 나를 바라보았다.

"그 아줌마 진짜 이상하지 않아?"

의정은 미간을 잔뜩 찌푸렸다.

"진수 오빠가 힘들었겠다 싶더라고."

내가 아무 말도 하지 않자 의정은 그냥 그랬다고, 라며 말끝을 흐렸다. 그러면서도 미간 사이의 호두알 같은 주름은 없어지지 않았다.

"그랬겠지 뭐."

주변이 노을빛으로 서서히 물들었다. 어느새 아이들과 여자들은 자취를 감추었다. 의정과 나는 잠깐 아무 말도 하지 않았다. 의정이 발목을 흔들었다. 불안하거나 무언가를 골똘히 생각할 때 나오는 습관이었다. 마지막 인사를 나눌 때까지 진수 형 엄마의 입에서는 아무 말도 나오지 않았다.

"괜찮겠지?"

같은 생각을 한 듯 의정이 물었다. 나는 고개를 끄덕였다.

"다녀오길 잘했어."

말하고 나니 정말이지 다녀오길 잘했다는 생각이 들었다. 나와 의정은 벤치에서 일어나 집으로 향했다. 그러면서 지난여름 동안 의정이 썼던 소설을 떠올렸다. 유령이 된 남자. 자신이 살던 집에서 떠나지 못하고 맴돌던 남자가 결국 어떻게 되었는지 결말이 기억나지 않았다. 의정은 소설의 결말을 썼을까. 혹은 결말이 나지 않은 미완의 상태로 두었을까. 언젠가 의정에게 물어볼 날이 오겠지. 어쩌면 영영 오지 않을지도 모른다. 잊고 살거나 더는 궁금하지 않을지도 모른다. 다만 지금은 아닐 뿐이었다. 어두운 골목에서는 나와 의정의 그림자조차 보이지 않았다.

박숲 | 날아가거나 머무르거나

전남매일 신춘문예 단편소설 당선,
현대경제 신춘문예 장편소설 당선.

날아가거나 머무르거나

박숲

  선호는 하네스를 펼쳐 시몬의 목과 발을 조심스럽게 끼워 넣었다. 시몬은 산책이라도 가는 줄 알고 유쾌하게 수다를 떨었다. 시몬을 원한 사람은 중년남성이었다. 그것 이외 입양자에 대한 더 이상의 정보는 없었다. 거래만 잘 이루어진다면 굳이 알 필요가 없었다. 그러나 원래의 금액보다 두 배의 분양비를 제시하면서까지 시몬을 원하는 걸 보면 뭔가 석연찮았다.

  선호는 하루라도 빨리 시몬과 헤어지고 싶었다. 모든 발단이 시몬에게서 비롯된 거라 믿었다. 선호는 지영이 버리고 간 시몬을 떠맡을 이유도 여유도 없었다. 그래서 시몬이 안녕, 자기야, 사랑해 따위의 말을 기계적으로 읊조릴 때마다 목을 비틀고 싶었다.

  ― 넌 평균 이하야.

  지영은 그 말을 끝으로 이삿짐센터에 의뢰해 원룸의 짐을 모두 빼갔다. 바닥에 허물처럼 나뒹구는 자질구레한 물건들 위로 앵무새들의 털과 비듬이 하얗게 흩날렸다. 지영은 핸드폰 번호를 바꾸고, 선호와 관련된 모든 SNS에서도 깔끔하게 사라졌다.

74

평균이란 누가 결정하는 걸까. 지영은 언제나 '평균'이라는 단어를 즐겨 사용했다. 학교 성적, 성격, 외모, 집안 내력, 하물며 경제력까지도 평균은 돼야 한다고 주장했다. 지영의 논리대로라면 평균 이하의 수준은 낙오자에 속했다. 대학을 다닐 때만 해도 선호는 지영에게 평균 이상의 남자였다. 그러나 평균 이하의 수준으로 추락한 건 순식간이었다.

선호는 첫 직장을 잘못 선택한 때문이라고 믿었다. 일 년 가까이 인턴으로 이용당하다 밀려난 뒤, 다단계 회사에 걸려든 것도 잘못 끼운 첫 단추의 연쇄작용이었다. 지영의 말대로 차라리 공무원 시험이나 임용고시, 그도 아니면 박사과정까지 공부를 이어갔다면 스펙 만이라도 평균 이하는 되지 않았을 것이다.

선호는 지영이 원하는 것을 아무것도 해줄 수 없었다. 약간의 용돈 정도는 부모로부터 지원을 받았지만 두 사람의 생활비는 오롯이 지영의 몫이었다. 선호는 지영이 '평균'을 따질 때마다 사회구조가 잘못된 탓이지 자기 능력이 부족한 건 아니라고 우겼다. 아직 기회비용은 충분하고 평균 이상으로 진입하는 건 시간문제라고 큰소리쳤다. 나날이 근거 없는 자신감만 부풀린다고 비난하는 지영에게 선호는 평균 이상의 인간형이 되기 위한 계획들을 장황하게 늘어놓았다. 선호의 논리는 가당찮은 허세이며, 현실감각이 뒤떨어진 자폐적 인간들의 전형적 논리라고 지영은 비꼬았다. '평균 이상'의 목적 대상이 점점 한정적으로 축소된다는 게 얼마나 슬픈 일인지 지영은 결코 알지 못할 것이다.

누구나 평균적인 욕망은 지니고 산다. 사실 지영이 지나치게 큰 것을 요구한 건 아니었다. 지영은 농담처럼 적어도 BMW(Bus, Metro, Walk) 인생은 살지 않아야 한다고 주장했고, 비록 금수저는 아니라도 흙수저 신분을 대물림하는 삶은 안 된다고 강조했다. 그 정도쯤이야 누구나 바라는 기본 욕구에 해당했다. 그러나 선호는, 지금이 어느 시대라고 아직

도 신분제 운운하냐고 투덜댔다. 그럴 때마다 지영은 가차 없이 그를 윽
박질렀다.

— 이젠 세상 보는 감각도 떨어진 거니? 차별 없는 세상을 아무리 외쳐
도 신분제는 영원히 사라지지 않아. 아니 사라질 수 없어. 그거 몰라?

지영은 남들에겐 더없이 다정하고 너그러웠지만 선호에겐 한없이 가혹
했다. 언제나 야멸찬 독설로 선호를 처참하게 깨트리는 걸 주저하지 않
았다. 은행에 취직한 대학 동기는 지영처럼 현실적인 여자가 선호와 헤
어지지 못하는 건 손실 회피 경향의 심리가 커서 그렇다고 했다.

밖으로 나오자 시몬은 신이 나서 눈을 반짝거렸다. 안녕, 사랑해, 뽀뽀,
내 거야, 라고 쉴 새 없이 떠들어댔다. 지영이 매일 애정을 쏟으며 훈련
시킨 결과였다. 지영은 삼 개월 전 서울로 장기 출장을 가면서 선호에게
시몬과 나머지 애완조들의 사육권을 모조리 떠넘겼다. 새로 개점하게 될
대형마트 홍보 기획을 지영이 따냈기 때문이다. 한 달이라고 했지만 얼
마나 걸릴지는 알 수 없었다. 그즈음 선호는 지영과의 관계가 최악이었
기에 잠깐 떨어져 있는 것도 나쁘지 않다고 생각했다. 그러나 애완조들
을 빼고 나면 둘 사이의 연결고리는 점점 희미해졌다.

— 아가들 밥 먹었어? 배변판은 갈아줬어? 안 놀아주면 애들 우울증 걸
리는 거 알지? 이상한 말 좀 가르치지 말고.

선호는 대충 알았다고 했다. 놀고 있네, 내가 그렇게 한가한 줄 아냐.
선호는 차마 입 밖으로 말을 꺼내지 못했다. 지영이 잔소리를 늘어놓을
때마다 자신이 애완조 집사로 전락한 것 같아 기분이 더러웠다. 지영의
마음을 이해 못 하는 건 아니지만 그럴 때마다 정나미가 떨어졌다. 넌 새
따위가 나보다 중요해?

— 안녕, 아빠?

선호는 시몬의 부리를 틀어쥐며 소리를 질렀다.

― 누가 니 아빠야! 어우 이런 개새!

선호는 시몬을 어깨에서 끌어내려 손등에 올린 뒤 노려보았다. 시몬은 고개를 까딱거리며 지영에게 배운 단어들을 랩처럼 쏟아냈다. 마주 오던 예닐곱 살 정도의 남자아이가 탄성을 질렀다.

― 와 말하는 새다. 아저씨 얘 이름이 뭐예요?

남자아이는 선호의 앞을 가로막고 귀찮게 굴었다.

― 야, 저리 꺼져, 임마!

남자아이가 으앙 울음을 터트렸고 아이 엄마가 놀라서 뛰어왔다.

― 엄마, 이 아저씨가 욕했어.

아이 엄마는 아이를 끌어안고 쌀쌀맞게 쏘아붙였다.

― 애한테 무슨 짓이에요?

선호는 당황해서 얼버무렸다.

― 어 내가 뭘 어쨌다고, 이 새가 개소리 한 건데.

아이가 따지듯 말했다.

― 아저씨가 욕한 거 다 봤다구요.

아이 엄마는 화를 내며 아이의 손을 붙잡고 빠른 걸음으로 사라졌다.

선호는 시몬의 이마를 주먹으로 탁 쳤다. 시몬이 꽥꽥 괴성을 질렀다. 선호는 시몬을 이동장에 집어넣고 지하철 타는 곳으로 걸음을 옮겼다. 시몬은 지영의 목소리로 리듬을 타듯 안녕, 사랑해, 를 반복했다. 마치 지영이 남기고 간 메아리처럼 가슴을 아리게 했다. 지하철에서도 시몬 때문에 난감한 상황이 발생할까 걱정되었다. 하지만 두 배의 분양비를 생각하면 이 정도 수고로움 쯤은 당연히 감당해야 했다. 계단에서 마주친 주인은 이번 달 월세 날짜를 확인시켜주었다. 선호는 갑자기 나타난 가로수에 부딪혀 이동장을 놓칠 뻔했다. 선호는 나무 밑동을 세게 걸어찼다. 단풍나무의 붉게 물든 나뭇잎이 우수수 쏟아졌다. 시몬이 남자 목소리로 킬킬킬 웃었다.

예상대로 시몬은 지하철에서 계속 떠들어 시선을 집중시켰다. 지하철에서 빠져나오자 땀이 식으면서 으스스 떨렸다. 선호는 입양자에게 다시 문자를 보냈다. 입양자는 경고문처럼 답문을 보내왔다.

—집중! 길을 잃고 헤맬 수 있음!

그는 찾아오는 길을 상세히 적어놓았다. 전화 통화는 곤란하다고 했다. 구글맵에 주소를 입력하면 간단할 텐데, 주소 역시 알려주지 않았다. 시몬은 실컷 떠들다 지친 건지 조용했다. 아직은 늦가을이었지만 일교차가 심해 오후인데도 겨울 날씨처럼 추웠다. 선호는 시몬을 이동장에서 꺼내 외투 안에 집어넣었다. 웬일인지 시몬은 고분고분했다. 가끔은 시몬이 새보다 사람 같아 징그러울 때도 있었다.

지영은 애완동물 중에서도 유난히 새를 좋아했다. 지영과 사는 원룸에선 언제나 새똥 냄새가 진동했고 파우더라는 새 비듬과 털이 부옇게 날아다녔다. 지영은 손바닥에 쏙 들어갈 만큼 작은 종부터 대형 종까지 다양한 종류의 새들을 여러 마리 키웠다. 선호는 지영의 체취가 새똥 냄새에 파묻히는 것도 싫었고 지영의 목소리로 새들이 와글와글 떠드는 것도 싫었다. 집주인에게 여러 번 경고를 받았음에도 자꾸 개체수를 늘리는 지영이 선호의 눈엔 편집광처럼 보였다. 지영은 휴일에도 애완조들을 보살피느라 원룸에 처박혀 지낼 때가 많았다.

언젠가 선호는 지영의 몸을 애무하다 입에 새털이 들어갔다. 새털을 제거하기 위해 티슈를 뽑으며 말했다.

— 아씨 다 팔아버리고 제대로 된 놈 하나만 키우자니까!

지영이 벌떡 일어나 말했다.

— 다 제대로 된 애들이거든, 너보단 나아.

지영은 늘 그런 식으로 선호를 무시했다. 지영이 침대에서 내려가자 기다렸다는 듯 모든 새들이 한꺼번에 지영에게 달려들었다. 지영은 벌거벗은 채 새들에게 둘러싸여 먹이를 주었고 새들과 이야기를 나누며 즐거워했다. 선호는 지영과 화해할 기회를 또다시 새들에게 빼앗겨 티슈 통을 벽을 향해 던졌다. 새들이 한꺼번에 천장으로 날아오르며 새털과 새하얀 비듬이 원룸 가득 휘날렸다.

지영은 출장이 연장되면서 아예 서울로 직장을 옮길 태세였다. 선호는 불안감이 극에 달했다. 틈만 나면 지영을 만나기 위해 서울로 가는 전철을 타야 했다. 지영에게 종일 카톡을 보내고 수시로 영상전화는 물론, 지영의 회사 근처에서 무작정 기다리는 일을 반복했다. 취업사이트를 뒤지고 자기소개서 내용을 업그레이드해야 할 시간이 자연스럽게 줄어들었다. 지영은 진저리를 쳤다.

— 제발, 취업 준비 때려치우고 고시원 들어가 공무원 시험공부라도 해봐.

선호는 지영이 헤어질 핑계를 찾는다고 생각했다. 싸움이 반복되고 싸움의 수위가 점점 높아지자 지영은 선호를 벌레나 괴물 취급했다. 결국 몸싸움까지 벌인 날, 선호는 자신을 향해 달려드는 시몬을 붙잡아 창밖으로 집어 던졌고, 지영은 시몬을 쫓아 집을 나갔다. 시몬은 곧바로 창문으로 다시 들어왔지만 지영은 돌아오지 않았다.

왜 지구상의 이별은 죄다 추악하냐고, 선호는 시몬에게 푸념을 늘어놓았다. 선호의 마음을 아는지 모르는지 시몬은 엄마, 엄마, 지영을 애타게 불러댔다. 지영과 파국으로 치닫던 시간을 지워버리고 싶었다. 그토록 아끼던 새들을 모두 버린 채 떠난 지영을 이해할 수 없었다.

선호는 지영의 새들을 차례로 분양했다. 원룸에서 새들이 한 마리씩 빠져나갈 때마다 머릿속이 환해졌다. 게다가 중형 새들은 생각보다 가격이 비싸서 당장 생활비로도 유용했다. 무엇보다 새들을 처리하는 과정이 지영과의 과거를 청산하는 과정 같아 후련함까지 느껴졌다.

열 마리가 넘는 중소형 앵무들을 모두 처분하고 시몬만 남겨졌을 때 비로소, 기억이란 억지로 처분한다고 해서 말끔하게 정리되는 게 아님을 깨달았다. 혼자 남겨진 시몬의 불안한 모습은 선호와 닮아 있었다.

바람이 세차게 불었다. 어느새 해가 저물어 가로등 불빛이 하나둘 켜졌다. 선호는 입양자가 문자로 알려준 위치를 재확인했다. 눈앞에 보이는 아파트 104동과 105동 사이의 샛길을 찾아보았다. 아무리 살펴보아도 샛길은 보이지 않았다. 같은 이름의 아파트 두 동 근처만 세 번째 돌고 있었다.

선호는 104동 입구를 지나 105동 사이로 접어들었다. 아파트 건물 옆길로 난 작은 샛길은 둥그런 나무로 이어진 계단이었다. 양옆으로 작은 바위들과 풀이 우거져 있었다. 길은 아파트 담벼락에서 끊겨 있었다. 또 잘못 온 건가. 선호는 고층 아파트의 건물을 올려다보며 터벅터벅 되돌아 나왔다.

편의점 카운터 안에는 두 명의 여자가 잡담을 나누고 있었다. 한 여자는 삼각김밥의 바코드를 찍고 다른 한 여자는 달걀과 샐러드를 박스에서 꺼내는 중이었다. 선호는 입양자가 일러준 아파트 위치를 물었다.

– 저 아래로 쭉 내려가다가 우측으로 가시면 돼요.

서 있는 여자가 말했다. 시몬이 그새를 못 참고 시끄러워! 소리를 질렀다. 두 여자는 불쾌한 표정으로 선호를 쳐다보았다.

– 손님, 지금 저희한테 그랬어요?

시몬이 외투의 지퍼 틈으로 머리를 내밀었다. 두 여자는 비명을 지르며 바닥으로 주저앉았다. 시몬이 회색머리를 삐죽 내밀어 지영의 목소리로 안녕, 인사하자 두 여자는 슬그머니 고개를 들었다. 시몬이 선호의 목소리로 으하하하, 웃었다. 일어서던 여자가 가슴을 탁탁 치며, 아 놀랐잖아요, 라며 한숨을 내쉬었다. 선호는 단지를 세 번이나 돌았지만 샛길이 없다고 했다.

— 아파트 단지에 샛길이 있을 리가 없잖아요.

박스를 옮기던 여자가 말했다.

선호는 입양자에게 속은 기분이었다. 생수 한 병과 빵을 계산한 뒤 유리창 옆 탁자 위에 시몬을 올려놓았다. 시몬은 날개를 펼쳐 푸드득 몸을 풀었다. 선호의 주머니에서 문자 도착 알림이 울렸다.

— 안 오십니까?

선호는 분양을 취소해버리고 싶었다. 그러나 비싼 원룸에 혼자 지낼 이유가 없었다. 약간의 보증금으로 방세를 정리한 뒤 시몬의 분양비로 고시원으로 들어갈 계획이었다. 무엇보다 선호는 시몬을 계속 데리고 있을 능력이 안 되었다. 시몬까지 정리하고 나면 엉망으로 뒤엉킨 현재의 삶을 새롭게 복구할 수 있을 것 같았다. 어긋난 관계란 마주 오는 차와 부딪친 것처럼 서로에게 치명적인 상처만 입힐 뿐이었다.

입양자의 말대로 지름길인 샛길이 보였다. 샛길이라기보다 담벼락 귀퉁이가 허물어져 저절로 생긴 조그만 틈새 같은 통로였다. 간신히 한 사람이 빠져나갈 정도로 비좁고 허름했다. 대형 브랜드의 대단위 아파트 뒤쪽 담벼락에 이런 길이 있다는 게 이상했다. 하긴 보통의 상식으로 이해할 수 없는 일들은 어디에나 넘쳐나기에 굳이 이해 못 할 것도 없었다.

선호는 흙에 휩싸인 돌무더기를 밟고 통로를 빠져나왔다. 통로를 빠져나오자 아파트 단지와는 전혀 다른 허름한 동네가 나타났다. 사내의 집은 담벼락과 지붕까지 온통 담쟁이넝쿨로 둘러싸여 있었다. 오래된 이층 건물은 음산한 기운이 곳곳에 스며 한없이 낡아 보였다. 계단을 서너 개 올라가 철제로 된 대문의 초인종 버튼을 눌렀다. 철컥, 총알을 장전하는 소리처럼 대문이 자동으로 열렸다. 선호는 이동장 손잡이를 든 손에 힘을 주고 대문 안쪽으로 들어갔다.

선호는 열려 있는 현관문을 밀며 안을 들여다보았다.

- 계십니까.

선호가 묻고 곧이어 시몬이 따라 했다.

- 들어와요.

안쪽에서 중저음의 남자 목소리가 들렸다. 개인 간 분양 직거래는 집 외부에서 대개 이뤄졌다. 그런데 집 안으로 들어오라니 이상했다. 선호는 신발을 벗고 쭈뼛거리며 안으로 들어섰다. 걸음을 뗄 때마다 나무로 된 바닥이 삐그덕 삐그덕 소리를 냈다.

선호는 거실로 보이는 공간을 가로질렀다. 집의 내부는 생각보다 크고 넓고 높았다. 거실에는 집기류가 거의 없고 커다란 고사목과 포도나무 줄기로 만든 횟대가 가득했다. 마치 새들만을 위해 꾸민 공간처럼 보였다. 그런데 이상하게 새는 한 마리도 눈에 띄지 않았다.

- 새 가져왔는데요.

왠지 느낌이 좋지 않았다. 선호는 한 번 더 여보세요, 하고 조심스럽게 불렀다. 그 순간, 안쪽에서 누군가 나타났다. 머리를 가지런히 빗어 넘긴 사내가 휠체어를 타고 있었다. 덩치가 큰 편이고 부리부리한 눈에 콧수염을 단정하게 기른 사내의 외모는 기이해 보였다.

- 유튜브 녹화 중이었는데 진행 중인 내용을 끝내느라 말이죠. 녹차 드시겠어요?

선호는 사내의 외모가 주는 묘한 분위기에 눌리는 기분이었다.

- 아닙니다. 약속이 있어서 새만 드리고 가보겠습니다.

- 왜요, 이것도 인연인데. 아 참, 새 좀 볼까요?

사내는 호탕하게 웃으며 말했다.

선호는 이동장을 열었다. 시몬은 나올 생각이 없는지 꼼짝도 하지 않았다. 선호가 이동장에 손을 넣자 시몬은 화가 난 듯 달려들어 선호의 손가락을 세게 깨물었다. 선호는 악, 비명을 지르며 황급히 이동장에서 손을 뺐다.

－ 꺼져! 나쁜 새끼!

－ …!

－ 낙오자! 병신!

시몬은 불안정할 때 했던 것처럼 쉬지 않고 떠들었다.

－ 언어 습득력이 뛰어나군요. 그런데 성격이 상당히 과격한가 보죠?

사내는 큰소리로 웃으며 말했다.

－ 애가 지금 컨디션이 안 좋아서 그래요.

선호는 당황해서 얼버무렸다.

－ 애완동물은 주인을 닮는다고 하잖습니까.

지영도 비슷한 말을 했다. 애완동물은 주인을 닮을 수밖에 없다고. 그렇다면 시몬은 지영을 닮은 걸까 선호를 닮은 걸까. 아무려나 선호는 지금 지영이거나 자신을 닮았을지 모를 시몬을 낯선 사내에게 넘기려는 중이다. 그것은 부정할 수 없는 현실이었다.

사내는 거래를 곧장 하지 않고 시간을 끄는 것처럼 보였다. 시몬이 마음에 드는 눈치이긴 했다. 하지만 선호는 불안했다. 두 배의 분양비는 고시원에서 7~8개월 버틸만한 꽤 큰 액수였다. 더 이상 키울 상황도 아니었지만 시몬이 지영의 목소리로 종일 떠드는 소리를 계속 들으면 지영에 대한 집착을 놓을 수 없을 것 같았다. 지영이 선호와 관계를 이어온 건, 친구가 말한 손실 회피 경향의 심리보다 매몰 비용 심리에 더 가까울지 몰랐다. 어떤 이유에서든 지영이 긴 시간 선호의 곁에 있어 준 건 대단한 인내였다. 선호는 재취업이 어려워진 이후, 폭주 기관차를 탄 것처럼 하루하루가 초조하고 불안했다.

– 새는 날아갈 수도 있고 머무를 수도 있어. 새가 무엇을 하건 나는 그 새를 견딜 거야.

새를 처음 원룸으로 데리고 오던 날 지영은 말했다. 선호는 종종 지영이 했던 말을 떠올렸으나 의미를 헤아리기 어려웠다. 선호는 지영이 애완조를 두고 하는 말이 아니라는 것쯤은 알고 있었다. 그러나 지영이 선호를 향한 말의 깊은 의미는 모호했다. 선호는 지영에게 그것에 대해 한 번도 묻지 않았다. 왜 그랬을까. 왜 묻지 못했던 걸까. 어쩌면 선호는 지영의 이중적 소망을 알면서도 외면하고 싶었을 것이다.

사내가 한 손에 찻잔을 들고 탁자 쪽으로 다가왔다. 스르륵스르륵 휠체어 바퀴 구르는 소리에 소름이 돋았다.

– 의자 가져와서 여기 앉아요.

사내가 가리키는 벽 쪽에는 꽤 많은 철제의자가 포개져 있었다. 선호는 이동장을 탁자 위에 올려놓은 뒤 거실을 둘러보았다.

– 새를 무척 좋아하시나 봐요. 근데….

선호의 궁금증을 알아차린 듯 사내가 휘익! 휘파람 소리를 냈다. 그러자 어디선가 덩치 큰 새가 날아와 사내의 어깨 위에 착지했다. 시몬보다 훨씬 큰 대형 앵무였다.

– 이 녀석은 고도로 훈련이 돼 있어요. 내 허락 없이 소리를 지르거나 말을 하지 않고 함부로 날아다니지도 않아요. 배변 훈련까지 된 똑똑한 아이죠.

머리가 붉고 몸 전체가 어두운 톤의 붉은색에 푸른색이 섞인 새를 보며 선호는 감탄했다.

– 이 녀석 말고도 대형 앵무가 몇 마리 더 있어요. 하지만 내 명령 없이 아무 때나 날지 못하죠.

사내의 어깨에 앉아 있는 새는 맹금류처럼 눈빛이 강렬했다. 마치 사내의 호위병처럼 위엄마저 있어 보였다. 시몬이 위험을 감지한 건지 갑자기 날개를 푸드덕거리며 꽥꽥 소리를 질렀다. 괜찮아, 괜찮아, 선호는 이동장에 손을 넣어 시몬의 목을 만져주었다.

사내는 이동장을 이리저리 돌려가며 시몬의 부리와 발과 몸 곳곳을 꼼꼼하게 살폈다.

— 앵무들 언어 습득력이 좋은 건 알지만, 배변을 가린다는 얘긴 첨 들었어요.

선호는 의아한 표정으로 말했다.

— 어떤 동물이든 훈련만 잘하면 안 되는 게 없죠. 인간도 마찬가지구요.

선호는 사내의 말을 잘못 들었나 싶어 되물었다.

— 인간이라뇨?

— 왜요, 인간은 동물 아닙니까? 인간들이야말로 가장 훈련이 까다롭죠. 뼛속까지 스며든 관습이나 편견을 바꾸기가 쉽지 않으니 말이죠.

사내는 피식 웃으며 말했다.

— 인간이라고 다 그런 건 아니죠.

선호는 인간을 새처럼 훈련 시킨다는 말이 묘하게 불쾌해서 한마디 했다.

— 그래요? 인간이야말로 훈련이 가장 필요한 동물이란 걸 모르시나 보네.

사내는 입언저리를 일그러뜨리며 말했다. 그런 뒤 주머니에서 명함을 꺼내 선호에게 건넸다. 명함에 새겨진 여러 타이틀 중 '동물 정신연구소'라는 문구가 눈에 띄었다.

— 좀 복잡하죠? 경영컨설턴트가 원래 직업이었는데 다리를 다친 뒤론 집에서 잡다한 일을 하고 있어요.

사내는 말하면서 이동장을 장난스럽게 툭 쳤다. 시몬이 놀라 소리를 질렀다.

― 병신! 낙오자!

순간이었지만 사내의 눈동자에 날카로운 빛이 스치는 것을 선호는 놓치지 않았다. 사내와 선호 사이에 잠깐 어색한 침묵이 맴돌았다.

― 지금은 동물들 정신을 개조하는 인터넷 방송을 주로 하고 있는데, 이래 봬도 구독자 수가 장난 아녜요. 인간의 잔인한 본능은 생각보다 강한 면이 있거든요.

선호는 사내의 말이 이해가 가지 않았지만, 얘기가 길어질 것 같아 모른 척했다.

― 저, 어떻게 하실 건지….

본론으로 돌아가자는 선호의 얘기를 못 들은 척 사내는 차를 한 모금 마신 뒤 잔을 탁자 위에 내려놓았다.

― 사람들은 내 몸 상태만 보고 동정부터 하던데, 그쪽도 마찬가지 아닌가?

선호는 돌발적인 사내의 말에 당황했다. 자신도 모르게 휠체어 발판에 얹힌 사내의 두 다리를 힐끔거렸던 걸 자각했다. 선호는 재빨리 사내의 두 다리에서 시선을 거두었다.

― 제, 제가요? 그게 무슨 말씀이신지….

선호는 민망함에 말을 얼버무렸다.

― 신체적인 문제를 정신적인 문제로까지 확대해석하고 단정해버리는데, 이게 바로 편견의 뿌리 깊은 질병이 아니고 달리 뭐겠습니까.

사내의 말투야말로 자기 편견의 세계에 고착된 사람 특유의 것으로 들렸다. 선호는 사내의 거래 태도가 몹시 불쾌했다.

― 거래를 하자는 겁니까 말자는 겁니까. 이만 가보겠습니다.

─ 도대체 어떤 인간이 정상인인가요? 정상인과 비정상인 간의 차별이라니… 인류의 모든 비극이 그와 같은 편견에서 비롯되었다는 걸 알고는 있어요?

사내는 들은 척도 하지 않고 자기 말만 이어갔다. 목에 핏줄이 도드라질 정도로 흥분한 상태였다. 순간 선호는 잘못 왔다고 생각했다. 두 배의 분양비는 함정일 것이다.

─ 편견은 당연히 안 좋죠. 너무 예민하신 거 아닌가요.

─ 그럼 비극이 왜 생기는지 아십니까?

사내는 선호의 눈을 똑바로 쏘아보며 물었다. 당신의 헛된 망상에서 비롯된 거라고 쏘아붙일 뻔 했지만, 선호는 감정을 가라앉히고 차분하게 말했다.

─ 비극은 관점이 어디를 향하느냐에 따라 달라지는 거 아닌가요?

처음 보는 사내와 이따위 말씨름이나 하고 있다니 한심하다는 생각이 들었다.

─ 허허 그런가요? 내가 뭔가 하나에 꽂히면 푹 빠지는 타입이라 말이죠.

─ 새는 어떻게 하실 겁니까?

선호는 손을 뻗어 이동장 손잡이를 잡았다.

─ 이제 8시밖에 안 됐는데 얘기나 좀 더 나눕시다. 보아하니 바쁜 일도 없는 것 같은데.

─ 입양을 원하는 거 맞습니까?

선호의 다그침에도 사내는 당황하는 기색 없이 그윽한 눈빛으로 시몬을 주시했다. 곧이어 자신을 따라오라며 휠체어를 움직여 안쪽으로 들어갔다. 잠시 망설이던 선호는 어쩔 수 없이 사내를 따라갔다. 시몬이 지영의 목소리로 안녕, 안녕하세요, 애교를 부렸다.

거실에서 기역자로 꺾인 곳을 돌자 복도가 길게 이어졌고 두 개의 방이 나타났다. 사내는 문이 열려 있는 방으로 들어갔다. 생각보다 커다란 공간이 펼쳐졌다. 방안에는 대형 유리 상자처럼 커다란 아크릴 새장 두 개가 진열되어 있고 새장 중간에 기다란 탁자가 가로놓여 있었다. 새장 하나는 비어 있었고 다른 하나에 시몬과 같은 종류의 앵무새가 횃대 위에 조각상처럼 앉아 있었다. 사내는 새장 문을 열어 새의 머리를 쓰다듬었다.

선호는 방을 둘러보며 감탄했다. 한쪽 벽면에는 세 대의 컴퓨터가 놓여 있고, 여러 대의 카메라가 각도에 따라 설치돼 있었다. 사내와 선호의 엉거주춤한 모습이 컴퓨터 화면에 잡혔다. 선호는 깜짝 놀라 밖으로 나가려고 했다.

– 지금은 방송 중이 아니니 신경 쓸 거 없어요.

사내의 말에도 선호는 꺼림칙한 기분을 떨칠 수 없었다.

– 난 원래 새를 싫어하는 사람이에요. 새는 아내 때문에 키웠죠.

선호는 사내의 입장이 자신과 비슷한 것에 내심 놀랐다. 사내는 아내가 새를 병적으로 좋아해서 자주 다퉜다고 했다. 그의 아내는 점점 새처럼 말했고, 새들은 오히려 인간의 언어를 썼다고 했다.

– 이게 말이 됩니까?

사내가 구구절절 쏟아낸 말을 정리하자면, '아내는 새가 되었다'였다. 지영 역시 사람의 언어와 조류의 언어를 섞어가며 새들과 대화를 나눴다. 문득 새는 날아갈 수도 머물 수도 있다던 지영의 말을 떠올리며 선호는 말했다.

– 선생님 아내는 새의 언어로 신호를 보냈을 겁니다. 선생님은 그걸 이해하지 못했을 거고요.

그렇게 말하고 나자 구름 뒤로 맑게 드러난 하늘처럼, 선호는 지영의 의미심장했던 말이 그제야 이해가 되었다.

— 인생이란 게 참 웃겨요, 그쵸? 새들을 모조리 없애버리면 모든 게 제자리를 찾겠지 했는데 말이죠… 아참, 새를 파는 이유가 뭐요?

— 네? 아 그, 그게….

갑작스런 질문에 선호가 말을 더듬자 사내가 묘한 표정으로 고개를 끄덕였다. 그런 뒤 대형 아크릴 새장을 손으로 가리키며 저곳에 시몬을 넣으라고 말했다. 하지만 선호는 그의 지시를 따를 수 없었다.

— 계산부터 하는 게 순서죠.

사내는 아크릴 새장 문을 열고 회색앵무에게 말했다.

— 여보 어때, 당신 맘에 쏙 들지?

선호는 자신의 귀를 의심했다. 회색앵무는 박제된 새처럼 움직이지 않았지만 두 눈동자가 불안하게 흔들렸다. 사내는 아무리 봐도 정상이 아닌 것처럼 보였다. 스르륵스르륵, 사내의 휠체어가 선호 쪽으로 다가왔다. 시몬은 불안한 듯 부리를 세워 꽥꽥 소리를 지르며 화가 날 때 쓰는 단어들을 마구 쏟아냈다. 그 사이 사내의 휠체어는 선호를 지나쳐 탁자 옆으로 갔다.

— 이쪽으로 와요. 계산합시다.

선호는 걸음을 옮겨 사내 쪽으로 갔다. 그 사이 시몬은 다시 멍청이! 낙오자! 병신새끼! 소리를 질러댔다. 이상한 일이지만 시몬의 욕설을 듣자 선호는 오히려 안정감이 느껴졌다. 지영이 바로 옆에 있기라도 한 것처럼. 사내는 시몬에게 말버릇이 최악이라며 강력한 정신훈련이 필요한 녀석이라고 말한 뒤 단정적으로 덧붙였다.

— 낙오자란 스스로 인정해야만 가능한 겁니다. 남들이 아무리 낙오자라고 비난해도 내가 인정하지 않으면 아닌 거란 말이죠. 상대적인 문제가 아니라 그건 지극히 주관적인 문제니까요.

선호는 사내의 말에 묘하게 공감되었지만 그런 자신이 못마땅하게 여겨져 사내의 말에 곧바로 반박했다.

- 인정하지 않는 것 자체가 낙오자의 가장 큰 특징이죠.

선호의 반박에 사내는 그건 잘못된 생각이라며 좀 더 얘기해보자고 했다. 하지만 선호는 사내와 더 이상 상대하고 싶지 않아 단호하게 말했다.

- 지금 계산하지 않으면 거래는 없던 걸로 하겠습니다.

사내는 미간을 찡그리며 실실 웃었다.

- 오늘은 특별한 방송을 할 거요. 도네(도네이션 : 기부, 후원)를 꾸준히 쏴준 팬들을 위한 스페셜 서비스 방송 말요. 버릇이 고약하게 든 저놈이 모델로 제격이겠어. 죽음을 불사할 정도로 훈련이 안 먹히는 놈들도 간혹 있긴 한데, 저놈도 그럴 가능성이 농후하군.

사내는 미묘한 표정을 지었다.

- 네? 시몬을 어떻게 한다고요?

선호는 자신의 귀를 의심했다.

- 거래가 끝나면 내가 주인 아닌가? 난 성격을 개조하는 능력이 탁월하다니까!

그 순간, 선호는 일이 크게 잘못되었다는 걸 깨달았다.

- 성격을 개조시킬 목적으로 새를 입양합니까? 쟤들도 제각각 고유의 특성을 지니고 있다는 걸 모르세요? 당신은 비극을 놀이처럼 즐기나 본데, 생명을 가지고 장난치는 거 아니죠.

선호는 자신이 지영처럼 말하고 있다는 걸 깨달았다.

아침햇살이 원룸의 창문 너머로 환하게 떠오르면 지영의 앵무들은 동시에 인간의 언어와 새의 언어를 섞어 수다를 떨었다. 그때마다 선호는 귀를 틀어막고 고함을 질렀다. 그럴수록 앵무들은 더욱 큰소리로 유쾌하게 떠들어대며 혼을 쏙 빼놓았다. 선호는 앵무들의 부리를 틀어막아 숨통을 끊어놓고 싶은 유혹에 시달렸다. 지영이 아니었다면 작은 앵무 몇 마리를 수건으로 휘감아 죽일 뻔한 적도 있었다.

— 당신이 뭔데 시몬의 성격을 개조한다는 겁니까?

선호는 사내를 향해 언성을 높였다. 마침 시몬이 선호의 목소리로, 낙오자! 하며 꽥 소리를 질렀다. 사내는 눈을 치켜뜨고 말했다.

— 낙오자? 넌 나랑 비슷한 족속이잖아 병신아!

선호는 사내의 비난에 정수리가 뜨거워졌다. 애써 모른 척했던 수치스러운 감정이 낱낱이 까발려진 기분이었다. 재빨리 이동장의 손잡이를 움켜쥔 채 선호가 말했다.

— 당신은 비정상이야. 미쳤다고! 난 당신과 달라!

— 비정상? 내가 왜 비정상이야? 왜, 비용이 맘에 안 드나? 그럼 세 배로 쳐 주지. 그것도 부족한가?

사내는 두툼한 입술을 벌려 미친 사람처럼 웃었다. 선호는 이동장을 손에 들고 거래는 없던 걸로 하자고 했다. 사내가 거래를 원했던 건 자신의 결핍과 분노를 잠재울 조롱거리가 필요했을지도 모를 일이었다.

— 왜 이러고 사세요! 한심한 인간처럼.

— 한심하다고? 그건 바로 너 같은 루저 새끼를 두고 하는 말이지! 두 배로 쳐준 금액이 새 목숨값이란 걸 너도 알고 있었잖아. 이제 와서 그걸 몰랐다고 오리발을 내미는 건가?

선호의 비웃음에 사내는 흥분한 어조로 소리쳤다. 사내의 비난은 뾰족한 압정처럼 선호의 온몸으로 날아와 박혔다.

— 나는 새의 생명을 팔고 목숨값을 받으러 온 게 아냐. 내가 당신처럼 새를 재물 삼아 대리만족이나 하는 찌질한 인간처럼 보여?

선호는 이미 제어할 수 없는 감정 상태에 이르러 사내와 꼿꼿하게 맞섰다. 사내가 주먹으로 이동장을 내리쳐 바닥으로 떨어뜨렸다. 순식간이었다. 시몬이 이동장 밖으로 빠져나와 위쪽으로 날아올랐다. 선호는 시몬을 보자 정신이 번쩍 들었다.

  ― 잘됐군, 오늘 너희 둘 다 정신을 뜯어 고쳐주지!

  언제 꺼낸 것인지 사내의 손에는 M16 비비탄총이 들려 있었다. 사내는 시몬을 향해 총구를 겨눴다. 새장을 빠져나온 시몬은 천장에 머리를 부딪치며 미친 듯 날개를 퍼덕거렸다.

  타앙!

  총소리가 공간을 뒤흔들었다. 선호는 본능적으로 머리를 감싼 채 바닥에 엎드렸다. 머릿속이 하얗게 변했다. 그 와중에도 시몬의 푸드덕거리는 날갯짓 소리가 선명하게 들렸다. 선호는 반사적으로 일어나 사내의 휠체어를 세게 밀치고 시몬의 뒤를 쫓았다. 사내가 괴성을 지르며 총을 쏘아댔다. 총성과 함께 비비탄 총알이 곳곳에서 우박처럼 튀어 올랐다.

  선호는 눈 앞에 펼쳐진 광경에 섬뜩한 공포를 느꼈다. 사내의 호위무사처럼 보이던 대형 앵무가 퍽 소리를 내며 바닥으로 떨어졌다. 붉고 푸른 깃털이 어지럽게 흩날렸다.

  ― 당신 미쳤어? 새를 죽이다니, 당장 멈춰!

  선호가 고함을 질렀지만 그것은 오히려 사내를 자극하는 기폭제가 되었다. 곧이어 사내의 총구가 시몬을 향했다. 시몬은 놀라서 꽥꽥 괴성을 질렀다. 선호는 눈 앞에 펼쳐지는 상황을 도저히 믿을 수 없어 몸을 제대로 움직일 수 없었다.

  곧이어 총성과 함께 비비탄 환이 시몬을 향해 날아갔다. 날개를 맞은 건지 시몬이 중심을 잃고 허공을 맴돌았다. 선호의 가슴과 어깨 등 곳곳에도 총알이 쉴새 없이 날아왔다. 선호는 총알을 맞으며 탁자를 건너뛰어 사내의 총을 뺏고 휠체어를 발로 걷어차 버렸다.

  바닥으로 고꾸라진 사내는 고장 난 인형처럼 웃음을 멈추지 않았다. 선호는 문득 밝아진 컴퓨터 화면을 보았다. 무음이었지만 화면 한쪽 대화창이 쉴 새 없이 빠르게 작동하고 있었다. 선호는 세 대의 컴퓨터 화면에 담긴 자신의 모습을 보았다.

실시간 중계 영상?

선호는 고함을 지르며 곳곳에 설치된 카메라를 향해 의자를 휘둘렀다. 구독자님들 어때요, 오늘 스페셜 방송 끝내주죠? 으하하하, 사내가 미친 사람처럼 소리치며 웃었다.

– 미친 새끼! 너야말로 정신을 뜯어고쳐야 해!

선호는 철제의자로 휠체어를 마구 내리쳤다. 사내의 욕설과 웃음소리가 쩌렁쩌렁 울려 퍼졌다. 시몬은 공포에 가까운 괴성을 지르며 공중을 헤매다 방을 빠져나갔다. 선호 역시 시몬을 뒤쫓아 거실로 뛰쳐나왔다. 시몬은 날개를 파닥거리며 공중을 몇 바퀴 돌다 열린 현관문 틈새로 빠져나갔다. 시몬이 흘린 피가 거실과 현관문 바닥에 붉은 점처럼 떨어져 있었다.

선호는 시몬을 뒤쫓아 밖으로 나왔다. 세찬 바람이 어둠과 함께 얼굴을 덮쳤다.

– 생각 바뀌거든 다시 오쇼, 세 배로 쳐줄 테니까.

사내의 웃음소리가 끊이지 않을 것처럼 등 뒤로 따라붙었다. 선호는 목이 터져라 시몬을 부르며 골목을 뛰어다녔다. 지영이 떠난 날 시몬이 창문으로 다시 날아들었던 것처럼, 이름을 부르면 언제든 곁으로 돌아올 거라 믿었다. 하지만 그건 마치 시차 부적응자와 같은 착각이었다. 어떤 사람이 그런 악조건 안으로 되돌아올 수 있을까. 그 어떤 새가 그런 악조건 속으로 되돌아와 버틸 수 있을까.

골목은 이십 분 넘도록 선호의 발소리로 소란스러웠다. 하지만 시몬의 자취는 어디에서도 찾을 수 없었다. 어디로 날아간 걸까. 선호는 구부린 무릎에 손바닥을 괸 채 숨을 헐떡이며 비포장도로 끝을 바라보았다. 인정하기 싫지만 시몬이 돌아올 확률은 제로에 가까워 보였다. 어쩌면 확률이 없는 게 아니라 돌아오지 않기를 바라는, 돌아오지 않는 게 정상이라 깨닫는 자신의 저 깊은 마음을 들여다보며 안도하고 있는 건지도 몰랐다.

선호는 핸드폰 전원을 켜고 애완조 카페에 접속했다. 잠시 망설였지만 시몬을 찾는다는 게시물은 올리지 않았다. 날아가거나 머물거나 혹은 돌아오거나, 그 모든 게 이제는 자신과 무관하다는 생각이 점점 또렷해지고 있었다.

지영에게는 지영의 경로가 있고, 시몬에게는 시몬의 경로가, 선호에게는 선호의 경로가 있다. 처음부터 그랬고, 지금도 그렇고, 앞으로도 그럴 것이다. 그것을 받아들이지 않고 의존적으로 버티려 한 자신이 견딜 수 없이 한심했다. 사내의 집으로 되돌아가 모든 걸 파괴해버리려던 충동을 접고 천천히 골목을 빠져나왔다. 그런 개인 방송에 사로잡혀 도네를 쏴주는 인간들에 대한 증오도 무의미한 감정의 배설일 뿐이다. 세상만사가 다 각자의 삶 안에서 생명을 위한 활동을 해나간다. 경로를 이탈하더라도 날개를 펼쳐 날아오르려는 것은 당연한 욕망이다. 지영이 했던 말이 화두처럼 밤하늘에 박혀 푸른 빛을 냈다.

날아가거나 머무르거나!

유호민 | 붉은 베리야

2024년 세계일보 신춘문예 당선.

붉은 베리야

유호민

마지막 가족여행의 마지막 저녁, 바지락죽이 유명하다는 어느 식당에 들어갔다. 아빠가 "바지락이 잘못하면 모래가 아작아작 씹히는데 이건 그런 게 하나도 없이 아주 맛있다."고 했고, 모두들 동의하며 해감 잘 된 바지락죽을 맛있게 먹었다. 잠시 후 아빠가 다시 "바지락이 아작아작 씹히는 거 하나도 없이 아주 맛있다."고 했고, 우리는 또 동의했고, 그리고 잠시 후 아빠가 또 "바지락이 아작아작…." 을 되풀이했을 때 아무도 아무 말도 하지 않았다. 잠시 후 아빠가 다시 "바지락이…."를 시작하자 누가 먼저랄 것도 없이 "아, 그 아작아작 좀 그만하세욧!" 마치 합창처럼 외쳤고, 그 절묘한 타이밍에 재미있어하며 모두 크게 웃었다. 그리고 돌아오는 길 고속도로 휴게소에서, 가족들은 화장실로 매점으로 전망대로 이리저리 흩어지고 나와 아빠 단둘이 남아있었다. 아빠는 난 지금 여기가 어딘지 도무지 모르겠다, 하고 대수롭지 않은 듯 말했는데 나는 그 순간 아빠가 방금 다녀온 여행을 모두 잊어버렸다는 걸 눈치챘다. 아빠의 손에 엄마의 핸드백이 들려 있는 게 보였다. 문득 핸드백은 아빠가 자의로 들고 있다기보다는 아빠 손의 일부인 것처럼 거기에 항상 있어 왔다는 걸 깨달았다. 그것은 엄마가 잠시 자리를 비웠지만 이제 곧 돌아올 거라는 표시이고, 그래서 아빠는 그곳이 어딘지 도무지 모르더라도 불안하지 않을 수 있는 거였다.

여행에서 돌아오자마자 치매 명의라는 대학병원 교수에게 진료를 예약했다. 교수 진료 전에 여러 단계를 거쳐야 했는데 치매 검사 사전 인터뷰를 한 임상심리사가 엄마와 나를 따로 만난 자리에서 의문을 표했다.

"말씀도 아주 논리정연하시고, 유머도 있으시고, 기억력도 잘 보존되어 있으시던걸요? 최근에 일본 여행 다녀오신 이야기도 재미있게 하시던데, 무슨 걱정을 하시는지 모르겠네요."

"일본 여행은 여러 번 하셨지만 최근에는 가신 적이 없어요. 4월 생신에 온 가족이 제주도에 갔었고 지난달에는 서해안에 가서 바지락죽을 먹었는데, 한 번 구체적으로 확인해 보세요. 원래 머리가 굉장히 좋으신 분이고, 본인의 기억력이 망가진 걸 가족들에게도 감쪽같이 숨겨오셨어요."

내 이야기를 듣고 다시 아빠와 이야기를 나누고 나온 임상심리사는 설레설레 고개를 저었다.

"전부 일본 갔었다고 하시네요. 지난달에도, 4월에도, 전부 일본 갔다오셨다고. 말씀을 너무 조리 있게 잘하셔서 미리 정보를 듣지 않았다면 또 속아 넘어갔겠어요."

정식 검사 결과 아빠의 치매는 이미 심한 상태로 새로운 기억은 전혀 입력되지 않는 게 밝혀졌다. 기존의 기억도 많이 사라졌지만 기본 지능이 뛰어나서 정상 생활이 가능하고 다른 사람을 속일 수 있는 거라고 했다.

"정상에서 내려가는 길은 여러 가지입니다. 어떤 분들은 아주 이른 나이에 암에 걸려서, 또 어떤 분들은 고혈압이나 당뇨 합병증으로 천천히 산을 내려가죠. 치매도 그 길 중의 하나일 뿐입니다. 사람은 누구나 산에 올라갔다 내려가야만 하고, 그 길이 치매라고 해서 유독 비극적으로 여기고 온 가족이 연민에 빠질 필요는 없어요. 마음을 편하게 갖고 행복하게 지내는 게 가장 좋은 치매 치료법입니다."

아빠를 진단한 치매 명의는 그렇게 말했다. 예습복습에 충실하고 교과서로만 공부했다는 전국 수석의 말처럼 공허했지만 그러려고 노력하다 보면 그 말이 맞는 것처럼 느껴지기도 했다.

그해 아빠 생신 선물은 갈색의 푸들 강아지로 했다. 시간 맞춰 밥을 주려면 머리도 쓰게 되고, 산책을 시키며 운동도 하시고, 정서 안정에도 좋을 거라는 의도였다. 엄마는 강아지 이름을 브라우니라고 지었지만 아빠는 브라우니를 기억하지 못하고 초코라고 불렀다. 초콜릿 색이어서가 아니라 쪼끄매서 쪼꼬, 작다는 뜻이었다. 옛날 우리 집 마당에는 시고르자브 종, 아니 서우르자브 종 개들을 풀어놓고 길렀는데 아빠는 새로 강아지가 태어날 때마다 쪼꼬라고 불렀다. 그 강아지가 성견이 되어도 이름은 여전히 쪼꼬, 새끼가 태어나면 쪼끄마니까 또 쪼꼬. 아니면 쪼코거나 초코거나. 브라우니라는데 왜 자꾸 초코라고 해요! 엄마가 잔소리를 했지만 아빠는 하루 종일 초코야를 반복했고 결국은 엄마도 포기했다. 그러나 정작 초코는 이름을 아빠에게 받았음에도 불구하고 아빠가 부르면 쳐다보지 않았다. 똑똑한 푸들 녀석은 아빠에게 치매가 있다는 걸 알아봤는지 은근히 아빠 위에 군림하려고 했다. 노부부가 강아지를 데리고 산책하는 모습은 동네에 부러움을 사기도 했지만 아빠가 초코에게 끌려가다가 엄마가 넘어지는 일이 빈발했다. 결국 엄마도 아빠도 초코도 산책을 좋아하지 않게 되어서 자주 나가지 않았다.

아빠는 강아지 대신 화분을 돌보는 일을 맡게 되었다. 화분에 물 준 것을 잊어버리고 주고, 또 주고, 하루에도 몇 번이나 물을 주다가 엄마에게

구박을 받았다. 물을 좋아하는 식물들은 너무 웃자라서 집 밖으로 쫓겨
났고, 물을 적게 줘야 하는 종류는 뿌리가 썩어버렸다. 그러다가 물 주는
걸 잊어버리면 또 며칠이고 몇 주고 그냥 지나갔고 엄마가 발견하지 못하
면 말라 죽는 식물들이 생겨났다. 그 와중에 뜻밖에도 빨간 꽃을 탐스럽
게 피우는 식물이 있었다.

*

"경원 언니, 이거 외삼촌 집에 있던 거 가져온 거야?"
고종사촌인 숙희는 그 꽃의 이름을 제대로 기억하지 못했다. 숙희는 내
가 처음 만든 라떼의 하트 무늬를 보고 그 뭐지? 몬스터? 구멍 뻥뻥 뚫린
커다란 이파리 있잖아, 그거 같다, 하고 놀렸었다. 몬스테라도 모르는 숙
희가 부겐빌레아를 제대로 알 리가 없었다. 동남아에서, 하와이에서, 그
리고 호주에서 지천으로 늘어져 있는 걸 봤다는 자랑 끝에 부벤게니아?
부넨벨리나? 꽃 이름을 더듬거리자 경주언니가 말했다.
"부겐빌레아."
그러나 숙희에겐 소용없었다.
"부겐비베아? 부닌게리야?"
숙희는 다섯 음절의 무한 조합을 만들어내고, 경주 언니의 입에서 으이
그 소리가 나올 것 같아 내가 막았다.
"붉은 베리야."
"붉은 베리야?"
"응, 불근베리아. 불겐베레아. 부겐빌레아."
"호오, 그럴듯하네요."
숙희의 딸인 서현이 감탄했다.

"아빠가 저 꽃 처음 사 오셨을 때 들은 얘기야. 동대문 복잡한 길바닥에 화분 파는 할아버지가 있더래. 너무 예쁜 빨간 꽃이 있는데 처음 보는 거라 이름을 물었더니 그 할아버지가 그러더라는 거야. 붉은 베리야."

"베리야가 뭐예요?"

서현의 질문에 언니가 대학생이 돼서 베리야도 몰라, 들으라는 듯 혀를 찼다.

"언니, 모르는 게 당연하지. 유명한 사람도 아니고 저 옛날 스탈린의 시대 인물을 요즘 애들이 어떻게 알겠어."

"하긴 우리 학교 애들은 베리야는커녕 후르시초프도 모르더라."

참다못한 서현이 슬쩍 빈정댔다.

"경주 이모. 요즘은 후르시초프가 아니라 흐루쇼프라고 해요. 후르시초프는 쪽발이들이 발음이 딸려서 그렇게 부르는 거고."

언니는 오, 명문대생은 우리 지잡대 애들하고는 다르네, 비죽거렸다. 언니에게 대학교수다움 같은 걸 기대하지는 않지만 인간으로서 할 말과 안 할 말은 있지 않은가.

"언니, 보통 사람들은 베리야 관심 없어. 우린 아빠 덕에 알았던 거고."

아빠를 들이대자 비죽대던 언니가 찔끔 숙연해졌다.

딸들에게 소련 정치가의 이름을 알려준 아빠는 혁명가나 사회운동가가 아니었고 사회학과나 사학과 교수도 아닌 공대 교수였다. 아빠는 정치나 사회 경제, 사상이나 이념, 이런 것들에 대해 진지한 적이 없었다. 베리야에 대해서도 엄마가 시키는 악역 심부름을 하면서 엄마가 히틀러고 내가 히틀러라느니, 엄마는 스탈린이고 내가 베리야라느니, 우리 앞에서 엄마 몰래 투덜거려서 알게 되었을 뿐이었다. 아빠는 모르는 것이 없이 박학다식했지만 유독 쓸모가 없는 것들에 관심이 더 많았다. 아빠의 전공이 항공우주공학인 건 다행이었다. 우주는 아빠가 제일 관심 있는 분

야였으니까. 우주보다 차원 이동이나 시간여행 같은 SF에 더 관심이 있는 게 아닌가 의심스럽기도 하고, 때로는 판타지나, 심지어는 무협물에 더 진지해 보이기도 했지만, 어쨌든 아빠는 훌륭한 교수였다. 아빠는 전공 서적뿐 아니라 일반인이나 어린이를 대상으로 하는 우주 이야기 같은 책들도 썼다. 책상에서 머리 쓰며 하는 일은 뭐든지 척척, 글이 재미있고 유머 감각이 뛰어나서 베스트셀러가 된 책도 몇 권이나 되었다. 교수 월급이나 책의 인세는 턱없이 비싼 가정용 천체망원경이나 끝내 출판되지 못한 해외 SF소설 판권료들, 그리고 아빠가 시도했던 황당한 사업들 자금으로도 부족했지만, 근면 검소하면서도 투자의 귀재인 엄마 덕에 우리는 마당 있는 집에서 독특하고 풍요로운 어린 시절을 보냈다.

아빠의 치매는 예상보다 훨씬 느리게 진행했다. 엄마는 아빠에게 익숙한 일상을 유지하는 데 최선을 다하고 아빠는 좋은 머리로 기억 결손을 숨기며 거의 정상처럼 보이는 생활을 유지했다. 손주들의 이름을 모두 잊어버린 아빠는 딸들이 찾아가면 그래, 애들은 뭐하니? 하는 질문으로 정보를 끌어내고, 우린 눈치껏 큰애 아무개는 몇 학년인데, 하는 식으로 아이에 대해 정보를 주었다. 하지만 더 시간이 지나서는 딸들을 반가워할 뿐 이름을 부르지 않았다. 나는 아빠 작은딸 경원이 왔어요, 아빠 큰딸 경주 언니는 대학교수라 학교에 가 있고… 길고 장황한 인사를 되풀이해야 했다.

그렇게 평온한 척 십 년을 버텨낸 엄마가 먼저 세상을 떠났다. 매사에 정확하고 꼼꼼하던 엄마가 식사는 제대로 하지 못하고 당뇨약만 꼼꼼하게 잘 챙겨 드신 게 화근이었다. 골목길을 걸어오다가 저혈당이 왔고, 중증 치매 환자인 아빠가 어떻게 대처했는지는 아무도 모른다. 엄마가 갑자기 사라지자 아빠의 상태는 급격히 불안해졌다. 엄마의 죽음을 끝내 기억하지 못하고 집에서 엄마를 기다렸다. 외출할 때마다 아빠가 들고 다니던 엄마의 가방도 그날 골목길에서 사라졌고 아빠는 집 밖으로 나가지 않았다.

낮에는 요양보호사에게 아빠를 맡겼다. 요양사 퇴근 후에는 언니와 번갈아 당번을 하며 저녁을 차리고 엄마의 물건을 정리했다. 야무지고 깔끔하던 엄마도 늙어가면서 온갖 물건을 버리지 않고 모아 놓았다. 평생 검소했던 엄마였는데 거의 4캐럿 크기의 반지가 나와서 깜짝 놀랐지만 반지 상자 아래에 경원이 생일선물이라고 적은 메모지가 붙어있었다. 몇십 년 전 꼬맹이 딸에게 받은 유리 반지까지 보관 중이니 우리 자매 초등학교 시절 성적표와 상장들을 차곡차곡 모아놓은 건 당연했다. 언니는 역시나 재빨리 상장을 세어보고 내 상장이 두 배네, 기어코 한마디 했다. 그리고 수십 년 동안 기록해온 일기와 가계부는 기본, 부모님 혼사 때 엄마 함에 들어있던 혼서지부터 시작해서 아빠의 월급명세서 수백 장, 잔고가 없는 통장 몇 상자, 저금을 할 때마다 작성했던 무수한 계약서들 중에, 그 보험 증서도 있었다.

계약자와 수익자는 아빠. 피보험자는 엄마. 엄마가 자신이 먼저 세상을 떠날 경우 혼자 남겨질 아빠를 위해 가입한 그 가슴 뭉클한 보험에 웃을 수도 울 수도 없는 일이 생겼다. 엄마의 죽음을 기억하지 못하는 아빠에게 엄마의 사망보험금 타러 가자고 얘기할 수가 없었다. 보험금이고 뭐고, 아빠는 엄마 없이 외출할 생각이 없었다. 엄마의 가방이라도 있으면 엄마가 밖에서 기다리니 나가자고 속여볼 텐데 가방조차 분실되었고, 더 문제는 사라진 가방 속에 아빠의 신분증과 인감도 들어있어서 우리가 대리인으로 갈 수조차 없게 된 것. 결국 몇 차례에 걸쳐 보험회사에 사정을 설명한 끝에 보험사 직원들이 아빠의 집으로 방문해서 확인 후 보험금을 지급해 주기로 했다.

찾아온 직원은 두 사람이었다. 명함에 의하면 보험설계사 장요한과 계리팀의 김이삭, 이름도 비슷한 젊은 남자 둘이 친구인 것 같았다.

"두 분 다 기독교도이신가 봐요?"

"제 이름을 지은 건 제가 아닌걸요."

김이삭이 웃으며 받아넘기고는 아빠에게 인사를 했다.

"저 교수님 팬입니다, 어릴 때 교수님 책 많이 봤어요. "

아무것도 기억 못하는 아빠는 책이라니 무슨 책? 따위의 소리를 하는 대신 영리하게 물었다.

"많이 봤다니, 몇 살 때 읽은 어느 책이 제일 재밌었던가?"

언니가 김이삭과 함께 아빠와 이야기하며 웃음꽃을 피우는 동안 나는 장요한과 보험금 수령 업무를 진행했다. 보험 처리가 끝나자 김 이삭도 일어서며 작별 인사를 했다.

"두 분 교수님 말씀 재밌게 들었습니다."

그날의 당번은 내 차례였다. 남편에게 전화하자 고생하겠네, 수고해, 같은 친절한 말끝에 "근데 장인어른이 당신 알아보기는 하시는 거야?" 하고 덧붙였다. 알아보지도 못하는데 뭐 하러 거기 있냐는 말이구나, 잠시 대답할 말을 찾는데 남편이 집에 가 봐야 아무도 없겠네, 애들도 과학 캠프 가 있고, 잔뜩 서운한 티를 내더니 친구나 찾아봐야겠네, 하고는 전화를 끊었다.

괜히 속이 타서 냉장고에서 맥주를 꺼냈다. 아빠가 좋아하는 믹스너츠도 담아 가져왔다. 하지만 아빠는 아무것에도 손대지 않았다. 나는 혼자 맥주를 마시며 하소연했다.

"아빠, 아빠 작은 사위 진짜 못 됐어. 왜 나 결혼할 때 적극적으로 안 말렸어?"

아빠가 잠깐 고개를 갸우뚱, 뭔가 생각했다. 내가 누군지도 기억 못하는 아빠가 결혼을 반대했던 일을 기억할 리가 없었다. 내 말에서 정보를 찾아낸 아빠는 현명하게 대답했다.

"소극적으로 말렸는데 네가 안 들었잖니?"

그 말은 맞지도 틀리지도 않았다. 남편은 아빠가 총애하는 제자였고, 유학 준비 중이던 그를 내게 소개한 건 아빠였다. 그러나 애제자가 유학 대신 변리사가 되어 특허사무실을 내자 아빠는 결혼을 반대하기 시작했고, 그가 의외로 사업 수완이 좋다는 걸 알게 된 엄마는 우리의 결혼을 밀어붙였다. 아빠는 그를 돈독 오른 학자 취급하며 블랙 유머의 소재로 삼곤 했고, 눈치 빠른 남편은 그 사실을 모르지 않았다. 나는 두 사람의 관계가 많이 불편했다.

"아빠 말 듣는 건데 괜히 결혼했나 봐."

외박하고 싶어서 안달이면서 마침 잘됐다 생색내는 잔머리 대마왕, 돈독 오른 이중인격자, 나는 남편 흉을 보다가 아빠가 주어가 누구였는지 잊어버릴 즈음 그 한 철수네 와이프는 얼마나 속상할까, 다른 사람 이야기인 척 말을 맺었다.

5분쯤 지나 다시 말을 꺼내 보았다.

"아빠, 한 철수 씨 말이야."

아빠는 빙긋 웃으며 고개를 끄덕했다. 한 철수가 누군지 잊어버렸구나. 작은딸이 남편에 대해 불만을 털어놓은 것도 완전히 잊으셨구나. 나는 아빠의 기억력을 확인하고 마음을 놓았다.

"아빠 작은 사위 한 서방, 오늘 일이 있대요. 애들은 캠프 갔고, 나 여기서 자고 갈게요."

아무것도 기억 못하는 아빠를 상대로 술잔을 기울이며 옛날이야기를 하다가 아빠는 안방으로 나는 어린 시절 내가 쓰던 내 방으로, 옛날처럼 각자의 방으로 자러 갔다. 시간은 열한 시가 넘어있었다. 생색까지 내면서 외박하는 남편은 무얼 하고 있을까. 남편 닮아 머리 좋고 똑똑해서 남들의 부러움을 사는 애들까지 왠지 거리감이 느껴졌다. 그러나 그렇다고 해서 김 이삭에게 받은 명함을 찾아 전화를 건 건 대체 무슨 생각이었는지. 막상 연결이 되자 언뜻 말이 나오지 않았다. 여보세요? 졸린 목소리가 묻더니 내가 누군지 밝히자 네? 무슨 일이시죠? 의아해했다. 그제야 당혹스러운 생각이 들어 대충 둘러댔다.

"저… 저희 아버지랑 언니랑 무슨 이야기 하셨나 궁금해서요."

"네에?"

반문한 그는 잠시 말이 없다가 마지못한 기색으로 대답했다.

"이름 이야기요. 언니분이 제 이름을 궁금해하셔서, 저는 무신론자라 아브라함의 아들 이삭을 따서 지은 거라 하지 않고, 아이작 아시모프의 아이작을 따서 지은 거라고 했습니다. 그러다가 아시모프 이야기를 했고요. 근데, 술… 드셨습니까?"

"조금요. 그런데 아시…프가 누구인가요?"

"아시모프, 유명한 SF 작가인데 모르십니까? 아버님 책에도 자주 나왔고, 언니분은 아시던데요. 근데, 그게 그렇게 궁금해서 밤 열 한시가 넘어 전화를 하셨나요?"

아차, 이 젊은 남자는 내가 자기에게 이성으로서 관심이 있는 거라고 오해한 걸까. 열몇 살은 어린 남자라 너무 편하게 생각한 게 실수였다. 아무리 어린 애라도 이런 시간에 전화할 상대는 아니었는데, 내가 술기운에 실수했구나, 뒤늦게 창피하고 후회됐지만 그렇다고 착각하지 마세요! 저 그쪽에 관심 없어요! 그럴 수도 없는 노릇 아닌가.

"저, 오해하지 않으셨으면 해요. 솔직히, 생각지도 못한 보험이라, 저희가 요즘 상황이 어렵다 보니 언제쯤 보험금이 나오나 궁금하기도 하고, 빨리 좀 나왔으면 해서요…."

돈 욕심에 정신 나간 푼수 아줌마로 보이는 게 어린 남자에게 반한 변태 아줌마보다는 낫지 않겠나, 급한 대로 변명을 했다.

"그런 일은 장요한 선배에게 물어보세요. 저는 계리사라 잘 모릅니다. 전 좋아하던 책의 저자분을 만나러 간다길래 따라갔을 뿐이에요. 장요한 선배가 어려서 다니던 교회 형이거든요. 자, 이제 술 그만 드시고 주무세요."

"잠깐만요, 하나만 더요. 아빠도 그, 아시모프를 기억하시나요? 아시모프에 대해 무슨 이야기를 하셨나요?"

긴 한숨에 이어 숨을 크게 들이마시더니 화난 듯한 목소리가 다다다다 말했다.

"노벨 경제학상 수상자인 폴 크루그먼이 아시모프의 파운데이션을 좋아해서 파운데이션에 나오는 심리 역사학 비슷한 걸 찾다가 경제학을 하게 되었다고 하셨고, 저는 같은 이유로 통계학을 택했다는 이야기를 나눴습니다. 이제 됐습니까?"

김 이삭의 참을성은 끝나고 통화도 끝나버렸다.

그 보험금 덕분에 아빠는 언니 옆집으로 이사할 수 있었다. 언니네 동네 집값이 비싸 집을 팔고 보험금을 보태 작은 집을 구해야 했다. 집을 파는 것도 쉽지 않았다. 인감은 분실 상태고, 아빠의 협조 없이는 새로운 인감을 등록할 수도 없었다. 우리는 결국 성년후견을 신청했다.

"그래도 옛날처럼 금치산자가 아니라서 다행이네. 후견인이라니까 무슨 서양 귀족 도련님 같지 않니?"

언니가 해맑게 말했다. 오래 살아온 집을 떠나는 것은 치매 환자에게 좋지 않다지만 어쩔 수 없었다. 강아지 초코는 옆집 사는 언니가 맡아 키우며 아빠에게 자주 보여주기로 하고, 둘 곳이 없어진 화분들은 내가 가져왔다.

"유리창에 저 나팔꽃은 압화를 일부러 붙여 놓은 거예요?"

유리창 위 손이 닿지 않는 부분에 나팔꽃이 납작하게 달라붙는 걸 본 서현이 물었다.

"아니. 작년에 피었던 나팔꽃인데, 햇빛을 향해 가다가 투명 유리창이 있으니까 뚫고 나갈 것처럼 직진하더라. 유리창에 흡반같이 달라붙어서 태양광 건조, 미라가 돼 버렸어."

볼 때마다 미안하기도 하고, 깊은 공감을 느끼기도 했다. 공감? 말라붙은 나팔꽃에? 경주 언니가 이해가 안 간다는 듯 물었었다. 경주 언니는 궁금한 게 많았다.

"쟤는 왜 미친년 산발한 거처럼 됐니?"

스투키였다. 원래는 굵은 기둥들처럼 가지런히 자라는데 우리 집에 온 후 새로 나는 잎들은 사방팔방 제멋대로 뻗쳤다. 남편이 가끔 주인 닮는 군, 하고 나를 놀리곤 했는데, 미친년 산발한 것 같다니.

"언니, 교수님 품격이 왜 그 모양이야."

"딱 맞는 표현 두고 둘러 말하는 건 품격이 아니라 멍청한 거지."

숙희의 관심사는 여전히 부겐빌레아였다.

"근데 저 붉은 베리야는 더운 지방에 사는 건데, 왜 추운 겨울에 꽃이 피었지?"

식물원이나 온실도 아니고 부겐빌레아를 집에서 키우는 사람은 흔치 않았다. 그 화분이 살아남을 거라고는 아무도 기대하지 않았다. 아빠는 또 아무 생각 없이 아무거나 사 들고 왔다고 엄마에게 지청구를 들었을 뿐 어떻게 키워야겠다는 계획 따위는 전혀 없었다. 엄마는 추운 겨울을 한 데서 버티지 못할 것 같다며 마당에 옮겨심지 않고 분갈이만 해주었다. 화분에 지지대를 여러 개 세우고 늘어지는 가지들을 고정시켜 보려고 했지만 넝쿨처럼 감아 올라가지 않고 이리저리 휘어지기만 했다. 가지가 가늘고 휘청거리는 데다 꽤 날카로운 가시까지 있어서 가운데 중심 줄기들만 지지대 주변에 묶어 주는 게 고작, 자라나는 가지들은 이리저리 건들거렸다. 여름에는 마당에 내놨다가 날이 추워지면 실내에 들여놓는 것도 쉬운 일이 아니었다. 잘 자라지 않는 게 그나마 다행이랄까. 부피까지 커졌더라면 감당할 수 없었겠지만 어찌어찌 버티던 중 어느 해 겨울이 지날 무렵, 길게 늘어진 가지 끝 쪽에 조로롱 꽃이 피기 시작했다. 우리 가족은 모두 놀랐다.

"열대식물이 한국에서 사는 것도 신기하구만 겨울에 꽃이 피네? 보일러를 너무 땠나?"

엄마가 새삼 난방비를 계산하자 언니가 말했다.

"열대식물 기준으로는 그동안 체감온도가 영하 30도는 됐을 테니까 이제 영하 3도 되면 한여름이다, 이런 거 아닐까?"

"아니, 온도가 내려갈 때는 열대식물 기준이 되고, 온도가 올라갈 땐 북극 식물 기준이 되냐?"

아빠가 반박했다. 이런 일은 처음은 아니었다. 기억력이 완전히 사라진 아빠였지만 다른 부분의 지능은 남아있어서 가끔씩 우리를 놀라게 했다. 처음 가본 커피전문점의 메뉴판을 파악하고 엄마에게 설명을 해준다든가, 좌우대칭으로 쓰인 영어광고판을 단숨에 읽어낸다든가. 그런가 하면 엄마가 없는 사이 화분들을 마당으로 내놓아서 잔소리를 듣는 것도 매년 이른 봄마다 일어나는 일이었다.

"화분은 식목일 지난 다음에 내놓고, 선풍기는 추석 지난 다음에 집어 넣으라고요!"

그 말은 치매 이전에도 매년 듣는 말이었다. 치매 발병 전에도 집안일은 몽땅 엄마 차지였건만 어째서인지 화분 내놓고 선풍기 집어넣는 일에는 부지런했다.

"머리가 그렇게 좋으신 양반이 왜 그 간단한 걸 기억 못할까? 나 골탕 먹이려고 일부러 그러는 거유?"

그러면 아빠는 평균기온과 강수량 변화 추이가 어쩌구, 아무도 알지 못할 그래프까지 그려 보이며 지금 그 일을 해야 하는 이유를 설명했다.

아빠가 세상에 소문난 애처가라는 사실은 내게는 일종의 아이러니였다. 물론 아빠가 가부장의 권위 같은 걸 내세우는 건 본 적이 없었고, 우리 집안의 실세는 엄마, 모든 일은 엄마 마음대로였다. 하지만 집안이 돌아가게 모든 노력을 기울이는 엄마 덕분에 아빠는 하고 싶은 일을 하며 가부장의 의무에서도 벗어났던 게 아닐까. 아빠가 하고 싶은 것들이 가정의 안위를 크게 위협하는 것들이 아니고, 본인이 번 돈을 몽땅 써버리거나, 벌 수 있는 돈을 벌지 않거나, 가만히 있으면 돋보일 수 있는 품위를 괜히 손상시키는 정도여서 다행이었을 뿐, 아빠가 엄마에게 어떤 도움이 되는 남편이었는지는 잘 모르겠다. 두 분은 취미도 전혀 달랐다. 엄마의 유일한 사치는 클래식 공연 관람인데 아빠는 반항하지 않고 동행은 했지만 졸다가 퍼뜩 깨서 박수를 치는 만행을 저질렀고, 아빠가 좋아하는 sf나 판타지 영화들은 엄마에게는 애들이나 보는 거였다. 아빠는 우리 자매를 핑계 삼아 세상 좋은 아빠인 척 애들이나 보는 영화를 같이 보고, 자장면이나 탕수육을 먹고, 결혼 전에 엄마랑 '귀타귀'나 '강시선생'을 보러 갔다가 명문대생이 저런 터리터리엉터리 영화가 좋다고 박수를 친다고 이별당할 뻔했다는 이야기 같은 걸 했다. 어느 날 음식이 나오기 전 화장실에 가는 언니 뒷모습을 쳐다보던 아빠가 측면 벽에 붙은 종이를 한참 보다가 내게 물었다.

"경원아. 저게 무슨 뜻인지 아니?"

거기에는 多不有時 한자 네 개가 쓰여 있었다. 아빠가 덧붙였다.

"너는 모르려나? 경주는 알 것도 같은데."

그 말이 아직도 기억난다. 그때의 내가 뭐라도 대답을 하고 싶었던 것도, 하다못해 내가 그 한자들을 읽을 수 있다는 거라도 보여주고 싶었던 것도.

"많을 다, 아니 불, 있을 유, 때 시? 글쎄? 시간이 많지는 않지만 있기는 하다?"

그때 언니가 돌아왔고 아빠는 언니에게도 같은 질문을 했다. 언니는 슥 쳐다보고 망설일 것도 없이 툭 대꾸했다.

"다불유시? 다불유시가 뭐야?"

그러자 아빠가 대답했다.

"방금 갔다 왔잖니. 더블유 씨"

언니는 피식 웃었다. 언니도 모르잖아! 나만 혼자 억울해서 속으로 외칠 뿐 아빠도 언니도 아무 생각 없는 정말 시시한 농담. 그게 뭐라고, 아직까지 내 안에 그림자를 드러내며 내 정체를 맞춰봐 화두를 던지는 걸까.

*

언니 곁으로 이사를 했어도 모든 일이 쉽지 않았다. 제일 먼저 문제가 된 건 요양보호사였다. 거리가 멀어지자 몇 년 동안 오던 요양보호사가 그만두었다. 아빠는 낯선 요양보호사의 부축을 거부하다가 넘어져서 고관절이 골절됐고 수술을 하고 여러 합병증을 겪으며 오래 병원에 입원해야 했다. 가까스로 퇴원할 정도로 회복은 되었으나 혼자 걸을 수 없게 된 건 물론이고, 치매가 급진행해서 목의 근육을 조절하는 법조차 잊어버렸다. 음식을 삼키기가 힘들어지고, 발음을 알아듣기도 어려워졌다. 걷지도 못하는 남자 노인을 돌보려는 요양보호사는 구하기 어려웠다.

장 요양사를 만난 건 아빠의 마지막 행운이었다. 장 요양사는 60대 초반으로 남편이 중풍으로 쓰러지자 요양보호사 자격을 따서 직접 간병하며 남편을 떠나보냈다고 했다. 부지런하고 싹싹하고 무엇보다도 환자에게 다정했다. 환자 상태가 좋을 때 스스로 뿌듯하고 자부심을 느껴서 사진이나 동영상을 찍어 우리에게 보내주곤 했다. 아빠를 달래가며 식사를 시키고 목욕을 시키고 알아들을 수 없는 대화를 나눴다.

어느 날 장 요양사가 깔깔 웃으며 휴대폰을 보여주었다. 동영상 속에서 무슨 이야기 끝인지 아빠가 요양사에게 묻고 있었다. 뭉개지는 발음을 대충 이해하자면 아빠의 말은 "그래 넌 집이 없니?"였다.

"아니 저어기 시골에 하나 있어요."

"왜 시골에 집을 샀니?"

"돈이 없으니까요."

그럼 집은 누가 돈을 줘서 샀니? 내가 벌어서 샀죠. 얼마나 벌었니? 조금밖에 못 벌었어요. 열심히 벌지 그랬니? 열심히 일해도 조금밖에 못 벌어요. 그런 대화가 오가다가 아빠가 말했다.

"그럼 내가 오바마냐저가…."

목과 혀의 근육 놀림이 한계에 오는지 도저히 알아들을 수가 없었다. 몇 번이나 반복하고 손짓발짓을 동원해서 드디어 의사 전달이 되었다.

"내.가, 오.백.만.원. 꺼.내.다.가, 너.에.게, 줄.게."

그 말을 이해한 요양사가 박장대소했다.

"그럼 따님들이 나 쫓아내요."

장 요양사는 웃느라 보고 있지 않았지만 아빠의 얼굴에선 웃음기가 가셨고, 아빠답지 않게 진지했다. 나는 아빠의 그다음 말을 좀 더 이해할 수 있었다. 너 이 집에서 갖고 싶은 거 다 갖고 가도 돼. 나는 아무것도 필요가 없다….

엄마가 떠난 후 이 년 남짓, 초코가 먼저 무지개다리를 건너갔다. 열두 살이니 요즘 개들 나이로 요절이었다. 글쎄 우리 집 무식쟁이 남의 편이 초콜릿을 막 줬나 봐, 축 늘어져서 헉헉대는데 너무 불쌍해서…. 경주 언니의 결론은 간단했다. 안락사시켰는데 아빠에게는 알리지 말자는 것. 하지만 뭔가 통하는 거라도 있는 것처럼 아빠의 전신 기능이 갑자기 떨어지기 시작했다. 아빠는 40일간의 입원 끝에 세상을 떠났다. 장 요양사는 장례식에 오지 않았다. 아빠에게 마지막 인사를 하러 올 거라고 믿었던 우리는 좀 섭섭했지만 이해할 수는 있었다. 입원 내내 간병하고 마지막 수습까지 도맡았으니 쉬어야겠지. 장 요양사에게 아빠가 한때 돌본 수많은 환자 중 하나일 뿐이라고 생각하고 싶지는 않았다.

49재 때는 가까운 친척들에게 연락을 했다. 절반이 천주교도 기독교도인 친척들이 모여 어설프게 재를 올렸다. 숙희가 요양사는 안 불렀냐고 물었다.

"외삼촌이랑 친했잖아. 마지막으로 한번 보고 떠나시라고 부르지 그랬어?"

"숙희야! 이 년 반 만에 겨우 엄마 만나셨는데!"

짓궂은 언니의 말에 숙희는 나를 쳐다봤다.

"부담스러워할까 봐 시간 장소만 문자로 보냈어. 읽은 표시는 있는데 대답이 없더라. 바쁜가 봐."

대충 눈치를 챈 숙희가 더는 묻지 않았다.

"그래, 외삼촌도 외숙모 만나셨겠지. 강아지도 만나시고. 이름이 뭐였더라?"

"초코."

우리 집에 자주 놀러 왔던 서현이 대답했다.

"모두 만나서 행복하게 계실 거예요. 외삼촌, 외숙모, 초코."

"초코, 쪼꼬, 쪼코, 초코들."

언니가 말했다.

공양을 마친 친척들이 떠나고, 경주 언니와 고종사촌 숙희, 그리고 숙희의 딸 서현은 우리 집으로 모였다. 화제는 아빠보다 아빠의 집에서 가져온 화분들이었다.

"붉은 베리야 처음 본 게 브리즈번이었나? 야외 식당 울타리에 화려한 빨간 꽃이 엄청나게 늘어져서 아주 꽃으로 된 집 안에 들어와 있는 것 같더라. 너무 멋있어서 꽃 이름을 물었더니 뭐라 대답을 하는데 왜 그리 안 외워지는지."

"근데 저거, 빨간 꽃이 아니고 하얀 꽃이란다? 빨간 건 꽃이 아니라 꽃받침이고, 가운데 꽃술처럼 쬐끄맣고 하얀 거, 그게 꽃이래."

그게 무슨 상관이라고, 경주 언니다운 지적이었다. 하지만 숙희에겐 아닌가 보았다.

"신기하다. 우리가 꽃이라고 생각한 게 꽃이 아니라 고작 꽃받침이라니."

경주 언니가 또 똑똑한 척 티를 냈다.

"꽃인 줄 알았는데 꽃받침인 거, 세상에 그런 게 한두 가진가. 겉모습에 속는 게 바보지."

자기 엄마를 바보 취급해버리는 경주 언니에게 젊은 서현이가 톡 쏘았다.

"꽃이건 꽃받침이건 그게 무슨 상관이에요. 꽃받침이라도 웬만한 꽃보다 더 예쁜데."

　그때 벨이 울리고 뜻밖에도 장 요양사가 찾아왔다. 49재에 가보고 싶었는데 다른 환자들 돌보고 있어서 어쩔 수 없었고, 지금 퇴근길에 따님들이라도 잠깐 뵙고 할 말이 있어 들렀다고 했다. 장 요양사는 치매라도 그렇게 예쁜 치매는 처음 보았다. 지금 환자는 더 나이 많은 영감인데 추근거려서 아주 힘들다면서 아빠와 비교하기도 했다. 처음 돌보게 되었을 때 남녀 내외하느라 손도 못 대게 하던 이야기며, 끝까지 자기를 참 좋아하고 편하게 해주려고 하셨다는 이야기 끝에 내가 너 오백만 원 줄게, 동영상 이야기도 나눴다. 그리고 마지막으로 오늘 우리 집에 온 이유를 말했다.

　"언젠가 교수님이 조그만 상자를 소중하게 쥐고 계시다가 저에게 주시는 거예요. 말씀을 잘 알아들을 수는 없지만 아마 내가 돈은 없지만, 이걸 너에게 주겠다? 그러시는 거 같은데… 상자를 열어 보니까, 글쎄, 왕다이아 반지가 아니겠어요? 가슴이 막 두근거리다가 다시 보니 애들 장난감 반지더라고요 호호. 감사합니다 하고 받아서 소중히 보관했었는데, 따님들께 돌려 드려야 할 것 같아서요. 기념으로 간직하세요."

　장 요양사는 작은 상자 하나를 주고 돌아갔다. 낯익은 물건이었다. 어린 시절 내가 엄마에게 선물했던 장난감 반지. 아빠에겐, 그리고 아마 장 요양사에게도, 꽃받침이지만 꽃보다 더 예뻤을 유리 반지. 그 반지를 장 요양사에게 은밀히 주는 아빠와 웃으며 받는 장 요양사의 모습이 그려졌다. 온 우주를 넘나드는 관심사를 가지고도 그 어느 것에도 진지하지 않았던 아빠와 돌보는 환자에게 관심을 갖고 정성을 다하던 장 요양사. 문득 부겐빌레아의 그 조그만 하얀 꽃을 확대해 보면 무척이나 예쁜 꽃 모양을 하고 있던 것이 생각났다. 서현이 말이 맞다. 꽃이건 꽃받침이건 그게 무슨 상관이람. 반지를 내 손가락에 껴 보았다. 너무 커서 빙빙 도는 걸 보고 언니가 빼앗아 자기 손에 끼었다. 내 손가락이 더 굵네, 무거운 책을 들고 다녀서 그런가. 자기 연민에 빠져 갸륵한 표정을 짓고 있는 언니에게 유리 반지를 넘겨주고 상자를 뒤집어 보았다. 경원의 생일선물이라고 쓴 메모지는 없었다. 상자 밑에 붙어있던 걸 아빠가 떼버리고 여사님에게 준 건지, 장 여사님이 떼버리고 보관했던 건지, 혹은 저절로 떨어져 나간 후에 아빠가 상자를 발견한 건지, 아무도 모른다. 문득 엄마를 생각했다. 그 반지는 내가 엄마에게 선물했던 거였는데. 그런데 그게 무슨 상관이람. 서현이 말이 맞다. "모두 만나서 행복하게 계실 거야. 외삼촌, 외숙모, 초코." 언니 말도 맞다. "초코, 쪼꼬, 쪼코, 초코들."

"근데 열대 꽃이 왜 한겨울에 꽃이 필까?"
도돌이표처럼 부겐빌레아로 관심이 되돌아간 숙희가 다시 물었다.
"뭐 어떻게든 쟤들 나름으론 겨울 지나고 여름 왔다고 느끼는 거겠지."
경주 언니가 대답했지만 나는 아무 말 하지 않았다. 나는 언젠가 아빠가 한 이야기를 기억한다.
열대에 살면 항상 여름이거든. 봄여름가을겨울 계절 감각 자체가 아예 없고 다만 건기와 우기가 있을 뿐이래. 춥고 덥고 겨울 가고 여름 오고, 그런 건 전혀 중요하지 않고 물을 안 주면 건기가 왔나보다, 물을 많이 주면 우기가 왔구나, 열대 꽃들은 그걸로 꽃을 피운단다.
아빠에게 치매가 시작된 지 얼마 안 됐을 때의 이야기고 그 가설의 진위는 알지 못한다. 다만, 남들에겐 중요한 기준을 공감하지 못하고 전혀 다른 기준을 가진 식물이 있다고, 그래서 한겨울에 붉은 꽃받침이 만개한 위에 조그맣고 하얀 꽃이 피어난다고, 그래서 어떤 사람들은 다른 기준에 맞춰 다른 꽃을 피우며 살아간다고, 나는 그렇게 이해하기로 했다.

윤호준 | 전복 캐는 소녀

1966년 부산 출생. 동국대학교 의학과 졸업.
2024년 한라일보 신춘문예에서 「상구와 상순」으로 등단.

단편소설
▼

전복 캐는 소녀

윤호준

*.

한 달 살아볼 요량으로 왔다가 눌러앉게 된 것은 순전히 코로나 때문이었다. 서귀포 바다가 내려다보이는 언덕 위의 시골 민박집을 계약한 뒤 얼마 지나지 않아 경기도에서 확진자 수가 급증하기 시작했고, 정부는 감염병 위기 경보 수준을 심각으로 상향조정 했다. 동대문에서 옷을 떼 와 안산에서 팔 생각으로 머릿속이 복잡했는데, 제주도에 오지 않고 중앙역 로데오 거리의 가게부터 계약했다면 쪽박 찰 뻔했겠구나, 해수는 가슴을 쓸어내렸다. 옷을 팔거나 수선하는 일 외에 특별한 재주가 없는 그녀가 안산으로 돌아간다고 했을 때 가장 먼저 걱정되는 것이 먹고 사는 문제였다. 방 안에 갇혀 지내며 쫄쫄 굶다가 아사할 수도 있겠다 싶었다.

주인집 할머니 손자인 강실장으로부터 물리치료 보조를 제안받았을 때 해수는 농담으로 여기고 헛웃음을 날렸다. 내 팔자에 환자를 돌보는 일이라니. 한 번도 생각해 보지 못한 직업이었다. 강실장은 서귀포 시골의 조그만 의원에서 물리치료사로 근무한다. 그는 핫팩 치료를 보조하면서 빈둥거리다가 퇴근하는 일이라며 진지한 얼굴로 설명했고, 그제야 해수는 관심을 보이기 시작했다. 최저임금을 웃도는 월급과 퇴직금, 4대 보험 전액 부담이라는 조건에는 귀를 쫑긋 세웠다. 그러나 그 일이 만만치 않다는 사실을 깨닫는 데 오랜 시간이 걸리지 않았다.

출근 첫날. 쿵! 베드에 누워있던 노파가 바닥으로 굴러떨어지는 걸 보고 해수는 비명을 질렀다. 74세 부순화 노파는 몇 년 전부터 앓아 오던 치매 탓에 늘 낙상사고의 위험을 안고 있었다. 물리치료 베드에서 무릎에 핫팩을 대고 잠자던 와중에 몸부림쳤는지 밑으로 떨어지고 말았다. 다행히 통증이 심하지 않은 모양이었다. 잠시 인상을 찌푸리며 엉덩이를 만지작거리더니 이내 아이처럼 웃으며 쑥스러운 표정을 지었다. 물리치료실에서는 대충 빈둥거리는 게 아니라 노인들의 낙상사고를 예방하기 위해 신경을 곤두세워 그들을 부축해야 했고, 핫팩뿐만 아니라 환자의 몸에 부착된 저주파 치료기 패드를 제거해야 했다. 제법 다리를 많이 움직이고 손이 많이 가는 일이었다. 강실장의 부축을 받으며 물리치료실을 빠져나가는 동안에도 노파의 얼굴은 하회탈 같았다.

노파보다 스무 살이나 많은 주인집 양만선 할머니는 세월만큼 노약해 보이지만 정신은 멀쩡하다. 팔십 세가 넘도록 물질하며 살았고, 물질을 그만둔 후부터 조금씩 허리가 굽어졌다고 한다. 지금은 칠십 도가량 앞으로 굽히고 걷는다. 아이같이 작고 고사목처럼 마른 몸피를 지팡이에 의지하고 다니는데, 마당과 연결된 마늘밭에 쪼그리고 앉아 소일하는 모습을 심심찮게 볼 수 있다. 간혹 혼자 중얼거리는 장면을 접할 땐 밭 귀퉁이에 마련된 봉분 속의 사내와 은밀히 데이트를 즐기고 있다는 느낌을 받는다.

해수는 그 봉분이 의아해 사진을 찍어 페이스북에 올렸다. 집 안에 봉분이 있다는 사실에 페친들은 경악했고, 밤에 무섭지 않냐며 걱정해 주는 사람도 있었다. 솔직히 처음 봉분을 접했을 땐 좀 수꿀한 기분이 들었다. 그러나 할머니와 해수 방 사이에 깔린 마루, 그 한쪽 벽면에 걸린 액자 속 사내의 모습을 보았을 때 그 느낌은 곧 수그러들었다. 교복을 입고 학사모를 쓴 젊은 사내는 필시 봉분의 주인일 것이다. 해수는 그렇게 편하게 생각했고, 어쩌면 저렇게 잘생길 수 있을까 감탄했다. 취직한 기념으로 마루에 상을 차리고 삼겹살을 올렸을 때 그 사내가 강실장의 할아버지라는 사실을 양만선 할머니로부터 확인할 수 있었다.

언니. 옛날 사람도 젊었을 땐 요즘 연예인 못지않게 귀엽다. 꼭 송중기 같아.

옆방에 세 들어 사는 백설화는 소주 몇 잔에 얼굴이 불그레 달아올랐다. 서귀포 시내의 카페에서 바에 앉아 손님이 주문한 맥주며 양주를 단시간 내에 많이 마시는 게 그녀의 주 업무다. 술을 쫙 빨아들이는 깔때기라며 손님들이 대놓고 핀잔을 줘도 개의치 않는다. 불혹의 나이에 접어든 그녀는 쉬는 날에도 해수에게 소주 한잔하자고 보챌 만큼 술을 좋아하는 여자다. 백설화를 따라 마시다 보면 금세 취하게 된다.

주위가 어둑해지면서 찬 기운이 돌자 해수는 마루에 붙은 미닫이문을 닫으려 했다. 할머니는 달빛이 밝아서 좋다며 한사코 말렸다. 권하는 소주를 마다하지 않고 마시더니 흥이 돋아 노래까지 부르기 시작했다.

이어도 사나 이어도 사나. 한 짝 손에 테왁을 메고, 한 짝 손에 비창을 쥘라.

물질할 때 부른다는 이어도 타령이었다. 해수는 재빨리 스마트폰을 꺼내 그 모습을 동영상에 담았다. 페이스북에 올리면 관심을 많이 받을 것 같았다. 내친김에 백설화를 촬영했고, 노래가 끝난 뒤에는 할머니에게 다시 포커스를 맞추며 직접 소개했다.

여기는 3년 전 광주에서 내려온 백설화구요, 이분은 주인집 양만선 할머니예요. 오늘 제가 취직한 기념으로 삼겹살 파티를 하고 있답니다. 지금 2월 말인데, 서귀포는 밖에서 고기 구워 먹을 수 있을 만큼 따뜻해요. 달빛이 너무 예쁘네요.

제법 술에 취한 상태였지만, 혀는 꼬이지 않았다. 마치 티브이 속 앵커나 리포터가 된 듯한 기분이 들었다. 아마 맨정신이었다면 혀가 굳어 말이 나오지 않았을 것이다.

*.

이곳은 제가 즐겨 찾는 단골집, 시골 식당이에요. 해수는 셀카봉을 이용해 식당 간판과 자신의 상반신을 스마트폰의 프레임에 담으며 말했다. 식당 안으로 들어가 자리를 잡고 몸국 정식을 주문한 뒤 벽에 붙은 메뉴판을 촬영하면서 설명을 이어갔다. 보시다시피 고기국수와 몸국 정식이 주메뉴예요. 테이블 위에 몸국이 올라오자 숟가락으로 휘젓는 모습을 카메라에 담았다.

돼지 삶은 육수에 모자반과 메밀가루를 넣고 끓인 몸국은 제주도를 대표하는 향토 음식입니다. 열 가지가 넘는 반찬은 하나같이 별미랍니다. 갈치와 고등어구이, 무장아찌, 깻잎 김치, 밴댕이젓, 호박 무침, 장조림에 떡갈비까지. 가격이 만 원인데, 전국의 어느 한정식 전문점보다 가성비가 뛰어날 거예요.

다소 목소리가 떨리긴 했어도 '6시 내 고향'에 등장하는 리포터처럼 발랄하게 보이려고 노력했다. 병원으로 돌아온 해수는 촬영한 동영상을 편집해 페이스북에 올리고 싶어 마음이 들썩거렸다. 강실장의 눈치를 살피며 호시탐탐 기회를 노리고 있었다.

양만선 할머니와 백설화를 찍은 영상을 페이스북에 올리자 사람들은 뜨거운 반응을 보였다. 특히 이어도 타령을 부르는 할머니의 모습에 아름답다, 애처롭다, 슬프다와 같은 댓글이 줄을 이었으며 무려 열다섯 개의 공유를 기록했다. 무심코 올려본 첫 영상이 이토록 많은 사람에게 박수갈채를 받을 줄이야. 친구 요청이 쇄도하기 시작했다. 개중엔 연락하지 않고 지내던 학교 동창들도 있었다. 주연 엄마. 행복해 보여서 좋네요. 딸아이 친구 엄마인 선미맘도 얼굴을 내밀고 인사했다. 그동안 다들 커튼 뒤에 숨어서 나를 지켜보고 있었구나. 그들의 시선이 불편하긴 했으나 불쾌진 않았다. 해수는 내친김에 도민들이 즐겨 찾는 맛집을 소개해야겠다고 마음먹었다.

오후 늦게 강실장이 원장실에서 회의하고 있을 때 해수는 스마트폰 앱을 이용해 시골 식당에서 찍은 동영상을 편집하기 시작했다.

정선생! 근무 시간에 지금 뭐 하는 거야!

한창 작업에 몰두하고 있을 때 언제 돌아왔는지 강실장이 눈살을 찌푸리며 호통쳤다. 나이도 많지 않은 인간이 반말은. 내 할 일은 내가 알아서 하는데, 보기보다 까칠한 사람이다. 무슨 안 좋은 일이라도 생겼나? 해수는 곁눈질로 강실장의 인상을 살폈다. 아닌 게 아니라 70대 노파의 어깨를 주무르는 강실장의 얼굴은 평상시와 달리 딱딱하게 굳어있었다. 바닥으로 떨어진 부순화 노파 때문이었다. 노파는 이틀 동안 집에서 앓아눕다가 통증이 지속되자 119를 불러 종합 병원에 가서 CT를 찍었고, 골반에 미세한 금이 발견되어 입원했다고 한다. 치료비를 병원에서 부담해야 할 상황이었다.

물리치료실에서 강실장은 환자들의 아픈 곳을 손으로 주물러 준다. 한 명당 10분 안팎으로 지압해주는데, 사람들은 그 10분이 짧다고 늘 아쉬워한다. 노파들이 통증을 호소하며 그의 손을 붙잡으면 10분을 훌쩍 넘길 때가 많다. 지압은 밀리기 일쑤였고, 물리치료 받으러 왔다가 많이 기다려야 한다는 말에 발길을 돌리는 사람들이 늘어났다. 원장은 가만있지 않았다.

뼈만 앙상한 노인들에게 지압할 게 뭐 있다고 오랫동안 붙잡고 있나. 타이머를 마련해서 5분 지나면 땡 소리 나게 하고 끝내라.

발길을 돌리는 환자를 보면서 원장은 가슴을 탕탕 쳤지만, 강실장은 눈도 깜짝하지 않았다. 오히려 아픈 사람을 외면할 수 없다고 큰소리쳤다. 다소 고지식하다는 생각이 들기도 했는데, 어릴 적부터 알고 지내던 동네 노인들에 대한 애정 때문이라고 해수는 이해했다. 그러나 원장의 생각은 달랐다. 환자를 많이 보기 싫어 부러 천천히 지압한다며 눈을 흘겼다. 강실장 역시 원장을 탐탁지 않게 여겼다.

대전에서 개업하다가 제주도 풍광에 반해 입도했다고 하지만, 실은 시골 노인들의 호주머니를 탈탈 털어먹으려는 심산이라고 비난을 퍼부었다. 본인부담금 5천 원이면 충분한 통증 주사를 초음파를 들먹이며 3만 원으로 뻥튀기하면서 커피자판기 마련이나 정수기 종이컵 구입에는 인색한 인간, 이곳에서 6년 동안 긁어모았으면 한몫 챙겼을 텐데 욕심이 끝이 없는 인간이라며 목소리를 높였다. 강실장과 함께 점심 먹을 때면 비슷한 이야기를 반복해서 들어야 했다. 초음파나 통증 주사에 대해선 알지 못하지만, 커피자판기나 정수기 종이컵에 대해선 함부로 손가락질할 수 없었다. 가게를 말아먹으면서 사소한 비용도 무겁게 느꼈던 경험이 떠올랐기 때문이다. 그러나 해수는 강실장 편을 들었다. 월급을 주는 건 원장일지언정 함께 일하는 건 강실장이기에 그와 불편한 관계를 만들고 싶지 않았다. 게다가 양만선 할머니의 손자여서 더더욱 신경이 쓰였다.

호랑이나 사자 같은 맹수도 배부르면 더 이상 먹지 않는다는데, 인간들의 욕심은 끝이 없는 것 같아요.

해수가 그렇게 호응하자 강실장은 따뜻한 눈길로 해수를 바라보며 고개를 끄덕였다.

원장과 대척점에 서면서 해수와 강실장은 묘한 동질감을 공유하게 되었다. 함께 저녁 먹는 날이 늘기 시작했고, 2차로 백설화가 근무하는 카페에 가기도 했다. 그곳에서 강실장은 자신이 계산하겠다고 호기를 부리며 양주를 주문했다. 두 사람은 백설화를 앞에 두고 바에 앉았는데, 아뿔싸! 백설화의 페이스에 그만 말려들고 말았다. 몇 번 그녀의 술잔과 부딪히며 건배하자 양주는 금세 바닥을 드러냈고, 강실장은 술에 취해 3년 전 이혼했다는 전처를 헐뜯기 시작했다. 고루한 분위기를 전환하기 위해 해수는 양만선 할머니 집 마루에 걸린 사진의 주인공으로 화제를 돌렸다. 할아버지는 4·3 때 세상을 떠났다고 한다. 그 당시 제주도에 들어온 군인들에 의해 양민들이 희생되었다며 강실장은 울분을 터뜨렸다. 백설화는 적절하게 관심을 보이고 맞장구치면서 기어코 강실장이 두 번째 양주를 시키도록 유도하였다. 대략 30만 원가량의 술값. 그의 월급을 생각하면 부담스러운 금액이 아닐 수 없었다. 그러나 해수는 말리지 못했다. 평소 백설화에게 두루 도움받는 처지였고, 섣불리 나섰다가 그녀의 밥벌이를 방해한다는 오해를 살 수도 있었다.

강실장의 이야기를 들으면서 해수는 양만선 할머니의 삶에 관심을 갖게 되었다. 한평생 물질하면서 홀로 자식을 키워 온 94세 서귀포 할머니. 어쩌면 할머니의 삶은 그 어떤 멋있는 장소보다, 그 어떤 맛집보다 훨씬 사람들의 이목을 끌 수 있는 소재일 수도 있겠다. 수많은 사람에게 감동을 안겨 줄 페이스북에서의 보석, 해수는 그걸 캐고 싶었다. 할아버지가 돌아가셨을 당시 할머니는 몇 살이었을까? 속으로 가늠해 보기도 했다.

그때부터 해수는 끼니때만 되면 할머니를 찾았다. 햇볕이 쨍쨍 내리쬘 때는 유채꽃밭에 가서 함께 사진을 찍었고, 폭포 아래 자갈밭에서 해녀들이 파는 해산물을 먹으며 소주를 마셨다. 할머니는 열다섯 살 때 물질을 시작해서 칠십 년 넘게 계속했다고 한다. 자갈밭은 은퇴한 후에도 동료들과 함께 해산물을 팔았던 곳이다.

폭포와 자갈이 끝내주게 어울리네요. 정말 아름다운 곳입니다. 햇볕이 자갈을 따뜻하게 달궈서 누우면 저절로 눈이 감길 것 같아요.

해수는 스마트폰을 꺼내 주변을 촬영하다가 할머니에게 포커스를 맞췄다.

처음 바당에 들어갈 때 하영 무습주게, 아직도 생생혀. 그때 재수 조암서 큰 전복 잡았주. 지금도 바당에 들어가고 시퍼. 답답해서 가슴이 터짐직해도 그 안에 이시면 견딜 만했주게. 밖에 이실 때보다 안에 이실 때가 좋았주. 고요해서 좋았주.

검게 탄 피부에 자글자글한 주름이 프레임 속에서 선명하게 꿈틀거렸다. 그 뒤로 폭포가 시원하게 내리꽂히고 있었다.

*.

폭포 아래 자갈밭에서 찍은 동영상은 예상대로 상당한 주목을 받았다. 이어도 타령이 담긴 영상만큼은 아니지만, 그래도 숱한 댓글이 달렸다. 해수는 틈나는 대로 할머니의 일상을 스마트폰에 담아 페이스북에 올렸다. 해녀들과 함께 톳을 캐러 갈 때는 짐을 들고 따라나서기도 했다.

바닷물이 빠지고 갯바위 위에 톳이 드러나자 사람들은 면장갑을 끼고 낫을 들었다. 태양은 물결 위에 반짝이는 수를 놓았고, 물결은 찰랑거리며 다가와 해수의 발을 적셨다. 언젠가부터 바다 근처엔 얼씬도 하지 않았는데, 실로 오랜만에 맡아보는 바다 냄새였다. 할머니는 능숙하게 낫으로 톳을 캤다. 해수도 낫을 들었으나 수확한 양은 할머니의 절반에도 미치지 못했다. 힘에 부치자 잠시 쉴 요량으로 낫을 내려놓고 스마트폰을 꺼내 톳 캐는 할머니의 모습을 촬영했다.

할머니. 사진 속 할아버지는 어떻게 만나셨나요?

어릴 적부터 잘 알던 동네 오라방이었주게. 윤태호. 제주도에 난리가 나실 때, 그때 저세상으로 갔주게.

해수의 질문에 할머니는 순순히 입을 열었다. 단순 작업의 무료함을 달래기 위해서라도 대화가 필요했다.

잘도 멋진 양반이라. 학교 선생이어시난.

강실장은 할아버지와 성姓이 다르구나. 할머니의 외손자인 모양이구나. 해수는 그렇게 생각하며 톳을 자루에 담아 어깨에 지고 위태롭게 갯바위를 걸었다.

날씨가 따뜻해지면서 해수는 서귀포 곳곳을 누비고 다니며 사소한 일상이라도 동영상에 담아 페이스북에 올렸다.

제주도의 4월은 춥지도 덥지도 않은, 일 년 중 가장 화창하고 생동감 넘치는 시기랍니다. 청명한 하늘과 쪽빛 바다가 가슴을 설레게 하네요. 여러분도 아름다운 제주를 함께 느껴보세요. 해안가 산책길에서 스마트폰을 고정한 채 깡충깡충 뛰어다니기도 했고, 곶자왈에서 토끼를 발견하고 앉은걸음으로 슬그머니 다가가는 모습을 촬영하기도 했다. 토끼가 도망가지 않아요! 애써 천진난만한 표정을 지으며 자신의 얼굴도 함께 카메라에 담았다. 늦은 밤 바닷가에서 하얀 드레스를 입고 하이힐을 신은 채 걸어가는 모습을 백설화에게 찍게 해서 '서귀포의 하얀 밤'이라는 제목을 달아 페이스북에 올릴 땐 붉은 카펫 위를 걷는 여배우처럼 우아하게 보이려고 노력했다.

하늘에 무지개가 떴을 때 해수는 마당에 서서 그 모습을 동영상으로 찍으며 환호했다. 내처 주변에 듬성듬성 핀 개나리며 유채꽃을 찍다가 마늘밭으로 들어갔다.

마늘밭의 마늘잎이 무럭무럭 자라고 있어요. 저쪽에 할아버지의 봉분도 보이네요.

해수는 스마트폰을 들고 봉분 앞으로 다가갔다.

할아버지의 존함은 윤 태자 호자 랍니다. 어릴 적부터 친하게 지내던 할머니의 동네 오빠였답니다.

일시 정지 버튼을 누르고 마당을 거쳐 마루 위로 올라갔다. 할아버지의 사진을 프레임에 담고 천천히 클로즈업했다.

젊었을 때 할아버지의 모습이에요. 학교 선생님이셨대요. 정말 잘 생겼죠. 양만선 할머니와 윤태호 할아버지의 러브스토리. 70여 년 전 두 사람의 애절한 사랑을 곧 여러분에게 소개하겠습니다. 기대해 주세요.

동영상을 편집해 페이스북에 올리던 해수는 하던 일을 멈추고 넋 나간 사람처럼 멍하니 스마트폰 화면을 바라보았다. 갯바위 위에서 톳을 캐는 할머니의 모습과 그 뒤에 펼쳐진 푸른 바다와 옥빛 하늘이 그렇게 아름다울 수 없었다. 화면 속에서 생미역 냄새가 났다. 바다 향을 유난히 좋아하는 딸아이 덕택에 식탁 위에 자주 올렸던 미역쌈. 문득 예전에 보았던 댓글의 잔상이 바다 위에 어른거렸다. 해수는 이어도 타령이 담긴 영상을 찾아 그 밑에 달린 댓글을 다시 확인해 보았다.

주연 엄마. 행복해 보여서 좋네요.

선미맘이 친구 요청하며 올린 댓글이었다. 선미맘의 근황이 궁금했으나 그녀의 페이스북으로 들어갈 엄두가 나지 않았다. 별안간 심장이 죄어들고 가슴이 쿵쿵 뛰었다. 악몽을 꾼 것처럼 식은땀이 나기 시작했다. 시간이 지나면서 어지럼증이 생기고 속까지 메슥거렸다. 함께 점심 식사하자는 강실장의 제안을 거절할 수밖에 없었다. 껄끄러운 황원장을 찾아가 산부인과 진료받으러 가야 한다고 말해야 했다. 못마땅해하는 황원장의 얼굴을 뒤로하고 일찍 퇴근해서 종합 병원 정신과로 향했다. 정신과 의사는 꼬장꼬장한 황원장과 달리 편안한 얼굴로 해수의 증상을 경청했다. 복용 내역을 확인하더니 약이 강해서 나타나는 심계항진증이라고 결론 내렸다. 의사는 하루에 복용하던 약 두 알을 한 알로 줄여서 처방했다.

일주일가량 의사가 처방한 대로 복용하자 증상이 호전되었다. 점심시간엔 오랜만에 강실장과 함께 밥을 먹었다.

강실장은 할머니와 함께 살지 않고 병원 주변 원룸에서 혼자 지냈다. 지역 청년회 회장을 역임할 정도로 신망이 두터워 그를 보고 찾아오는 환자가 많았고, 강실장 역시 나고 자란 지역에 애착이 강해 다른 곳으로 옮기고 싶어 하지 않았다. 강실장과 원장은 상대를 헐뜯으면서도 서로를 필요로 했다. 그러나 두 사람의 불안한 동거는 부순화 노파로 인해 깨지고 말았다.

노파는 종합 병원에 3주가량 입원하였고, 퇴원 후 노파의 아들은 명세서를 들고 병원으로 찾아왔다. 진료비 본인부담금 250만 원과 간병인 비용 250만 원. 거기에다 노파가 허리에 차야 할 복대 비용 50만 원까지, 모두 550만 원을 청구하였다. 원장 아내는 물리치료실에 들어와 직원들을 모아놓고 청구서를 흔들었다.

이번 달 매출이 30%나 줄어들어 별로 남는 것도 없는데 이걸 모두 지급하라면 어떡하냐. 우리가 350만 원 부담할 테니 강실장도 200만 원 부담해.

강실장은 원장을 격렬히 비난하며 함께 퇴사하자고 해수에게 제안했다. 기분 같아선 강실장과 행동을 통일하고 싶었으나 쉽게 내릴 결정이 아니었다. 강실장이야 다른 병원에 취직하는 게 어렵지 않겠지만, 물리치료 보조를 구하는 병원은 많지 않았다. 해수는 강실장에게 사정을 설명하며 양해를 구했다. 벌겋게 달아오른 그의 얼굴에 섭섭한 감정이 드리워졌고, 그것은 식사가 끝날 때까지 사라지지 않았다.

*

4월 중순에 접어들면서 경기도 지역 코로나 확진자 수가 눈에 띄게 줄어들었다. 하지만, 해수는 안산으로 돌아가고 싶지 않았다. 전국에서 일만 오백 명이 감염되었을 무렵 제주도에는 고작 열세 번째 확진자가 나왔을 뿐이다. 제주는 그때까지 비교적 청정 지역이었고, 사람들의 일상엔 별다른 변화가 없었다. 오히려 육지에서 온 관광객을 경원시하는 분위기가 주를 이뤘다. 과거 육지 군인들에게 당했던 피해의식이 되살아났을까, 유채꽃밭을 뒤엎는 마을도 있었다. 관광객을 거부한다는 몸짓이었다.

늦은 오후, 해수는 시장에 가서 전복 1kg을 3만 원 주고 사 왔다. 할머니, 백설화와 함께 마당에 앉아 숯불을 피우고 석쇠 위에 전복을 올렸다. 시장에서 파는 전복 중 크기가 가장 작은 전복이어서 금세 익었고, 포크로 찍어 한입에 넣기에 안성맞춤이었다. 숯불로 직화한 바다향이 입안 가득 퍼졌다. 쫄깃한 식감까지 더해져 세상에 그 어떤 음식과도 비교하기 힘든 독특한 맛을 연출했다. 제주 막걸리가 빠질 순 없었다. 어스름이 지면서 해수는 나른한 기운에 빠져들었다.

할머니. 잠수복 입은 모습 보고 싶어요.

잠수복은 이신디, 허리가 굽어정 이제 입기가 힘들어. 몸이 안 들어감서.

할머니는 방에 들어가 잠수복을 가지고 마루로 나왔다. 바지는 수월하게 입었으나 윗도리가 힘들었다. 허리가 굽어 머리가 빠져나오지 않았다. 윗부분에 지퍼가 있으면 한결 수월할 텐데. 해수는 할머니에게 잠수복에 지퍼를 달아서 입기 수월하게 해드리겠노라 약속했다.

이제 난 필요 없주게. 가져 강 맘대로 합서.

해수는 다시 마당으로 내려와서 석쇠 위에 고등어를 올리고 소금을 뿌렸다. 막걸리로 입술을 축이며 조심스럽게 질문을 꺼냈다.

할머니. 강실장님이 외손자이신가요? 강실장 부모님은 제주도에 살지 않는가 봐요?

강실장이 얼큰하게 취해 마당으로 들어온 건 바로 그때였다. 숯불처럼 달아오른 얼굴을 보면서 해수는 그에게 무슨 일이 생겼음을 직감했다. 황원장과의 해소되지 않은 갈등이 떠올랐다. 강실장은 자리에 앉자마자 막걸리 잔을 비우며 언성을 높였다. 4·3 때 희생자들 것으로 추정되는 유골이 수백 구 발견되었고 유전자 감식을 위해 강실장의 피를 뽑아갔는데, 예산이 통과되지 않아 유전자 감식이 미뤄지고 있다고 했다. 개새끼들! 그는 두 주먹을 불끈 쥐면서 정치인들을 비난했다. 그리고 고개를 돌려 해수를 쏘아보았다.

정해수 씨. 남의 상처를 함부로 건드는 거 아니다. 강실장의 목소리가 떨리고 갈라졌다. 오래되어 아물었다고 생각하겠지만, 건드리면 재발하는 법이야. 저 무덤이 할아버지 무덤이라 생각하는 모양인데, 천만에. 할아버지는 4·3 때 잡혀간 후 지금까지 생사가 확인되지 않고 있어. 저 속엔 할아버지가 키우던 개가 묻혀있어. 할머니가 묻어준 거야.

해수는 강실장의 눈을 피해 고개를 떨궜다. 예리한 면도칼이 예민한 신경 줄을 가차 없이 찢어놓고 있었다. 고통이 휘몰아쳐도 내색할 수 없었다.

할망구 주제에 연예인 병에 걸린 애들처럼 설치고 다니는 건 상관하지 않겠는데, 우리 이야긴 좀 빼줬으면 좋겠어. 시집도 못 가고 우리 아버지를 낳은 할머니. 알 만한 사람은 다 아는 이야기니까.

강실장님. 말씀이 너무 지나치세요. 해수 언니가 일부러 그런 것도 아니잖아요. 사진 속 할아버지가 너무 잘 생겨서 사람들에게 소개한 것뿐인데.

백설화가 해수를 감싸고 나서자 그때까지 침묵을 지키던 할머니도 덩달아 입을 열었다.

옛날엔 폭포에 아무도 가젠 안허연. 몬딱 그곳을 무서완 했저. 할머니는 강실장을 바라보며 합죽 웃었다.

무덤 속에 묻혀 이신 거, 그게 뭐가 중요햄시냐. 촘말로 소중한 건 가슴 속에 묻어 두고 사는 법이라. 네 하르방 젊어실 때 참 고왔져. 누구보다 요망졌고. 폭포 밑으로 가서 돌맹이밭에 드르누운 얼굴들을 하나씩 확인 혀도, 동서남북 돌아다니며 불러 봐도 대답 한마디 어신게. 그땐 살아신지 죽어신지, 그것만이라도 알고 싶어신디. 이추룩 세월이 흘러도 바로 엊그제 일 같어.

할머니는 남 일처럼 태연하게 말했다. 눈꺼풀에 뒤덮인 보일락 말락 한 눈동자가 한여름 정오의 태양처럼 유난히 따가웠다. 해수는 석쇠 위에 고등어가 새까맣게 탈 때까지 고개를 들지 못했다.

＊

그날 이후 해수는 거리에서든 병원에서든 계속 마스크를 착용하고 다녔다. 육지에서와 달리 서귀포에서는 마스크를 쓰고 다니는 사람들이 많지 않았지만, 마스크로 입을 가리고 싶었다. 그뿐 아니라, 꼭 필요한 상황이 아니면 가급적 입을 열지 않았다.

얼마나 많은 사람이 실의에 빠져있을까. 특히 할머니같이 살날이 얼마 남지 않은 분들도 많이 있을 텐데. 유전자 감식을 미루는 사람들을 생각하면 해수는 울화통이 터졌다. 분노와 함께 아무것도 할 수 없다는 무력감도 밀려들었다. 망연한 얼굴로 허공을 응시하고 있을 때 페이스북에 댓글이 새로 올라왔다. 톳을 캐는 동영상에 선미맘이 올린 댓글이었다.

주연 엄마. 난 아직도 바다를 보면 소름이 돋는데, 주연 엄마는 이제 괜찮은가 보네요. 4월의 바다는 정말 견디기 힘듭니다.

바닷속을 부유하는 해파리처럼 접촉하기 꺼려지는 댓글이었다. 애써 외면하려고 했는데 생각처럼 쉽지 않았다. 그것을 확인한 뒤로는 밥맛이 없어 잘 먹지도 못했다. 출근해서 일하는 게 힘들었으며 집에 오면 누워서 잠만 잤다. 왜 그런 바보 같은 행동을 했을까. 그냥 가만히 있어도 눈물이 줄줄 흘렀고, 밀려드는 자책감에 죽고 싶은 생각만 들었다.

죽을 것 같아요.

정신과 의사를 다시 찾아가 하소연했을 때 의사는 약용량을 조금 늘리고 다른 약 하나를 추가하겠다고 말하며 최근 안 좋은 일이 있었냐고 물었다. 해수는 세상이 너무 싫다고 대답했다. 상처받은 자를 도마 위에 올려놓고 잇속을 챙기는 장사치들도 싫고, 상처받은 자를 마구 할퀴는 사이코패스들도 싫다. 그리고 강실장 할아버지의 사연을 의사에게 소개했다. 억울하게 죽은 것도 원통한데 시신까지 찾지 못했다고, 시신을 찾을 때까지 포기하지 말아야 한다고, 아무리 오랜 세월이 흐르더라도 그런 건 포기하면 안 된다고 흐느끼며 호소했다.

정말 나쁜 사람들이군요.

의사는 고개를 끄덕이며 공감을 표했다.

해수는 6년 동안 자신도 매일 악몽을 꾼다고 고백했다. 6년이나 지났는데 왜 우리 주연이만 찾지 못하냐고 고통스럽게 웅얼대면서 두 손으로 가슴을 쥐어뜯었다.

집으로 돌아와 약을 먹고 잠이 들었다. 눈을 떴을 때 앉은뱅이책상 옆에 놓인 낡은 재봉틀이 눈에 들어왔다. 언제부터 그 자리에 있었는지 전혀 의식하지 못했던 물건이었다. 해수는 이불 속에서 조금 더 뒤적대다가 옷을 갈아입고 밖으로 나왔다. 우산을 쓰고 봄비 내리는 거리를 산책 삼아 걸어가다가 농협 마트에 들러 지퍼와 유성 펜을 색상별로 샀다. 근처 국숫집에 들어가 국수를 주문한 뒤 페이스북에 올라온 댓글을 다시 읽어보고는 곧바로 지웠다. 내친김에 그동안 올렸던 동영상과 글을 모두 삭제했다.

해수는 집으로 돌아와 잠수복을 꺼내 책상 앞에 앉았다. 가위를 들고 목에서 가슴 부위까지 잠수복을 자른 뒤 재봉틀을 이용해 지퍼를 달았다. 자리에서 일어나 몸에 맞춰보았다. 지퍼를 달아도 자기 몸에는 터무니없었다. 몸피의 반은 연소시켜야 시도해 볼 수 있었다. 다시 책상 앞에 앉았다. 유성 펜을 찾아서 잠수복에다 그림을 그리기 시작했다. 어차피 입지 못할 옷. 기분이나 풀어야겠다. 잠수복 뒷면에 능숙한 솜씨로 옷을 그려 넣었다. 여학생 교복이었다. 그다음은 얼굴이었다. 자신의 것과 비슷한 모양의 눈과 코와 입술을 그렸다. 얼굴 윤곽은 소녀처럼 갸름하게 묘사했다. 수없이 반복해서 그려도 언제나 똑같은 얼굴. 소녀 시절 제 모습과 흡사했다. 팔과 다리는 물속에서 유영하는 역동적인 동작을 연출했다. 오른손으로 까꾸리를 쥐고 왼손은 위쪽을 향하도록. 의사가 새로 처방한 약이 강하게 작용하는지 기분이 붕 뜬다. 해수는 왼손이 향하는 지점인 잠수 모자를 바라보며 잠시 숨을 골랐다. 곧이어 그곳에 전복을 그려 넣었다. 디자인과 수선, 지겹게 해온 일이지만 잠수복 수선은 새롭게 느껴졌다. 작업을 거의 마무리할 무렵 백설화가 방에 들어왔다. 잠수복을 보자 그녀는 탄성을 내질렀고, 겁 없이 입어 보려고 시도했다. 하지만, 그녀 역시 해수 몸피와 비슷했다.

두 사람은 우산을 쓰고 해안 도로를 거닐었다. 해 질 무렵 해안가 식당으로 들어가 자리를 잡고 돔베 고기와 막걸리를 시켰다. 안개 속에 포슬포슬 가라앉던 빗방울이 돌변하여 맹렬하게 유리창을 두드렸다.

가게에서 양주 두 병 깐 게 쓰라린 모양인데. 강실장 그놈, 아무리 그래도 그렇지. 술 처먹고 어디 와서 행패를 부려.

해수는 고개를 돌려 백설화를 바라보았다.

꼭 그 일 때문만은 아닌 것 같은데.

함께 퇴사하자고 했는데, 언니가 거절해서 삐졌나?

글쎄.

할아버지가 얼마나 그리웠으면 개를 묻어주고 정성으로 관리했을까. 아름답고 슬픈 사연을 소개하는데 왜 그렇게 핏대를 세우는지 모르겠어. 정서가 메말라 있으니 옆에 여자가 없지.

백설화의 수다가 이토록 지겨운 건 처음이었다. 해수는 백설화의 잔에 막걸리를 채우며 화제를 돌렸다.

설화야. 내가 할망구 같니?

무슨 소리야 언니! 이제 갓 오십 대 초반인데.

그때부터 백설화는, 우리는 아직 팔팔하다는 둥, 그놈이 미친놈이라는 둥, 자신은 죽을 때까지 술 마시며 즐길 테니 언니는 죽을 때까지 페이스 북 하라는 둥, 한참 동안 위로와 설교를 반복해서 늘어놓았다. 식어서 말라버린 돔베 고기처럼 생기 잃은 해수를 이해하고 격려하겠다는 의지가 담겨있었다. 해수는 그 말들을 귓등으로 흘려보내며 술잔을 홀짝였다. 창밖이 완연히 어두워졌을 때 두 사람은 밖으로 나왔다.

어느새 비는 그쳤고 밤하늘엔 둥근 달이 떠올랐다. 2차를 가고 싶다던 백설화는 해수가 시큰둥한 반응을 보이자 섭섭한 얼굴로 해수를 따라 해안 도로를 걸었다. 지나다니는 차도 사람도 없는 거리, 고요한 어둠 속에 달빛이 먼바다를 비쳤다. 저 멀리 잔잔하게 일렁이는 물결 위에 하얀 포말이 인다. 날치나 숭어 같은 물고기가 자맥질한다고 생각했다. 해수는 터벅터벅 걸으면서 바다 쪽으로 눈길을 돌렸다. 자맥질의 주인공이 물고기가 아니던가. 무언가 물 위로 솟아오르는 게 아니라 물 위를 부유하는 것처럼 보였다. 포말과 가장 가까운 지점에 이르렀을 때 해수는 걸음을 멈추고 몸을 돌려 바다를 유심히 살펴보았다. 하얀 거품과 함께 눈에 들어온 것은 테왁이었다. 물고기가 아니라 사람, 해녀였다. 누가 이 밤에 물질을? 수면 위로 올라온 해녀의 머리에 설핏 전복 문양이 비치는 느낌.

설마? 잘못 봤겠지. 해수가 의아해하고 있을 때 백설화가 소리쳤다. 할머니! 그녀는 손을 흔들며 포말을 향해 연신 고함을 질렀다.

언니. 할머니야. 모자에 전복이 있잖아!

해수의 눈동자가 테왁처럼 동그래졌다. 수면 위로 해녀의 머리가 올라왔을 때 모자에 새겨진 문양을 확인하려고 정신을 집중했다. 전복 문양이 확실했다. 할머니! 할머니! 백설화는 아이돌을 따라다니는 아이들처럼 발을 동동 굴리며 손을 흔들었다.

휘―이. 그때 한줄기 휘파람이 테왁을 넘어 두 사람 곁으로 날아와 귀속으로 파고들었다. 해수는 순간 온몸에 전율이 일었다. 할머니 등에 올라탄 교복 입은 소녀가 전복을 캐서 할머니와 함께 수면 위로 비상하는 환영에 사로잡혔다.

할머니! 양만선 할머니!

해수는 저도 모르게 두 손을 흔들며 테왁을 향해 소리쳤다. 휘―이. 다시 휘파람이 울렸다. 마치 해수의 부름에 응답이라도 하는 것 같았다. 휘―이. 그 소리가 달빛 속으로 안개처럼 퍼져나가는 광경을 해수는 멍하니 지켜보고 서 있었다.

이지혜 | 북바인딩 수업

2024년 서울신문 신춘문예에 당선되며 작품 활동을 시작했다.

북바인딩 수업

이지혜

　책방 안에 희미하게 레몬빛이 돌았다. 창문에는 아이보리색 커튼이 드리워졌고, 형광등과 보조등에서 퍼져나온 빛이 커튼 위로 어우러져 따뜻하면서도 산뜻했다. 윤재는 사람들과 함께 반대편 테이블에 앉아 있었다. 내 기척을 느낀 몇 사람어 얼굴을 돌렸고 윤재가 나를 향해 손을 흔들었다. 나는 줄지어 선 책장을 지나쳐 테이블 쪽으로 걸었다. 중앙에 자리 잡은 매대 위에는 윤재가 만든 책들이 놓여 있었다. 여기 있어요, 오래된 자리, 쓰고 만듦.

　이모의 환갑을 열흘 앞두고 윤재는 나에게 다시 연락해왔다. 휴대폰 액정에 윤재에게 온 메시지 알림이 떴을 때 나는 윤재가 환갑잔치 일정을 알려주겠거니 생각했다. 하지만 메시지에 이모 이야기는 없었다. 윤재는 내가 사는 곳 근처 책방에서 북바인딩 수업을 하게 됐다고 말했다. 날짜는 이틀 뒤였다.

　– 민정아, 와줄 수 있어?

　나는 답장하길 망설였다. 윤재와는 한동안 거리를 두며 소원하게 지내고 있었다. 반년 만에 온 윤재의 연락이 반갑기보다는 어색했다. 윤재는 어땠는지 모르겠지만 나는 그렇게 느꼈다.

여섯 살 때 아빠가 돌아가신 뒤 엄마는 나를 이모에게 부탁했다. 동생만 외할머니 집에 데려가 함께 살면서 식당에서 종일 일하며 돈을 벌었다. 아빠가 남긴 유산은 없고 병원비와 빚만 쌓여 있었기 때문에 어쩔 수 없는 결정이었다고 훗날 엄마는 설명해 주었다. 일이 년 돈을 모아서 방이라도 얻을 수 있게 되면 나를 데리러 올 예정이었다고 덧붙였다. 엄마의 결정과 계획을 당시에는 알지 못한 채로 나는 이모네 집에 들어갔다. 초등학교에 입학할 때까지 사촌인 윤재와 함께 자랐다. 윤재가 한 살 많았지만 나는 어느 순간부터 윤재를 오빠라고 부르지 않았다. 윤재의 형인 윤석을 꼬박꼬박 오빠라고 부른 것과 달리 윤재는 이름으로 부르며 친구처럼 대했다.

— 이모 환갑은 어떻게 할 거야?

내가 되묻자 윤재는 만나서 얘기하자고 답장했다. 만나서 이야기하자는 말을 우리는 반년 전에도 나눴다. 당시 그렇게 말한 건 나였고 윤재는 알겠다고 우선 만나자고 선뜻 대답했다. 그때 윤재도 속으로는 내키지 않았을지 모르겠다. 윤재에게 답장을 보내 책방으로 가겠다고 말해 놓고도 나는 마음이 불편했다.

오늘 점심을 먹으면서도 올까 말까 망설였다. 이런 마음을 모르는 윤재는 웃으면서 나에게 손짓했다. 유난히 하얗고 마디가 굵은 윤재의 손. 어린 시절엔 지금보다 훨씬 작은 손으로 윤재가 내 등을 쓸어내렸던 적도 있었다.

처음 이모네 집에 들어갔을 때 나는 잘 웃지 않았다. 울거나 떼를 쓰지도 않았다. 엄마가 나를 데리러 오지 않을까 봐 걱정했고, 괜히 말썽을 부렸다가 이모네 집에서 쫓겨나게 될까 봐 불안해했다. 이모나 이모부가 나에게 눈치를 줬거나 윤재나 윤석과 사이가 나빴던 것도 아니었는데.

이모부는 이 년 동안 나를 거두어 키우면서도 싫은 기색을 비치지 않았다. 어려운 상황에 놓인 아이를 돕는 일은 당연하다고 여겼던 것 같다. 하지만 윤재와 윤석을 대할 때는 태도가 엄격했고, 자녀의 교육과 생활 지도에 대한 자기만의 기준이 확고했다. 거기 어긋나거나 미치지 못하면 납득이 될 때까지, 원하는 말을 들을 때까지 사람을 몰아세웠다. 왜 그렇게 했니. 말해봐, 왜. 앞으로는 어떻게 할 거야. 왜 말을 못 해. 어떻게 할 거냐니까. 윤석은 공부나 생활 면에서 이모부의 기대만큼 해내는 편이었고 이런 말을 듣는 건 대체로 윤재였다.

이모네 집에 들어간 지 세 달쯤 지났을 때 윤재가 이모부에게 크게 혼났다. 그날은 이모부의 목소리가 평소보다 높았다. 도중에 이모부가 윤재를 때리려고 해 이모가 말리는 소리도 들려왔다. 공부방으로 들어온 윤재가 테이블 앞에 주저앉았다. 윤재 눈에서 눈물이 한두 방울 떨어지는가 싶더니 줄줄 흘러내렸다. 소리 없이 우는 윤재를 보다가 나도 갑자기 눈물이 쏟아졌다. 왜 그랬는지 윤재가 하는 것처럼 숨죽여 울었다. 한번 터진 울음은 쉽게 멈춰지지 않았다. 그런데 어느 순간 누군가 내 등을 다독이는 게 느껴졌다. 고개를 돌리자 윤재가 테이블 앞으로 몸을 숙인 채 내 등을 쓸어내리고 있었다. 윤재의 눈에서도 계속 눈물이 흘렀다. 간식을 들고 온 이모가 우리 둘 사이에서 눈가를 훔치는 모습을 나는 봤다.

와달라는 윤재의 요청을 끝내 거절하지 못한 것, 머뭇거리면서도 뒤돌아 책방에서 나가지 못한 것, 이게 다 그 순간 때문이라고 생각했다. 그날 이후 나는 자주 울었고 또 웃기도 했으니까. 단지 그것뿐이라고 속으로 되뇌며 윤재에게 손을 흔들었다.

모두 여섯 사람이 색지와 실, 송곳 등이 놓인 테이블에 둘러앉았다. 모서리가 둥근 사각 테이블은 밝은 갈색의 원목 상판과 흰색과 검은색이 섞인 철제 다리로 이루어져 있었다. 벽면 스크린 앞에 서 있던 윤재가 목을 가다듬었다.

"저는 책 만드는 박윤재예요. 제 목소리가 좀 작은 편이죠? 혹시 안 들리시면 바로 말씀해 주세요."

빔 프로젝트 화면을 넘기자 윤재가 만든 세 권의 책이 스크린에 올라왔다.

"그동안 이 책들을 만들었고요. 여러 책방에서 북바인딩 수업을 진행해 왔어요. 첫 번째 책을 만든 게 벌써 칠 년 전이네요."

윤재는 책들을 소개했다. 무엇을 말하고 싶었고, 어떤 상황에서 만들었으며, 독립출판으로 책을 만들고 판매하는 어려움은 또 어떻게 해결했는지, 하는 내용을 하나씩 이야기했다. 낮고 느린 목소리에서 나름대로 강약이 느껴졌다. 가끔 참여자들이 소리 내어 웃기도 했는데 사람들 앞에서 술술 이야기하는 윤재가 나는 좀 낯설었다.

윤재는 참여자들에게도 자기소개를 해달라고 부탁했다. 첫 번째 참여자는 프랑스어를 전공하는 학생이었다. 곧 어학연수에 갈 예정이라며 거기서 보고 느낀 것들을 책으로 펴낼 거라고 했다. 두 번째 참여자는 입을 열기 전, 옆에 앉은 세 번째 참여자를 잠깐 봤다. 알고 보니 두 사람은 사내 커플이었다. 퇴근 후 함께 다양한 활동에 참여하는 걸 즐긴다고 했다.

"우리가 같이 보낼 시간을 책에 기록하고 싶어요."

두 번째 참여자가 말하자 세 번째 참여자가 잘 부탁드린다며 인사했다. 다른 사람들은 웃으며 박수했고 윤재도 따라서 손뼉을 쳤다. 나는 타이밍을 놓쳐 고개만 끄덕거렸다. 속없이 웃는 윤재가 내심 못마땅했다.

내 차례가 왔을 때 나는 나를 뭐라고 소개해야 할지 몰라 말문이 막혔다.

"저는 호텔에서 일하고 있습니다."

일하던 호텔에서는 팬데믹 시기에 나와야 했고, 요즘 다른 호텔에서 아르바이트한다는 말을 덧붙일 순 없었다. 윤재의 사촌이라는 것은 밝히지 않았다. 그렇게 간단히 설명할 수 있는 관계도 아니었다. 그 후 대화가 어떻게 이어졌는지 제대로 듣지 못했다. 마지막 참여자가 평소에 책을 좋아해서 신청했다고 말하는 것만 귀에 들어왔다.

내가 처음 호텔에서 일하기 시작한 때는 윤재가 첫 번째 책을 만들 무렵이었다. 당시 나는 인턴으로, 정확하게는 프리인턴으로 호텔에 입사했다. 육 개월간의 프리인턴 과정을 통과한 사람만 일 년제 인턴이 될 수 있었다. 처음에는 호텔이라는 공간이 꽤 그럴싸해 보였고 그 안에서 유니폼을 맞춰 입고 구성원이 되면 든든한 소속감을 느끼게 될 거라고 막연히 생각했다. 반년이 지나가고 인턴 전환 시험이 다가왔다. 개별 면담과 지필 시험, 조별 면접까지 마치고 며칠간 결과를 기다렸다. 어느 날 쉬는 시간, 직원 로커룸에서 친한 동기가 가방을 꾸리고 있었다. 내가 뭐 하냐고 묻자 동기는 고개를 돌리고 말했다.

"나 집에 가."

오후 세 시가 되기도 전에 동기는 양손 가득 짐을 들고 로커룸을 나갔다. 다음 날 나는 인턴이 되어 출근했고 평소처럼 유니폼을 입은 채 일했지만 호텔이라는 공간, 특히 매일 지나는 길고 어두운 직원 통로가 좀 무서워졌다.

나는 이런 일들을 그때그때 윤재에게 알렸다. 내가 초등학교에 입학했을 때 엄마는 이모네 집 가까이에 셋집을 얻었다. 윤재와 따로 살면서도 같이 밥을 먹고 숙제하는 게 자연스러운 일상으로 자리 잡았다. 나는 이미 엄마보다는 이모를, 동생보다는 윤재를 더 친밀하게 느끼고 있었다. 성인이 되어서도 윤재와 가깝게 지냈고, 일이 생기면 가장 먼저 윤재에게 연락했다. 내 친구들이 윤재와 내가 연인 같다고 놀린 적도 있었지만,

처음에는 그런 말에 신경 쓰지 않았다. 나는 호텔에서 있었던 일들을, 윤재는 책 만드는 작업을 주로 이야기했다. 내가 인턴으로 전환되었다는 사실을 알리자 윤재도 첫 번째 작업에 대해 소식을 전해왔다.

윤재가 처음으로 만든 책 〈여기 있어요〉는 서울아트시네마가 많은 사람의 후원과 노력에도 낙원상가에서 철수하고 서울극장 삼 층에 단일 상영관으로 축소되어 자리 잡아가는 과정을 담고 있었다. 윤재는 일이 벌어지는 과정을 꼼꼼하게 기록했다. 위치를 옮긴 서울아트시네마가 오픈하던 날부터 백 일 동안 하루도 빠지지 않고 그곳에 갔다. 많은 사람이 거기 서울아트시네마가 들어섰다는 데 신경도 쓰지 않았다. 하지만 그곳에선 여전히 특별기획 프로그램이 진행됐고 새로운 독립영화가 상영됐고 또 누군가는 계속 극장을 찾았다. 나는 윤재의 책을 통해서 그런 일들을 알게 되었다. 당시 윤재는 대학교 사 학년 졸업을 앞두고 있었다.

윤재가 색지를 테이블 가운데로 옮겨서 색깔별로 펼쳤다.

"이 두꺼운 색지는 여러분이 만들 책의 표지가 될 거예요. 좋아하는 색으로 두 장씩 골라주세요."

같은 크기로 잘린 흰 종이도 색지 옆에 꺼내두었다.

"눈에 띄는 색이 없으실까 봐 걱정인데요. 그러면 흰 종이에 색연필이나 펜으로 표지를 꾸미셔도 좋을 것 같아요."

마음에 드는 표지를 만드실 수 있으면 좋겠네요. 윤재가 혼잣말하듯 덧붙이고 뒤통수를 긁적였다.

여러 색의 색지들은 다 손바닥만 한 크기로 준비되어 있었다. 나는 진달래색 표지 두 장을 손에 들었다. 조금 촌스러운가 생각했지만 그대로 내 앞에 가져왔다. 진달래색 색지는 묘하게 기시감이 들었는데 생각해보니까 내 매니큐어 색깔과 비슷했다. 며칠 전 나는 발톱에 짙은 분홍색 매니큐어를 발랐다. 꽃잎을 그려 넣듯 하나하나 두 번씩 덧칠했다. 매니큐어가 마른 발을 보면서 색이 참 예쁘다고 생각했고 아무것도 바르지 않은 손을 보며 조금 씁쓸했다. 이제 정직원도 아닌데 적당히 넘어가도 되는 규정을 철저히 지키는 내가 답답하기도 했다.

"이 얇은 종이들도 열 장씩 가져가세요. 이건 책의 내용을 담을 내지가 될 거예요."

윤재는 표지와 같은 크기인 흰색 종이들도 테이블 위에 죽 늘어놓았다. 어차피 내지는 다 똑같은 흰 종이라 열 장씩 나눠줘도 될 텐데 한 장 한 장 직접 골라서 가져가라고 했다. 참여자들은 테이블 중앙에 세 줄로 놓인 종이들을 훑어보다가 한 장씩 집었다. 옆 사람이 고르기를 기다렸다가 가져가기도 했고 앞 사람과 손가락이 부딪히기도 했다. 그 과정이 나는 좀 번거로웠는데 옆에 앉은 연인 참가자들은 서로 종이를 골라주며 재미있어했다. 나는 윤재를 흘끔 봤다. 윤재는 테이블 반대쪽에서 휴대폰을 보고 있었다. 윤재가 나를 왜 이곳에 불렀는지 알 수 없었다. 이모 환갑잔치 일정은 전화로도 충분히 알려줄 수 있는 내용이라서 나는 윤재가 그걸 핑계로 나에게 연락해 관계를 회복하려는 게 아닌가 짐작했다. 그런데 막상 와 보니 윤재는 나에게 특별히 신경을 쓰지 않는 것 같았다.

"다 하셨으면 이렇게 표지 사이에 내지를 넣어 보세요. 벌써 책 같은 모양이 됐죠?"

다들 윤재가 말한 대로 표지 사이에 내지를 넣어서 앞뒤로 살폈다. 나도 앞에 놓인 종이들을 한 손에 잡고 어떤 책이 완성될지 가늠해 보았다. 잘 그려지지 않았다.

윤재가 실뭉치와 송곳 두 개를 테이블 가운데로 가져오더니 이제 구멍을 뚫을 차례라고 말했다. 이미 묶어둔 견본을 펼쳐서 우리에게 보여줬다.

"구멍을 잘 뚫는 게 중요해요. 그 구멍으로….."

그때 책방 문이 열리고 세 사람이 안으로 들어왔다. 그들의 대화 소리가 커서 윤재의 말이 끊겼다. 책방 직원이 다가가 수업 중이니 목소리를 낮춰달라고 말했다.

"수업이요? 무슨?"

한 사람이 이쪽을 건너다보며 물었다.

"책 만드는 수업을 하고 있어요."

책방 직원이 목소리를 낮춰가며 대답했고 세 사람은 한 마디씩 말을 보탰다. 책이요? 그래, 책을 만든대. 그런 수업도 하는구나.

"그걸 어떻게 만드는데?"

셋 중 한 사람이 물었고 실내가 조용해졌다. 세 사람은 서가 앞에 서서 이쪽을 들여다보더니 테이블 위를 둘러보고 윤재와 참가자들도 훑어봤다.

"저렇게 만드는가 보네."

그런가 보다고 몇 마디를 더 주고받고는 책방 직원을 향해 그러면 다음에 오겠다고 말했다. 문이 있는 쪽으로 걸어갔다. 세 사람이 나간 뒤 닫힌 문 너머로 목소리가 들렸다.

"근데 저걸 왜 만들지."

발소리가 점점 멀어졌다. 윤재는 서너 차례 목을 가다듬었다. 잠깐 내 눈치를 살피는 것 같기도 했다. 하지만 곧 견본을 손에 잡고 테이블 앞으로 내밀었다.

"구멍을 잘 뚫는 게 중요하다고 말씀드렸죠? 그 구멍으로 한 장 한 장의 낱장들이 모이고 묶여야 책이 되는 거니까요."

목소리가 조금 흔들리는가 싶었지만 윤재는 막힘없이 말을 마무리했다. 당황하는 기색은 없었고 마음이 상한 듯해 보이지도 않았다. 당황하고 마음이 흔들린 쪽은 오히려 나라는 것을 깨닫고 있을 때 윤재는 표지를 자세히 보라며 견본을 들어 올렸다. 구멍 사이의 간격이 중요하다고 강조했다.

우리는 모두 다섯 개의 구멍을 뚫어야 했다. 모든 구멍은 왼쪽 끝을 기준으로 가로 0.5cm를 띄워놓아야 했으며, 첫 번째 구멍은 왼쪽 끝 윗면에서 세로 1cm의 간격을 둬야 했고, 두 번째 구멍부터는 세로 2.5cm의 거리가 필요했다. 그렇게 간격을 유지하다 보면 마지막 다섯 번째 구멍은 자연스럽게 네 번째 구멍과는 세로 2.5cm, 종이의 아랫면과는 첫 번째 구멍과 마찬가지로 세로 1cm의 거리가 생겼다.

표지에 윤재가 알려준 간격대로 점을 찍어 두었다. 송곳이 나에게 넘어오길 기다리면서 다른 사람들이 책 만드는 모습을 둘러봤다. 옆에 앉은 커플은 알맞은 위치에 점을 잘 찍었는지 서로 확인하는가 싶더니 책을 바꿔 상대방의 책에 구멍을 뚫어주고 있었다.

"제일 끝에 있는 구멍은 잘 안 되는데? 잘못했다간 종이 찢어질 것 같아."

"이리 줘. 내가 해볼게."

여자가 마지막 구멍을 뚫어서 남자에게 건넨 뒤 나에게 송곳을 전해줬다. 여자가 몸을 돌렸고 두 사람은 테이블에 놓인 하늘색 표지 위로 손을 포갰다. 나는 내 앞에 놓인 송곳을 잡았는데 무언가에 찔린 듯한 기분이 들었다. 벼려진 바늘 끝으로 오래된 흉터를 짓누르는 기분. 송곳을 고쳐 쥐었다. 진달래색 표지와 흰색 내지들을 모아서 왼손에 잡고 오른손으로 송곳을 들어 첫 번째 구멍으로 가져갔다. 종이 위에 찍어 둔 점을 송곳으로 누른 뒤 힘을 줬지만 종이는 뚫리지 않았다. 테이블 위에 종이를 내려놓고 왼손 손바닥으로 고정한 채 송곳을 좌우로 돌렸다. 손의 힘이 풀려 낱장들이 자꾸 흩어졌다.

윤재가 내 쪽으로 다가오더니 손을 내밀었다. 윤재는 앞 장 표지만 가져가 송곳을 살살 돌려가며 구멍을 뚫었다. 뾰족한 송곳 끝이 표지 반대편으로 빠져나오자 내지를 서너 장씩 집어서 같은 위치에 구멍을 만들었다. 송곳을 돌리는 윤재의 손. 가까이서 보니까 작은 흉터가 많았다. 윤재가 종이를 다시 내게 건넸다. 가지런히 뚫린 다섯 개의 구멍이 흠집 같았고 그 자체로 고리 같아 보이기도 했다.

윤재는 사람들이 잘 따라오고 있는지 살펴보며 테이블을 한 바퀴 돌았다. 송곳 두 개를 한쪽에 모아놓고 실뭉치를 풀었다. 미리 준비해 둔 실을 손에 잡고 그 길이에 맞춰서 한 줄씩 잘라나갔다.

"이제 구멍 사이에 실을 넣어서 책으로 엮어 볼게요. 실 한쪽 끝에 매듭을 만들어 주세요. 구멍에 매듭이 고정될 수 있도록이요."

참여자들이 그 말에 따라 매듭을 묶고 있을 때 윤재 앞에 놓인 휴대폰에서 진동이 울렸다. 윤재는 한동안 테이블을 내려보다가 빠르게 말했다.

"급한 전화라 잠깐 받고 올게요."

테이블에서 조금 떨어져 통화를 시작하는가 싶더니 곧 몸을 돌려 책방 서가를 가로질렀다. 문을 열고 밖으로 나갔다. 그럴 수 있는 일이라고 생각했지만 한편으로는 윤재에게 무슨 일이 생긴 게 아닌지 걱정됐다. 반년간 왕래 없이 지내는 동안 윤재에게도 많은 일이 생겼을 것이다. 그전엔 윤재와 이렇게 오래 연락이 끊긴 적이 없었다. 윤재는 만들고 싶은 책이 떠오르면 나에게 아이디어를 이야기하며 작업 계획을 구체적으로 세워나갔고, 책이 나오면 나에게 제일 먼저 보여줬다. 그런 행동이 어떤 의미인지는 윤재도 나도 깊이 생각하지 않았다. 돌이켜 보면 함께 있는 게 그저 좋기만 했던 것은 아니었다. 어쩌면 내가 느끼지 못한 동안 윤재와의 거리가 점점 벌어지고 있었던 것인지도 몰랐다.

대학을 졸업한 뒤 윤재는 내가 어디냐고 물을 때마다 대개 카페나 편의점에서 아르바이트하거나 도서관에서 책을 보고 있다고 대답했다. 그래서 나도 한 번은 윤재를 만나러 도서관에 갔다. 윤재는 열람실에서 책을 읽다가 나를 만나러 밖으로 나왔다. 어디로 가지, 우선 나갈까? 내가 묻자 윤재는 여기에도 식당이 있다며 내려가 보자고 했다. 우리는 도서관 지하 식당에서 라면과 김밥을 사 먹었다. 내가 내려고 하는 걸 여기까지 왔는데 그럴 수 없다며 윤재가 막으셨다. 내가 한 번 더 나서자 윤재는 얼굴을 붉히며 말했다.

"이럴 땐 좀."

식사 후에는 자판기에서 뽑은 커피를 마시며 일 층 만남의 광장에서 조용조용 얘기를 나눴다. 윤재는 당시 구상 중이던 책에 대해 계속 이야기했다. 내가 딴생각을 하지 않는지 가끔 눈치를 살피면서도 말을 멈추지 않았다. 아마 멈추지 못했을 것이다. 나는 입 밖으로 튀어나오려는 질문을 부지런히 삼켰다.

그때는 내가 정규직이 된 지 육 개월쯤 지난 시기였다. 인턴 때에 비하면 생활이 조금 나아졌고 해고에 대한 불안감은 없어졌다. 하지만 유니폼이 마치 내 일부인 듯 익숙해지면서 무언가를 놓치고 있다고 느낄 때가 많았다. 나는 뭘 놓치고 있는지 생각하지 않은 채 애꿎은 매니큐어만 사서 모으고 있었다. 남들이 하는 것처럼 립스틱이나 아이섀도 같은 값이 더 나가는 것은 사지 못했고 가끔 퇴근길에 매니큐어를 샀다. 화장대 위에 올려둔 매니큐어들이 하나둘씩 늘어나더니 두세 달이 지나자 두 줄 세 줄로 길어졌다. 업무 규정 때문에 손톱에는 바를 수 없어서 나는 발톱에만 매니큐어를 발랐다. 그날 도서관에서 윤재를 만나고 돌아오는 길에도 화장품 가게에 들러 매니큐어를 하나 더 샀다. 일하지 않은 날 매니큐어를 산 건 그때가 처음이었다. 내가 윤재를 사랑하는 마음이 발톱에만 바를 수 있는 매니큐어 같다는 생각도 그날 처음으로 했다.

이런 시간이 윤재와 나 사이에 난 구멍처럼, 적당하지 못한 간격처럼 느껴졌다. 구멍을 뚫는 건 종이에 손상을 주는 일인데도 그 구멍을 통과해야 낱장들이 하나로 묶여서 책이 된다는 윤재의 말을 곱씹었다. 지난 반년 새 우리 사이에는 확실히 거리가 생긴 것 같았다. 나는 윤재에게 호텔에서 아르바이트하며 지내는 근황을 알리지 못했고 어쩌면 윤재도 나한테 전하지 못한 일들이 있을 것이다.

전화를 받으러 나간 윤재는 아직 돌아오지 않았다. 불만을 내비치는 사람은 없었지만 하나둘씩 핸드폰을 꺼내기 시작했다. 십 분쯤 지났을 때 아무래도 이상하다는 생각이 들어 나는 자리에서 일어났다. 화장실에 가는 척하며 밖으로 나왔다. 복도는 어두웠고 아무도 없었다. 계단을 내려가려는데 층계참에서 방향을 꺾고 뛰어 올라오는 윤재가 보였다.

"미안, 많이 늦었지?"

윤재가 숨을 고르며 말했다. 방금 들은 말과 계단을 뛰어 올라오는 윤재의 모습이 어디선가 본 듯 낯익었다.

"아니야, 다들 신경 안 써. 무슨 일이야?"

윤재는 발을 멈추고 주저하다가 그게, 하면서 입을 열었다.

나무라는 사람은 없었지만 윤재는 참여자들에게 여러 차례 사과했다.

"일이 생겨서 시간이 지체됐어요. 죄송합니다."

"그럴 수도 있죠. 괜찮아요. 근데, 괜찮으신 거예요?"

"그래요. 작가님 별일 없으면 됐어요."

참여자들에게서 괜찮다는 반응과 무슨 일이 있는 게 아니냐는 걱정이 이어졌다. 윤재는 고맙다고 고개를 숙이면서도 거듭 시간을 확인했다.

"매듭을 만드는 데까지 했죠? 이어서 나가볼까요?"

윤재가 테이블을 훑더니 작업하던 것을 위로 올렸다.

"이제 표지 뒷장 두 번째 구멍에 바늘을 넣어서 매듭으로 고정해 주세요."

두 번째 구멍에서 나온 실로 책등을 한 바퀴 돌려서 묶고 두 번째 구멍으로 다시 돌아왔다. 세 번째 구멍으로 이동해서 또 책등을 한 바퀴 돌리고 한 번 더 옆으로 바늘을 움직였다. 윤재의 손을 따라서 나도 구멍 안으로 바늘을 넣었다. 낱장의 종이들을 묶으려고 하니까 표지와 내지가 모이는가 싶다가도 금방 실이 풀려 흩어지고 말았다.

"헐거워지지 않도록 적당한 힘으로 당겨주는 게 중요해요."

윤재의 말을 듣고 손에 더 힘을 줬다. 다시 옆으로 바늘을 돌려 책등을 만들고 아래로 이동해 나가며 종이를 엮었다.

"이걸 이렇게 하는 게 맞나."

옆에 앉은 사람이 혼잣말했다. 여러 방향을 오가며 구멍에 바늘을 넣었다가 빼야 하는 과정이라 헷갈려 하는 사람들이 생겼다. 시간이 지체된 것 때문인지 윤재는 윤재대로 조급해하는 것 같았다. 어쩌면 통화 내용이나 나와 나눈 이야기 때문에 집중력이 흐트러졌을지도 몰랐다. 윤재는 사람들 사이를 분주하게 오갔는데 일의 진도는 빨라지지 않았다. 내 옆에 앉은 사람도 같은 자리에서 바늘을 넣었다가 빼기만 계속 반복하고 있었다.

"도와드릴까요? 순서가 바뀐 것 같아요."

내가 손을 내밀자 그는 나에게 자신의 책을 건넸다. 오렌지색 표지 끝부분에 자리 잡은 구멍으로 실을 빼내고 윤재가 알려줬던 순서로 다시 바늘을 넣었다가 뺐다. 다른 사람의 책을 들고 있다는 게 왠지 긴장돼서 조심히 손을 움직였다. 복도에서 윤재에게 들은 얘기가 떠오를 때마다 심호흡하며 마음을 가라앉혔다. 맞은편에 앉은 사람도 나에게 도움을 청했다. 우선 느슨해진 매듭을 꽉 묶어두고 바늘로 구멍과 구멍을 옮겨가며 그의 책을 엮었다. 팽팽히 묶인 책을 건네고 나자 반대쪽 테이블에서 참여자들을 도와주던 윤재가 고개를 들었다. 몸을 세우며 우리가 사용하고 있는 방식은 동양식 바인딩이라고 말한 뒤 이쪽으로 다가왔다. 옆을 지날 때 윤재가 내 어깨에 잠깐 손을 올렸다.

두 시간 전에 고른 열두 장의 종이가 제법 책의 틀을 갖췄다. 단단하고 부드러운 표지를 만지작거리고 있을 때 윤재가 입을 열었다.

"이제 여러분 책에 내용을 채워 보도록 할 건데요. 책의 제목은 〈북바인딩 수업〉이라고 정해볼게요. 이 시간 동안에 여러분께 생긴 일, 느낀 감정, 떠오른 생각 등을 자유롭게 적어주세요."

윤재는 내지 첫 장에 자신의 이야기를 쓰고, 책을 옆으로 돌려서 그 내용에 대해 각자 하고 싶은 말을 적어주는 것으로 책 속 내용을 채워 나가자고 제안했다.

"우리가 여기서 함께 시간을 보낸 건 맞지만, 다 같은 시간을 보낸 건 아닌 것 같거든요. 이 수업에 대한 것이라면 무엇이든 좋으니 솔직하게 써볼까요."

참여자들은 손에 색색의 책을 한 권씩 들고 있었다. 색연필을 나눠준 뒤 윤재는 내 맞은편에 와서 앉았다. 옆에 놓인 책장을 곁눈질로 가리켰는데 거기엔 윤재의 세 번째 책이 진열되어 있었다. 윤재가 나에게 색연필을 건넸다. 글씨 쓰기 편하도록 끝이 뾰족하게 깎여 있었다. 윤재는 나를 향해 살짝 웃더니 몸을 돌렸다. 앞에 놓인 책의 표지를 넘기고 하얀 바탕을 채워 나가기 시작했다.

세 번째 책으로 윤재는 독립출판 작가들의 인터뷰집을 만들었다. 다섯 작가의 인터뷰를 싣고 마지막에는 자신의 이야기를 담았다. 그 책을 만들기 직전, 윤재의 상황은 좋지 않았다. 윤재는 카페 아르바이트 휴무일에 물류 창고 일을 하러 갔다가 허리를 다쳐 원래 하던 아르바이트도 못 하게 됐다.

당시 나는 정규직 사 년 차로 호텔의 중식 레스토랑과 베이커리를 거쳐 연회장에서 일하고 있었다. 각종 포럼이나 세미나를 위해 준비해야 했고, 결혼식이 주말마다 하루에도 두세 번씩 열렸다. 나는 손님들에게 웃으며 인사하다가 또 상사에게 웃으며 고개 끄덕이길 반복했다. 정신이 없을 땐 명찰을 착용하는 것도 잊었다.

내가 호텔 얘기를 하면 이모는 그만둬도 괜찮다고 말했다. 이모가 윤재에게도 같은 말을 했다는 건 나중에 전해 들었다. 뭘 선택해도 길은 있을 거라고. 하지만 나는 우리가 어떤 길을 선택했든 윤재도 나도 마음껏 살지 못한다고 생각했다. 그래서였을까. 윤재가 마지막 통원 치료를 받았다며 전화를 걸어와 독립출판 작가들을 인터뷰해서 책을 만들 거라고 얘기했을 때 나는 윤재가 답답하다고 느꼈다. 윤재가 책을 만들수록 윤재와 함께할 수 있는 미래가 멀어지는 것 같았다. 애초에 쉬운 관계도 아닌데. 불쑥 눈물이 나왔다. 이번에는 참을 수 없었다.

"그걸 왜 만드는데?"

윤재는 한동안 말이 없다가 한참 후에야 입을 열었다.

"나도 잘 모르겠어."

윤재가 다시 입을 닫았고 나도 다른 말을 할 수 없었다.

"그냥, 그냥 내가 남았어."

윤재의 목소리가 흔들렸다.

"처음에는 이런저런 이유가 있었지. 근데 지금 와서 보니까, 그냥 책을 만드는 내가 남았어. 나는 책이 남는 건 줄 알았지."

윤재는 설명하기 어렵다는 말을 끝으로 전화를 끊었다.

테이블 위에는 손바닥만 한 책이 아홉 권 놓여 있었다.

"다 적으셨으면 다른 사람의 책을 같이 완성해 봐요."

책들이 이동하기 시작했다. 윤재 앞에 오른쪽에서 넘어온 책이 놓였고 나도 옆 사람이 만든 책을 건네받았다. 내 앞에 차례로 전해지는 책들은 이 시간에 대한 서로 다른 이야기를 담고 있었다. 어떤 책에는 책방 공간에 대한 묘사와 거기서 얻은 느낌들이 적혀 있었고, 다른 책에는 책 만드는 과정과 재미있었던 점이 쓰여 있었다. 참여자들과 겪은 에피소드를 적어둔 페이지에서 나에 관한 내용을 읽었을 때는 피식 웃음이 나왔다.

어느새 윤재의 책이 내 앞에 도착했다. 나는 민트색 표지를 넘겼다.

막상 쓰려고 하니까 어떻게 시작해야 할지 모르겠네요. (그래서 그냥 솔직하게 써봤어요.) 앞으로 북바인딩 수업을 쉬려고 했거든요. 책 만드는 것도 그만하려고 했고요. 엄마가 아프셔요. 큰 병은 아니지만 수술을 받고 잘 관리해야 한대요. 엄마 컨디션 때문에 일정이 당겨져서 오늘 수술을 받으셨는데 다행히 경과가 좋다고 연락이 왔어요. 한동안 엄마 옆에 있으려고 해요. 그래도 북바인딩 수업은 계속해야 할 것 같아요. 오늘 서툴게 진행한 부분이 있어서 이번 참여자분들은 다음 수업에 한 번 더 오실 수 있도록 할게요. (그만 사과하라고 하셨지만 정말 죄송해요.) 책, 책이요. 책은 어떻게 될지 모르겠어요. (또 솔직하게 써보자면) 어영부영 책 만든다고 놓치고 산 게 많아요. 우선 옆에 있는 사람들을 돌보고 싶어요. 못 본 척해 온 것을 이젠 제대로 보고 싶고요. (더 솔직하게는) 할 수 있는 한 마음껏 사랑하며 살아보고 싶어요. 오늘 끝까지 함께해 주셔서 감사합니다.

이모가 아프다는 말은 복도에서 들었지만 윤재가 그런 생각을 하는 줄은 몰랐다. 오늘로 북바인딩 수업을 그만하려는 줄은. 그래서 나에게 와 달라고 한 건가. 예전에 윤재에게 책을 만들어 보고 싶다고 말한 적이 있었는데 그 말을 윤재가 기억하고 있었던 것 같다. 책 만드는 걸 쉽겠다는 윤재의 말도 뜻밖이었다.

페이지를 넘기자 참여자들이 남긴 메시지가 이어졌다. 어머님 쾌차하실 거예요, 작가님 팬인데 책도 계속 만들어 주세요, 다음에 또 뵐 수 있다니 좋네요, 같은 말들이 페이지 가득 적혀 있었다. 내가 윤재에게 어떤 말을 남길 수 있을지 모르겠다. 지금 병원에 있을 이모가 걱정됐다. 아까 복도에서 윤재가 한 말이 떠올랐다.

"수술 전에 엄마가 괜히 겁을 내면서 나한테 당부하더라고. 너를 잘 챙기라고."

이모는 어째서 윤재에게 나를 부탁했을까. 어째서 윤재에게 다른 사람도 아닌 나를. 어째서 엄마나 동생이 아닌 윤재에게 나를. 그래도 우선은 수술이 잘 끝난 게 다행이었다. 얼마 전 엄마가 두 번 연달아 전화를 걸어왔는데 아마 이모 소식을 전하려던 것 같았다. 호텔에서 아르바이트를 시작한 뒤로 나는 엄마의 전화를 피하고 있었다. 그날도 일이 바쁘니 다음에 전화하겠다고 문자를 보냈는데 답장은 없었다.

선뜻 색연필을 들지 못하다가 윤재의 글을 다시 읽어봤다. 아까는 급하게 읽느라 놓친 것인지 이번에 유독 마음에 걸리는 부분이 있었다. 윤재는 못 본 척해 온 것을 이젠 제대로 보고 싶다고 썼다. 나는 윤재가 어떤 일을 말하는지 알 것 같았다.

반년 전 그날은 이른 장마가 끝난 직후라 여름 한복판에 들어선 듯 무더웠다. 나는 아침에 윤재에게 불쑥 전화해 만나자고 했다. 윤재가 무슨 일이냐고 물어와도 만나서 얘기하자고 대답했다. 그동안 만나왔던 루트를 벗어나 윤재와 새로운 곳에 가보면 좋을 것 같았다. 처음 가는 곳에서 윤재와의 관계를 새롭게 시작하고 싶었다. 우리는 우선 경복궁역에서 만나 같이 버스를 타기로 했다.

윤재가 잠깐 도서관에 들러 책을 반납한 뒤 오겠다고 해서 나는 십 분 정도를 더 계산해 집을 나섰다. 십 분 정도 늦게 나가면 시간이 딱 맞을 거라고 생각했다. 하지만 예상한 시간이 지나서도 윤재는 오지 않았다. 경복궁역 앞 잡화점에서 시간을 때우다가 밖으로 나와 다시 십여 분을 기다렸다. 윤재는 일이 좀 꼬인다며 금방 온다고만 말했다. 금방 온다고 하지 않았다면 어디 카페에라도 가서 기다렸을 텐데 윤재는 곧 도착할 것 같다고 했고 나는 윤재와 새로운 곳에 가려고 했으므로 땡볕을 참았다.

원래 약속했던 시간보다 삼십여 분이 지나서야 윤재가 지하철 역사 안쪽에서 뛰어 올라왔다. 내 얼굴을 보자마자 미안하다고 했는데 왜 늦었는지는 말하지 않았다. 나는 제대로 된 사과를 받지 못했다고 느꼈다. 아니, 윤재가 정말 미안해하고 있다는 걸 알았지만 이미 기분이 상해서 윤재가 사과할수록 서운함만 더 커졌다.

"뭐 하느라 늦었어?"

"미안해."

"왜 늦었는데?"

진짜 궁금한 건 그게 아니었다. 윤재는 대답이 없다가 한참 만에 입을 열었다.

"그게 버스 때문에."

"버스?"

"딴생각하다가 정거장을 놓쳐서. 괜히 좀 돌아오느라. 생각보다 오래 걸렸어."

윤재의 답은 계속 늘어졌고 종종 끊겼다. 둘러댈 말을 찾는 것 같기도 했다.

"너 지하철로 왔잖아."

내 목소리가 한층 높아졌다.

"그래도 왔잖아."

윤재는 나를 빤히 쳐다보다가 고개를 숙였다.

"중간에 갈아탔어. 너무 오래 걸려서."

말을 마치자마자 입을 다물었고 나를 앞질러서 걸어 나갔다. 윤재가 입은 파란색 티셔츠 위에 등을 따라 흐른 땀자국이 남아 있었다. 우리는 그날 가려고 했던 새로운 곳에 가지 않았고 나는 하려던 말을 하지 않았다. 근처 프랜차이즈 카페에 가서 늘 마시던 아메리카노를 시켜 놓고 마주 앉았다. 윤재는 유독 말이 없었고 내가 나서서 평소에 하던 얘기라도 해보려고 했는데 그마저도 잘되지 않아 곧 일어났다. 그 후로 한동안 윤재와 연락하지 않았다. 뜸하게 업데이트되는 윤재의 SNS 피드를 보며 나는 혼잣말했다. 그냥, 나를 보듯 너를 보며 살아야 했을까.

그날 내가 하려던 말이 무엇인지 윤재는 모를 거라고 생각했다. 윤재의 글을 한 번 더 읽었다. 색연필을 손에 잡고 새로운 페이지를 열었다. 하얀 종이 위에 윤재의 이름을 썼다. 윤재를 부르고 나니까 쌓여 있던 말들이 술술 풀려 나왔다. 하고 싶은 이야기를 쓸 수 있는 대로 모두 적었다. 나만 너무 길게 쓰는 게 아닌지, 내용이 너무 튀는 게 아닌지, 윤재를 난처하게 할 만한 말은 없는지, 신경을 쓰느라 자주 주저했지만 멈췄다가도 다시 적어나갔다. 그동안 못한 이야기들을 모두 적고 나서 추신을 남겼다.

– 너의 다음 책이 또 뭘 남길지 궁금해.

색연필을 내려놓고 앞을 봤다. 윤재도 조금씩 손을 움직여 가며 누군가의 책에 메시지를 적고 있었다. 윤재가 잠깐 고개를 들었을 때 나와 눈이 마주쳤다. 내가 어떤 책에 답글을 적고 있는지 윤재가 볼 수 있도록 앞에 놓인 윤재의 책을 손가락으로 가리켰다. 윤재가 쓰던 것을 멈추고 책을 덮었다. 나는 윤재의 책을 두 손으로 잡았다가 내려놓고 민트색 표지 위에 내 손을 포개어 올렸다. 나를 바라보던 윤재의 눈매가 조금씩 휘었다. 윤재의 입술이 살짝 열렸다. 우리가 함께 만든 첫 번째 책이야, 속삭이는 소리가 들려오는 것 같았다.

임택수 | 오랜 날 오랜 밤

프랑스 폴 베를렌 메스 대학(Paul Verlaine de Metz)에서
불문학 석사학위를 받았다.
2024년 동아일보 신춘문예에 단편소설이 당선되었고,
같은 해 장편소설 『김섭과 박혜람』으로
제20회 세계문학상을 수상했다.

오랜 날 오랜 밤

임택수

머릿고기, 순댓국, 부속 일체. 악기점 옆 빈대떡집 간판은 언제 봐도 애매했다. 두희가 읽어내지 못하는 악보 같았다. 부속이라는 말도 그렇지만 그 모든 것을 빈대떡집에서 하는 것이 더 묘했다. 두희는 저도 모르게 보도 가장자리를 따라 걸었다. 누가 지켜보는 것 같은 시선이 느껴져 걸음을 멈추고 뒤돌아보았다. 대여섯 사람이 건널목 앞에 서 있을 뿐, 딱히 수상쩍은 사람은 보이지 않았다. 거리는 미세 먼지 때문에 원근감이 사라져 낡은 스크린 속의 풍경을 보는 것 같았다.

이백만 달러짜리 플루트는 어떤 소리를 내는 걸까. 두희는 잰걸음으로 걸으면서 아까 악기점에서 들은 갖가지 플루트를 머릿속에 그려보았다. 가격에 놀라 웃음만 지었는데 율도 이런 마음이 아니었을까 생각하니 겸연쩍은 웃음이 새어 나왔다. 이천만 원은커녕 이백만 원도 상상할 수 없는 가격이었다. 그나저나 율은 왜 한 번도 자신의 악기에 대해 불평하지 않았을까. 두희는 율이 하는 말을 허투루 들었을지도 모른다고 생각했다. 음악에는 문외한이고 몸까지 피곤하니 아이가 떠드는 소리가 때론 소음처럼 들리기도 했다. 가끔은 아이조차 귀찮아질 때가 있었다.

노래연습장의 바깥 출입문을 열어젖히자 옅은 곰팡내가 지하에서 올라왔다. 계단참에 구정물 같은 어둠이 고여 있었다.

두희는 벽을 짚으며 천천히 계단을 내려갔다. 유리문을 밀고 들어가 벽을 더듬어 스위치를 올렸다. 순식간에 어둠이 달아나고 기역 자로 꺾인 복도가 눈앞에 나타났다. 두희는 공기청정기의 전원을 켰다. 공기청정기가 무서운 속도로 돌아가기 시작했다. 외투를 벗고 카운터 서랍에서 부종 방지용 토시를 꺼내 손에 끼운 후 어깨까지 끌어올렸다. 수술한 지 오 년이 다 되어가지만 몸은 여전히 균형 감각을 놓치곤 했다. 방사선 치료를 포함한 모든 치료 과정을 마치자 두희를 기다리는 건 기억력 쇠퇴와 팔에 생기는 부종이었다. 나빠진 기억력은 누가 짚어주지 않으면 모르고 넘어가기도 했지만 부종은 당장에 드러나는 통증이었다. 치료 초기에, 두희는 아이를 안을 수가 없었다. 아이가 달려오기라도 하면 두 팔로 가슴부터 가리게 되었다. 바느질을 할 때도 찌릿찌릿 쏘는 통증이 손끝에서 시작해 어깻죽지로 빠르게 뻗어나갔다. 주먹을 움켜쥘 수 없게 된 것도 그때부터였다.

룸의 문을 전부 열어두고 환기를 시켰다. 창고에서 자루걸레를 가져와 바닥을 닦았다. 기계처럼 손을 움직이면서 머리로는 악기점에서 본 플루트를 생각했다. 두희는 한 달 전부터 악기점 밖에서 가게 안에 진열된 악기들을 들여다보고는 했다. 율이 영재원에서 만난 한 아이의 이름을 재차 말하고 난 후였다. 율은 로즈골드색 플루트를 가진 아이를 '그 악기로 그 정도밖에 연주를 못 한다'고 비난했다. 대체 어떤 소리를 내는 악기일까. 두희는 처음으로 악기가 궁금해졌다. 이름처럼 둥글고 환한 소리가 악기에서 흘러나올 것만 같았다. 그런 생각 끝에 아이의 플루트가 고장 났다는 사실이 불쑥 떠올랐다. 두희는 그길로 아이의 플루트를 챙겨 악기점으로 갔다. 악기들이 진열된 가게 안쪽에 사장으로 보이는 남자가 앉아 있었다. 이 거리의 가게들 사정이 거의 그런 것처럼 악기점도 한가해 보였다. 대신 배달을 서두르는 오토바이들이 거리에 늘어났다. 한번은 가게 안쪽을 살피다 그와 눈이 마주쳤다. 그가 들어오라는 듯 손짓을 하더니 두희가 여전히 망설이고 있자 벌떡 일어나 출입구 쪽으로 다가왔다. 두희는 당황한 나머지 도망치듯 자리를 뜨고 말았다. 하지만 이제 더는 미룰 수 없었다.

가게 안으로 들어서는 두희를 알아보고 남자가 장갑을 벗고 자리에서 일어났다. 이것 좀 보라는 듯 그가 몸을 틀어 작업대 위에 널린 것들을 보여주었다. 두희가 무슨 악기냐고 물어보았다. 남자가 색소폰이라고 알려주었다.

"색소폰은 덩치와 소리에 비해 예민한 악기죠. 덜렁대느라 케이스 지퍼가 열린 것도 모르고 들었다가 그냥 바닥에 떨어뜨린 거죠. 우리 색소폰 동호회 총무님 겁니다. 마우스피스며 키 레버며, 다 휘어지고 우그러졌어요."

두희는 말없이 고개를 끄덕이고 나서 들고 온 소프트 케이스를 남자에게 건넸다. 남자가 케이스를 열어 세 부분으로 분리해놓은 플루트를 꺼냈다.

"소리가 나질 않는대요." 두희가 말했다.

남자가 플루트 중간 마디에 새겨진 메이커와 숫자를 엄지로 쓱 문질렀다.

"야마하 221, 진짜 오랜만에 보는 모델이네요."

남자가 능숙하게 관을 조립한 후 마스크를 턱으로 내리고서 플루트를 불었다.

"보세요, 키 하나를 눌렀는데 여러 개가 동시에 움직이죠? 키 아래 패드가 찢어졌거나 키 덮개 조절 나사에 문제가 있어요."

두희가 걱정스러운 표정을 지었는지 남자가 웃으면서 말했다.

"나사야 조절하면 되고 패드는 교체하거나 교정하면 되니까, 한 이틀 걸릴 것 같은데요."

두희는 대답 대신 가방에서 휴대전화를 꺼내 율에게 전화를 걸었다. 율은 전화를 받지 않았다. 영재원 수업이 다음 주부터 시작되니까 아직 시간은 충분히 남아 있었다.

"아이가 영재원 수업에 가야 해서요."

"영재원요?"

남자가 미간을 모으며 두희를 쳐다보았다.

"연주를 잘하나 보네요?"

"글쎄요, 전 음악은 잘 몰라서요. 그래서 애가 어느 정도의 실력인지도 모르겠고요."

웃느라 두희의 입술이 벌어지면서 윗니들이 드러났다. 그녀는 정색하듯 입을 꾹 다물었다. 입을 다물고 나서야 마스크를 쓰고 있다는 걸 깨달았다. 요사이 이런 일이 잦았다. 마스크를 쓰고 있다는 것을 잊을 때가 있고 잠깐 마스크를 벗고 있다는 걸 잊을 때도 있었다. 송곳니가 부러진 자리는 검게 변해 두희가 봐도 어딘가 우스꽝스럽게 보였다.

휴대전화에 저장된 율의 동영상이 생각났다.

"사장님은 보면 아시겠죠? 전문가시니까."

두희는 지금껏 수십 번도 더 되돌려 본 영상을 찾아 남자에게 보여주었다. 화면에는 허리가 잘록한 보라색 드레스를 입고 커트 머리를 한 율이 등장했다. 율은 무대 의상을 직접 골랐고, 수료식의 곡도 알아서 선택했다. 율은 테두리가 번진 둥근 조명을 받으며 연주를 시작했다. 사분의사 박자로 이어지는 도입부부터 곡을 장악했다고 심사위원이 평을 했는데, 두희로서는 그 말의 의미를 대충 이해할 듯하다가도 이해하지 못했다.

다만, 무대 위의 율이 조금도 긴장하지 않았다는 것은 한눈에 알 수 있었다. 나중에는 자신이 어디에 있는지도 잊은 것처럼 연주에 집중하고 있었다. 그때만큼 율이 낯설게 느껴진 적도 없었다. 도대체 저 아이는 누구인가 싶었다.

"염소의 춤." 남자가 말했다.

두희가 재빨리 고개를 끄덕였다. 염소가 춤을 추는 내용이라고 율이 말한 뒤로 곡을 들을 때마다 그 모습을 떠올려 보았다. 그러자 리듬이 빨라지면서 불안정하게 튀는 부분에서 폴짝대는 염소의 모습이 그려지기도 했다.

삼 분 사십오 초 동안의 연주가 끝났다. 남자가 고개를 주억였다.

"이 곡엔 샤프와 플랫 따위의 임시표가 붙어 쉴 새 없이 호흡을 붙들고 내달려야 하는데, 이런 입문자용 플루트로 이 정도까지 표현한다는 건 분명 특별한 재능인 거죠."

두희는 마치 자신이 칭찬을 들은 것처럼 으쓱해졌다.

"물론 작은 실수가 있었지만요."

그렇게 말하고 남자는 다시 아이의 동영상을 재생했다. 실수? 그것에 관해 아이는 아무 말도 하지 않았다. 이제는 외우다시피 한 선율이 다시 귓속으로 흘러들었다.

"로즈골드 정도만 되어도 소리는 더 화려하고 풍부했을 겁니다."

남자는 무슨 뜻인지 아느냐는 듯 마스크 위로 드러난 두희의 눈을 쳐다보았다. 두희는 남자의 눈을 멍하니 바라보며 단지 플루트 하나로 얼마나 화려하고 풍부한 소리를 만들어 낼 수 있을지 의문이 들었다. 남자가 유리 진열장 쪽으로 가서 플루트 하나를 집어 왔다. 몸체가 금빛으로 반짝거렸다.

"악기 재질이 음색을 낳지요. 니켈 재질에 은도금한 플루트부터 실버 플루트, 로즈골드, 도금한 것, 골드 플루트, 플래티넘 플루트까지 다 다르죠. 가격도 천차만별이고요. 좋은 건 이백만 달러가 넘습니다."

반은 알아듣고 반은 무슨 의미인지 이해되지 않았지만 두희는 전부 알아들은 것처럼 고개를 끄덕거렸다.

"악기가 연주자의 실력에 적합하면 더 좋아요. 이 아이는 당연히 연주용을 사용해야 하고요."

이번에도 남자는 두희의 눈을 가만히 바라보았다.

"걱정하지 마세요, 헤드 부분만 실버로 바꿔도 소리는 훨씬 더 좋아질 겁니다. 아니면…."

금빛 플루트를 진열장에 도로 가져다 놓으며 남자가 말을 이었다.

"아이 거보다 한 단계 업그레이드된 모델도 있어요."

두희는 겨우 한 단계 나아진 악기가 얼마나 달라진 소리를 낼지 궁금했다.

"옵션 키 하나가 추가되면서 3옥타브 '미'음을 좀 더 쉽게 낼 수 있죠."

"지금 볼 수 있나요?" 두희가 물었다.

"내일이라도 가져다 둘게요. 그런데 하루에 연습을 얼마나 하고 있어요?"

남자가 율의 플루트를 안쪽 작업대 위에 올려두며 말했다.

두희는 아이의 연습시간을 일일이 체크하지 않았다. 집안일을 하거나 가게에 나가기 전 잠깐 눈을 붙일 때도 아이의 방에서 플루트 소리는 끊이지 않았다.

'딱 세 시간, 매일 연습만 한다면 이 아이는 우리나라 최고의 플루티스트가 될 겁니다.' 플루트 전공자들을 오래 지도한 교수가 했던 말을 남자에게 전했다.

"그렇죠, 더도 말고 덜도 말고 딱 세 시간. 그런데 그게 어렵죠."

두희의 생각에도 초등학교 5학년이 날마다 세 시간씩 악기를 연습한다는 것은 무리일 것 같았다. 율은 공부에도 욕심이 많았다.

"영리한 아이일수록 기계적인 반복을 싫어하고 자기 재능에 대해 의심하면서 빨리 싫증을 낼 수도 있으니까요."

두희는 가방에서 작은 수첩을 꺼내 남자의 말을 적었다.

"제가 건망증이 심해서요."

두희는 아무렇지 않게 건망증이라는 단어를 내뱉은 자신을 못마땅해하며 수첩에 악기 모델명과 악기점 전화번호를 적어두었다.

가게를 나서다 두희는 고개를 돌리고 우물거리듯 말했다.

"지금 악기보다 좋은 거라면요. 소리만 더 좋다면요. 좋아요, 중고라도."

"네네, 준비해 두겠습니다."

가게 문이 닫히면서 남자의 목소리가 멀어졌다.

창고에서 음료수 박스를 드는데 예리한 통증이 팔을 관통했다. 두희는 화장실로 가서 거울 앞에 섰다. 타일 벽에 붙여 둔 방향제에서 옅은 코코넛 향이 분사되었다. 이마에 흐르는 땀을 닦아내고 부종 방지용 압박 토시를 팔에서 벗겨 냈다. 손끝이 저렸다. 두희는 두 팔을 높이 쳐든 채 후후 숨을 내쉬었다. 어디쯤에서 실수를 했다는 걸까. 동영상을 본 악기점 남자는 율의 작은 실수를 알아차렸다. 두희는 동영상을 다시 봤지만 그 지점을 알아낼 수 없었다.

율이 평범하고 적당히 약게 살아간다면 더는 바랄 게 없었다. 무난한 세계. 그 세계에서 숭굴숭굴하고 원만히 살아가기를 두희는 바랐다. 율이 플루트를 처음 만진 건 초등학교 3학년 때였다. 지역복지관에서 아동복지단체의 후원을 받아 음악 교실을 개설했는데 최소 인원이 채워지지 않자 학교로 연락을 했다. 복지담당 선생님의 추천을 받은 율은 프로그램에 참여하게 되었고, 먼저 피아노와 바이올린을 배웠다. 율은 다른 아이들에 비해 빠르게 습득했다.

두희는 아이에게 플루트를 권했다. 간편하게 휴대할 수 있고 싫증이라도 나게 되면 한쪽에 치워두기가 수월할 것 같았다. 아이들은 좌식 책상 위에 악보집을 올려놓고 음대생에게 기초를 배웠다. 초견 실력이 뛰어난 율은 금세 재능을 발휘했다. 모든 악기는 복지관을 벗어날 수 없어, 율은 빈손으로 집으로 돌아와 상상의 플루트를 만지며 오래 놀았다. 그러던 중, 동네 음악학원에서 십만 원이 안 되는 중고 플루트를 내놓아 사게 되었다. 악기는 낡아 구릿빛을 띠었다. 복지관의 음대생이 율의 재능을 알아보고 따로 시간을 만들어 개인 지도를 해주었다. 율은 집에 오면 지치지도 않고 악기를 만졌다. 하나씩 음을 찾아가며 마디를 완성하고 마침내 두희가 듣기에도 그럴듯한 곡을 만들기도 했다.

3학년을 마칠 무렵 담임 선생님이 주었다면서 율이 영재원 지원서를 가지고 왔다. 두희는 대수롭지 않게 서류를 한쪽에 치워두었다. 영재원에 대해 까맣게 잊고 있었는데 어느 날 휴대전화로 연락이 왔다. 율의 담임 선생이었다. 두희는 집에서 십 분 거리에 있는 학교로 담임을 만나러 갔다.

이십 대 후반인 담임은 결혼을 앞두고 있었다. 서둘러 가정을 만들고 싶어 하는 그녀는 율의 집안 환경을 안타까워했다. 율의 재능에 대해 여러 수식어를 붙여 가며 칭찬을 했다. 그러나 두희는 율의 재능에 대한 담임의 평가가 다소 과장된 것 같았고, 담임이 예상하는 율의 미래는 두희에겐 비현실적으로 느껴졌다. 두희는 자신도 모르게 언성을 높이고 말았다.

"나중에 아이가 이도 저도 아니면 어떻게 해야 하죠?"

"악기 해서 손해 볼 건 없지 않을까요?"

담임은 침착했다. 나중에 중단한다 해도 한번 배운 악기는 아이에게 긍정적으로 작용할 거라고 말했다. 두희는 영재원에서 음악을 전공하는 아이들의 가정환경에 대해 들은 적이 있었다. 부족하지 않게 지원받는 아이들 틈에서 율이 괜스레 주눅이 들지 않을까 염려되었다. 두희는 고개를 끄덕이며 담임의 책상에 놓인 화분을 보았다. 필레아였다. 창으로 들어오는 햇빛을 고스란히 받고 있었다.

"선생님, 저 식물은 그늘을 좋아해요." 두희가 화초를 가리켰다. "직사광선에 노출되면 화상을 입거든요, 그늘진 곳에 두면 아주 작고 흰 꽃을 피울 거예요."

"그래서 시들했나 봐요." 담임이 일어나 화분을 그늘에 옮겼다.

일 년 중 날이 가장 맑다는 때. 두희는 낱말 퍼즐을 풀다가 여기서 멈추었다. 아무리 생각해도 떠오르는 게 없었다. 나머지 힌트를 마저 읽어 보았다. 춘분과 곡우 사이에 있는 절기. 두희는 관자놀이가 지끈거렸다. 오후 네 시가 되면 가게 바깥문을 열어야 했다. 거리 두기가 완화되면서 낮에 들어오는 손님도 생겼다. 손님이 있든 없든 평일에는 자정까지 가게를 지켜야 했다. 코로나 전에는 아르바이트생을 고용해 같이 새벽까지 영업했지만, 지금은 수입이 적어 어쩔 수 없이 아르바이트생을 잘라야 했다. 두희는 룸을 돌아다니며 물티슈로 테이블을 훔쳤다.

계단을 뛰어 내려오는 발짝 소리가 들렸다. 누가 유리문을 밀고 들어올지 발소리만으로도 짐작이 갔다. 두희가 일을 시작한 지난해 가을부터 단골처럼 찾아오는 학생들이었다. 가게로 들어선 남자애가 마스크를 내리고는 눈짓으로 인사했다. 어디선가 먼지 냄새가 확 풍겨왔다. 여자애는 가운데 가르마를 타서 양 갈래로 머리를 땋았다. 아예 마스크를 쓰지 않았다. 뽀얀 얼굴에 새빨갛게 칠한 입술이 강렬했다. 두희는 마스크 착용을 알리는 안내문을 손으로 가리켰다. 여자애가 혀를 날름거리고는 주머니에서 마스크를 꺼냈다. 지난번에 화장이 좀 진하다고 반농담조로 말했다가 되레 여자애에게 면박을 당했던 기억이 떠올랐다. 여자애는 화장하지 않은 검고 거칠한 두희의 얼굴을 쓱 훑더니 뭘 모르면 가만히 있으라는 투로 쏘아붙였다. "아줌마, 화장은 원래 눈에 띄라고 하는 거예요."

방학에는 사흘에 한 번은 찾아오더니 개학을 하고 나자 일주일에 한 번으로 횟수가 줄었다. 카운터에 앉아 있으면 방에서 쏟아지는 소리가 복도에 고여 웅웅댔다. 여러 번 듣다 보면 저절로 노랫말이 외워졌다. 지난번에는 노랫소리가 한참이나 들리지 않아 뭔가 기계가 잘못되었나, 룸의 작은 창으로 안을 살펴보았다. 노래는 하지 않고 둘은 테이블에 엎드려 장난을 치고 있었다. 여학생이 남학생의 아래턱을 손끝으로 간지럽혔다. 남학생이 꺽꺽대며 웃더니 여학생의 손목에서 팔오금까지 검지와 중지로 살금살금 기어오르다 또 자지러지게 웃었다.

오늘 남학생이 부른 노래는 모두 이별과 관련된 노래였다. 남자애의 노래가 끝나고 한참 뒤에 여자애가 노래를 불렀다. 전주와 간주 부분이 귀에 익었다. 조지 윈스턴의 음반을 온종일 듣던 이복언니 옆에서 악보를 외워 피아노로 연주해보겠다고 큰소리치게 만들던 곡이었다. 지금 그 음반은 어디에 있을까. 어디에 있는지 언니도 모를 것이다. 여자애의 노래가 띄엄띄엄 이어지다가 아예 끊겼다. 노랫소리는 들리지 않고 반주만 되풀이되었다. 두희는 여자애의 목소리를 흉내 내 몇 소절 웅얼거렸다.

문을 열어젖히는 소리가 들리고, 뛰쳐나온 남학생이 계단을 성큼성큼 올라갔다. 두희는 심장이 펄떡대는 것을 느꼈다. 여자애가 탁자에 얼굴을 묻고 어깨를 들썩이면서 울고 있었다. 두희는 또 한 번 주제넘게 참견하는 것 같아 망설이다가 여자애의 어깨에 손을 얹었다. 여자애가 고개를 들고 흘낏 두희를 쳐다보았다. 또 한 소리 듣겠구나, 움찔했는데 여자애가 으앙, 하고 울음을 터뜨렸다. 두희는 여자애가 진정할 때까지 말없이 곁에 앉아 있었다. 우는 모습이 낯익은데 누구를 닮았는지 기억나지 않았다. 여자애가 고개를 들었다. 검은 얼룩이 눈가에 번져 있었다. 두희는 카운터에서 물티슈를 가져와 여자애에게 건넸다.

"고맙습니다." 여자애가 코맹맹이 소리로 말했다.

"왜, 헤어지자 그래?"

두희가 조심스레 입을 열었다. 여자애가 어이없다는 듯 입을 비죽거렸다. 언제 울었냐는 듯 말짱해진 목소리로 쏘듯 말했다.

"아줌마, 헤어지자고 한 건 저예요, 저. 잘 알지도 못하면서. 걔가 좋아하는 사람이 여자면 얼마든지 자신 있어요."

여자애는 입을 꾹 다문 채 자리에서 일어났다. 룸을 나가던 여자애가 돌아섰다.

"아줌마, 환자처럼 그러지 말고요. 어떻게 좀 해봐요. 네? 서비스업이잖아요."

두희는 당황했다. 여자애의 말이 틀리지 않았다. 가끔 율이 립 틴트를 들고 와 자는 두희의 입술에 바르곤 했다. 율이 크면 여자애처럼 남학생과 연애도 하고 노래연습장의 아줌마에게 잔소리도 늘어놓을까, 두희는 상상해보았다. 율이 크는 만큼 자신은 늙어가리라 생각하니 마음이 쓸쓸하면서도 홀가분했다.

이번에도 율은 전화를 받지 않았다. 대신 모르는 번호로 한 통의 문자가 와 있었다. '수첩 두고 가셨어요. 내일 오시면 찾아가세요.' 악기점 사장이었다. 허겁지겁 가방을 뒤져보니 수첩이 보이지 않았다. 수첩을 놓고 오고도 까맣게 모르고 있었다. '감사합니다. 제가 요즘 기억력이'라고

쳤다가 지웠다. 노랫소리가 쏟아지는 룸을 등지고 전화를 걸었다. 잠시 뒤 악기점 남자가 전화를 받았다.

남자는 거리가 멀지 않으니 노래연습장으로 수첩을 가져다줄 수도 있다고 했다. 두희는 그깟 수첩을 핑계 삼아 남자가 가게에 오는 걸 바라지 않았다. 다만 수첩에 적어둔 온갖 메모를 남자가 눈여겨보지 않았기만을 바랐다. 남자는 내일 낮에 시간을 낼 수 있는지 물어왔다. 자신이 회장을 맡은 색소폰 동호회에서 야외 공연을 하는데 분위기를 본 후 회원가입을 하라고 했다. 악기 하는 사람들이니 사귀어두면 해될 건 없을 거라는 말도 덧붙였다. 두희는 뜸을 들였다. 그러자 남자는 좋은 생각이 떠올랐다며 아이도 거기에 데려가는 게 어떻겠냐고 물었다.

"아이를 위한 후원회를 타진해보면 좋겠어요. 물론 저도 그 영재를 보고 싶고요."

두희의 입에서 버릇처럼 감사하다는 말이 튀어나왔다. 전화를 끊으려는데 남자가 생각났다는 듯 말했다.

"구했어요, 악기."

전화를 끊고 바로 율에게 연락했지만 율은 전화를 받지 않았다. 밤이 깊어지자 손님이 드문드문 이어졌다. 네 개의 룸에서 박자와 템포와 장르가 다른 노래들이 흘러나왔다. 율에게 연락이 되지 않아 마음이 급해졌다. 피아노 학원과 친구 집에도 연락해보았지만, 율은 없었다. 막연했던 공포감은 점점 구체적인 그림으로 눈앞에 떠올랐다. 그러다 부아가 치밀어 올랐다. 별일 없을 거라고 자기 최면을 걸었지만 일이 손에 잡히지 않았다.

음료가 엎질러진 바닥을 닦고 소파 위 새우깡 가루를 쓸어내고 보니 어느새 시간이 열 시에 가까웠다.

"엄마!"

열 시 반쯤에야 율에게서 전화가 왔다.

"야! 너 도대체⋯."

율의 밝은 목소리를 듣자 거짓말처럼 율이 지금까지 어디에 있었는지가 떠올랐다. 율은 오랫동안 모차르트 클라리넷 명곡 콘서트를 기다려 왔다. 아침에도 두희에게 종알종알 콘서트 이야기를 늘어놓았다. 그런데 깜빡하고 만 것이다. 두희는 낮시간이나 일요일을 활용해 율과 함께 외출하곤 했다. 함께 갈 수 없는 날이면 이렇게 율이 혼자 다녀오기도 했다.

"율아, 콘서트는 어땠어?"

두희는 아무 일도 없던 것처럼 목소리를 가다듬었다.

율은 무척 만족한 것 같았다. 아직 가시지 않은 흥분기가 고스란히 목소리에 묻어 나왔다.

"난간에 가려 무대가 잘 안 보였지만 괜찮았어. 어차피 귀로 듣는 연주니까, 히히."

"우리 딸, 추웠겠다. 엄마 오늘은 좀 일찍 들어갈게. 그때까지⋯."

율이 두희의 말을 자르고 말했다.

"알았어요, 무서우면 유진 이모네 가 있을게."

두희는 전화를 끊고 복도 안쪽 특실에서 울려 나오는 노래를 들었다. 웃고 떠들고, 그동안 어떻게 참았나 싶었다. 악기점 남자가 말한 후원회에 대해 생각했다. 율에게 후원회가 생긴다면, 더도 말고 덜도 말고 하루에 세 시간씩 아이가 플루트를 연주할 수 있다면.

일찍 문을 닫은 상점들로 거리는 어둑했다. 두희는 불이 꺼진 꽃가게 앞에서 잠시 걸음을 멈추었다. 가게 안쪽 냉장고에서 푸르스름한 불빛이 흘러나왔다. 실내는 커다란 수족관처럼 보였다. 소국과 마리골드와 펜타

스가 유리꽃병에 꽂혀 있었다. 졸업과 입학 시즌이 끝났으니 꽃집은 오월 대목을 기다리고 있을 것이다. 두희는 십 년 동안 꽃집을 했었다. 병이 나고서도 계속하려고 했지만 욕심이었다. 가위질을 더는 할 수 없었다. 손에 힘을 줄 때마다 감전된 것처럼 날카로운 통증이 팔 전체로 뻗어갔다. 도매 시장에서 꽃을 떼 오고, 시들지 않게 관리하는 모든 일이 이제는 무리한 노동이 되었다. 꽃은 무거웠고 며칠이 지나면 쓰레기가 되었다. 두희의 사정을 잘 알고 있던 이복언니가 노래연습장을 두희에게 맡겼다. 언니는 다른 업소 하나를 지인에게 넘겨받아 지방에서 몇 년을 버틸 생각이었다.

학교 담장을 따라 난 길은, 특히 방학 때가 되면 인적이 끊겼다. 두희는 일을 마치고 이 길을 지나 집으로 갈 때면 매번 시험을 치르는 심정이었다. 그럴 때면 예리한 칼을 품에 숨긴 사람처럼 예민해졌다. 얼마나 긴장했는지 차들이 전속력으로 오가는 사거리에 다다르면 다리에 힘이 풀려 신호등 기둥을 짚고 서 있어야 했다.

창문마다 뿌옇게 먼지가 낀 집들을 지나면 오르막이 나타났다. 오르막 끝에는 등산로가 시작되는 산 초입이었는데 거기에 못 미쳐 두희가 사는 다가구주택이 있었다. 녹슬고 삭은 대문이 늘 열려 있는 집. 지하 방에는 동남아인들이 거주하고, 일 층에는 할머니와 아들이 살고, 이 층에는 두희네와 율이 이모라고 부르는 유진이 살았다.

두희는 유진이 이사 오던 날을 기억했다. 바쁘게 짐을 나르는 젊은 여자는 가뿐하고 깨끗한 인상이었다. 과연 집 안으로 들어올 수 있을까 싶은 커다란 침대와 운동 기구가 두희는 걱정스러웠다. 처음 인사를 나누는데 유진이 손을 내밀며 악수를 청했다. 자신을 요가선생이라고 소개했다. 결국, 유진의 퀸사이즈 침대와 근력 운동 기구는 집 안으로 들어가지 못하고 다시 트럭에 실려 재활용센터로 갔다.

두희는 마당에 들어서며 환하게 불이 켜진 유진의 집 창문을 올려다보았다. 유진은 불면증에 시달려 새벽 다섯 시쯤에야 잠이 든다고 했다. 다음날에 수업이 있으면 아예 자는 걸 포기했고, 일이 없는 날이면 서너 시간 눈을 붙인 후 깨어 있었다.

유진은 출입문 앞에 커다란 쇼핑백을 내놓았다. 잘 개킨 옷들이 한가득 담겨 있었다. 유진은 환절기마다 옷을 정리했는데 입지 않거나 작아진 옷들을 죄다 두희에게 주었다. 고가의 옷들이었지만 대부분 몸에 들러붙는 소재여서 두희에게는 어울리지 않았다.

"엄마!"

율이 유진의 집에서 뛰어나와 춤추듯 두희의 주변을 맴돌았다. 두희는 율의 볼을 가볍게 꼬집었다. 유진이 출입문에 서서 손을 흔들었다. 율은 흥분해 풀쩍거리면서 유진 이모와 아까 콘서트에서 들은 곡들을 찾아 들었다고 했다. "좋았죠? 이모, 진짜 좋았죠?"

두희는 율의 손을 잡고 집으로 오면서 내일 악기점 사장님을 만날 건데 너도 같이 만날 거냐고 넌지시 물어보았다. 율은 오늘 갔던 콘서트 때문에 기분이 좋아 보였다. 오래 생각하지도 않고 고개를 끄덕거렸다.

"율아, 작년 영재원 수료식 연주에서 혹시 실수했었니?"

두희가 율의 젖은 머리를 말리는 동안에도 율은 두희의 종아리에 올려놓은 손가락을 키 누르듯 계속 움직였다.

"아, 그거? 십육분쉼표에서 빨리 숨 쉬고, 크게 소리를 내야 하는데 숨이 차서 못했어요."

율이 고개를 휙 돌려 그런데 그걸 엄마가 어떻게 알았어요? 라는 눈빛으로 두희를 올려다보곤 다시 손가락을 움직였다. 흥얼거리는 소리가 조금씩 커지고, 어딘가로 달려가듯 빨라지더니 점점 더 커졌다. 소리는 멀리까지 갔다가 되돌아오는 메아리처럼 작아졌다가 느려지고 끝내 잔잔해졌다. 율은 드라이어 바람에 눈이 시린지 손등으로 눈을 비볐다.

낡은 보일러가 점화되며 요란한 소리를 냈다. 두희는 창고 구석에 놓인 항아리 앞에 쭈그려 앉아 뚜껑을 열었다. 소금이 가득 채워져 있었다. 항아리 밑바닥까지 손을 찔러 넣자 비닐봉지가 바스락대는 소리가 났다. 검은 봉지 속에 오만 원권 지폐 뭉치가 들어있었다. 암 진단비와 수술비, 입원 일당까지 쳐서 받은 보험금이었다. 보험에 가입한 지 채 일 년이 되지 않아 약정 금액의 오십 퍼센트만 받을 수 있었다. 소금 단지라니, 자신이 생각해도 우스웠다. 전화 금융사기나 해킹으로 눈 깜짝할 사이에 돈이 사라지는 상상을 한 뒤로 그녀는 무서워졌다. 그럴 때면 이제는 재발해도 보장받으실 수 없습니다, 라는 보험 설계사의 사무적인 말투가 떠올랐다.

오 년 동안 암세포의 전이가 없으면 안정기에 접어든 셈이라고 주치의가 말했다. 다음 달이면 오 년이 된다. 두희는 지폐 다발에서 스무 장을 뽑아내었다. 아이가 현재 사용하는 플루트보다 한 단계 좋은 악기의 중고 가격이었다.

두희는 아이 방의 불을 끄고 어둑한 주방으로 나왔다. 주방 창으로 보안등 불빛이 스며들었다. 바람이 부는지 옥상에서 지하 방으로 늘어진 검은 유선방송 케이블이 부엌 창문을 탁탁 쳤다.

전등이 나가듯 어느 날 많은 것들이 제 기능을 잃어 아이조차 못 알아보게 될 자신을 상상하면 두희는 가슴이 먹먹해지고 숨이 찼다. 그때는 이 아이를 어떻게 할 것인가.

악기점 남자는 한 손으로 핸들을 잡은 채 클래식 방송에 주파수를 맞추었다. 율은 낯가림하는 것처럼 차를 탄 이후로 창밖 풍경만 바라보았다.

"남자친구 있니?"

남자의 말에 율이 두희 쪽으로 고개를 돌리더니 '헐'하고 과장된 표정을 지어 보였다. 남자는 율의 반응을 본 건지 만 건지 "그래그래, 남자친구는 천천히 사귀고"라고 말했다.

"율이는 플루트가 왜 좋니?" 백미러에서 남자의 두 눈이 웃었다.

"플루트는요, 하나의 멜로디만 연주할 수 있어 아쉽지만, 그래도 소리가 부드럽고 아름다워 좋아요."

차가 강을 건너기 시작했다. 두희는 차창 밖으로 스치는 풍경을 눈에 담았다. 오랜만에 나들이하는 것처럼 마음이 설렜다. 한낮의 햇빛이 강물 위에 떨어져 함석판처럼 반사되었다. 가로수가 춤을 추듯 바람에 흔들렸다. 바람은 지난밤보다 기세등등해졌다. 바람이 불면 미세 먼지가 덜하니 차라리 쌀쌀해도 그게 나은 것 같았다. 다리를 건너 차는 강변 쪽으로 방향을 틀어 이면도로 위로 올라섰다. 율의 얼굴이 하얗게 질리더니 손바닥으로 입을 틀어막았다. 멀미를 하는 모양이었다. 두희는 손수건으로 율의 턱을 받쳤다.

유럽 스타일로 내부를 꾸몄다고 광고 중인 카페에서 뜨거운 음료를 마셨다. 뜨거운 코코아를 마시는 율을 보던 남자가 별안간 자신에게도 율이 같은 아이가 한 명 있으면 좋겠다고 말했다. 좋은 환경에서 잘 키워 본인이 이루지 못한, 세계적인 연주자로 성장한다면 더 이상 바랄 게 없겠다고 했다. 오랜 시간 애썼지만 아이가 생기지 않았다는 그의 말을 들으면서 두희는 난감해졌다.

공기가 제법 차가웠다. 바람은 잦아들다 거세지다 하며 변덕을 부렸다. 바람이 새어들지 못하도록 두희는 자신의 스카프로 아이의 목을 친친 둘러주었다. 어디선가 색소폰 소리가 들려왔다. 남자의 눈이 활짝 웃었다. 강변에 설치된 야외무대 주변에 사람들이 모여 있었다. 율이 손가락으로 무대 쪽을 가리켰다. 색소폰을 목에 건 채 사람들은 자신의 순서를 기다리고 있었다. 크기가 더 작은 색소폰을 목에 건 여자들도 보였다. 사람들이 악기점 남자를 알아보고는 소리를 질렀다. 한 여자가 따뜻한 꿀차를 사람들에게 나눠주었다. 남자가 두희를 향해 눈짓을 했다.

"네?"

"색소폰요."

"네?"

"어제 색소폰요, 망가지고 우그러진. 하하."

바로 그 사람이었다. 덜렁대다가 색소폰을 망가뜨린 사람. 두희는 웃음이 나서 마스크 속의 입을 벌리고 소리 내어 웃었다.

두희는 율의 손을 잡고 강가로 갔다. 검푸른 수면이 한눈에도 깊은 물속을 알려주는 것 같았다. 창창히 흐르는 강물을 내려다보았다. 강아지를 데리고 나온 사람들이 눈에 띄었다. 팔짱을 낀 연인들이 포토존, 이라고 쓰인 팻말 앞에서 사진을 찍었다. 텐트 안에서 가족으로 보이는 사람들이 음식을 먹고 있었다. 두희는 보도블록이 깔린 길을 따라 걷다가 뒤돌아보았다. 주변을 두리번대던 악기점 남자는 이내 무리 속으로 섞여들었다. 길 끝에서 시작된 계단을 올라가니 비닐하우스로 만든 사무실이 보였다. 좌판에 개망초와 쇠별꽃이 나와 있었다. 사람들이 밭에서 검은 비닐을 걷어내고 흙을 골랐다. 길 가장자리를 따라 심겨 있는 탱자나무에 자잘한 꽃들이 매달려 있었다. "엄마, 여기 좀 보세요!" 율이 말한 곳에 대형 거울이 있었다. 가까이 가서 보니 오전 해가 눈부시게 거울에 되비치고 있었다. 거울 속에는 바람이 없었다. 야외 나무 울타리에 세워둔 거울은 어딘가 생뚱맞아 보였다. 율이 두희의 팔을 잡아끌었다. 거울 앞 흙밭 가장자리에 이 미터는 되어 보이는 나무가 있었는데 이파리 하나 없는 나무는 옮겨 심은 것처럼 주변과 어울리지 않았다. 긴 줄 양 끝에 물이 담긴 페트병을 묶어 가지마다 걸쳐 두었다. 율이 고개를 갸웃하며 두희에게 까닭을 물었다. 두희는 대답 대신 페트병을 단 나무처럼 두 팔을 벌려보았다. 두희는 자신의 눈앞에 펼쳐진 이 풍경이 잔인한 농담 같았다. 나무의 성장에 없어서는 안 될 물, 그러나 나무를 무겁게 짓누르고 있는 물. 두희는 율에게 아무 말도 하지 않았다. 다만 바람이 불어도 꼼짝하지 않는 나무를, 오랜 날 오랜 밤을 견뎌왔을 나무를 오래 바라보았다.

구연 | ㄷ

2024년 『한국소설』 신인상 등단, 굴포문학회 회원.

ㄷ

구연

　책상 위에 놓여 있는 휴대폰에서 시선을 거두고 휘적휘적 목판을 향해 몇 걸음 옮겼다. 오늘 안으로 서당도書堂圖의 1차 배접을 끝내야 한다. 아직 1차 배접도 하지 않은 겁니까? 어제 퇴근 무렵, 복원실을 들른 실장은 위압감 있는 말투로 내게 말했다. 민 학예사, 전시물 교체 날짜에 맞추려면 시간이 많지 않다는 건 알고 있겠지요? 나를 채근하는 실장의 말끝에 공과 사는 구별해야 하지 않겠습니까, 라는 말이 매달려 있지 않아 다행이라고 생각했다.

　가로 22.7에 세로 27. 그림은 A4용지 크기와 비슷했다. 그림 속의 아이는 여전히 울고 있다. 한 손으로 눈물을 훔치고 다른 손으로 댓님을 만지면서. 양쪽으로 늘어앉은 아이들이 키득거린다. 키득키득키들. 아이들의 웃음소리가 귓속을 파고든다. 울고 있는 아이는 울음소리조차 내지 못하고 어깨만 들썩인다.

　증류수가 담긴 분무기를 아이들을 향해 분사했다. 키. 들. 키. 들. 웃음이 잦아든다. 우는 아이 뒤에 앉아 걱정인지 무심인지 알 수 없는 표정을 짓고 있는 훈장에게도 안개가 내려앉는다. 울고 있는 아이의 얼굴에도 물기가 스며든다.

서당도를 맡겠다구요? 김 학예사에게 배정된 서당도 보존 처리를 내가 맡겠다고 했을 때, 실장은 금테 안경 너머로 물끄러미 나를 쳐다보다가 말을 이었다. 그럼 그렇게 합시다. 민 학예사, 당신에겐 두 폭짜리 모란도 병풍이 배정된 건데 당신 사정을 감안해서 바꿔준 겁니다. 실장의 말을 들으며 크게 인심 써줬으니 잘하라는 뜻으로 들리는 건 내 기분 탓인지도 몰랐다. 실장의 말처럼 내 사정은 병풍처럼 큰 작품을 감당할 여력이 없었다.

아이는 내게 'ㄷ'이란 문자 하나만 남겨놓고 깊은 잠에 빠져버렸다. 아이가 의식을 잃고 인공호흡기로 겨우 생명줄을 붙잡고 있게 된 지 벌써 열흘이 넘었다. 아이의 메시지가 내 휴대폰에 찍힌 그 시각에 나는 회의를 하는 중이었고, 여덟 폭짜리 병풍의 막바지 복원 작업에 몰두하고 있던 시간이었다. 1년가량 걸리는 복원 작업을 전시회 기간에 맞추느라 두어 달 당기면서 그동안 나는 주말과 휴일에도 복원실에서 작업을 했다. 그때까지만 해도 고서화古書畫 복원은 나에게 셔츠 소매를 걷어붙이게 만드는 일이었다. 하지만 그 일이 일어난 후부터 복원은 지지부진해지기 시작했다. 'ㄷ'으로부터 떠날 수가 없었다.

엄마를 일찍 잃은 아이는 빈집에 혼자 있었다. 혼자 있는 아이가 신경 쓰였지만 달리 방법이 없었다. 밤늦게 아이의 방문을 열어보는 것으로 나는 아이와의 관계를 겨우 유지했다. 아마 그때부터였을 것이다. 문자 메시지가 아이와 나의 대화 수단이 된 것이.

아이가 'ㄷ'만 찍힌 메시지를 보내왔을 때도 나는 그 일이 일어났을 거라고 생각하지 못했다. 아이가 보내는 메시지 중에는 가끔 아무 글자도 찍혀 있지 않은 빈 메시지가 올 때도 있었다. 녀석, 싱겁긴. 아이가 그저 장난친 것이라 여겼다. 돌이켜보면 아이는 하얀 액정 속에 하고 싶은 말들을 무수히 쏟아내고 있었는지 모른다. 그런데도 난 그날도 아이가 문자를 잘못 보냈거나 장난친 것이라 생각했다.

큰 작품을 감당할 여력이 없는 것도 사실이지만 그보다 더 큰 이유는 어떻게든 아이와 조금이라도 연관된 것이 있다면 뭐든 손대보고 싶다는 것이었다. 복원실을 훑어보았다. 그리 넓지 않은 이곳에서 나는 십 년 동안 보물들의 잃어버린 역사를 되찾아 주었다. 내가 보물의 역사를 되찾아 주던 그 시각에 나는 열다섯 해 동안, 그러니까 보물들의 역사에 비해 턱없이 짧은 역사를 가진 내 아이가 살아온 역사를 읽어 낼 수가 없었다.

아이의 역사를 찾아 주기 위해 아이가 걸어온 길이면 무엇이든 되짚어 보기로 마음먹었다. 그래야만 'ㄷ'의 의미를 풀어낼 수 있을 거라 생각했다. 때문에 아주 미미할 수도 있겠지만 아이의 역사와 관계가 있는 서당도를 지나칠 수는 없었다.

지난해 겨울방학이 시작될 무렵이었다. 박물관에서 진행하는 '큐레이터 체험학습' 프로그램에 참가해 보라는 내 말에 긍정도 부정도 아닌 표정으로 따라나선 아이는 커다란 그림들을 느린 걸음으로 대강 훑어보는 듯하더니 작은 그림들 앞을 서성였다. 서너 개의 그림을 기웃거리다 걸음을 멈춘 자리는 서당도 앞이었다.

저만치서 아이의 모습을 지켜보다가 옆으로 다가가자 아이는 나를 힐끔 한 번 쳐다보더니 이내 그림으로 눈길을 돌렸다.

"저 그림이 맘에 드냐?"

아이는 대답하지 않았다. 옆을 스쳐 가는 다른 아이들의 목소리만 와글거릴 뿐이었다.

"끝나면 아빠한테 전화해."

복원실로 가려고 몸을 돌리려 할 때, 아이는 길가에 떨어진 돌멩이를 발로 툭 건드리듯 그렇게 말했다.

"쟤, 홍길동 맞아요."

아이의 말에 나는 조금 놀랐다. 사실 내가 서당도와 관련된 어느 지방 신문의 기사를 보고 홍길동 이야기를 했을 때 아이는 별 반응을 보이지 않았다. 그저 컴퓨터의 하얀 액정에 박힌 검은 글자와 글자 옆에 새겨진 그림을 뚫어지게 쳐다볼 뿐이었다. 사실 글자보다 그림에 아이의 시선이 더 박혔다. 그림은 교복을 입은 남자아이 하나가 쪼그리고 앉아 자신을 향해 뻗쳐 있는 여러 개의 발길질을 피하기 위해 양손으로 얼굴을 가리고 있는 모습이었다.

서당도 그림에만 시선을 고정시킨 아이는 계속 말을 이었다.

"길동이가 숙제를 안 해 간 게 아니에요. 저놈, 갓 쓴 놈이 길동이 숙제를 가로챈 건데 쌤은 그것도 모르고 쟤만 때리고 있어요."

아이는 중학생이 된 뒤로 꼬박꼬박 존댓말을 했다.

"웃고 있는 저놈들도 다 한 패거리예요."

그때 아이의 목소리가 떨렸던가, 주먹을 거칠게 쥐었던가, 나는 눈치채지 못했다.

"에이, 그건 아니지. 아빠가 전에 신문 기사 볼 때도 말했던 거 같은데, 홍길동은 연산군 때 인물이고 이걸 그린 김홍도는 정조 때 인물이라구."

내 말에 아이는 아무 말 없이 한참 동안 나를 그냥 빤히 쳐다보았다.

배접지 한 장을 목판 위에 올려놓았다. 흰 사기대접에 십 년 삭힌 풀을 풀고 물을 부었다. 십 년을 삭힌 풀은 부패할 대로 부패했다. 더 이상 부패할 세균이 없다는 말이다. 부패할 세균이 없는 풀은 어디에 닿아도 무언가를 썩게 하지 않는다. 그런데 그들은 달랐다. 10년, 아니 20년, 아니 그보다 훨씬 이전인 아주 먼 옛적부터 썩었건만 지금도 계속 썩고 있었다.

  묽은 풀물을 듬뿍 묻힌 풀붓을 종이 한가운데로 내려그었다. 목판의 나뭇결이 연하게 종이 위로 드러났다. 이번엔 풀붓을 가로로 그었다. 종이 위에 나뭇결이 새겨진 십자가가 희미하게 드러났다. 잠시 풀질을 멈추고 십자가를 들여다보았다. 수없이 해왔던 작업인데 오늘따라 십자가 모양이 생경했다. 정작 못 박힌 예수가 매달려 있는 십자가를 볼 때는 그저 한 조각품에 지나지 않는 것이라 생각했다.

  그런데 종이 위에, 그것도 대강 그어놓은 붓질에 불과한 십자가를 보며 보이지 않는 예수께 처음으로 간절해졌다. 부디, 제 아들을 버리지 마옵소서.

  십자가를 중심으로 풀질을 계속했다. 같잖은 공기 한 방울이라도 그림 속에 근접하지 못하도록 꼼꼼하고 치밀하게. 그래야만 하늘에 계신 예수께서 내 기도를 들어줄 것 같다는 생각이 들었다.

  사고가 나던 날, 속도 경고음도 무시하고 막무가내로 달려가 도착한 병원에서 나는 대여섯 개나 되는 줄을 주렁주렁 몸에 매달고, 머리엔 붕대를 칭칭 감고, 얼굴 여기저기엔 피멍이 든 채, 침대에 죽은 듯이 누워 있는 아이를 보며 주저앉으려는 다리를 겨우 버티고 서서 아이를 내려다보았다. 겨우 정신을 가다듬은 나는 아이의 두 손을 잡고 바닥에 무릎을 꿇었다. 아이의 따스한 체온이 고스란히 전해졌다. 아이의 체온을 느끼자 심하게 방망이질 치던 가슴 사이로 안도의 숨이 새어 나왔다. 한참 동안 기도하듯 아이의 두 손을 가슴에 모아 쥐었다. 쥐었던 손을 풀고 아이의 손을 쓰다듬었다. 어느새 작은 단풍잎 같던 손이 훌쩍 자란 키만큼 커졌다.

초등학생 때까지만 해도 아이는 뭔가 약속할 일이 생기면 내 새끼손가락과 자신의 새끼손가락을 걸어 약속하고, 엄지손가락으로 도장을 찍은 다음, 손바닥끼리 문지르며 '복사'를 말했다. 그래야 확실하게 약속을 한 거고 꼭 지켜야 한다는 뜻이라면서.

"그런데 복사는 왜 하는 거야?"

물으면 아이는 망설이지 않고 또박또박 말했다.

"맨날 복사만 하는 아빠가 그것도 몰라? 그건 원본이랑 똑같이 베낀다는 거잖아. 그러니까 내 마음을 아빠한테 그대로 베껴주는 거지."

지금 생각해 보면 내가 아이의 마음을 내 마음에 그대로 베껴 새겼는지 자신이 없었다.

나는 미동도 없이 중환자실에 누워 있는 아이의 힘없이 쳐진 손바닥을 펴고 내 손바닥과 아이의 손바닥을 가만히 문질러 보았다. 가슴이 저릿했다. 중환자실에서 아이를 만날 때마다 나는 30분 내내 아이의 두 손을 잡고 아이의 체온을 느끼는 게 전부였다. 내가 할 수 있는 일은 그것뿐이었다. 아이의 손을 맞잡는 것으로 내 체온이, 내 마음이 아이의 마음에 스며들기를 바랐다.

풀질을 멈추고 책상 위에 놓인 휴대폰을 다시 켰다. 검게 죽어 있던 액정이 환해지면서 'ㄷ'이 또렷하게 살아났다. 메모판 바로 위에 박힌 숫자도 파르르 되살아났다. 2024.03.18. 03:28 pm.

2024.03.18. 03:28 pm. 이 시각은 아이가 내게 메시지를 보낸 시간이었고 4층에서 떨어진 시간이기도 했다. 일이 생기고 처음 며칠 동안 나는 아이가 떨어진 건물에서 떠나질 못했다. 'ㄷ'의 해답이 그곳에 있을 거 같

다는 생각을 떨칠 수 없었다.

건물은 나와 아이가 사는 아파트 단지에서 그리 멀지 않은 곳에 있었다. 몇 년 전부터 공사가 중단된 채 도심 한가운데 서 있는 건물은 흉물스러웠다. 그렇지 않아도 아이들의 비행장소가 될 수 있을 거라고 사람들은 걱정했다.

5층을 올리다 만 건물은 녹슨 철근들이 삐죽삐죽 하늘을 향해 뻗쳐 있어 위협적이기까지 했다. 다섯 명의 아이들은 그곳에 축구를 하러 갔다고 했다. 건물 주변을 몇 바퀴 둘러봐도 축구할 만한 장소는 아니었다. 그리 넓지 않은 빈터엔 쓰다만 공사 자재들과 플라스틱 통, 음식물 쓰레기, 검은색과 흰색의 비닐봉지들이 어지럽게 널렸고 그 틈새로 잡초들이 고개를 쳐들고 있었다.

아이가 떨어졌던 4층으로 올라갔다. 난간 공사를 하다만 건물 안은 누가 덮었던 건지 알 수 없는 더러운 이불이 바닥에 널브러졌고 빈 소주병이 여기저기 나뒹굴었다. 그것들 사이로 아무렇게나 버려진 대여섯 개의 휴대용 부탄가스 통이 눈에 들어왔다. 쪼그리고 앉아 가스통 하나를 집어 들었다. 노란색 가스통은 그다지 색이 바래지 않았다. 먼지로 더께가 앉은 이불이나 소주병과는 달리 가스통엔 먼지가 많지 않았다. 아이는 이곳 4층 난간에서 발을 헛디뎌 사고가 난 것이라고, 현장에 있던 다른 아이 넷이 경찰서에서 진술했다. 아이 넷은 경찰서에서는 훈방 조치를, 학교에서는 한 달 정학 조치를 받는 것으로 사건은 끝났다. 그들에게 내려진 처벌은 학교폭력은 배제된 채 가스 흡입에 관하여만 내려진 조치였다.

목판에 엎드려 있는 그림 속의 훈장은 걱정보다는 웃음이 배어 있는 표정이다. 훈장도 아이가 우는 것이 재미있었던 걸까. 그럴 리는 없을 거라고 애써 생각을 바꿨다.

"현장에 같이 있던 아이들을 가해자라고 단언하시는 건 좀⋯. 채훈 군도 가스 흡입을 같이한 상태에서 난 사고라서."

짧은 커트 머리를 한 여자 교장은 무릎 위에 올려 있던 깍지 낀 두 손을 풀어 오른팔을 소파 팔걸이 위에 올려놓으며 애매한 표정을 지었다.

"가스, 흡입, 저희 아이는 그런 걸 할 아이가 아닙니다. 그 아이들의 강압 때문에 어쩔 수 없는 상황에서 했을 게 분명합니다."

'가스'나 '흡입' 같은 단어를 말할 때 나는 심호흡이 필요했다.

"사고가 있던 날, 아이는 제게 디귿이란 글자가 찍힌 문자를 보냈습니다. 왜 글자를 완성하지 못한 채 메시지를 전송했겠습니까?"

"디귿이요?"

교장은 소파 팔걸이 위에 걸쳤던 오른손을 뻗어 내가 내민 휴대폰을 받아 액정을 쳐다보았다. 잠시 정적이 흘렀다. 액정을 뚫어지게 들여다보던 교장이 가라앉은 목소리로 입을 떼었다.

"이 상황에서 이런 말씀 드리긴 좀 그렇긴 합니다만, 채훈이 아버님께서는 요 근래에 아이와 대화를 하신 적 있으신가요?"

나는 선뜻 대답하지 못했다.

"사춘기 아이들에게 가장 필요한 건 대화를 자주 하는 일입니다. 그래야 아이의 마음을⋯."

"그러니까 학교 측은 잘못은 없고 사고 원인이 제게⋯."

교장의 말을 치고 들어가 내 말을 꺼냈지만 나는 말을 맺지 못했다. 마음이 복잡했다. 교장을 향해 치밀어 오르는 분노와 나 자신을 향해 치밀어 오르는 분노가 마구 뒤섞였다.

벌떡 일어나 교장실을 나오려는데 교장이 내 등 뒤에다 말을 던졌다.

"채훈이에게 탈출구가 필요했던 건 아닐까요? 디귿을 잘 들여다보세요. 한쪽 면이 터져 있어요."

문손잡이를 잡고 있던 나는 뒤로 돌아서서 교장을 쏘아보았다. 교장을 향한 분노가 가시지 않았지만 교장이 했던 말은 내 머릿속에서 맴돌았다.

정말 교장의 말처럼 아이는 내게 'ㄷ'으로 자신의 마음을 표현했던 건 아닐까. 그렇다면 'ㄷ'의 정답은 아이의 마음속에 있을 터인데….

교장실을 나와 아이의 교실을 향해 터덜터덜 걸음을 옮겼다.

"걔, 와이파이 셔틀인 거 몰랐어?"

교실 복도 창으로 아이의 빈 책상을 망연히 쳐다보다 셔틀이란 말에 정신이 번쩍 들었다. 물론 아이들이 말하는 셔틀이란 게 채훈이를 두고 한 말이라고 확신하지는 못했다.

"짱한테 찍힌 죄목이 뭔지 아냐? 수업 시간에 발표 더럽게 잘한 죄."

아이의 말에 키들키들키들, 주변 아이들이 웃었다. 교실 문을 열고 들어가 '셔틀'을 말한 아이에게 다가가자 아이는 화장실이 급하다며 뛰쳐나갔다.

학교를 나와 경찰서로 향했다.

"정황만으로는 수사하기 어렵습니다. 증거물이 있어야 합니다. 증거물이 없다면 증인이라도 있어야 일의 진위를 파악할 수 있습니다. 피해자 아이가 직접 얘기를 해야…."

말끝을 잘라먹고 경찰서를 나와 버렸다. 증거물은 아무 데도 없었다. 아이의 책과 노트를 모두 털어 봐도, 일기장을 들여다보아도, 컴퓨터를 뒤져봐도 증거가 될 만한 것은 나오지 않았다. 늦은 밤, 방문을 열고 들어갔을 때, 책상 서랍이며 책꽂이의 책들이 어수선하게 널려 있을 때가 자주 있었다.

"애들이 왔다 갔어요."

아이는 책상에 앉아 뒤통수를 보인 채 말했다.

"친구들?"

내가 되물었을 때 대답이 돌아온 적은 없었다.

나는 이대로 물러설 수 없었다. 일의 진상을 밝혀야겠다고 생각했다. 널빤지를 잘라 피켓을 만들었다. '학교폭력 근절, 사고의 진상을 밝혀라.' 붉은 매직으로 쓴 굵은 글씨가 널빤지를 가득 채웠다. 시위 장소를 고민했다. 경찰서와 학교 중에서 어디로 해야 효과적일지 판단이 서지 않았다. 고민 끝에 하루는 학교 정문 앞에서, 하루는 경찰서 앞에서 번갈아 하기로 마음먹었다.

등교 시간에 맞춰 피켓을 들고 학교 정문 앞에 섰다. 쌀쌀한 날씨 때문인지, 긴장을 해서인지 다리가 떨렸다. 피켓을 잡은 손엔 힘이 잔뜩 들어갔다. 등교하던 아이들과 선생들이 힐끗힐끗 피켓을 쳐다보며 무심히 지나쳤다.

"지금 뭐 하시는 겁니까?"

언제 왔는지 교장이 눈꼬리를 치켜뜨며 나를 쏘아보았다. 한 마디 던지고 교장은 정문을 향해 성큼성큼 걸어갔다.

복원실로 돌아오니 9시가 넘었다. 문을 열고 들어서자 김 학예사가 실장이 나를 찾는다는 말을 전했다. 복도 끝에 있는 실장실 문을 열었다.

"민 학예사, 아이들이 등교하는 학교 앞에서 1인 시위를 했다는 민원이 들어왔는데 사실입니까?"

나를 보자마자 실장은 양미간을 좁히며 완고하게 말했다.

"당신 사정은 충분히 이해합니다. 그렇다고 시위까지 해서야 되겠습니까? 그것도 공무원 신분으로."

실장은 공무원의 품위유지까지 들먹이며 나를 압박했다. 아마 내 신분을 알고 있는 교장이 박물관 측에 전화를 한 모양이었다. 피켓은 하루 만에 쓸모가 없어졌다. 나는 피켓을 창고에 처박으며 출구도 없는, 좁고 캄캄한 벽 안에 갇혀 있는 느낌을 털어 낼 수 없었다.

축축해진 그림을 목판 위에 엎어놓고 그림 뒷면에 물질을 시작했다. 증류수에 적신 물붓을 가로로 또 세로로 내려그었다. 배접지보다 더 선명하게 나뭇결이 박힌 십자가가 드러났다. 십자가를 중심으로 물질을 계속했다. 물기를 흠씬 먹은 아이들의 표정이 십자가보다 더 선명하게 살아났다. 우는 아이의 얼굴을 뚫어지게 들여다보았다. 양쪽 눈썹을 여덟 팔자로 구기며 몸을 잔뜩 웅크리고 앉아 눈물을 훔치고 있는 아이에게서 홍길동의 기개는 전혀 보이지 않았다. 그런데 왜 아이는 군이 울고 있는 아이를 홍길동이라고 생각했을까. 혹시 아이는 자신이 홍길동처럼 초능력을 갖고 싶어서 그렇게 말했던 건 아닐까. 아니면 왕따라는 것이 옛날부터 이미 존재하고 있었다는 것을 얘기하고 싶었던 것일까.

집단 따돌림, 그거 조선시대부터 있었다고 볼 수 있지. 거 왜 쌀뒤주에서 죽은 사도세자 있잖아. 그 친구도 실은 집단폭행으로 죽은 거나 마찬가지 아니겠어. 그 친구 말고도 왕족 친구들 중에 왕따, 그거 당한 친구가 어디 한 둘인가. 뭐 왕족이 아니어도 그런 일은 얼마든지 있었지. 왜 사자성어 중에 수화불통水火不通이란 말 있잖나? 물과 불은 서로 통하지 않는다. 뭐 이런 뜻이잖아. 그런데 이게 말야, 마을에서 죄지은 사람한테 주는 벌에 해당하기도 했거든. 그러니까 죄를 진 사람한테는 공동우물을 사용하지 못하게 하고 불씨를 서로 빌려주지 않았다는 거야. 그건 곧 마을을 떠나라는 말 아니겠어. 근데 그 죄라는 게 말야. 그거 마을 사람들이 지들 잣대로 만들어 사람을 심판한 거지. 그때도 주동자는 분명 있었을 거야. 지독한 집단따돌림이라고 할 수 있시.

마치 자신이 당한 일이라도 된 것처럼 김 학예사는 얼굴이 벌게지도록 열변을 토했다.

2024.03.18. 03:28 pm. 숫자 위에 아이의 이름이 얹혀 있다. 민채훈.

190

"민채훈이 뭐야? 가족 같은 느낌이 안 들잖아. 이모티콘까지는 안 바래도 최소한 아들, 이 정도는 해줘야 하는 거 아냐?"

그런 말을 할 때까지만 해도 아이는 방문을 걸어 잠그고 입을 닫는 일 같은 건 하지 않았다.

"사춘기야. 왜 우리도 그런 때 있었잖아."

말수가 적어지는 아이 때문에 고민하는 내게 김 학예사는 소주잔을 목구멍에 털어 넣으며 커가는 과정이라고 말했다.

내가 민채훈을 '아들'로 저장하고 연산군과 정조를 얘기하지 않고 고슴도치를 내다 버리지 않았다면 'ㄷ'을 읽을 수 있었을까.

작년 여름 무렵이었을 것이다. 아이 방문을 열었을 때, 아이는 몸을 잔뜩 구부리고 앉아 무어라 중얼거리고 있었다. 자세히 보니 아이는 손바닥 위에 무언가를 올려놓고 그것을 들여다보느라 몸을 구부린 채 말을 하고 있었다. 걱정 마.

앞에 어떤 말이 붙어 있었는지는 모르겠으나 끝말은 분명하게 들렸다. 아이의 손바닥 위에 얹혀 있는 것은 동그랗게 생긴 작은 공이었는데 그것은 온통 가시투성이였다.

"갖다 버려. 정 키우고 싶으면 고양이를 사 주마."

그때도 아이는 한동안 말없이 나를 빤히 올려다보더니 한 마디 툭 내던졌다.

"고양이는 가시가 없어서 싫어요."

물기를 먹은 그림의 인물들이 모두 생생하게 살아났다. 아이들 앞에 제각각 펼쳐진 책들이 눈에 들어왔다. 그중 우는 아이의 책이 유난히 눈에 띄었다. 양옆에 늘어앉은 아이들의 책은 반듯하게 펼쳐있다. 우는 아이의 것인 듯한 책은 아무렇게나 내던져 있는 것처럼 보였다. 어쩔 수 없이 방바닥에 널렸던 채훈이 책 중 하나가 눈앞에 어른거렸다. 목울대에 뜨거운 것이 치밀어 올랐다. 치밀어 오르는 그것을 누르려 마른침을 삼켰다.

그림에서 시선을 거두고 천천히 몸을 구부려 목판 옆면에 눈높이를 맞추고 목판과 그림의 틈새를 살폈다. 빈틈이 없다. 그림 속에 공기가 완벽하게 차단됐다는 말이다. 구겨진 부분도 없다. 안도의 숨을 쉬었다.

그림을 다룰 때마다 나는 긴장했다. 조그마한 실수가 되돌릴 수 없는 크나큰 손실로 이어질 수도 있기 때문이다. 오늘따라 유난히 힘에 부친다는 생각이 들었다. 보물이라는 것이 내 마음을 무겁게 짓눌렀다.

"아빠, 나도 아빠한테 보물단지야?"

초등학교 5학년이 된 어느 날, 아이는 내게 뜬금없는 질문을 던졌다.

"보물? 그으럼 보물이지, 아빠한테 채훈이는 당연히 보물이지. 근데 갑자기 그건 왜?"

내 말속에 영혼이 실렸던가. 잘 모르겠다. 어쩌면 느닷없는 아이의 질문에 당황해서 아이의 표정을 살피는 데 급급했던 것 같기도 했다.

"민수 할머니가 민수만 보면 우리 보물단지, 우리 보물단지, 하면서 머리를 쓰다듬길래, 나도 보물단진가 하는 생각이 들어서."

약간은 풀이 죽어 있는 아이의 대답을 들으며 왜 씁쓸한 기분이 들었던 건지 그때는 잘 몰랐다. 그저 아내의 빈자리를 채우느라, 내 일을 하느라 정신없는 하루하루를 보내며 자꾸 지치려 하는 몸과 마음을 추스르기에 바빴다.

"깨어날 확률이 없진 않습니다. 좀 더 두고 봐야 알겠지만 현재 아이의 혈압이나 맥박, 산소포화도가 아주 조금씩, 좋아지고 있습니다. 이러다가 갑자기 더 나빠질 수도 있긴 하지만 절망적이진 않습니다."

의사는 아주 조금씩, 이라고 말할 때 오른손의 엄지손가락과 검지손가락 사이를 1, 2mm 정도 벌리며 말했다. 의사의 말에 나는 깊은 수렁에서 줄사다리라도 잡은 기분이었다.

풀칠한 들대에 배접지를 붙일 차례다. 그림 아랫부분부터 조금 여유를 두고 배접지를 붙여 나갔다. 문지름 솔로 아래부터 천천히 밀어 올렸다. 오른쪽 중간 부분이 볼록했다. 공기가 들어간 것이다. 살살 떼어내고 다시 천천히 문질렀다. 이번엔 좁쌀만 한 것들이 여기저기 볼록 튀어나왔다. 들대를 잡고 있는 왼손에 경련이 일었다. 버티고 서 있는 다리에도 힘이 빠졌다. 주저앉고 싶은 마음을 가까스로 눌렀다. 문지름 솔을 잡은 손에 힘이 들어갔다. 힘을 빼야 한다. 힘이 들어간 솔은 자칫 작품을 상하게 할 수 있기 때문이다. 등줄기에 식은땀이 흘렀다. 톡톡톡. 그림과 배접지 끝이 잘 붙도록 두들겨 주는 동안 경련이 풀렸다.

배접지로 가려진 그림은 흐릿했다. 하지만 시간이 지날수록 훈장과 아이들은 배접지 속으로 아주 조금씩 스며들 것이다. 그리하여 오랜 시간이 지나고 배접지를 떼어냈을 때, 그것에 새겨진 그림은 원래 그림과 같아질 것이다. 이 일에 관련된 사람들은 그것을 '상박'이라 불렀다.

내가 아이와 함께 살아온 시간은 15년이다. 지금 아이의 마음이 내게, 내 마음이 아이에게 그대로 스며들어 있을까. 그래서 둘을 떼어냈을 때 같은 그림이 나올 수 있을까.

아이는 내게 끊임없이 스며들었을 거란 생각이 들었다. 하얀 빈 액정을 보냈을 때도 그 액정에 내 마음이 스며들기를 바랐을지도 모른다. 고슴도치를 안고 있을 때도, 서당도 앞에 서서 홍길동을 말했을 때도. 애써 같은 그림을 찾는다면 그건 액정 속에 새겨진 'ㄷ'밖에 없다는 생각이 들었다.

'ㄷ'을 찬찬히, 오래 들여다보았다. 한쪽 면이 터져 있었다. 'ㄷ'의 한쪽 면이 터져 있는 것은 당연한 일이었는데 왠지 새삼스럽게 보였다. 교장의 말처럼 정말 아이는 출구가 필요하다는 메시지를 나에게 보낸 것일까. 아이가 5G폰을 이야기했을 때도 난 아이의 마음을 눈치채지 못했다.

아이는 휴대폰을 말할 때 휴대폰이라 하지 않았다. 5G폰이 필요해요. 역시 아이는 문자로 내게 말했다. 집에 돌아와 방문을 열었을 때, 아이는 황급하게 컴퓨터 화면을 바꿨다.
"뭔데?"
물으며 내가 마우스를 잡으려고 하자 아이는 전원을 꺼버렸다.
"스마트폰 사준 지 얼마 안 됐잖아?"
"속도가 너무 느려요."
그때도 아이는 뒤통수를 보인 채 말했다.
"속도?"
되물었을 때 아이의 대답은 역시 돌아오지 않았다.
교장을 만나러 학교에 갔던 날, 교실 창 너머로 들었던 와이파이 셔틀이라는 게 일진들에 의해 강제로 와이파이 인터넷을 제공하고, 그들에게 필요한 동영상을 찍어 전송해 주는 것이라는 걸 알게 되었을 때, 그때야 나는 아이가 왜 속도 운운하며 폰을 바꿔 달라고 했는지 알 것 같았다. 그날, 난 그대로 벽에 기대앉아 하루 종일 아무것도 할 수 없었다.

배접지로 가려진 흐릿한 그림을 바라보다 휴대폰을 집어 들고 액정 속에 갇힌 'ㄷ'을 망연하게 들여다보는데 찌그러진 'ㄷ'이 예고 없이 불쑥 기억 속에서 뛰어 올랐다.
아이가 막 글자에 관심이 생겼던 6살 무렵, 아이는 오른쪽 다리에 깁스를 하게 되었다. 유치원 놀이터에서 미끄럼틀을 타던 아이가 땅에 발이 닿는 순간, 발목을 접질리면서 인대가 파열되는 사고가 났다. 아이는 한 달 동안 발끝에서 무릎 위까지 딱딱한 통깁스를 하고 아이 발의 두 배가 넘는 석고 신발을 신고 목발을 짚어야 했다. 한 달 후에 통깁스에서 반깁스로 바뀌었을 때, 아이는 붕대를 풀고 감는 것에 꽤나 관심을 보였다. 나중에는 자신이 붕대를 풀고 감겠다고 성화를 부리는 통에 애를 먹기도 했는데 아이에게 붕대를 푸는 것만 허락한다는 조건으로 합의를 보았다.

아이는 글자를 쓸 때마다 색연필로 쓰겠다고 우겼다. 그것도 연필처럼 나무속에 색심이 박힌 색연필이 아니라 길고 좁은 종이로 돌돌 말린, 그 속에 굵은 색심이 들어 있는 종이말이 색연필을 고집했다.

테이블 위에 한글 학습지를 펴고 앉은 아이가 제일 먼저 하는 일은 색연필 까기였다.

"이거 붕대 푸는 거랑 똑같아."

아이는 돌돌 말린 종이말이를 풀면서 신나 했다. 색연필 한 자루를 끝까지 다 풀어내고 나서야 글자 공부를 시작했다. 아이의 손에 들려진 것은 벌거벗은 색심뿐이었고 그것을 손에 쥔 아이는 아슬아슬하게 글자를 썼다. 굵어봤자 2, 3mm인 알색심을 쥔 손에 힘이 제대로 들어갈 리 없었다. 힘을 받지 못한 글자는 제대로 써지지 않았다. 삐뚤빼뚤. 글자마다 특색이 있었는데 그 중 'ㄷ'은 위의 가로선보다 아래 가로선이 왼쪽으로 더 밀려 나와 있어 엉덩이를 내민 'ㄷ'모양이었다. 지금도 아이는 'ㄷ'을 엉덩이 내민 모양으로 썼다.

들대에 배접지를 붙이고 나자 이제 조금 쉬어야겠다는 생각이 들었다. 밖으로 나왔다. 4월 중순인데도 날씨가 제법 쌀쌀했다. 1층 광장에 드문드문 놓여 있는 벤치에 엉덩이를 걸치고 앉았다. 정면으로 대나무 숲이 보였다. 사계절 내내 푸른빛만 고집하는 대나무 숲이 풍성하고 정갈했다. 양옆으로 늘어선 대나무 사이에 나 있는 통행로로 초등학교 고학년으로 보이는 아이들 대여섯 명이 걸어오는 모습이 보였다. 왁자지껄 떠들며 걸어오는 아이들의 모습에 활기가 넘쳤다. 아이들을 보자 오늘이 토요일이라는 사실을 깨달았다. 신경이 온통 아이한테 가 있던 터라 요일 감각도 잊었다.

"출근한 거야?"

익숙한 목소리에 소리 나는 쪽으로 고개를 돌렸다. 김 학예사가 언제 왔는지 내 옆에 서 있었다.

"응, 그냥."

에둘러 대답했다.

"김 학은 휴일인데 어쩐 일로."

우리들끼리는 학예사를 줄여 김 학, 이 학, 민 학으로 불렀다.

"애들이 한글박물관에 가자고 해서. 와이프랑 애들은 한글놀이터에 있고, 복원실에 잠깐 들를 일이 있어서 가는 길이야."

아직 어린아이 둘을 둔 김 학예사는 잠깐 말을 끊었다가 조심스럽게 입을 열었다.

"채훈이는 좀 어때?"

"아직… 의식도 인공호흡기도 그대로야."

나는 확신 없는 대답을 하며 주머니에서 휴대폰을 꺼내 액정을 켜고 김 학예사에게 건네주었다.

"그 디귿이구나."

김 학예사에게 'ㄷ'을 이야기한 적이 있긴 했지만 액정을 보여주긴 처음이었다.

"디귿이 어떻게 보여?"

"글쎄."

"터진 면이 출구 같아 보이진 않아?"

내 말에 김 학예사는 내 얼굴을 한 번 쳐다보더니 엄지손가락과 검지손가락을 액정에 대고 글자를 확대했다. 가느다란 글자의 선이 굵어지면서 선들이 벽면처럼 보였다.

"그러고 보니 터진 면이 출구처럼 보이기도 하네. 시원하게 뚫린 출구 같아."

짙고 굵은 선들을 들여다보던 김 학예사가 일부러 목소리에 힘을 주며 말했다.

"채훈이는 괜찮아질 거야. 시원하게 뚫린 이 출구로 뚜벅뚜벅 제 발로 걸어 나올 테니까."

말하며 내 등을 가볍게 쳤다. 김 학예사의 말이 단지 나를 위로하기 위해 한 말인 줄 알지만 나는 애써 그의 말을 믿고 싶었다.

김 학예사가 복원실로 가고 나서도 나는 조금 더 벤치에 앉아 한글박물관 쪽을 바라보았다. 어느새 아이들이 꽤 많아졌다. 건물 앞쪽 광장에 쳐진 부스에도 아이들이 바글거렸다. 토요일마다 열리는 행사에 아이들의 반응이 꽤 좋다는 이야기를 들었던 게 생각났다. 생각 틈새로 채훈이를 그곳에 데려온 적이 없다는 기억이 낚싯줄처럼 따라 올라왔다.

복원실로 돌아왔다. 배접지로 가려진 흐릿한 그림을 바라보다 핀셋으로 배접지 양 끝을 집고 목판에서 조심스럽게 걷어 내렸다. 배접지와 그림이 따로 떨어지면 큰 낭패다. 핀셋으로 배접지 끝을 잡은 양손이 가늘게 떨렸다. 그림은 배접지를 등에 업고 순순히 따라 올라왔다. 그림이 붙어 있는 배접지를 건조판에 붙였다. 그림을 들여다보았다. 훈장의 표정도 아이들의 표정도 배접지에 가려져 흐릿했다. 울고 있는 아이에게 시선을 고정시킨 채, 그림을 한참 들여다보았다. 이제 그림은 조금씩 조금씩 아주 서서히 배접지에 스며들 것이다.

책상 위에 놓인 휴대폰에서 알람 소리가 요란하게 울렸다. 아이를 보러 갈 시간이다. 책상 의자에 걸쳐놓았던 재킷을 한쪽 팔에 걸치고 복원실 문을 나서려는데 재킷 주머니에서 부르르 휴대폰 진동이 울렸다. 액정에 뜬 숫자를 확인했다. 병원이었다. 가슴이 방망이질 치기 시작했다. 휴대폰을 움켜쥔 오른손에 땀이 배었다. 허둥대는 마음을 가라앉히려 한차례 심호흡을 크게 하고 휴대폰을 귀에 갖다 댔다. 한 톤 높여 말하는 간호사의 말에 귓속이 웅웅거렸다. 정신을 가다듬고 간호사의 말에 집중하려고 애를 썼다. 귓속으로 흘러드는 간호사의 목소리가 많이 들떠있다는 것이 느껴졌다. 들뜬 목소리로 아이의 소식을 알리는 간호사의 말이 아득한 곳에서 점점, 천천히, 다가와 내 귀에 또렷하게 박혔다.

미진 | 감기

깊이 보고 마음을 다해 쓰겠다.
2021년 좋은생각 주최 생활문예대상, 장려상 수상.
『여름이야기』와 『나에게 선물한 가을』 공저.
2023년 에세이 『집이라는 그리운 말』 출간.
2024년 5월 한국소설신인상 「감기」로 등단했다.

감기

미진

신호등이 차례로 점멸했다. 호루라기를 불며 수신호를 하는 주차 안내요원의 지시에 따라 택시들이 꼬리를 물며 전용 승차장에 진입했고, 만석인 지상 주차장을 지나 지하로 향하는 차들로 주위는 혼잡했다. 버스에서 내린 사람들이 무리 지어 횡단보도를 건너 병원 본관 회전문 안으로 사라졌다. 무성한 잎으로 가려졌던 약국들이 며칠 새 앙상해진 가지 사이로 모습을 드러냈다. 온누리약국, 희망약국, 정문약국, 건강한약국, 종로약국, 메디팜약국, 바로약국…. 비슷한 모양, 비슷한 크기의 약국들이 대로변 양쪽과 이면 도로에 줄지어 서 있다. 약국과 약국 사이로 혈당측정기와 혈압기, 장루용품, 인조유방, 간병용품 등을 파는 의료기점과 국산 재료로만 요리한다는 죽 전문점 간판이 겹쳐 보였다.

거리는 간밤에 내린 비와 세찬 바람에 나뭇잎이 후두둑 떨어졌다. 습기를 잔뜩 머금은 낙엽들로 거리는 딛는 곳마다 푹신했고, 출근 시간에 맞추어 발걸음을 재촉하는 직장인들의 구두 소리를 흡수했다. 형우는 정류장 앞 의자에 달라붙은 낙엽 몇 개를 손에 든 브로슈어 끝으로 떼어낸 후 걸터앉았다.

가방에서 회사 로고 스티커가 붙은 태블릿 pc를 꺼냈다. 폴더를 열어 판매할 제품에 대한 설명과 약리작용을 눈으로 훑었다. 화면을 넘기는 손 위로 누런 와이셔츠 소맷부리가 눈에 들어왔다. 셔츠는 하루만 입어도 목과 소맷부리에 누런 때가 꼈다. 공기 중 떠도는 오염물질, 건조한 공기에서 발생한 정전기가 끌어당긴 먼지, 몸에서 분출한 땀의 지방산과 젖산이 촘촘하게 엉겼다. 노출된 옷의 각 부분이 조금씩 다른 색으로 변해갔다.

판매량과 고객만족지수를 고려해 구매한 찌든 때 전용 표백제로 부분 세탁을 했지만 기대만큼의 효과는 없었다. 아는 사람은 다 아는 기업에서 만든 제품이었다. 대를 이어 세제, 비누, 치약 같은 제품만을 만드는 뚝심 있는 기업이라는 이미지를 가진 곳이었다.

세제 양과 바르는 강도, 수온 등이 찌든 때의 정도에 적정했다고 자신할 수는 없었다. 전용세제를 바른 후 세탁기에 돌리기만 하면 찌든 때가 사라진다는 매체 광고와 와이셔츠 찌든 때에 효과 만점이라는 블로그 후기, 아이 교복 셔츠에 묻은 찌든 때에서 마침내 해방됐다는 맘 카페 입소문에 현혹되지 않았다고도 말할 수 없었다. 지난 세탁 과정을 복기했다. 급할 건 없다고, 섣부르지 말자고 되뇌었다. 사용량과 바르는 강도를 조절하고 물 온도를 달리해서 다시 세탁해 볼 생각이었다. 흐릿한 얼룩이 남은 셔츠 위로 감색 양복 소맷부리를 팽팽하게 당겼다.

시계를 확인하고 벌떡 일어났다. 엉덩이에 붙었을지 모를 낙엽을 털고, 바지춤을 추어올렸다. 넥타이의 매듭은 셔츠 양쪽 깃이 맞닿은 삼각 부분에 정확히 맞췄다.

'죽은 사람 소원도 들어준다는데, 너는 애미 말은 귓등으로 듣니. 젊은 애가 어쩜 그리 구부정해. 등 쭉 펴, 쭉. 어디 가서 기죽지 말고, 일단 웃어. 웃는 얼굴에 침 못 뱉는다, 웃어야 복이 들어와. 들어올 복이

딴 데 가지 않고 제 자리를 찾아온다고.'

엄마는 무엇엔가 심각하고 못마땅해 찌푸려진 형우의 주름진 미간을 손가락으로 짚으며 말했다.

'알았어요, 아침부터 잔소리라니까.'

달라붙은 무엇인가를 떨구듯 형우는 고개를 휘저었다. 엄마의 손끝이 미간과 이마 어디에서 툭 떨어졌다. 안으로 말린 어깨를 밖으로 젖히고 새우처럼 굽은 등을 폈다. 자식인 도리로 죽은 엄마의 소원을 들어 줘야 할 것 같았다. 번호를 매기듯 척추를 차례로 폈다. 입꼬리를 한껏 올리고 축축한 거리를 걸었다.

한마음 약국 앞이었다. 약국장 한 명에 근무 약사 두 명, 전산 직원 한 명이 말없이 앉아 있다. 알바생으로 보이는 직원 1명이 상자에서 약을 꺼내 약장에 진열 중이었고 손님은 없었다.

"안녕하십니까."

유리문 맞은편에 앉은 근무 약사와 눈이 마주쳤다. 그녀는 무표정한 얼굴로 호루라기 소리가 신경질적으로 울리는, 지체된 차량들로 혼잡한 사거리를 쳐다봤다. 손님이 아니니 미소 지을 타이밍 역시 아니었다. 약을 진열하던 알바생이 주차장과 이어진 뒷문 옆에 배달된 물통을 들고 약국 입구에 놓인 정수기를 향해 오고 있었다. 형우는 들고 있던 가방을 의자에 던지고 재빨리 다가가 물통을 번쩍 들어 정수기에 꽂았다.

"제가 해도 되는데…."

"아니에요. 이거 은근 무거워요."

형우는 정수기에 꽂힌 가득 찬 물, 넉넉하게 담긴 납작한 종이컵을 눈으로 흐뭇하게 훑었다. 정수기 앞에 얇게 고인 물을 가방에 있는 물티슈를 꺼내 꾹꾹 눌러 닦았다. 다시 한번 양복 상의를 툭툭 털고 가방에서 신약에 대한 정보가 실린 브로슈어와 한방 모발 재생 샴푸와 린스 샘플을 꺼냈다. 사람이 뜸한 틈을 타서 그것들을 처방전과 약이 오고 가는 투명 칸막이 아래로 밀어 넣었다. 근무 약사는 귀찮은 듯 멍하니 형우가 내민 꾸러미를 내려 봤다.

"안심제약에서 새로 출시한 액상형 종합감기약입니다. 한방 감기약에 대한 반응이 좋아지면서 기존의 완쌍탕을 업그레이드해서 만든 바로 그 철권탕입니다."

일단 물꼬를 트고 나면, 제품에 대한 디테일도, 적절한 큐레이션도 어느 정도 할 만했다. 무엇보다 끝까지 밀고 가는 힘이 중요했다. 밀리지 않음을 감지해도 멈칫해서는 안 되었다. 마음에서는 명백한 백기가 휘날려도 그건 아무도 모르는 포기여야 했다. 반응 따위는 알아도 몰라야 했다. 성공과 실패는 처음부터 없었다.

잠긴 목에서 날카로운 목소리가 찢어질 듯 나왔다. 헛기침 몇 번을 하고 침을 삼키며 솟아오른 편도를 뭉근히 눌렀다. 다시 목소리를 높였다. 형우는 시장의 약장수가 아닌, 약국에서 약을 파는, 아니 정확히는 약국에서 약을 팔도록 약을 파는 사람이었다. 환자의 건강을 진심으로 걱정하고, 그들이 복용할 약에 관해 올바른 정보를 제공하며, 이름만 바꾸고 몸값만 부풀린 약이 아닌, 가격 대비 효능이 나아진, 세상에 알려 마땅한 약을 파는 사람이었다. 더군다나 한여름 자동차 보닛 위의 눈발처럼 금세 사라질 예정이니 조금은 시끄러워도 괜찮다고 생각했다.

약의 이름과 맞물려 등 뒤에서 딸랑딸랑 종소리가 들렸다. 병원에서 나온 한 무리의 손님이 약국 안으로 들어왔다. 그들은 손에 든 하얀 처방전을 직원에게 앞다퉈 내밀었다. 형우는 몸을 옆으로 비키며 뒷걸음질 첬다. 말은 끊기고 목소리는 흔적 없이 부서졌다.

식사하고 하루 세 번 드세요. 여기 소화제 들었는지 한 번 봐줘요. 소화제 들었어요. 근데 왜 그렇게 소화가 안 돼요. 진료받을 때 의사 선생님에게 말씀하셔야지요. 카운터를 사이에 두고 분주한 대화가 오갔다.

형우는 의자에 놓인 가방을 주섬주섬 챙겼다. 칸막이 안에서는 처방전이 입력되고, 제조실에서는 약이 자동 분배되어 개수에 맞춰 담기고, 밀봉되는 소리가 들렸다. 그들의 신속한 분업을 바라보다 말없이 돌아섰다. 아무도 보지 않는 뒤통수가 저릿했다. 형우가 통과한 첫 번째 약국이었다.

다음 약국으로 가는 대로변, 건물과 건물 사이 좁은 골목에 양복을 입은 남자 둘이 어깨가 닿을 듯 어긋나게 마주 서서 맞은편 담벼락을 향해 뿌연 담배 연기를 내뿜었다. 지금 이 순간 자신과 같은 감정을 지닌, 자신과 닮은 사람들이었다. 형우는 길을 잃고 헤매다 동족을 만난 심정이었다. 그들은 실패의 축축한 기분을 담뱃불에 지피고 한창 푸닥거리 중이었다.

그들 틈에 슬며시 끼고 싶었다. 그들과 함께 무능한 팀장을 까고, 수금일 따위는 가볍게 무시하는 약국장을 욕하고, 다른 사람이 오래 공들인 업체를 부정적인 방법으로 가로챈 경쟁업체 직원을 도마 위에 올리고, 도시의 비싼 주차비, 오르지 않는 연봉과 기대할 수 없는 성과금에 대해 성토하고 싶었다. 그러고는 같은 서러움을 말하는 누군가의 등짝을 두드리며 힘내라고, 솟아날 구멍은 있지 않겠냐고 말하며 웃어 보이고 싶었다.

하지만 그렇게 하지 않았다. 건물과 건물 사이 좁은 골목 앞을 못 본 척 지나갔다. 달라지는 건 없고 다시 시작하는 일은 훨씬 더 어렵기 때문이었다.

C 병원 앞 서른한 개 약국이 형우의 담당 구역이다. 선배들은 갓 입사한 후배들에게 말했다. 버티는 놈이 장땡이라고. 이 바닥에서 뭉개다 보면 잘 나가는 의사 약사와 형님 동생 하는 날이 온다고 했다. 사회에서 의사, 약사 같은 사람들과 고급 인맥을 맺을 수 있는 기회는 흔치 않다고 자랑처럼 말했다. 얼마나 오래 버티느냐가 관건인데 일단 버티라고 했다.

안심제약은 합숙 기간 내내 매일 업무 관련 테스트를 하고 성적 미달자를 탈락시켰다. 시험에 통과하지 못한 후보자는 숙소에서 짐을 쌌다. 후보자들은 다음날 교육장에서 자신이 살아남았음을 알았다. 아무도 사라진 사람의 이름을 입에 올리지 않았다. 텅 빈 자리를 못 본 체했다. 남은 사람들은 약리학과 각종 질병, 약 성분명과 효능효과, 제품군, 경쟁사 제품에 대해 밤잠을 설치며 공부했다. 새벽하늘을 올려다보며 끝까지 함께 가자고 의기투합했다.

형우가 안심제약의 스파르타 과정에서 살아남으리라고는 누구도 상상하지 못했다. 그즈음 발현되기 마련인 성장형 인재라는 자아상이 암시적으로 만들어낸 도전 의식 따위는 형우에게 없었다. 취업 준비할 때 배운 호감형 미소와 긍정적인 태도 역시 없었다. 무기력한 눈빛으로 교육장을 서성이고 매사에 시큰둥하게 반응했을 뿐이었다. 드넓은 벌판에서 어슬렁거리다 야생의 포식자에게 무차별적으로 잡아먹혀도 어색하지 않은 모습이었다.

형우는 5주간의 교육과정을 수료하고 마침내 제약회사 영업사원이 되었다. 주변에서는 제약회사 영업사원이 된 형우를 도무지 상상할 수 없다고 했다. 대신 불가능을 가능으로 만든 회사의 교육 프로그램을 칭찬했다.

여러 번의 취업 실패로 갈 곳이 마땅치 않아 차선책으로 선택한 길이었다. 보험, 자동차에 이은 3D 영업에 해당되었다. 형우는 그 길이 험준하지만은 않을 거라고 생각했다. 어릴 적 병치레가 잦았던 형우에게 약국은 따뜻한 곳이었다. 병원 의사 선생님은 늘 바빴다. 열기를 머금은 형우의 조그만 입 속을 슬쩍 들여다보고 서둘러 처방전을 입력했다. 질문은 엄마가 했고 의사 선생님도 엄마에게 대답했다. 정작 환자인 형우가 한 일은 없었다. 오도카니 앉아 있다가 고개를 들어 의사 선생님 얼굴을 쳐다볼 때쯤이면 쫓기듯 진료실에서 나왔다. 아파서 우는 아이, 칭얼거리는 아이, 바닥에서 떼쓰는 아이로 소아과 대기실은 북새통이었다.

약국은 달랐다. 통유리 가득 쏟아지는 햇살이 긴 나무 의자를 지나 약국 가운데까지 들어왔다. 한쪽 버티컬을 내리면 햇빛으로 가득 찬 약국이 반으로 갈라졌다. 형우는 빛과 그늘의 경계를 오가며 놀았다. 약사님은 잘 다려진 하얀 가운을 입고 좁은 공간에서 날렵하게 움직였다. 계산대에는 색색깔의 사탕이 담긴 바구니가 단정하게 놓여 있었다. 형우는 자두 맛 사탕 한 개를 골랐다.

건강을 우선해야 할 약국에서 아이들에게 치아에 안 좋은 사탕을 주는 것이 옳으냐, 하는 논의가 어린아이를 자녀로 둔 부모들 사이에서 일었다. 사람들은 그걸 약사의 개념 문제라고 했다. 얼마 후 약국에서 사탕 바구니가 사라졌다. 대신 약사님은 성장발육에 좋다는, 공룡 그림이 그려진 영양제를 약국에 온 아이들에게 하나씩 건네주었다.

약사님이 제조해 준 약을 먹으면 열이 내리고 콧물이 멈추고 기침이 잦아들었다. 형우가 제약회사 신입사원들이 선호하는 종합병원, 의원 영업이 아닌 약국 영업을 선택한 이유가 약국 바구니에서 꺼내 먹은 자두 맛 사탕의 기억 때문인지도 모르겠다.

다음 약국을 향해 발걸음을 재촉했다. 남들이 열 곳을 돌 때 열한 곳을 돌겠다는 정신 자세가 중요하다는 흔해 빠진 교육 담당자의 말을 떠올렸다.

병원 사원증을 목에 건 직원들이 병원에서 우르르 몰려나왔다. 점심시간이었다. 그들은 밑반찬이 세팅된 식당으로 줄지어 들어갔다. 메뉴를 고르고 밥을 먹고, 식당 골목에서 담배를 피우고, 카페 앞에 줄을 서서 끝없는 수다를 이었다. 커피를 한 잔씩 들고 병원을 향해 느리게 걸어갔다.

형우는 국산 재료 사용, 원산지 표기라는 안내문이 정면에 붙어 있는 식당으로 들어갔다. 참치김밥 한 줄을 시켰다. 핑크색 물이 든 무피클 몇 개가 따라 나왔다. 나무젓가락을 둘로 가르자 맞은편 자리에 앉은 엄마가 한숨을 내쉬었다.

'오래 살고 볼 일이다. 네가 제시간에 밥을 챙겨 먹고, 생전 먹고 싶은 것도, 하고 싶은 것도 없더니. 그나저나 국물 있는 것 좀 먹지, 일하는 애가 겨우 김밥 한 줄이 뭐니. 퇴근하려면 한참이나 남았는데. 순두부찌개나 된장찌개 같은 거 얼마나 좋아, 든든하지.'

"오래 살아서 뭘 보고나 그런 말을 하든지, 일찍 죽었으면서…. 국물 있는 거 귀찮아. 괜히 와이셔츠에 튀기면 지워지지도 않고, 골치 아파."

엄마는 가끔은 뒤통수에 대고, 가끔은 눈앞에서, 가끔은 눈에 안 보이는 어딘가에서 잔소리를 했다. 지겹고 짜증스러웠지만 줄곧 혼자라는 생각은 들지 않았다.

건물 공동화장실에서 양치질을 하고 오후 일정을 시작했다. 긴 생머리를 치켜 묶은 약사가 혼자 책을 읽고 있었다. 작은 규모의 약국이었다. 문에 달린 풍경소리에 미소를 지으며 고개를 들던 약사가 형우를 보자 다시 책으로 눈을 돌렸다. 그리고 책에서 눈을 떼지 않은 채 말했다.

"놓고 가세요."

"네, 감사합니다."

형우는 순간 몸의 움직임을 멈췄다. 약사가 자신을 봐주기를 바라며 기다린 건 아니었다. 집중하는 그녀를 방해할 생각은 없었다. 무슨 책을 읽는지, 이야기가 흥미로운지, 그저 그런 게 궁금했다.

"하실 말씀 있으세요?"

"아니, 그건 아니고…."

그녀가 고개를 들었다. 멈춰 선 형우가 떨리는 목소리로 말했다.

"안심제약에서 오랜 연구 끝에 개발에 성공했습니다. 감기약으로 인정받은 기존의 완쌍탕을 업그레이드한 신약 철권탕입니다."

해가 사라졌다. 짙게 그늘이 드리워진 병원 응급실 앞에 응급차가 차례로 멈췄다. 먼저 내린 응급요원이 들것에 누운 환자를 대기 중인 이동 침대에 옮기고 병원 안으로 들어갔다. 응급실 광경이 없다면 병원 건너편에서 바라본 그곳은 차라리 적막에 가까웠다. 혼잡하던 거리에 바람이 낮게 불었다. 병원에서의 긴 기다림에 지쳐 더 이상 기다릴 수 없게 된 환자들이 보이지 않았다. 주변 약국들이 하나, 둘 문을 닫았다. 마감하는 직원들의 손길이 분주했다.

형우는 양복 상의를 벗어 의자 위에 올려놓았다. 약국 밖에 세워진 입간판을 접어 안에 들여놓고, 노란 국화가 잔뜩 심겨진 대형화분을 번쩍 들어 매장 안으로 옮겼다. 복도에 길게 펼쳐놓은 붉은 색 카펫을 돌돌 말아 우산대 옆에 세웠다. 콧등에 맺힌 땀을 닦으며 신약에 대한 정보가 실린 팜플릿과 모발 재생 샴푸와 린스 샘플을 꺼내 투명 칸막이 안에 밀어 넣었다.

"오늘도 수고 많으셨습니다. 안심제약에서 오랜 연구 끝에 개발에 성공한 제품입니다. 감기약으로 인정받은 기존의 완쌍탕을 업그레이드한 신약 철권탕입니다."

형우는 계획했던 코스를 다 완수하지 못했다. 내일은 더 부지런히, 더 발 빠르게 움직일 예정이다. 동종 업체 누구보다 한 곳이라도 더 방문해서 필요한 정보를 드리고, 사람 대 사람으로 마음을 나눌 것이다.

일일보고서를 작성했다. 현장으로 출근하고, 현장에서 퇴근하면서 서류 업무가 많아졌다. 눈에 보이지 않을 때 믿을 수 있는 건 눈에 보이는 서류뿐이었다. 재량은 불필요한 서류를 낳았다. 보고서를 작성하며 알고 모르고 했을 과오를 점검했다. 오늘도 내일 코스를 머릿속으로 그리며 긴 밤을 보낼 듯했다.

대학가 원룸 생활을 청산하고 서울 외곽의 다세대 주택 삼 층에 전세방을 얻었다. 퇴근길, 마트 반찬가게에서 만원에 세 팩씩 파는 반찬을 떨이로 다섯 팩이나 샀다. 운이 좋았다. 탄수화물 섭취가 많은 편이지만 아직 별다른 대안은 찾지 못했다.

밥을 먹고 나면 걸어서 5분 거리에 있는 초등학교로 갔다. 철봉이 있는 학교였다. 운동장에는 줄넘기를 하는 사람, 가쁜 숨을 몰아쉬며 운동장 트랙을 달리는 사람, 네트가 사라진 농구대에 들어가지 않는 공을 계속 던지는 사람, 가로등 아래서 배드민턴을 치는 부부가 있었다.

영업인에게 체력은 절대적이었다. 체력이 떨어지면 마음 역시 떨어졌다. 형우는 단순하고 단단한 철봉을 향해 달려갔다. 서서히 속도를 높여 힘껏 발돋움을 했다. 전신을 펴고 복근의 힘으로 중심을 잡고 몸을 위아래로 움직였다. 철봉 높이에 따라 할 수 있는 동작은 달랐다. 한 단계를 마치면 다음 단계로, 그다음 단계로 이동했다. 형우의 몸은 흠

빡 젖었다. 양팔을 펼친 듯 긴 학교 건물이 은색 모래 위로 검은 그림자를 드리웠다. 키다리가 된 형우가 운동장을 빠져나왔다.

판매율 1위 와이셔츠 전용 세제가 현관문 앞에 배달되어 있었다. 샤워를 하기 전, 빨래 바구니에서 구겨진 와이셔츠를 꺼냈다. 결전의 날이었다. 와이셔츠의 찌든 때를 제거하겠다고 결심한 이후, 형우의 노트북 검색창에는 와이셔츠 찌든 때 표백하는 법, 표백제 후기 등이 반복해서 입력됐다. 결과는 다양했다. 한 블로거는 먹다 남은 식빵으로 찌든 부분을 문지르면 찌든 때가 빵에 흡수되면서 옷이 깨끗해진다고 했다. 손쉽고 다분히 환경친화적인 방법이었다. 과탄산소다, 베이킹소다, 구연산을 이용한 표백은 많은 사람에게 알려진 방법이었다. 고민 끝에 형우는 수십 번의 테스트를 거친 검증된 결과물을 선택했다. 기업의 이유 있는 투자이고 근거 있는 광고일 거라고 생각했다.

몸이나 마음이 아픈 사람들은 지푸라기라도 잡는 심정으로 주변 사람들이 전하는 치료법을 수용했다. 아는 사람의 아는 사람들 중의 한 명은 대개 병에 걸렸고 자신만의 비법으로 그 병을 이겨냈다. 한겨울 산에서 피는 귀한 약초 뿌리를 푹 고아 마셨더니 통증이 사라지고, 체질에 맞는 음식 섭취만으로 질병에서 벗어나고, 시골 흙집으로 이사하고 잠이 잘 오더니 몸이 개운해지고, 마침내 완치 판정을 받았다고 했다. 산과 들, 바다에서 얻을 수 있는 기이한 약초와 맑은 공기는 흔들리는 민초들을 일으켜 세웠다. 그들은 자신을 일으킨 각각의 효능을 찬양하고 뜨겁게 간증했다. 귀한 비법들이었다. 누구도 약의 효과라고 말하지 않았다.

형우는 흔들리지 않기로 했다. 수십만 구독자가 있는 세탁의 달인과 살림 고수 유튜버가 알려준 방법은 잊기로 했다. 손에 든 와이셔츠 전용세제에 집중했다. 오염 부분에 1~2회 바르세요, 각종 성분과 함께 세제 뒷면에 빼곡히 적힌 설명은 불친절했다. 어느 정도 세기로 발라야 하지. 세게, 적당히 아니면 약하게. 형우는 최상의 결과를 위한 최상의 조건을 알아가는 중이었다.

와이셔츠를 욕실 바닥에 반듯하게 폈다. 목 부분과 소매 부분에 지난번과 다른 강도로 세제를 발랐다. 세제 구멍에서 희뿌연 세제가 비질비질 나왔다. 잠시 멈췄다가 비슷한 강도로 다시 한번. 칼라와 소맷부리가 축축하게 젖어 들었다. 세제를 바른 후 세탁으로 이어지는 데 걸리는 시간 역시 알 수 없었다. 세탁의 효과에 영향을 미치지 않는, 아무래도 상관없어 설명조차 필요 없는 사소한 것인지 몰랐다. 말하자면 그 정도는 알아서 하라는 뜻이었다. 형우는 옷감에 세제가 침투할 시간을 주었다. 와이셔츠 한 장에 오 분이면 애벌빨래 시간으로 적당해 보였다. 오 분 후, 찬물과 더운물을 섞은 미온수로 손빨래를 했다. 젖은 와이셔츠를 탁탁 털어 베란다 빨래건조대에 널었다.

하루 종일 닫혀 있던 베란다 창문을 활짝 열었다. 오래된 새시에서 쇠가 긁히는 마찰음이 났다. 북한산 자락이 먹색 하늘에 잠겨 보이지 않았다. 길 건너 다세대 주택에서 비치는 전등 빛과 군데군데 켜놓은 가로등 빛으로 골목은 낮처럼 환했다. 귀가 잘 들리지 않는 누군가와 통화를 이어가는 아래층 김 씨의 목소리, 앞집 지하 음악실에서 새어 나오는 드럼 소리, 어느 집 주방에서 들리는 칼질 소리가 넘실댔다. 창문이 닫히고 방한 비닐마저 씌워지면 못 들을 소리였다.

출근길 지하철에 앉아 오늘 방문해야 할 코스를 확인하고, 제품 디테일을 숙지했다. 핸드폰 앱으로 업계 경향을 살피며 최신 정보를 습득했다. 매달 업로드 되는 웹진 〈해피 안심 라이프〉를 클릭했다. 하반기 영업왕 박해순 과장에 대한 인터뷰 기사가 실렸다. 제약회사 영업은 나의 천직, 소제목 밑에 지난달 인센티브 천만 원대, 이제 시작일 뿐, 이라고 쓰여 있었다. 구체적인 금액을 말해줄 수 있느냐는 기자의 질문에 박해순 과장은 손사래를 치며 함박웃음을 지었다고. 그의 얼굴이 화면을 가득 채웠다. 마지막으로 후배들에게 한마디 해달라는 기자의 요청에 박해순 과장은 신입 시절 일화를 들려주었다.

"저도 입사 초기에는 약국 문턱도 넘지 못해 땀을 뻘뻘 흘렸어요. 그러나 포기하는 건 자존심이 허락하지 않았습니다. 끈기로 밀어붙였지요. 오 년간 공을 들인 약국에서 마침내 주문을 받아냈을 때가 가장 기뻤습니다. 후배님들, 절대 포기하지 마세요. 버티십시오."

형우는 영업왕의 말에 고개를 끄덕였다. 그의 웃음 뒤에 자리한 절망과 오랜 어둠이 떠올랐지만 보지 않았다. 화면 속 웃음만 보고 또 봤다.

똑같은 포뮬러라도, 복용하는 사람마다 약효는 달랐다. 수시로 본사에 들어가 출시될 신제품 정보를 익히고 줄어든 부작용을 공부했다. 개선된 약 성분이 몸에 흡수되면 이전보다 긍정적인 결과를 가져올 터였다. 형우는 약의 고유함을 믿었다.

출근 체크를 하고 어제 방문하지 못한 약국부터 방문했다. 약국 유리문 위에 '미시오'라고 적힌 스티커를 볼 때마다 멀찍이 밀어내고 싶은 마음을 힘껏 밀었다. 약국 안으로 자신을 밀었다.

직원을 도와 배달된 박스에서 박카스 상자, 마시는 비타700 상자를 꺼내 쌓고 냉장고 안에 줄지어 세웠다. 몸을 쓰는 일은 어색한 말보다 유용했다. 밀어둔 일을 대신하겠다는데 마다할 사람은 없었다. 내적 친분이 쌓이고 마음의 문턱이 낮아지면 어느새 사적인 이야기까지 주고받았다. 그쯤 되면 자사 제품을 써달라는 말도, 밀린 약값을 입금해 달라고 말도 자연스럽게 흘러나왔다.

세상 모든 약사는 약국 운영이 어렵다고 했다. 몸만 힘들고 팔수록 손해 보는 구조라고, 창살 없는 감옥살이 신세라고 한탄했다. 종합병원

환자들의 처방 일수나 쌓이는 처방전 수를 보면 그리 어려운 것 같지 않지만 엄살 좀 부리지 말라고, 아는 척할 수는 없었다. 그저 그들의 말에 공감하고 가능한 해결책을 모색하는 진심을 내보였다. 약국이 손님을 더 많이 유치하고, 보다 많은 이익을 낼 수 있는 방법을 자신의 일처럼 고민했다.

눈에 보이는 일들을 해치우며 약국 전체를 한눈에 스캔했다. 약사님의 기분이 감지되는 데 걸리는 시간이 점점 짧아졌다.

"좋은 아침입니다."

그 순간, 말문이 막혔다. 목구멍을 빈틈없이 채운 콜크가 들어가지도 나오지도 않았다. 숨을 쉴 수 없었다. 물속 깊이 가라앉은 듯 주변 소리가 아득히 멀어졌다.

너희들, 약 없이 약 팔 수 있어? 그러니 내 말 좀 들어봐. 나는 너희 영업장에 깽판 치러 온 사람이 아니라고, 피차 환자들에게 도움을 주고 싶은 거 아니야. 파동이 입 주위에 하얀 물결을 일으켰다. 물결은 상처 난 마음을 무통하게 마비시켰다. 잦아든 목소리가 부풀어 두툼한 막을 뚫고 나갔다.

"소개해 드릴 약은 감기약으로 인정받은 기존의 완쌍탕을 업그레이드한 신약 철권탕입니다."

자신의 목소리가 천둥처럼 귀에 박혔다. 깜짝 놀라 주변을 둘러봤다. 정적이 흘렀다. 약사, 알바직원 그리고 약 처방을 기다리는 손님들이 형우를 쳐다봤다.

"죄송해요. 제가 그만⋯."

"안심에서 교육 제대로 받으셨나 봐요."

강장제를 정리하던 직원이 터지는 웃음을 참으며 배달 상자를 포장했고, 전산직원은 별일이 다 있다는 표정으로 처방전을 입력했다. 약사는 가로막힌 유리 너머로 복용법을 같은 톤으로 설명했다. 손님들은 무슨 영문인지 몰라 고개를 갸웃했다. 형우의 얼굴이 터질 듯 붉었다. 도망 치려는 발걸음을 간신히 붙잡았다. 무심하게 안내 책자를 건네고, 유리 문을 느리게 당겼다.

— 8시 명성화로
단톡방에서 온 확인 문자였다. 핸드폰을 가방 깊숙이 넣고 거리를 쏘다녔다. 늦가을 차가운 바람이 열에 들뜬 형우의 얼굴을 식혔다. 수치심은 아니었다. 신입의 열정쯤으로 내일이면 잊힐 사소한 해프닝이었다. 차가워진 손으로 열기가 사라져 버석대는 얼굴을 비볐다.

"죄송합니다. 제가 좀 늦었습니다…."
"여기가 형우 씨 담당구역 아닌가. 가까운 데 사는 애들이 꼭 지각한다니까."
"열심히 뛰느라 시간 가는 줄 몰랐겠지."
팀장과 팀원들이 일찌감치 자리를 잡고 앉아 술잔을 주고받았다. 본사 미팅을 마치고 온 팀장은 지난달보다 더 늙고 작아 보였다. 팀장이 되고 처음으로 배정받은 구역의 실적 부진에 시달리는 중이었다.
"오늘 코스에 변수가 좀 있어서…."
"한 달에 한 번 있는 회식인데 알아서 조정했어야지. 융통성이 없어. 숲을 보라고 숲을. 큰 그림을 그려야지. 여기 안 바쁜 사람 있어?"
과거 영업왕에 빛나는 김세황이 형우를 나무랐다.
"이 양반, 큰일 날 사람이네. 업무 시간도 아닌 회식 시간에 늦었다고 뭐라고 하면 꼰대 소리 들어. 사정이 있어서 늦었구나, 오느라 고생했다, 하고 넘어가야지."

214

김세황의 입사 동기인 박헌영이 분위기를 수습했다.

"맞아. 내가 이렇게 분위기 파악을 못 한다니까, 난 옛날이 좋아. 요즘은 무슨 말을 못 해. 다 틀렸대. 다 변했대."

테이블 중앙에서 앉은 팀장이 말문을 열었다. 혼잡했던 테이블이 일순 조용해졌다.

"여러분들 한 달 동안 고생이 많았습니다. 실적이란 게 내가 열심히 한다고 올라가는 게 아니에요. 전년 대비, 전달 대비, 전임자 대비, 타 지점 대비, 경쟁사 대비해서 올라야 오른 거라, 이게 어렵습니다."

팀장이 둥근 철판 위 숨죽은 야채에 뒤섞인 채 빨갛게 익은 닭갈비 한 조각을 입에 넣으며 말했다.

"다들 열심히 일하는 거 알지요. 잘 버텨줘서 내가 참 고마워요. 이번 신제품만 자리 잡으면 숨통이 좀 트이겠는데, 반응이…. 약 좋은 건 알겠는데, 그게 끝이야. 사람들이 찾지를 않아. 쳐다를 안 봐. 회사는 빚 얻어 투자하고 결과는 참담하고, 현장 사람들만 죽어 나가는 거지."

팀장이 소주를 입 안에 털어 넣었다. 흘러가는 분위기를 예상하고 왔지만 상황은 더 심각해 보였다.

"분발하겠습니다. 팀장님"

박헌영이 분위기를 띄우며 팀장의 빈 소주잔을 채웠다.

"힘내세요. 팀장님, 제가 기름칠 제대로 하고 바짝 조이겠습니다."

김세황이 상추에 닭갈비를 올리며 말했다.

"그동안 새 팀장님 오시고 저희가 좀 나태했습니다. 인정? 다들 인정하지?"

박헌영이 앉아 있는 직원들 얼굴을 훑으며 동의를 강요하는 고갯짓을 했다. 퇴직한 전 팀장에게서 개돼지 취급을 받았다고 생각한 직원들이 고개를 끄덕였다. 지난해 동부1지점은 실적 압박에 줄 퇴사가 이어졌다. 뿌리 깊은 불법 리베이트 관행을 끊겠다는 사주의 표명에 이어 실적 부진으로 지방을 돌던 안영광 팀장을 서울 동부 1지점에 팀장으로 배정했다. 양심적이며 사람 좋은 것으로 알려진 안 팀장이 수장이 된 이후, 직원들은 이제 살만하다고, 버티기를 잘했다고, 새 시대가 왔다고 말하곤 했다. 하지만 영업실적은 처참했다. 하향곡선을 타더니 바닥으로 곤두박질친 지 오래였다.

"어때, 다들 할 수 있지?"

"할 수 있지가 뭐야 무조건 해야지."

"목표액 다시 잡아, 동부1지점 이렇게 무너지지 않아. 우리 팀장님 우리가 살려야지. 안 그래? 팀장님이 무시당하는 거 그냥 눈 뜨고 보고만 있을 거야. 다 우리 책임이라고…."

이 바닥 베테랑들은 팀장을 어르고 달래며 불편한 상황을 덮었다. 신입 직원들은 그것이 어떤 의미인지 모른 채 신념을 공고히 하고 물러진 의지를 다졌다.

"철권탕, 그 녀석 때문이야. 발에 땀이 나도록 뛰어다녀도 반응이 없어. 나 입사하고 이렇게 힘든 적이 없었다니까. 본사에서 비상 대책이라도 세워야 하는 거 아닙니까."

"사람들이 약은 안 바꿔. 옷이나 전자제품은 트랜드니 뭐니 유행이라도 타지. 약이 어디 그래. 무조건 박카스고, 무조건 타이레놀이야. 이게 진리야. 더 좋은 약은 나와도 안 돼, 그건 반역이야. 반역."

"잘 나가는 모델 내세워 수십억씩 광고에 때려 박아도 안 돼."

"현실적으로 약국에 신약 심는 방법은 딱 하나야."

"영업사원 발품이지."

"땀, 눈물, 그거?"

"그렇지. 땀, 눈물, 정성. 그리고 사랑이 붙으면 더 좋고. 아무튼 다

갈아 바쳐야지."

"약사님이 감화 감동 역사하셔서 너 애쓴다. 제품 좀 갖다 놔라, 할 때까지 조아려야지."

"다 아는데 그게 왜 그렇게 어려운지 모르겠어요. 일단 말문이 트이면 할 만한데 매일 새로 시작하는 기분이에요. 버티신 선배님들 정말 대단하세요."

신입들이 입을 모아 칭송했다. 선배들은 나는 아니라고, 겨우 목숨 부지하고 있다며 고개를 저었다. 그들은 소맥을 마시며 영업의 팍팍함을 말했고, 자식 학원비에 매달 갚아야 할 융자금을 생각하면 그만둘 수도 없다며 허허롭게 웃었다.

집에 돌아온 형우는 베란다에 걸린 바짝 마른 와이셔츠를 들고 방으로 왔다. 와이셔츠의 목깃과 소맷부리를 펼쳤다. 천장에 매달린 LED 전등 빛에 셔츠의 찌들었던 부위를 비췄다. 와이셔츠는 하얗고 눈부시게 빛날까. 강렬한 불빛에 감긴 눈을 떴다. 찌든 때가 미세하게 옅어졌다. 광고처럼 새하얗게 표백되지는 않았다. 하지만 이전과는 분명 달랐다. 다리미판 다리를 펴고 전기 코드를 꽂았다. 분무기로 물을 고루 분사했다. 뜨겁게 김을 내뿜는 다리미에 힘을 주어 와이셔츠에 진 주름을 폈다. 목과 소맷부리에 옅게 남은 자국이 신경 쓰였지만 그 정도면 괜찮다고 생각했다.

광고는 광고일 뿐이었다. 빨랫줄에 하얗게 나부끼는 눈부신 와이셔츠는 분명 연출된 이미지이고, 실제와 다를 수 있다는 안내 문구는 면죄의 근거이자 양심을 지키려는 자의 최소한의 고백이었다.

기업의 오랜 역사와 축적된 기술력을 바탕으로 그들이 보여준 이미지가 내 손에서 재현되리라고 기대하지 않았다. 다만 회사가 내맡긴 환상을 현실로 구현하기 위해 애쓴 개발자의 성실한 고군분투와 시행착오, 궁극의 진보를 기대했다. 기술은 날로 발전하고 속도는 빨랐다. 형우는 지금 다른 차원의 미래형 셔츠 전용 표백제가 필요했다.

형우가 목청껏 외치는 수많은 약도 사실과 다를지 모른다. 약은 막힌 코를 한방에 뚫지도, 상처 난 위벽을 포근히 감싸지도, 두통이 사라져 하늘을 날 듯 가벼워지지도, 관절 통증이 사라져 육상선수처럼 계단을 뛰어오르게도 하지 않았다. 수십 년간 하루 세 번 정해진 시간에 혈압약, 당뇨약, 관절염약을 복용한 엄마는 밤새 앓다 동트는 새벽을 맞았다. 식전, 식후복용이라는 지시사항을 지키기 위해 꾸역꾸역 밥을 먹고 시간 맞춰 약을 털어 넣었다. 내 집 드나들 듯 다닌 병원이 아닌 집에서 엄마는 저세상으로 갔다. 엄마의 머리맡에는 약봉지가 수북이 쌓여 있었다.

내일이 다가오고 있다. 형우는 약국 문을 열고 들어가 약효가 실제와 다를 수 있음을 말할 수 있을까, 눈을 똑바로 뜨고 신념에 차서. 형우를 변화시킨 교육은 재교육을 통해 그 효과를 지속시킬 수 있을까. 죽은 엄마의 잔소리는 언제까지 살아나 형우의 구부정한 어깨를 펴게 하고 제때 밥을 먹게 할까. 약국 진열대에 있는 수천 개가 넘는 약은 사람 몸속에 들어가 통증을 감소하고 상처를 치유하고 상태를 진정시켜줄까.

와이셔츠를 말리느라 열어 놓은 창문에서 서늘한 바람이 불어왔다. 온몸에 한기가 스몄다. 형태도 무게도 없는 무색의 바람이 한 일이었다.

손에 만져지는 제 성분을 지닌 약이 몸속에 들어간다면, 분명 자신의 존재를 나타낼 것이다. 형우가 휘어진 새시에 낀 창문을 힘껏 닫았다. 하루를 소진한 몸이 휘청거렸다. 이마에서 열이 나고 숨 쉴 때마다 입 안에서 신열이 뿜어져 나왔다. 온몸이 으슬으슬했다. 형우는 방으로 들어가 책상 위에 놓인 가방을 뒤적였다. 안심 제약에서 오랜 연구 끝에 개발에 성공한 제품, 국민 감기약으로 인정받은 기존의 완쌍탕을 업그레이드했다는 신약 철권탕을 꺼내 마셨다. 쌉싸름한 액체가 식도를 타고 흘러내렸다.

이도하 | 블루노트

중등학교 수학교사(역임),
미국 휴스턴대학교 대학원 수학과 석사과정 졸업.
한국소설 신인상 수상, 월간문학 신인작품상 수상.

단편소설
▼

블루노트

이도하

여름방학 동안 했던 카페 아르바이트를 마치고 돌아온 저녁이었다.

"마지막 날인데 맥주라도 마실까?"

입새가 잠에서 겨우 깬 몽롱한 눈을 비비며 말했다. 옆에는 펼쳐진 책과 회화용 태블릿과 노트북이 열린 채로 아무렇게나 놓여있었다. '마침내 다시 시작하려는 걸까.' 그녀는 작업할 때면 항상 그렇듯 그림 하나에 몰두해 있었다. 그녀의 그림은 인기가 많았다. 나는 그녀의 웹 페이지에 작품들과 함께 올려둔 그녀 자신의 사진이 그 인기에 한몫한다는 사실을 알고 있었다. 하지만 사진 속 그녀의 모습은 뭐랄까 그녀답지 않았다. 피부는 실제보다 창백하고 눈빛은 선연하고 냉정해 보이기도 했다. 실제 모습은 그보다 따스하고 어린 느낌이었다.

"아니, 커피가 좋겠어."

나도 모르게 목소리가 맥없이 흘러나왔고 그 때문인지 문득 고단함이 몰려왔다. 입새가 가늘게 뜬 눈으로 슬쩍 내 얼굴을 살폈다. 그리고는 커피는 원래 혼자 마시는 거라고 안심한 투로 흐리게 중얼거리며 다시 잠들었다. 나는 탁자 위에 스탠드 등을 켜고 분쇄된 원두와 물을 커피 메이커

222

에 차례로 부었다. 규칙적으로 끓어오르는 소리를 내며 커피가 내려지는 동안 입새가 잠들어 있는 침대 옆 매트 위에 몸을 뉘었다.

입새의 작은 어깨가 숨소리를 따라 가만히 들썩였다. 그녀는 올봄 미술 대학을 졸업했지만, 그 이전부터 그녀의 그림은 꽤 알려져 있었다. 여러 공모전에 입상하고 웹 페이지가 인기를 끌어서 몇 차례 개인전을 열기도 했다. 그녀는 나이에 비해 세상일에 능숙하고 때론 지나치게 진지해 보였다. 그렇대도 우린 둘 다 앞으로야 말로 진짜 인생이 시작될 거라는 불안과 기대 사이를 오가는 이십 대를 지나고 있었다.

나는 천장을 향해 돌아누우며 입새는 그림에 대한 재능이 있어, 속으로 중얼거렸다. 그러고 나자 별안간 모래 먼지처럼 일어난 선망이 입안을 조여왔다. 몸이 물밑으로 가라앉는 기분이 들었다. 저마다 하나쯤 재능을 가지고 있다지만 나는 내가 가진 걸 알지 못했다. 점점 있는지조차 의심이 들었다. 찾지 못하거나 없으면, 우연과 운명에 기대며 계속해서 앞으로 나아갔다가 결국 헛발질이라 여기면 그때는 어쩌지, 하는 생각이 들었다.

나는 재수해서 들어간 대학을 3년 넘게 다니는 동안 내내 전공 적합성을 의심했다. 때론 계열 선택을 잘못하고 말았다는 후회가 들었다. 1학년부터 계속 아르바이트를 해오고 있었는데 이번 마지막 여름방학은 학자금 대출을 받아서라도 다른 건 모두 제쳐두고 취업 준비에 매달려야만 할 것 같았다. 하지만 학과 선배들만 봐도 취업에 실패할 가능성이 더 짙어 보였고, 갚을 수 있을지도 모르는 대출금을 안고 사회 첫발을 딛고 싶지 않았다. 아르바이트로 학비와 생활비를 벌고 취업 준비까지 해낼 수 있기를 기대했다. 여름방학이 지난 지금, 취업 준비가 제대로 된 것 같진 않아도 어쨌거나 학비는 해결한 셈이었다. 입새는 내게 물리적인 현실 너머를 보라고, 그럴 필요가 있다고 말했다. 하지만 나는 그런 추상적이고 모호한 말을 현실로 당겨오는 힘은 그녀가 가진 특별한 것으로 여겼다.

팔다리에 소매와 양말 자국이 남은, 각종 아르바이트로 분잡스럽고 한 없이 무료한 방학이었다. 곧 학교에서의 마지막 학기가 시작될 거란 생각이 들자 지난 두 달간의 시간이 공중으로 떠올라 사라져 버린 느낌이었다. 몸을 일으키고 앉아서 휴대전화로 그 두 달간의 입금 내력을 조회했다. 숫자들을 세고 합하는 사이에 조금 울적한 기분이 들었다. 그만 매트 위에 도로 몸을 묻었다. 아르바이트가 끝나면 사야지 했던 스커트 자락이 짧고 풍성한 원피스와 크롭티에 블루진 같은 것들이 별로 쓸모없게 여겨졌다. 그냥 다 좀, 귀찮아져서 커피 메이커가 끓어오르기를 멈추고 연이어 울리는 신호음을 귓등으로 들으며 뭉그적거리다가 이대로 잠들고 싶단 생각이 들었다.

전화 소리에 얼핏 잠이 깼다. 열린 창문으로 눅은 바람이 실려 들어왔다. 한밤은 달고 깊은데 전화벨이 계속해서 울렸다. 받지 않는 쪽으로 마음이 기울었을 때, 잠에서 깬 입새가 내 휴대전화기를 집어서 건네주었다. 침대 위에서 내려 보는 입새의 얼굴이 희고 흐리게 어른거렸다. 전화를 걸어온 건 매이였다. 지금 몇 시인 줄 아느냐니까 열 시밖에 안 됐구만, 바다에 갈 건데 같이 가자고 했다.

우리 셋은 삼 년여 동안 같이 지냈었다. 일 년 전쯤에 매이가 남자 친구의 집에 들어가 살기로 했고 입새와 나도 다른 곳으로 옮기게 되었다. 입새는 오피스텔을 구해 혼자 지낼 만큼 돈을 버는데도 나와 같이 지내길 원했고, 그러기 위해선 내 형편에 맞춰 작은 월세방을 구해야 했다. 하지만 그마저도 무색하게 나는 내 몫의 월세를 다 내지 못했고 입새는 그걸 개의치 않는 것 같았다.

나는 선잠에서 깬 데다 너무 늦은 시간이란 생각으로 망설였다. 너는 방학 동안 일만 했으니까 학교로 돌아가기 전에 기분 전환할 필요가 있다고, 입새가 어깨 위로 흘러내린 머리를 묶으며 나를 부추겼다. 매이가 나열하는 같이 가는 사람 중에는 그도 있었다. 나는 기분 전환이 필요하다고 여기지는 않았지만, 그가 같이 있다는 말에 마음이 부풀었다. 막연한 희망이지만 잡힐 것 같은, 아무쪼록 마냥 이끌리는 만유인력 같은 힘이 나를 끌었다.

　물 묻은 밤공기가 얇은 티셔츠를 파고들어 옅은 한기가 돌았다. 매이의 남자 친구인 석찬이 차를 몰아 자취방 앞까지 우리를 데리러 왔다. 석찬의 차는 오래된 중고 벤츠였다. 나는 그처럼 낡은 옛날식의 벤츠 자동차를 처음 보았다. 백색 가로등 불빛에 비친 외장엔 페인트를 성글게 발라 놓은 얼룩이 있었다. 석찬은 매이보다 다섯 살이 많았다. 매이의 얼굴에 옅은 주홍빛이 어려 있었다. 석찬을 바라보는 물처럼 맑은 그녀의 눈이 부드러운 호를 그렸다. 두 사람은 좋아 보였다.

　매이는 나와 같이 1년 동안 학교에 다니다가 휴학하고 지난 학기에는 학교를 아주 그만두었다. 대학을 졸업한다고 해서 더 나아질 게 없다는 이유에서였다. 하지만 그녀는 석찬의 일을 도와줄 정도로 컴퓨터를 잘 다루었다. 그녀의 아버지는 술을 너무 많이 마시고 술버릇이 고약하다고 했다. 나는 술에 빠져서 살다가 죽어버린 내 아버지와 같은 모습을 상상했지만 그녀는 자신의 아버지를 다시는 보고 싶지 않다고 했다. 하지만 차마 그러지 못하는 것 같았고, 다시는 돌아가지 않을 것처럼 하고 집을 나와버린 나는 그녀를 이해하지 못했다.

　차 안은 아늑한 기운이 녹아있었다. 차창밖에 검푸른 어둠 사이로 가로등 옆 긴 나뭇가지들이 반짝이는 잎을 흔들어 댔다. 문득 이대로 아주 먼 곳까지 가고 싶은 생각이 들었다. 그대로 멈추지 않고 계속해서 앞으로, 미끄러지듯 앞으로 나아가다 순간 바다 위로 떠오르는 상상이 들었다. 석찬이 해안길로 접어들기 전 보이는 편의점 앞에서 차를 세우더니 술을 좀 더 사 오겠다고 했다. 매이가 따라서 내리려고 하자 너는 차에 있어, 라고는 성큼한 걸음으로 편의점 안으로 사라졌다. 편의점의 유리벽 밖으로 퍼져 나온 백색 등이 어두운 상가 거리를 홀로 밝히고 있었다.

여름의 끝자락에 놓인 해변은 황량한 분위기를 풍겼고, 그만큼 날것의 정취나 낭만 같은 것이 있었다. 다른 차를 타고 온다던 친구들이 도착하기 전이었다. 굵은 모래알들이 어두운 바다의 은빛 파도에 쓸려가고, 흐린 달빛이 맑고 매끄러운 물 위에 일렁이는 그림자를 던졌다.

입새는 바다를 보고 있었다. 내가 부르는 소리를 듣지 못한 채 바다 저편 먼 곳에 정신이 팔려있었다. 뭔가를 골똘히 생각할 때 그녀는 흑백 사진 속 피사체처럼 주위 풍경 속에 묻혀버리곤 했다. 그녀가 아름다운 것에 순순히 매혹되는 순간일 것이다. 부드러운 검은 머리칼과 하얀색 셔츠가 그녀의 작은 등 뒤로 부풀어 올랐다. 어떤 열정을 향해 어리고도 순수하게 사로잡히고 마는 순간에 있는 입새의 모습을 나는 사랑했다. 그녀가 침잠해 있는 시간과 공간이 무한히 확장되는 경이가 내게까지 전해져 무엇이든 가능한 생각이 들게 했다.

나는 잠을 깨우듯이 그녀의 팔을 건드렸다. 그녀는 고개를 돌려 시선은 나를 향했지만, 여전히 시간의 바깥 어두운 바다에 머물러 있는 것 같았다. 나는 그녀가 깊은 바다에 빠져 헤어 나오지 못하면 어쩌나, 하는 터무니 없이 두려운 생각이 들었다. 그녀의 그림을 두고 알려진 어느 평론가가 나이브하다고 한 적이 있었다. 그날 이후로 그녀의 그림에는 그런 수식어가 적잖게 따라다녔다. 그녀는 깊이가 없다는 의미로 받아들인 것 같았지만, 앙리 루소[1]의 그림을 좋아하는 나는 스타일을 말하는 정도로만 여겼다.

---

1) 앙리 루소(Henri Rousseau) : 나이브 아트의 대표 화가이다. 나이브 아트는 순진하고 천진난만한 화풍이 특징이다.

"고마워. 이런 광경을 볼 수 있어서. 여하튼 네가 아르바이트를 끝냈기 때문이니까."

그녀가 검은 바다의 풍경에 매료되었다는 의미일 것이다. 그녀는 그런 것들을 발견할 때면 누구에게든 어떤 이유로든 고마워했다. 고마운 이유를 찾아내었다. 나는 그녀가 받았을 영감이 흐트러지기를 원하지 않았기 때문에 가볍고 다정하게 웃어 보였다. 우리가 사람들이 있는 쪽으로 돌아섰을 때 멀리 석찬과 그 옆에 서 있는 그의 모습이 보였다. 그들은 단지 바다를 향해 있었을 뿐일 테지만 나는 마치 그의 시선을 받은 것처럼 몸이 굳어졌다. 입새와 내가 그들 가까이 갔을 때 그제야, 그가 나를 알아보고는 뜻밖의 만남에 놀라워했다.

나는 이전까지 그와 특별하다고 할 만한 대화를 나누어 본 적이 없었다. 어느 날 우연히 매이와 마주쳤을 때 그녀 옆에 석찬과 친구로 보이는 그가 있었다. 나는 그때 아르바이트 시간에 쫓기고 있었기 때문에 매이에게 아는 체하기도 바쁘게 그들을 지나쳐 갔다. 그게 전부였다면 그를 잊었을지도 모르겠다. 며칠 뒤에 내가 일하는 카페에서 그를 다시 보게 되었다. 하지만 그가 나를 기억하지 못하는 건 당연한 것 같았다. 그는 그 건물의 어느 사무실에서 일했다. 커피 한 잔이나 두 잔을 사가는 적이 많았고 동료들과 같이 몰려올 때도 있었다. 어떤 이유에서인지 나는 그를 아는 체하지 않았지만, 그의 이름이 기영인 걸 알게 되었다.

나는 그의 외모가 그다지 눈길을 끌 정도는 아니라고 생각했다. 그는 키가 크지 않은 편에 못나지 않은 정도라고 여겼다. 애써 특이할 만 한 점이라면 물샐틈없이 깔끔해 보이는 게 전부였다. 카페를 찾은 같은 사무실 직원들의 말이 내게 들려왔다. 그는 자주 입에 오르내리는 것 같았고 소문의 중심에 있는 것도 같았다. 여자 친구가 있는데 그 여자 친구가

학생인지 직장인인지 어떤 일을 하는지 어떤 사람인지는 모르지만, 같은 사무실의 어느 여자 직원이 그에게 마음이 있다고 했다. 나는 단지 그에 관한 소문이 어떻게 해서 내게까지 전해오는지 의아하다고 여겼다.

마음이란 형체가 없어서 어떤 순간에 차고 넘쳐 작은 균열이 시작되는지 모호하다. 어느 순간부터 그를 생각하게 되고 무엇에 끌렸는지는 알 수 없었다. 하지만 어떤 우연한 모습이나 말 조각 하나에 마음이 기울었든지 간에, 제자리로 돌려와야 할 이유가 넘치는 것 같았다. 그런데도 마음은 형체 없이 흘러서 그 무엇으로도 거둘 수 없는 노릇이었다.

"물론 저도 기억하죠. 자주 오는 위층 직원들은 대부분 기억하니까요."

나는 그렇게 말하고 나서 이제는 방학이 끝나서 더는 그곳에서 일하지 않는다는 말을 덧붙였다. 내 마음이 마치 불온한 것처럼 느껴져서 그가 나의 속사정을 알아차리지 않기를 바랐다.

한여름에도 붐비지 않는 작은 해변이었다. 우리 말고는 멀지 않은 곳에 무리 지은 네 사람이 전부였다. 그중에 한 남자가 흘깃 우리 쪽을 쳐다봤다. 남자의 밝은색 머리카락이 바람에 누운 밀밭 같아 보이고 옆에 있는 여자에게선 스무 살의 느낌이 났다. 어떤 선명한 생기가 정성 어린 치장과 꾸밈을 밀어내고 나 앉아, 빛기둥 같은 기운을 내고 있었다. 나는 마치 넓고 넓은 해협을 건너와 지치고 바랜 선원처럼 그녀가 가진 생생함이 낯설게 느껴졌다. 지친 몸을 일으켜서 띄운 배가 길을 잃고 바다 한가운데 침몰하는 상상이 들었다. 하지만 나는 여자의 나이를 몰랐고, 단지 남자가 여자를 어린아이 대하듯 했기 때문에 그런 인상을 받았을 뿐인지도 몰랐다.

우리는 맥주를 마시기 시작했다. 매이는 석찬의 친구 두 사람 중에, 나와 마주쳤던 그날 기영을 잠깐 본 게 전부인 것 같았다. 나는 매이가 서로에게 이름을 말하고 인사를 나눌 때의 어색함을 참지 못하는 걸 알고 있었다. 자신보다 나이가 많은 낯선 남자에겐 더욱 그랬다. 그녀는 손톱으로 자신의 양쪽 손끝을 짓누르고 있었다. 이런 즉흥적인 만남을 제안한 것을 후회하고 있을 것이다. 그녀의 어깨가 낮게 깔린 잿빛 구름에 눌려 작아졌다. 다른 사람들은 그녀가 단지 그들처럼 조금 어색할 뿐이라고 여길 테고 나도 그렇기를 바랐다. 그녀 곁에는 석찬이 있으므로, 기척도 없이 별안간 찾아온 불안감은 곧 사라질 것이다. 누군가에게 견디기 어려운 상황이 다른 누군가에게는 막연한 설렘을 안겼다.

"우연히 그 전시회를 본 적 있어요."

석찬이 매이에게 들은 입새의 전시회 이야기를 하자 기영이 말했다. 그는 그 '우연'이란 말이 어떤 특별한 인연을 의미하는 듯이 강조해서 말했다.

"알려지지 않은 아주 작은 곳이었어요."

입새는 말끝을 흐리며 망설이고 있었다. 그녀는 반기기보다는 조심스럽고 염려스러운 얼굴로 그에게 되물었다.

"어땠어요?"

"첫눈에 마음을 끄는 면이 있었어요."

그는 단숨에 그렇게 말했다. 그녀는 그의 다음 말을 기다리는 것 같았지만 그는 그것으로 모든 걸 표현한 듯이 거기서 멈추고 말았다.

"아무것도 남기지 않는다는 말이기도 하죠."

그녀가 생각을 더듬으며 혼잣말처럼 중얼거렸다. 몇 달 전 그 전시회 이후로 입새는 절망에 빠지기라도 한 것처럼 보였다. 눈에 띨지는 모르지만 전혀 눈여겨볼 만한 작품들은 아니에요, 라고 누군가 그녀의 등 뒤에서 말하는 것을 듣고 말았다. 그리고 그날은 침울한 표정을 하고 나타난 어느 평론가가 모여든 사람들 앞에서 그의 얼굴보다도 더, 침울한 평

을 남기고 간 날이었다. 그것은 입새가 그림에 대해 난생처음 들어본 신
랄한 비판이었던 듯했다. 그녀는 이제 막 난바다에 오른 참이었으므로
그처럼 날카로운 비판은 순간 그녀의 마음을 짓밟았다. 그녀는 자신의
그림이 앞에 보이는 바다처럼 오랜 시간이 지나도 변함없이 깊고 깊은 것
이기를 바랐다. 영혼 곁에 자리를 내어 줄 만한 것이 되어주기를 희망했
다.

"절대로. 그런 의미는 아니에요."

그는 결백을 주장하듯, 존중을 담아 말했다.

"알아요, 난 잠깐 내 그림에 대해 생각했던 거예요. 불평처럼 들렸다면
미안해요."

나는 입새가 보이지 않는 깊이까지 닿으려는 강박을 이해하기 어려웠
다. 입새는 구겨버릴 수도 있는 한낱 종이의 무게를 너무도 무겁게 느끼
는 것 같았다. 그 깊이에 수천 년을 버텨낼 힘이 있다고 해도 그녀 자신
은 알지도 못할 텐데. 그녀는 언제나 너무 아득히 멀리까지 보려고 했다.
이 순간과 오늘과 한 시절이 지나갈 뿐인데도 말이다.

석찬이 트렁크에 있는 술을 더 가져오겠다고 하자 기영도 같이 일어섰
다. 먼 곳에 바다를 비추는 등대가 보이고 키가 큰 가로등 몇 개가 모래
사장을 희미하게 밝히고 있었다. 이전까지 나는 기영이 좀 차갑고 냉정
한 성격일지 모른다고 생각했다. 그의 날카로운 콧날과 양쪽으로 긴 눈
매 때문인지도 몰랐다. 하지만 그날은 가끔 침묵할 때가 아니면 주변에
서 흔히 볼 수 있는, 조바심에 들썩이거나 겉멋에 취하기도 하는 평범한
남자라는 생각이 들었다. 그럴 뿐이라고 생각했다.

"자신을 위험에 빠트린 사람을 사랑하게 되는 건 뭔가 운명처럼 느껴져
요."

취미로 시를 쓴다는 승고라는 남자가 매이를 보고 말했다. 두 사람이

만난 이야기는 매이를 아는 친구들 사이에선 어째서인지 꽤 낭만적으로 그려져 있었다. 석찬의 친구들에게도 마찬가지인 것 같았다. 매이가 석찬의 자동차와 부딪치는 사고가 있었고 그것이 그들의 첫 만남이었다. 주위 사람들이 그 일에 섣불리 낭만을 덧씌우는 바람에 피상적으로는 운명적인 우연과 지고지순한 헌신이 뒤섞여 아름답게 비쳤다.

"우린 그렇게 대단한 관계도 아닌걸요."

매이가 자신에게 석찬이 정말 아무것도 아닌 듯이 말했다. 석찬은 매이가 입원해 있는 한 달여 동안 그녀의 곁을 지켰다. 그리고 일 년이 지났고, 그 일 년이 지난 오늘 그녀는 그가 그녀의 아버지처럼 자신을 대한다고 여겼는지도 모른다. 그녀가 하는 일을 비웃고 조롱해서 그녀 자신이 하찮고 쓸모없어진 기분에 휩싸였는지도, 원하지 않는 것을 강요당했을지 모른다. 그녀는 석찬도 결국 그녀를 참지 못해 떠날 거라고 했다. 쓸모없는 것, 자신의 아버지에게 그녀는 그것이고, 언니가 죽었기 때문이라고 했다. 반듯하고 똑똑한 언니가 죽고 언니와 닮은 데라고는 없는 자신은 살아서 남아버렸다. 동생의 아둔한 시샘이 제 언니를 죽게 했다는 말을 누구도 부정하지 않았다. 은연중에 퍼져있던 감각이 구체적인 형상을 갖추어 낯설지 않은, 처음부터 그래왔고 앞으로도 영원히 변하지 않을 것처럼 여겨질 때가 있다. 수없이 주고받는 자연어[2] 중에 유독 대단한 힘을 가진 것이 있어, 지나온 긴 시간을 한 줌에 응축하고 관계를 새롭게 규정함으로써 지난 다른 말들을 전부 헛헛하고 무력하게 만든다. 이런 대단한 말은 안온한 가운데 어느 순간, 갑작스레 훅하고 들어와서는 지난 경험과 감정을 부정하고 의심하게 했다. 그들의 넌더리 내는 몸짓과 표정과 말이 화석처럼 굳어, 살촉으로 그녀의 심장에 박혔다.

---

2) 자연어 : 인간이 일상생활에서 사용하는 언어로 컴퓨터에서 사용하는 기계어에 대비된다.

그녀는 별안간 순식간에, 사소한 기억이나 상황으로 인해 깊이를 알 수 없는 심연의 바닥을 향해 곤두박질치고는 했다. 그러면 그녀는 그녀 자신에게도 그녀가 쓸모없다고 여기는 것 같았다. 어째서 그날 자정이 지난 시간에 매이가 혼자서 인적이 드문 대로변을 걷고 있었는지 도무지 알 수 없었다. 어쩌다가 휘청하고, 달려오는 차를 향해 발을 헛디뎠는지도 말이다.

"관계는 언제나 서로를 위험에 빠트리거나 그럴 가능성을 열어두는 것이니까요."

승고가 말했다. 그는 야외에서 경기하는 운동선수 같은 외모를 하고 있었다.

석찬과 기영이 돌아왔을 때 대기가 젖은 구름을 간신히, 촘촘한 그물로 받치고 있었다.

"비의 양이 많지 않을 거예요. 언제든지 돌아갈 수 있으니까 조금만 더 여기 있기로 하죠."

석찬이 스카치블루를 내려놓으며 말했다.

"그래요. 바람도 나쁘지 않아요. 난 여기가 마음에 들기 시작했거든요."

입새가 말했다. 그녀는 그림에 대한 묵은 염려를 쓸어 한 편에 미뤄둔 것처럼 보였다. 다른 사람들도 마찬가지로 돌아갈 마음이 없었다.

"승려가 되려는, 진지한 생각이에요?"

입새가 승고에게 의구심이 담긴 투로 물었다. 그녀는 그가 무심코 뱉은 말이 문득 다시 생각난 듯했다.

"태국에 있는 어느 사원에서 여는 명상 과정을 다녀온 적이 있어요. 거긴 여러 나라에서 온 사람들이 승려가 되는 곳이에요."

그는 그처럼 엄청난, 자신의 삶을 통째로 바쳐야 하는 결정을 숲속 체험 같은 걸 해 보려는 것처럼 여상스레 말했다. 하지만 그의 말에 따르면 체험과 다를 바 없는 것도 같았다. 우선은 몇 년 동안 그래볼 참이라고 했다. 입새와 나, 그리고 매이도 종교를 진지하게 믿지 않았다. 나는 승고가 묘사하는 세상과 동떨어진 고요한 삶에 얼마간 동경을 느꼈고 석찬과 기영은 맥주도 담배도 없이 게임도 할 수 없다는 사실에 대해 가벼운 동정을 던져주었다. 우리는 쉼 없이 일렁이는 부표 조각 같은 시간의 즈음에 있었고 우리 중에 누군가가 코앞에 닥친 내일의 일을 설계하더라도 결코 진지하게 받아들이지 않을 참이었다.

매이의 머리가 석찬의 어깨 위로 가만히 떨어지자 그가 그녀의 어깨를 감싸주었다. 그 모습이 무척 아름다워서 나는 작은 감동을 느꼈다. 하지만 감정은, 파도처럼 몰려와서는 쉬 사라지고 마는 것이었다. 평온하고 안락한 한순간의 수위를 두고 물결이 오르내리며 애태우고 작은 감동을 비웃기라도 하듯이 은빛 포말이 그들을 덮쳐왔다. 자신의 어깨에 올려진 석찬의 손을 보는 매이의 얼굴이 슬픔으로 가득 찬 것처럼 보였다. 몸을 일으킨 매이가 두 무릎을 감싸고 앉은 채로 고개를 숙이자 긴 머리칼이 앞으로 쏟아져 내렸다.

어떤 두려움과 비관적인 생각들이 내게 스며들었다. 누군가가 나를 흔들어 내 마음이 만들어 낸 잔인한 상상에서 벗어나라고 말해주길 바랐다. 날카롭고 기이한 암시를 상대에게 밀어 넣기 전에 머릿속 꼬인 매듭을 풀어내라고 꾸짖어 주기만 한다면, 나는 그런 생각들을 떨쳐낼 수 있을 것이다.

"네가 틀렸어. 우리가 여기에 오길 잘한 거야."

입새가 나에게 불을 밝히듯 낮게 속삭였고, 그들의 만남은 순항하여 앞으로 나아갈 것이다.

암석 더미가 바다 쪽을 향해 곳을 이루고 있었다. 내가 담배를 피우러

가려고 일어서자, 석찬이 따라나섰다. 취한 탓인지 용감해진 그는 낭떠러지까지 올라가서 앉았다. 나는 내키지 않았지만 어쩔 수 없이 그곳까지 기다시피 올라가다가 발을 헛디뎌 미끄러질 뻔하고 말았다. 암석 사이를 돌아치는 검은 물살이 누구라도 하나가 걸려들기를 바라는 듯 혀를 뽑아 날름거리고 있었다. 나는 좁고 평평한 곳에 자리를 잡고 앉아 먼바다를 보면서 담배 개비에 불을 붙였다.

"오늘은 매이가 조금 가라앉은 것처럼 보여요."

나는 그녀가 무척 밝은 아이라고 여겼다. 우리가 같이 지낼 때 떠들썩하게 웃게 만들고 생기를 불어넣는 건 우리 셋 중에서 그녀였다. 그녀는 분투라는 의무감으로 들썩이는 나를 잠재우고 눈부신 백색 등을 들어 올려 늘어지고 충만한 현실을 비춰 보여주었다. 하지만 그녀는 상대에게 맞춰주려고만 했다. 때로는 그런 모습이 답답할 정도로 헌신적으로 보였다. 나는 그녀에게 사랑하는 사람이 없다면 그녀의 마음이 훨씬 자유로울 수 있으리라 여겼지만 정작 그녀에겐 언제나 그런 누군가가 필요했다.

"누구라도 그럴 때가 있으니까요."

그가 담배 연기를 내뱉으며 무심한 듯이 말했다. 그리고 늘어놓는 그의 의견과 생각들은 확신에 차 있었고, 하늘에 별들이 그가 바라보는 쪽으로, 혹은 그에게로 흐른다고 믿게 만들 수도 있었다. 나는 하늘을 날아 푸른 별 지구를 지킬 거라는 그의 말마저도 수긍해 주느라 고개를 주억거리다가 무거워진 머리 때문에 치솟는 파도 위로 고꾸라질 뻔하고 말았다. 나는 올라갈 때 밟았던 바위들을 엎드려 되짚으며 기듯이 내려갔다. 그가 먼저 가파른 바위에서 내리더니 휘청이듯 뒤돌아 손을 뻗어 잡아주었다.

석찬과 내가 무리가 있는 곳에 가까워졌을 때 크고 검은 새의 날갯죽지 같은 구름이 달을 삼키기 시작하고 시간이 새벽을 가르고 있었다. 기영의 시선이 자주 입새에게 머물렀고, 그런 사실을 그녀도 아는 것 같았다. 그에게는 만나는 여자가 있다고 들었는데, 그는 그런 류의 사람 같아 보이진 않았다. 그는 그러기에 충분해 보이지 않았다. 입새는 그의 눈길을 받아들이지도, 피하지도 않았다. 별안간 나는 그가 마치 오줌을 흠뻑 지린 바지를 입고 서 있는 것처럼 다소 초라하고 볼썽사납다는 생각까지도 들었다. 가질 수 없는 것을 원해서 굳은 몸은, 옆으로 고개를 비틀지도 못해서 똑같은 미련을 반복해서 읊조리고 있었다.

"다음 전시회에 가겠어요."

그가 입새에게 말하자 마침내 비가 내려, 가늘고 부드러운 실바람 같은 빗방울이 콧등을 적셨다.

"다음이란 건 내게 없는지도 모르죠…."

한 손으로 무거운 듯 턱을 괴고 앉아있던 입새가 말끝을 흐리며 스카치 블루를 입속으로 털어 넣었다. 그는 언제가 되든 기다리려는 의지를 내보였지만 입새는 결국, 앞으로 결코 전시회 따위는 하지 않을 거라고 단언하고 말았다. 그는 상심한 것처럼 보였다. 그의 상심이 내게까지 전해져와 여운을 남겼다. 그렇더라도 나는 그녀의 과민한 응대를 탓하거나 그의 애달픈 상황을 안타깝게 여길 마음은 없었다. 나는 단지, 그녀가 닿으려는 헛된 망상을 믿지 않았으므로 그녀의 말을 부정하고 싶었다. 그녀의 말은 게으름에 대한 얄팍한 핑계와 변명일 뿐이며 여러 모의 내 처지에 대한 기만처럼 여겨졌다. 상실감이 내 안에 물처럼 고여와 찰박이며 나를 흔들었다. 가지지 못하고 닿지 못한 것들이 점점이 빛이 되어 사위어 갔다.

"너를 낭비하는 일이 숭고해 보인다고 착각하진 말아."

도전적으로 쏘아보는 나의 서슬 오른 기운에 그녀가 숨을 삼켰다.

"착각하는 게 아니니까 제발 아는 체하지 마."

입새가 똑바로 응시하며 선을 긋는 투로 말했다. 제법 엄숙하게 굳어버린 그녀의 표정이 내겐 마치 보란 듯이 엄살을 부리는 것처럼 느껴졌다. 나는 그녀가 겪는 감정과 경험을 대수롭지도 않은 것인 양, 진심으로 비웃어 주고 싶었다. 예술가의 슬럼프라니, 잘난 척하는 그것이 나의 심기를 거슬렀다. 고무줄처럼 늘어난 슬럼프의 시간이란 그럴 만한 탄성이 있기에 부리는 여유니까, 슬쩍 늘어뜨렸다가 툭 끊겨버리고 마는 인생에 그런 탄성이란 있을 리 없었다.

간신히 구름을 떠받치고 있던 너울이 마침내 뚫려버려 후두둑 빗방울이 떨어지자 숨돌릴 틈도 없이 굵은 물줄기가 되어 퍼붓기 시작했다. 우리는 예상치도 못한 악천후를 만난 것처럼 하늘을 올려다보면서 얼굴을 구기고는 바다와 육지 사이 평평하고 투명한 모래사장의 경계에서 속수무책으로 서 있었다. 석찬이 차를 놔두고 가느니 차라리 근처에서 밤을 새우겠다고 했다. 그리고 매이에게 동의를 구하는 투로 그녀를 봤지만, 그녀는 아무런 대꾸도 하지 않았다. 그는 그녀의 말 없음을 아무래도 상관없다는 뜻으로 받아들이는 것 같았다.

"우선 비부터 피하고 나서 어떻게 할지 정하죠."

기영이 두 손을 머리 위로 올리고 빗줄기를 가르듯이 소리쳤다.

"그래요 여기서 이러고 있을 게 아니라 어디로든지 가야 해요."

우리는 서둘러서 해변을 빠져나와 건물들이 줄지어 서 있는 곳으로 곧장 뛰었다. 입새가 휘청하고 넘어져 바닥에 주저앉기 직전에 가까스로 승고가 양팔을 뻗어 그녀의 몸을 잡아 일으켜 주었다. 입새는 일어나서도 다리에 힘이 풀려버렸는지 걸음이 헛돌았다. 몇 발짝 앞서 있는 석찬이 어둡고 낮은 건물들 틈에 홀로 높게 서 있는 건물을 향해갔다. 그를 따라가던 나머지 사람들도 집으로 돌아갈 생각이 없게 된 것 같았다. 폭우로 인해 걷기 힘들었지만 회색 건물까지는 갈 길이 아직 멀리 남아있었다.

우리가 도착한 곳은 오래되고 낡은 호텔이었다. 여섯 명이 들어서자, 로비가 가득 들어찼다. 프런트 맞은 편에는 검은색 의자가 일렬로 놓여 있었다. 나는 곧장 의자 하나로 가서 주저앉았다. 자취방이 훨씬 안락하고 편할 거란 생각이 들었다. 옷에서 떨어진 빗물이 붉은색 카펫에 얼룩을 지웠다. 별안간 발밑을 울리는 무거운 천둥소리가 들리는가 싶더니 번쩍하는 빛이 하늘을 찢고 나와 바다 위에 내리꽂혔다. 매이가 겁먹은 얼굴로 택시를 부르자고 했다.

"밖은 미친 듯이 퍼붓는걸, 택시든 뭐든 지금은 타고 싶지 않아. 잦아들 때까지 여기서 기다리는 편이 좋을 거야."

창 쪽을 향해 있는 석찬의 얼굴에 번쩍하는 빛이 어려 유령처럼 보였다가 다음 순간 어둠 속으로 사라진 것 같았다.

"이왕 이렇게 된 거 라운지로 가는 게 어때, 이런 악천후 속에 있는 바다 풍경을 언제 다시 보겠어."

승고가 말했다. 나는 아무런 대책도 없이 뭉그적거렸다는 후회가 들었지만, 다른 방법이 없어 보였다. 결국 우리는 투숙하기로 정할 수밖에 없었다. 객실을 두 개 잡아두고는 모두 라운지로 올라갔다. 하늘이 바다를 뚫을 듯한 기세로 비를 퍼붓고 있었다. 먼 곳에 희미하게 스러질 것처럼 작은 집의 푸른 지붕이 바닷가에 있는 고향집을 떠올렸다. 겁에 질리도록 난폭한 광경이 더욱 기세등등해져서는 마치 기억나지도 않는 지난 허물까지 낱낱이 헤집어 벌을 주려는 것 같았다. 나는 앞에 놓여있는 푸른빛의 칵테일을 들어서 한 모금 마셨다. 소름이 녹아 혈관을 타고 퍼지는 느낌이 들었다. 모두가 말없이 자기 몫의 술을 마시며 풍경에 압도된 표정으로 있었다. 실내 음악 소리가 세찬 빗소리에 섞여 들었다. 천장 모퉁이에 있는 오래된 검정 스피커에서 Bright Lights가 흘러나왔다. 그만 집으로, 자취방으로 돌아가고만 싶었다. 객실에라도 가서 눈을 붙이는 편이 나을 것 같았지만, 한편으로는 그렇게 쉽게 나가떨어지고 싶지 않았다.

"난 속이 좀 별로야. 머리도 아프고."

입새가 눈썹을 좁히고 말하자 승고가 객실에 가서 쉬는 게 어떻겠냐고 했다. 입새가 프런트에 두통약이 있는지 알아봐 달라고 부탁했다. 그는 곧장 일어나서 잠깐만 기다리라며 밖으로 나갔다. 나는 얼마 후에 입새가 승고가 가져다준 약을 먹고 있는 것을 보았다. 그리고 객실로 가는 뒷모습도 본 것 같았는데 어느새 다시 내 앞에 있었다.

"오늘 밤에는 이런 곡들만 틀어줄 모양이지. 같은 곡이 무한 반복되는 느낌이야."

석찬이 한심한 표정을 지으며 말했다. 스피커에서 흘러나오는 Gravity가 우리만 남은 라운지를 채우고 있었다.

"진절머리 나게 따분하고 힘들어, 지구가 너무 무겁다고. 그러니까 내 말은 중력이 너무하다고. 이대로 깊은 바닷속으로 빨려 들어갈 것 같아."

매이가 멈출 것 같지 않은 비를 보면서 말했다.

"블루노트[3]. 지금 우리에게 멋들어지게 어울리는 곡이지 않아?"

승고가 지치고 우울한 표정으로 말했다. 밖은 칠흑같이 어두웠고 비바람은 잦아들 것 같지 않았다. 누군가 담배를 피우러 나가고 한 명이 뒤따라 나갔다. 새벽이 흐느적거리듯 흐르고 우리는 신나지도 않은 시간을 막연하게 붙잡고 늘어져 있었다. 누군가 비틀거리며 자리에서 일어났다. 한 사람이 내려가자 다른 누군가 올라왔다. 라운지를 지키고 있던 직원

---

3) 블루노트(Blue Note) : 블루스 및 재즈 음악에서 사용되는 음계 내의 특정 음을 가리키며, 반음 내려간 음으로 음악에 슬픔이나 그리움 같은 감정을 더하는 데 사용된다.

이 검은 천으로 바를 덮어두고 떠나면서 조명 두 개만 남겨놓고 나머지를 모두 껐다. 어두워진 홀은 한층 더 우울하고 을씨년스러웠다. 입새가 그만 포기하듯이 일어나더니 객실로 내려갔다.

나는 아직 정신이 말짱했고 기분도 나쁘지 않았다. 내 잔에는 블러디메리가 남아있었다. 소파에 기댄 채로 스르륵 눈이 감겼다가 다시 눈을 떴을 때는 얼마간 시간이 흘러 있었다. 석찬과 기영은 여전히 그대로였다. 그들의 모습이 하나가 되었다가 둘이 되고 셋이 되었다. 그중에 하나가 덮치듯이 내 앞으로 다가와 입을 크게 벌리고 소리쳤다. 그의 말이, 소음이 허공을 휘돌아서 나는 도무지 무슨 말인지 알아듣지 못했다. 그들을 남겨두고 가까스로 몸을 일으켜 객실로 내려갔다.

객실 번호를 확인하고 카드를 갖다 대려다 놓쳐서 간신히 몸을 숙여 카드를 줍고 이번에는 제대로 딱 붙여 대었더니 찰칵하는 소리가 났다. 객실 안으로 들어서려는데 벌거벗은 남자가 한 손에 베개를 늘어트리고 서 있었다. 객실을 잘못 찾아간 줄 알고 돌아서 나오려는 순간 허둥거리는 승고의 목소리가 다른 방을 잡았어야 했는데 미안하네, 어쩌네 하며 중얼거렸다. 눈을 껌뻑인 다음 다시 보니 승고 곁에 있는 입새의 하얀 얼굴 위에 헝클어진 머리카락이 어지럽게 흩어져 있었다. 내가 아는 한 입새는 관계에서 즉흥적이거나 경솔하지 않았다. 두 사람이 대체 어느 순간부터였는지 모를 일이라고, 한 치 앞을 볼 수 없는 거라고 속으로 웅얼거리며 등을 돌려 객실에서 나왔다.

순간 몸에서 술이 다 빠져나가고 혼자 남겨진 것 같았다. 기영이 이런 사실을, 입새의 마음이 그에게 있지 않은 사실을 알게 되면 무척 실망할 것 같았다. 그에겐 안 된 일이라는 생각이 들었다. 나는 문 앞에서 다시 두 사람을 마주하고 싶지 않았다. 차라리 라운지로 올라가는 편이 나았다. 석찬과 기영이 좀 전 모습 그대로 심각한 표정을 하고 앉아있었다.

"매이는 어디 있죠?"

"객실로 갔을 거예요. 조금 더 있으라니까…."

"우리 객실엔 없던걸요."

석찬이 의아한 표정으로 이맛살을 구겼다. 그는 비틀거리며 자리에서 일어나 다른 객실에 있는지 확인해 보겠다고 하고 나갔다. 기영과 나도 석찬을 따라나섰다. 객실을 확인하고 나온 석찬의 얼굴빛이 어두웠다. 갑작스레 많은 생각들이 덮쳐온 것처럼 멍해져 보였다. 그가 엘리베이터 쪽으로 향하며 호텔 밖으로 가보겠다고 했다. 그러다가 걸음을 멈추고 뒤돌아서서 내게 호텔 안을 찾아봐 달라고 부탁했다. 그의 얼굴이 겁에 질려 있었다. 그는 우산도 없이 폭우 속으로 뛰어 들어갔다. 나는 라운지와 객실, 비상계단과 공동 화장실을 모두 뒤졌지만 매이를 찾을 수 없었다. 문득 만약에, 만에 하나라도 어느 객실 하나로 끌려 들어가 버린 거라면 어쩌나 하는 두려운 생각이 들었다. 프런트 앞에서 기영이 직원에게 CCTV를 확인해 달라고 요청하고 있었다.

여기저기 연락하고 매이를 찾아 헤매는 동안 폭우가 물러가고 어느샌가 바다 위에는 어스름 푸른 새벽이 밀려오고 있었다. 멀리 석찬만 혼자서 검푸른 하늘을 등에 업은 채 돌아오는 게 보였다. 우리는 그날 매이를 찾지 못했고 실종 신고를 해 두었다는 사실에만 매달렸다. 경찰의 질문에 답하려고 애쓰며 저마다의 기억을 끌어냈지만, 우리 중에 누구도 매이가 없어진 때를 떠올리지 못했다. 석찬을 제외한 나머지는 모두 집으로 돌아갔다. 내가 연락을 기다리며 바닷가 근처 사고 소식이 들려올지 모른다는 두려움에 떠는 동안 석찬은 줄곧 그 바닷가에 있었다. 나는 시간이 한없이 더디게 흘렀으면 싶었다. 그래서 느슨해진 어느 틈으로 매이가 불현듯 나타나 주기를 바랐다. 그러다가 때때로 두꺼워진 시간이 없어져 버리길 바랐다.

우리가 매이를 되찾은, 그러니까 무탈하게 있는 것을 확인하게 된 건 여름이 옅은 열기 끝에 매달린 무렵이었다. 매이는 나와 입새는 물론이고 석찬과도 만나지 않을 모양이었다. 단지 야외에서 찍은 사진과 지나치게 담백해서 주장에 가까운 변명과 곧 긴 여행을 떠날 거라는 몇 줄의 글을 보내왔다. 나는 두려움과 기다림이 뒤섞인 혼란한 상태에서 벗어난 것에 너무나도 안도 된 나머지 잠깐 마음에 얹혔던 앙금은 희석되어 사라졌다.

　매이는 석찬을, 그래서 모두를 떠나 혼자서 시작해 볼 거라고 했다. 우리는 저마다 자신을 둘러싼 주변에서 얼마간은 완전히 벗어난 시간이 필요했는지도 모른다. 그래서일 것이다. 나는 자취방에서 나와 학교 기숙사로 옮겨갔다. 입새에게는 작업에 열중하려면 혼자 있는 편이 좋을 거라고 말해두었지만 실은 내가 입새 곁에서 초라해지는 기분에서 벗어나려는 이유였다.

　졸업까지 얼마 남지 않아서 기숙사 방을 혼자 쓰게 된 건 다행이었다. 횡단보도 옆 가로등 불빛이 가시나무 잎사귀 위에 떨어졌다. 어디선가 불어온 바람에 부서진 빛들이 그 무성한 잎에 물결을 지우고 지나갔다. 머릿속을 울리던 시끌벅적한 소음이 가라앉고 비로소 혼자인 나 자신이 되었다고 느꼈다. 단단히 쥐었던 심장이 녹아내려 어두운 조각을 남겼다. 형편없이 쪼그라들고 덧없는 무엇이 되었지만 내 안에 흐르는 물길을 따라 어디든 갈 수 있을 듯이 자유롭고 무엇이든 가능할 것만 같았다. 마음이 한없이 너그러워져서는 아무렴 어때 하는 막연한 희망의 빛을 보았다. 평온하고 쓸쓸해진 길을 따라서 가는 발걸음이 바람에 실려 가듯 가볍게 느껴졌다.

이용기 | 사라지지 않는 것들

2024년 2월, 연속으로 『한국소설』 신인상,
『월간문학』 신인작품상, 『서정문학』 소설신인상 수상.

사라지지 않는 것들

이용기

　오늘, 나는 악몽을 꾸었다. 칠 년 동안 술을 마시지 않았는데도 술 마시던 때와 같은 악몽을 꾼 것이었다. 꿈을 꾸는 것이 몸 상태와 관련이 있는지 모르겠지만, 몸이 찌뿌드드하거나 춥고 무더운 날이면 어김없이 악몽에 시달렸다. 사실, 그동안 나는 술에 대한 지긋지긋한 기억에서 벗어나고 싶었기에 많은 노력을 해왔다. TV에서 술 마시는 장면이 나오거나 주사를 부리는 장면이 나오면 채널을 돌렸고, 마트에 진열된 술에도 눈길을 주지 않았다. 술 마시는 모임에 가급적 가지 않았고, 매주 단주자들의 자조모임에 나가 술 마실 때 남에게 입힌 피해를 고백하며 용서를 구했다. 그런데도 악몽은 사라지지 않았다. 조금 변화가 있다면 술에 찌들어 살던 칠 년 전과 달리 요즘은 그나마 그 횟수가 줄어들었다는 거였다.

　꿈속은 항상 밤이었다. 꿈속의 나는 검은색 옷을 입은 여자 앞에 엎드려 제발 나에게서 떨어져 나가라고 애걸을 하고 있었다. 여자는 담배를 입에 물고 비웃음이 가득 담긴 표정으로 나를 향해 한 걸음씩 다가왔다. 손에는 식칼을 들고 있었다. 나는 매번 여자가 칼로 나의 가슴팍을 찌르려고 하는 순간, 겁에 질려 뒷걸음질 치면서 도망치다가 꿈에서 깨어났다. 그리고 나면 나의 속옷은 땀에 흥건히 젖어 있었다.

나는 알코올중독으로 정신병원에 스물아홉 번이나 입원한 사람이었다. 처음에 입원했을 때는 반항을 하면서 중독자가 아니라고 우기기도 했었다. 그러다가 입원과 퇴원을 거듭하는 과정에서 중독자라는 사실을 받아들이게 되었다. 한때는 퇴원하고 일 년 넘게 술을 끊은 적도 있었다. 하지만 대부분 한 달을 넘기지 못하고 다시 술을 마시곤 했다.

칠 년 전 스물아홉 번째 입원을 했을 때, 의사는 내 상태를 살피고는 이렇게 처방을 내렸다. "아티반 2밀리, 할돌 2.5밀리 주사하세요." 나는 만취하여 몸을 가누지 못하는 상태로 A 정신병원 응급실로 실려 갔다. 발작이 일어나 눈동자가 돌아갈 지경이었다. 몸을 떨면서 연신 입에서 거품을 흘리자 의사는 나를 SR실로 데려가라고 했다. SR실은 환자가 자해할 수 없도록 사지를 침대에 묶을 수 있는 병실이었다. 아티반과 할돌데카노아스 주사는 환자의 몸에 남아있는 힘을 완전히 빠지게 했다. 이 처방은 난동을 부리는 환자를 확실하게 제압할 수 있는 방법이었다.

당시, 나는 보름 넘게 밤낮을 가리지 않고 술을 마시다가 EMS 응급구조단 앰뷸런스를 타고 병원으로 이송되었다. 아내와 이제 막 성년이 된 딸의 동의로 입원이 결정되었다. 주사를 맞자마자 나는 어깨가 늘어뜨려졌다. 어깨를 늘어뜨린다는 것은 온몸의 힘이 빠졌다는 것을 보여주는 징조였다. 건장한 남자 둘이 축 처진 나의 양쪽 팔을 잡아 엘리베이터에 올라탄 뒤 칠 층 병동으로 끌고 갔다. 칠 병동 요양보호사들은 만취하여 정신을 차리지 못하는 나를 병동 SR실에 넣어 사지를 침대에 묶었다.

꿈에 나오는 검은 옷을 입은 여자는 조순이, 수니 씨였다. 칠 년 전, 나는 수니 씨에게 두 달이나 감금된 적이 있었다. 그녀는 나보다 열 살이나 적었다. 나는 그녀를 수니 씨라고, 수니 씨는 나를 기분 내키는 대로 당신이라고 불렀다. 그러나 기분이 나쁘면 야! 하고 외쳤다.

수니 씨는 흔히들 기분에 따라 천당과 지옥을 오간다고 말하는 조울증 환자였다. 그리고 조현병 환자이자 알코올중독자였다. 그녀는 흥에 겨워 조증을 보이다가 느닷없이 우울해졌다. 우울한 상태가 되면 나뿐만 아니라 누구와도 눈을 마주치지 않았다. 한번은 식사 메뉴 돈까스와 함께 나온 스테인리스 칼을 숨겼다가 화장실에서 손목을 그어 자살을 시도했다. 또 홀 중앙에 있던 바둑알 마흔 개를 삼켜 자살을 시도한 적도 있었다. 이틀간 신문지에 대변을 보고 나무젓가락으로 변을 뒤져 바둑알 마흔 개를 전부 찾아냈다는 일화가 회자될 정도로 심각한 환자였다.

내가 수니 씨를 처음 만난 곳은 병동 홀 중앙이었다. 나는 그 당시 쉰살로 스물아홉 번째 입원한 상태였다. 나와 수니 씨는 처음엔 연애 감정이 아닌 서로를 위로하는 친구 같은 사이로 지냈다. 홀 중앙에 있는 소파에 앉아 같이 TV를 보거나, 이야기를 나누며 각별한 사이가 되었다. 사회에서 어떤 일을 했고, 어떻게 살았는지 이야기를 하면서 서로 간에 동질감을 느꼈다. 어느덧 저녁밥을 먹고 일곱 시가 되면 어김없이 홀 중앙에서 만나 이야기를 나누었고, 서로에 대해 깊이 알아가면서 우정인지 연민인지 모를 사이가 되었다. 그리고 시간이 점점 흐를수록 서로가 서로에게 의지하는 각별한 사이가 되었다.

병동에는 평일마다 두 시간씩 미술 교실, 공예 교실, 노래 교실 수업이 있었다. 정신 병동에서는 이런 수업들을 작업요법이라고 불렀다. 특히 미술, 공예 등 손으로 하는 수업 시간이 되면 수니 씨와 나는 나란히 앉았다. 수니 씨는 손재주가 많아서 그림은 물론 공작물도 잘 만들었다. 종이접기도 능해 본인 것을 다 만들고 내 것을 만들어주곤 했다.

나의 아버지도 알코올중독자였다. 아버지는 내가 초등학생 때 술로 인해 세상을 떠났다. 의사가 판단한 사인은 뇌출혈이었지만, 아버지는 태어나서 한 번도 병원에 가 본 적이 없는 사람이었다. 동네 사람들은 사십대의 나이에 죽은 이유가 보나 마나 술 때문이라고 수군거렸다. 아버지가 죽자, 술을 마실 줄 모르던 어머니까지 알코올중독자가 되었다. 마흔살의 나이에 남편을 잃고 삼 남매를 키워야 한다는 것에 어머니 또한 마음이 헛헛했을 것이다. 밤마다 조금씩 술을 마시던 어머니도 일 년이 지나자 중독자가 되었다. 나는 어머니가 아버지보다 이십오 년이나 더 살고도 술이 아닌 암 때문에 죽은 것을 다행이라고 여겼다.

나 역시 어려서부터 알코올 문제가 많았다. 중학생 때에도, 고등학생때에도, 군인이었을 때에도 그랬다. 제대한 뒤에는 술이 떨어지면, 어머니에게 술을 사 오라고 발길질을 하기도 했다. 술에 취해 넘어져 피를 흘리며 집에 들어가서도 어머니에게 술을 사 오라고 고함을 쳤는데, 아침에 보면 피가 흐르던 상처에 고름이 맺혀 있었다. 그런데도 대충 소독약을 바르고 다시 술을 사러 나갔다. 어머니는 그런 나를 "개차반!, 개 쌍놈!"이라고 욕하고 밥도 주지 않으며 외면했다. 그러면서, 어머니 역시다른 방에서 술을 마시며 신세 한탄을 했다.

누군가의 소개로 아내를 만났을 때, 나는 공무원이었다. 아내는 자신의 남편인 내가 중독에 이르는 심각한 상태라는 것을 알지 못했다. 하지만 결혼 며칠 만에 실체를 알게 되었다. 술에 취해 옆집 담에 오줌을 싼 나에게 그 집 할머니가 꾸중을 했던 것이다. 할머니는 "야! 이놈아! 너희 집 담에다 싸지 않고 왜 우리 집 담에다 싸냐!"하고 고함쳤었다.

나는 알코올 때문에 면서기 공직에서도 쫓겨났다. 술 마신 다음 날이면 결근했고, 술에 취해 회식 자리에서 면장에게 욕을 퍼부은 사건이 있었다. 망신당한 면장은 나를 징계위에 회부했다. 이와 비슷한 일로 여러 번

징계를 받다가 결국은 면직 처분되었다. 무직자가 된 내 행동은 점점 이상하게 변했다. 아내가 돈을 주지 않아 술을 살 수 없었던 나는 수 킬로미터 떨어진 길을 걸어서 모르는 사람 결혼식 피로연, 장례식장에 찾아가 술을 얻어 마셨다. 그것도 아니면 시내버스를 타고 해수욕장에 가서 피서객들이 버리고 간 술병에 남아 있는 술을 마셨다. 김빠진 맥주, 태양열에 데워진 소주 등 어떤 술이든 알코올 성분이 남아 있으면 마다하지 않았다. 공직자처럼 말쑥한 복장을 한 채, 노숙인이 하는 행동을 거리낌 없이 했던 것이다. 중독자인 나는 술 충동이 일어나면 참지 못하고 어떤 방법으로든 술을 마셔야 할 정도였다.

그뿐만이 아니었다. 나는 동네 슈퍼가 문을 닫은 새벽이면 슈퍼 부근에 몸을 숨기고 있다가 막걸리 대리점 배달차가 오기를 기다렸다. 막걸리 박스를 가게 앞에 배달하고 차가 떠나면, 허겁지겁 한 통을 훔쳐 마셨다. 그러고는 양손에 두 통을 더 훔쳐서 저수지 둑에 앉아 두 통을 다 마시고 나서야 집으로 돌아갔다.

나의 아내는 이십 년 동안 나를 병원에 입원시켰다가 퇴원시키는 일을 반복했다. 차라리 입원하고 있어야 아내가 돈을 벌어서 아이들을 키울 수 있는 상황이었다. 아내는 정수기 회사에서 필터를 교체하고 청소해 주는 코디네이터로 근무했다. 나는 돈을 벌어 아이들을 키우는 아내를 고마워하면서도, 입원시키는 순간 아내의 변한 눈빛을 보곤 독한 년! 이라고 욕설을 퍼부었다. 동네 사람들에게는 '현모악처'라고 아내를 나쁘게 말했다.

SR실에 들어간 다음 날, 요양보호사들은 나의 사지를 묶었던 끈을 풀고, 홀 중앙으로 끌고 나갔다. 홀 중앙에는 간호사와 보호사가 근무하는 프런트가 있었다. 의사가 간호사가 서 있는 프런트 쪽으로 걸어 나오며 물었다. "이름이 뭔가요? 어떻게 들어왔는지 기억나세요?" 의사는 의례적인 질문을 하며 선 자세로 차트지에 나의 상태를 기록했다.

입원하려면 소지품을 검사했다. 아내가 꾸려준 캐리어에 속옷과 슬리퍼, 세면도구가 들어있었다. 혹시라도 플라스틱이나 쇠로 된 물건이 나오면 압수당했다. 빗도 나무로 된 제품만 사용할 수 있었다. 혁대, 칼, 손톱깎이, 병따개 그리고 성냥 등이 있으면 빼앗겼다. 이런 도구를 이용해 자살을 시도할 수 있다는 게 이유였다. 티셔츠나 외투, 슬리퍼는 허용되지만, 병원에서 도주할 수 있다는 이유로 바지와 신발을 보관하는 것이 허용되지 않았다. 물론, 휴대폰도 압수당했다. 입원한 뒤 일주일이 지나 알코올 기운이 몸에서 완전히 빠져나가면, 하루에 두 시간이지만 휴대폰을 돌려주었다. 그러면 통화도, 인터넷도 사용할 수 있었다.

나는 의사, 상담사와 면담하는 의례적인 절차가 끝난 뒤 보호사에게 병실 수칙을 설명 받았다. 마침 점심 식사 시간이 되었는지 환자들이 복도로 나와 일렬로 줄을 서고 있었다. 보호사는 우선 식사를 마치고 나서 개인 짐을 병실로 옮기자고 했다. 환자복과 이불도 그때 주겠다고 했다. 잠시 뒤, 나는 보호사의 지시에 따라 배식 줄에 서기 위해 복도 끝으로 걸어갔다.

그런데 누군가 말을 걸어왔다. "형님! 언제 들어왔어요? 또 뵙네요. 706호로 오세요. 빈 침상이 하나 있어요." 그러나 나는 말을 걸어온 상대가 누구인지 기억나지 않았다. 내가 잘 모르는 표정을 짓자, 그가 미소를 지으며 말했다. "저 명남이예요. OO병원에서 옆 침대에 있었잖아요." 그제야 아, 명남이, 하고 그가 생각났다. 명남은 나보다 한 살이 어린 조현병 환자이자 알코올중독자였다.

명남은 영등포역 앞에서 순댓국 식당을 하는 노모와 함께 살던 노총각이었다. 예전에 만났을 때보다 살이 많이 쪄서 알아보지 못한 것이었다.

내가 왜 이렇게 살이 쪘느냐고 묻자 그는 약 때문이라고 했다. 명남은 조현병 치료제인 자이프렉사, 아빌리파이정, 인데놀과 로라반을 먹었다. 원래 백육십삼 센티의 키에 팔십 킬로그램이 넘는 비만인데 이 약을 먹은 부작용으로 식욕이 더 생겼기에 백 킬로그램이 넘는 초고도비만이 된 것이었다. 그랬기에 명남은 걸을 때면 물에 빠진 돼지가 헤엄치는 것처럼 흐느적거리며 뒤뚱거렸다.

나는 보호사에게 이왕이면 706호로 배정해 달라고 부탁해서 명남의 앞자리를 배정받았다. 조현병인 명남은 현직에 있는 여자 대통령과 사귄 적이 있다는 망상을 보였고, 가끔 귀에 나방이 들어가서 윙윙거린다고 호소하기도 했다. 전에 있던 병원에서는 나방을 꺼내달라고 나에게 숟가락을 가져온 적도 있었다. 그는 환시와 환청 증세를 보이는 딜루전 환자였다.

언젠가는 이런 일도 있었다. 나는 잠을 자다가 오줌이 마려워 침상에서 일어나려고 했다. 병실 안은 창밖에서 비치는 교회의 십자가 불빛뿐이라 앞이 잘 보이지 않았다. 그런데 명남이 얼굴 바로 위에서 나를 내려다보고 있었다. 나는 황당했고 무서웠다. 명남이 몽유병 증세가 있는 걸 알 수 있었다. 그런데도 나는 침상에서 벌떡 일어나며 욕설을 퍼부었다. 그래야만 다음부터는 이런 짓을 하지 않을 것 같았다. "이 새끼야. 이거 미친놈 아냐? 아이고, 미친놈의 새끼들만 모아놓은 방에 들어온 내가 미친놈이지." 거친 언사에 언성까지 높아 잠을 자던 다른 환자들이 깼고, 한 환자가 병실 형광등을 켰다. 그제야 명남도 수면 상태에서 깨어났다.

그 일이 있고 난 뒤부터 명남은 미안했는지 나를 따르며 형이라고 불렀다. 배식받을 때나 미술 수업 등 재활교육 때마다 나와 같은 테이블에 앉았다. 그랬던 명남을 병원에서 다시 만난 것이었다. 그를 알아본 나는 반갑게 악수했다. 덕분에 새롭게 만난 환자들과의 어색한 마음이 줄어들었다.

우리 병동에는 일인실인 SR실 한 개와, 이인실 두 개 그리고 육인 실 일곱 개의 병실이 있었다. 육인 실 네 개에는 남자들이, 나머지 세 개에는 여자 환자들이 사용했다. 입원환자 중에는 알코올중독자가 절반을 넘었고 조현병 등 다른 환자들이 뒤섞여 있었다. 여자들이 수용된 병실에 수니 씨가 있었다.

나는 두 달간의 입원 뒤, 수니 씨보다 일주일 먼저 퇴원했다. 그리고 B시에 있는 집으로 돌아갔다. 조금 수리된 집은 부모님이 살았던 시골집 그대로였다. 퇴원한 뒤의 나의 생활은 단순했다. 집에 있거나 교회에 나가는 것 말고는 정해진 일과가 없었다. 매일 교회에 나가 중독에서 벗어날 수 있게 해달라고 기도했다. 그랬는데, 하루는 교회에서 나와 둑길을 걸어 집으로 가는 길에 휴대폰 벨이 울렸다. 수니 씨가 퇴원했다며 D 광역시에서 만나자는 전화였다. 나는 반가운 마음에 부리나케 집으로 돌아와 나름 비싼 옷을 골라 입고 집을 나섰다. 수니 씨는 만나자마자 나에게 동거를 제안했다. 중학생이었던 열네 살 때 자기를 성폭행한 목사를 찾아가 돈을 얻어오겠으니, 그 돈으로 집을 구해서 같이 살자는 것이었다.
또한 수니 씨는 나에게 모텔로 가자고 했다. 나는 무엇에 홀린 사람처럼 수니 씨를 따라갔다. 이성적으로 판단해야 한다는 마음보다 당장 욕구가 컸다. 짧은 치마를 입고 껌을 씹으며 커피숍에 나타날 때부터 이미 수니 씨는 나에게 추파를 흘리고 있었다. 수니 씨는 병원에 있을 때도 스스로를 애교가 넘치는 사람이라고 자랑했었다. 섹스 기술은 자신 있다고도 했다.

모텔 방문을 열자마자 말없이 서로 입술을 탐했다. 긴 키스가 이어지면서 각자가 자기 옷을 벗어 던졌다. 첫 섹스는 순식간에 끝났다. 하지만,

십 분이 지나자 성기가 다시 발기했다. 이번에는 집요하게 수니 씨의 몸을 탐했다. 수니 씨를 만족시키고야 말겠다는 각오로 덤벼들었다. 당시에 나는 아내와 섹스를 안 한 지 이 년이 넘어서고 있었다. 아내는 알코올중독자인 나를 폐인처럼 취급했던 것이다. 두 아이의 아버지가 아니었다면 아내에게 이미 버림받았을지도 모를 일이었다.

두 차례 섹스가 끝난 뒤, 모텔 프런트로 전화를 걸어 술을 시켰다. 만 원이면 맥주 세 병과 마른안주가 나왔다. 술을 가져온 모텔 종업원에게 슈퍼에서 소주를 사다 달라고 부탁했다. 남는 돈은 가지라는 말에 종업원이 술을 사 왔다. 나와 수니 씨는 소주와 맥주를 섞은 '소맥'을 마시면서 몇 차례나 섹스를 했다.

다음 날, 수니 씨는 모텔에서 기다리라는 쪽지를 남기고 외출했다. 침대 밑에 소주와 새우깡, 육포를 사놓았다. 술을 마시다가 자다가를 반복하는 사이, 수니 씨가 모텔로 돌아왔다. 설마 했는데 진짜로 천만 원을 들고 온 것이었다. 목사에게 돈을 안 주면 락카스프레이로 교회 담벼락에 성폭행범이라는 낙서를 하겠다고 협박해서 받아온 돈이었다.

그때부터 나는 수니 씨에 의해 두 달 동안 감금되었다. 충동적으로 동거하기로 동의한 것이 신체적 자유를 빼앗기는 결과를 만들었던 것이다. 함께 술을 마시고 섹스를 하면 행복할 거라는 마음으로 시작된 동거는 스티븐 킹의 소설 '미저리'처럼 감금으로 변했다. 동거를 시작하자, 수니 씨는 내 휴대폰을 빼앗아 부엌에 있는 찬장 안에 넣었다. 수니 씨는 나에게 앞으로 자기가 먹여 살리겠으니 아무 걱정하지 말고 지내라고 했다. 나는 수니 씨가 나를 가스라이팅 할 정도로 고도의 두뇌를 가진 여자임을 알 수 있었다. 나는 감금된 내내 외부와 연락할 길이 없었다. 수니 씨는 나를 방안에 가두고 방문 경첩에 무거운 자물쇠를 잠그고 외출했다.

이유는 모르겠지만, 수니 씨는 매일 검은색 옷을 입고 외출했다. 그녀의 옷은 대부분 검은색이었다. 방문밖에 두 평 정도의 부엌이 있고 다시 현관문이 있었다. 현관문에도 이중으로 자물쇠를 채우고 외출했기에 탈출을 하려면 두 개의 잠금장치를 부수어야 했다. 다행스러운 것은 수니 씨가 외출할 때마다 매일 방안에 소주 다섯 병을 넣어주었다는 것이다. 당시, 나에게 술은 생명을 이어가는 동아줄이나 마찬가지였다. 술만 있으면 느긋해지고 안심되었다. 중독자는 술만 있으면, 다른 사람이 아파트를 소유하거나 차를 가진 기분처럼 행복감을 느끼는 것이었다. 그렇게, 나는 술을 마시다가 잠이 들고, 깨서 또 마시는 일상을 반복했다.

방에는 한쪽에 스테인리스 요강이 있고, 십사 인치 구형 텔레비전과 이불 그리고 냉동실과 냉장실 문이 하나로 되어 있는 작은 냉장고가 있었다. 방 윗목에는 밥상 겸용으로 쓰는 좌식 책상이 있었다. 책상 위에는 속옷과 양말이 개어져 있고, 내가 가방에 넣고 다니던 성경책이 올려 있었다. 요강의 배설물을 빼면 방안은 깔끔하게 정리되어 있는 편이었다.

자다 깨기를 반복하며 술을 마시는 중독자에게 낮과 밤을 구별하는 것은 힘든 일이었다. 나는 휴대폰을 빼앗긴데다 벽시계도 없었기에 시간을 분간하기 어려웠다. TV도 공중파 방송만 나와서 오후 다섯 시 반이 되어야 볼 수 있었다. 창문 밖을 통해 들어오는 햇볕의 양으로 대충 시간을 짐작할 수 있었지만, 반지하 방이라 볕이 잘 들지 않았다. 그래서 동굴에 갇힌 것처럼 형광등 불빛 아래에서 꼼짝없이 갇혀 지내는 나날이었다.

며칠 지나지 않아 나는 계획적으로 납치되었다는 것을 깨달았다. 하지만 벗어날 방법이 없었다. 언제나 알코올 기운에 젖어 정신이 혼미했고 몸이 노곤했다. 옳은 판단을 내릴 수 있게 제정신을 차리지 못했다. 방을 얻은 다음부터 수니 씨는 나와 섹스를 거부했다. 수니 씨는 섹스를 즐기는 사람이 아니었다. 어쩌면 불감증을 가진 사람일 수도 있었다. 어린 시절 성폭행을 당한 나쁜 기억 때문일 것이었다. 나를 감금하기 위한 목적이 아니라면 처음부터 섹스를 하지 않았을 수도 있었다. 어쨌든, 수니 씨는 나와 같은 이불 속에서 잠을 잤지만, 살이 부딪치지 않도록 등을 돌리고 웅크린 자세로 잤다. 그러나 다른 면에서는 진짜 아내처럼 굴었다. 매일 나를 위해 술상과 밥을 차려놓고 외출했다. 외출하기 전에 설거지는 물론 방바닥도 말끔히 청소하곤 했다.

나는 늘 술에 취해 밥을 먹었고 배설했다. 만취해 식이장애를 일으켰을 때는 먹은 음식을 입으로 토하는 일도 많았다. 안주를 잘 먹지 않아서 하루에 다른 사람 한 끼도 안 되는 밥으로 간신히 목숨을 이어갔다. 아내에게서 많은 전화가 왔을 터이지만, 수니 씨가 휴대폰을 부엌 찬장에 놓아 받을 수 없었고 외부와 연락할 어떠한 방법도 없었다. 당시, 수니 씨는 내 전화에 저장된 아내, 딸 그리고 동생, 누나, 제수씨 전화번호를 눌러 통화를 시도했었다고 했다. 돈을 부치지 않으면 나를 돌려보내지 않겠다고.

나는 동거를 시작한 한 달 정도는 수니 씨의 잔혹한 폭력성을 알지 못했다. 머리맡에 소주와 안주를 두고 외출하는 수니 씨와 사는 것에 어느 정도 만족하고 있었던 것이다. 수니 씨가 없어도 술을 먹을 수 있어 좋았고, 누구에게 간섭받지 않고 마시는 그 상황이 좋았다. 술만 있으면 만족을 느끼는 하루하루였다.

어느 날, 외출에서 돌아온 수니 씨가 나에게 물었다. "당신, 이남일녀가 맞아요?" 나는 술에 취해 남동생이 하나 더 있었지만, 돌이 되기 전에 죽었다고 했다. 수니 씨는 돈을 갈취할 대상자로 가족 수를 물은 것이었지만, 나는 수니 씨가 나를 측은하게 생각한다고 여기고 대답한 것이었다. "남동생 부부가 둘 다 공무원이라고 했지요?" 나는 고개를 끄덕이면서 "당신은 정말 기억력이 좋아."하고 대답했다.

　나는 수니 씨가 외출하는 이유를, 어디로 가는지를 알지 못했다. 직업이 있어서 외출하는 것은 아닌 것 같았다. 수니 씨가 외출에서 돌아와 함께 술을 마실 때마다 많은 이야기를 나눴지만, 수니 씨는 밖에서의 일을 말하지 않았다. 당시, 수니 씨는 말이 적어지는 우울 증세를 보일 때가 많았다. 그런 분위기가 되면, 나는 만취해 있다가도 수니 씨가 돌아올 때가 되면 마시는 양을 줄였다. 조금이라도 정신을 차리고 있어야 구박받지 않을 것 같았다. 바깥 시간을 가늠할 수 없었지만, 반지하 방으로 들어오는 볕의 양으로 시간을 짐작해 마시는 술의 양을 조절하려고 노력했다.

　그랬는데, 동거를 시작한 지 한 달쯤 지난 어느 날, 나는 수니 씨에게 두들겨 맞았다. 나무 자루로 된 방비로 스무 대쯤 맞고 나서야 수니 씨가 무서운 여자라는 것을 알게 되었다. 술에 취해 맞지 않았더라면 통증 때문에 비명을 질렀을 것이다. 술은 공포심도 줄어들게 했지만, 통증도 반감시키게 했다. 요강이 넘치게 대변을 봐서 요강 뚜껑이 잘 안 닫힌다는 게 수니 씨가 화를 낸 이유였다. 냄새가 원인이었다. 수니 씨는 "처먹고 똥 싸는 것 말고는 쓸모없는 인간아!"하고 고함을 질렀다. 그러면서 어깻죽지와 팔뚝 그리고 엉덩이와 허벅지를 마구잡이로 때렸다. 저항하려고 했지만, 힘이 남아 있지 않았다. 술에 취해 비틀댈 뿐, 나는 빗자루를 피하지 못하고 흠씬 맞았다. 나중에 알았지만, 처음 매를 맞은 날은 나의 가족에게 전화를 걸어 돈을 뜯어내려다가 실패한 날이었다. 하지만, 그때는 왜 맞는지, 왜 그녀가 이 정도로 화를 내는지 몰랐다. 진짜로 똥을 많이 눠서 혼나는 것이라고 생각했다. 그래서 다음부터는 먹는 식사량을 줄이겠다고 말했었다. 대변량을 줄이겠다고.

　어느 날, 집으로 돌아온 수니 씨는 중학생일 때 목사에게 성폭행당했던 얘기를 꺼냈다. 이미 병원에서 수니 씨가 보육원에서 컸고, 열 살에 입양

되었던 얘기를 들었었다. 그렇지만 입양한 사람이 목사 부부인 것은 그날 처음 들었다. 목사는 아들만 둘이었다. 수니 씨는 열세 살 중학교에 들어갔을 때부터 목사의 둘째 아들에게 지속적으로 성폭행을 당했다. 수니 씨보다 두 살 많던 둘째 아들은 수니 씨의 가슴을 만지고 아랫도리에 보송보송 돋아난 솜털을 더듬었다. 만지거나 입을 맞추는 키스가 전부였지만, 수니 씨는 둘째 아들을 마주 보면서 식탁에 앉아 밥을 먹는 게 고통이었다고 했다. 목사의 부인인 수니 씨의 새어머니는 그래도 착한 사람이었다. 수니 씨를 친딸처럼 살갑게 돌보아 주었다. 그래서 수니 씨는 둘째 아들의 행위를 받아들이고 비밀로 간직해야 새어머니에게 좋은 딸이 되는 거라고 생각했다. 그러다가 육 개월쯤 지나 목사가 교회 무대 뒤에 있는 성가대 대기실로 수니 씨를 불렀다. 그때부터 이년 뒤 가출할 때까지 목사의 성폭행이 계속되었다.

수니 씨는 집요했다. 내 가족에게 여러 번 전화를 걸어 돈을 요구했지만, 아내와 가족 누구도 수니 씨에게 돈을 주지 않았다. 인질극을 벌여봤자 아무 소용이 없었던 것이다. 우리 가족은 수십 차례 입원하며 가족의 속을 썩인 알코올중독자에게 돈을 줄 만큼 마음이 따뜻하지 않았다. 게다가 아내는 넉넉한 형편도 아니었다. 어쩌면 내가 어디 가서 죽기를 바랄 수도 있었다. 아내와 동생, 누나까지 돈을 지불할 의향이 없는 것을 확인한 수니 씨는 나를 때리는 것으로 화를 풀고 있었던 것이다. "당신 마누라는 당신을 찾지도 않네. 사라진 지 한 달이 넘었는데도 실종 신고도 안 하네?" 나는 수니 씨가 돈을 뜯으려고 하는 줄도 모르고 "오죽하면 그러겠어. 당신 같으면 나 같은 남편을 데리고 살고 싶겠어?"하고 술김에 대꾸했다. 수니 씨는 우리 가족을 한심한 집안이라고 욕하면서 술을 마시고 때렸다.

수니 씨는 술에 취하면 휴대폰을 꺼내 트로트 노래를 틀었다. 우울할 때마다 '동백 아가씨'라는 곡을 즐겨들었다. 가녀리고 구성진 가수의 노랫소리는 나까지 우울하게 만들었다. 수니 씨의 우울증이 노래 가사로 이어져 나에게 전염되고 있었다. '그리움에 지쳐서 울다 지쳐서~' 가사가 심금을 울렸다. 나는 노래를 들으면서 외로움을 느꼈다. 아내와 아이들이 그리웠다. 집으로 돌아가고 싶었다. 수니 씨 손아귀에서 벗어나고 싶었다. 갇혀 지내는 동안, 이미 추석이 지나 초겨울이 되었을지도 모를 일이었다.

겨울이 되었는지 수니 씨가 보일러를 틀어주고 외출했다. 그녀가 밖에서 무엇을 하고 다니는지는 여전히 알지 못했다. 나는 매일 요강에 배설하며 소량의 안주만으로 매일 소주 다섯 병의 술을 마셨다. 중독 증세는 날로 심해지고 있었다. 손이 떨려 젓가락을 쓸 수 없을 지경이었다. 작은 소주잔으로는 술을 마실 수 없었다. 수전증으로 잔을 두 손으로 들어도 반 넘게 흘릴 정도였다. 몸은 기진해 있었고 동공은 풀려 있었다. 그런데도 나는 거의 안주를 먹지 않았다. 안주로 배를 채우면 그만큼 술을 넣을 위장 공간이 줄어든다고 생각했고, 안주로 배를 채우는 것이 손해 보는 느낌이었다. 다른 일은 손해를 봐도 괜찮은데, 술을 넣을 위장 공간이 다른 거로 채워지는 게 싫었다. 어느 날은 멸치 한 마리를 안주로 소주 다섯 병을 마셨다. 다른 날은 다시마 한 조각으로 안주를 대신했다.

먹은 게 없으니, 배변 장애가 생겼다. 오줌이 마려워도 나오지 않았다. 병원에 있을 때, 어떤 환자가 오줌이 나오지 않는다고 이뇨제를 처방해 달라고 했던 기억이 났다. 그 환자처럼, 나는 중증 중독자가 되어가고 있었다. 사타구니를 요강에 대고 아무리 힘을 줘도 오줌이 나오지 않았다. 어쩌다 나오더라도 오줌발이 가늘고 찔끔 나오다 말았다. 먹은 것이 없으니 대변을 보는 일 또한 장애가 생겼다. 변을 보려고 요강에 앉아 힘을 주면, 항문은 찢어질 듯 아프지만 나오는 것은 거의 없었다.

언제부터인지 환청도 들리기 시작했다. 정신병원에 있으면서 다른 환자들이 환청이나 환시, 환촉 망상을 경험하는 걸 보았었다. 나는 망상 환자를 보면서 남의 일이라고 생각했었다. 그러다가 직접 경험하기는 처음이었다. 처음에는 귀에서 모깃소리처럼 작은 소리가 들렸다. 그러더니 사이렌 소리가 되었다. 다음에는 메가폰 소리처럼 커졌다. 멈추었다가도 몇 분이 지나면 다시 시작되었다. 어떨 때는 나방이 날아가는 것 같은 소리였다가 나팔 소리처럼 큰 진동음이 되었다. 그 소리가 끊어졌다 이어지기를 반복했다. 한번 시작되면 몇 분간 끊이지 않았다. 귀를 틀어막아도 아무 소용이 없었다. 환청이 들리자, 이렇게 계속 술을 마시다가는 죽을지도 모른다는 공포가 밀려왔다. 죽음에 대한 공포 때문인지 꿈에 시체가 보이기도 했다. 명남이 환청을 들으며 했던 말들이 생각났다. "누가 나를 계속 따라와, 귀에 나방이 들어갔나 봐. 윙윙거리다가 죽어! 죽어! 하고 나방이 말을 해."

집으로 돌아가고 싶었지만, 방법이 없었다. 나는 계속 갇혀 지내다가는 명남처럼 진짜 미친 사람이 될 것 같은 공포감을 느꼈다. 도망을 치려면 누군가의 도움이 필요했다. 하지만, 밖에 지나가는 사람이 있는지 도무지 알 수 없었다. 창문의 윗부분만 햇볕이 들어오는 반지하 방이었고, 창문에 철망으로 섀시가 달려 있었다. 외딴집인지 지나가는 사람의 인기척도 없었다. 이사 오는 날도 술에 취해 있었기에 여기가 어딘지, 어떤 동네인지 알 수 없었다. 살려달라고 소리를 질러봤자 들을 사람이 없을 것 같았다. 간혹 길고양이 그림자가 창문 밖에 비치는 것 외에는 어떤 기척도 없었다.

두 달 가까이 술을 마셨더니 몸이 말이 아니었다. 초췌하고 깡마른 몰 골보다 더 큰 문제는 눈에 초점이 없다는 것이었다. 이렇게 계속 마시다 가는 죽을 것 같았다. 영양실조는 기본이요, 뇌 속까지 술에 젖어 모든 기억을 잃을 것 같았다. 이름이 무엇인지 많은 걸 잊고 입원했던 알코올 중독자 변 씨의 모습이 떠올랐다. 변 씨는 사십 년간 백 번 넘게 입원한 사람으로 내가 생각하기에 최고 경지의 중독자였다. 팔 초에 소주 한 병 을 마셔서 회식 자리에서 일등을 했었다고 자랑하던 노인이었다. 그는 입원 횟수는 대충 기억했지만, 다른 기억은 가물가물했다. 가끔은 본인 의 이름을 잊어 침대에 걸린 이름표를 확인하면서 이야기를 했다.

변 씨는 조금씩 기억을 잃어가는 베르니케 코르사코프 증후군을 앓고 있었다. 이 병은 알코올중독과 영양실조를 가진 사람에게 주로 나타나는 병이었다. 변 씨는 근육 없이 뼈만 남아 백칠십 센티가 넘는 키에도 사십 킬로그램의 체중을 가지고 있었다. 특히 장소를 혼동하곤 했는데 감금되 었을 당시, 내가 그랬다. 감금되었다는 현실을 잊고 병실에 있는 걸로 착 각하거나 가족과 지내던 집의 방과 헷갈리는 일이 있었다. 아들 이름이 생각나지 않거나 자신이 공무원 생활을 했던 OO읍, OO면의 지명이 생 각나지 않는 일이 잦아졌다. 변 씨처럼 중증 중독자가 될지도 모른다는 생각이 들면서 죽음에 대한 두려움이 밀려들었다.

두 달이 되어가면서 꿈에 수니 씨가 나타나기 시작했다. 나는 감금된 상황에서 도망치려고 몸부림쳤다. 도망가야만 살 수 있을 것 같았다. 하 지만, 언제나 방도를 찾지 못하고 깨어났다. 땀에 젖어 우두커니 앉아서 흐느꼈다. 코를 골며 옆에서 자고 있는 수니 씨가 들을까 봐 소리 없이 눈물을 흘렸다.

도망치려고 마음먹은 적도 많았다. 술 마시는 것을 멈추고 감금된 방 앞으로 지나가는 사람을 기다려보거나 다른 방법을 찾아야 했지만, 술을 마셔야 불안한 마음이 사라졌다. 당장 두려움에서 벗어나기 위해서는 술을 마시는 것이 가장 손쉬운 방법이었다. 도망쳐야 살 수 있다는 생각은 술을 마시고 싶다는 갈망 앞에서 늘 무너지고 말았다. 조금씩 중증 중독자가 되어가고 있었다.

그러던 내가 감금에서 벗어난 것은 우연이자 요행이었다. 어느 날, 수니 씨는 나의 딸에게 전화했다. 이제 막 성년이 되었을 재수생 딸에게 수니 씨가 돈을 달라고 전화한 것은 조금 의외였다. 하지만, 아내는 물론 누나나 동생도 협박성 전화에 반응하지 않기에 돈을 벌지 못하는 딸에게까지 전화한 것이었다. 그런데 수니 씨 전화를 받은 딸은 똑똑했다. "아줌마, 영상통화로 걸어주세요, 아줌마가 우리 엄마보다 예쁜지 확인해야겠어요, 만약에 우리 엄마보다 예쁘면 엄마에게 돈을 부쳐주라고 할게요, 아빠가 행복을 찾아 미인에게 갔다고 생각할게요, 우리 집에 아빠가 돌아오기를 바라는 사람은 아무도 없어요." 딸은 영특했다. 수니 씨의 손에 들린 휴대폰 액정으로 스쳐 지나가는 영상을 확인했다. 그러다가 영상에서 OO 문구점 간판을 보았다. 수니 씨가 통화하면서 걷는 것을 확인하고 문구사에서 집에 도착하는 도보 시간을 쟀다. 그렇게 문구점과 집과의 거리를 추측했다.

경찰관 둘과 아내 그리고 스무 살 딸이 나를 찾아왔다. 현명한 딸 덕분에 휴대폰 영상을 통해 수니 씨의 얼굴이 노출되었고, OO문구점을 인터넷에서 조회하여 D광역시의 인적 드문 뒷골목 반지하 방을 찾은 것이었다. 수니 씨가 외출에서 돌아오는 시간대에 근처에서 잠복한 아내와 딸은 수니 씨를 미행했다. 그렇게 내가 감금된 집을 찾았다. 곧이어 아내와 딸은 경찰을 불렀고, 나를 구하는 데 성공한 것이었다. 결국, 수니 씨는 감금죄와 가혹행위로 인한 불법가중특수감금죄가 적용되었다. 협박죄도 포함되어 현장에서 체포되어 유치장에 구금되었다.

나는 아내와 딸 덕분에 무사히 집으로 돌아왔다. 다행인 것은 멍든 상처 말고 다친 데가 없다는 것이었다. 드디어 나는 자유를 얻었다. 앞으로는 누군가에 의해 갇히는 것을 경험하고 싶지 않았다. 정신병원에 갇히는 것도 마찬가지였다.

어쨌든 나는 긴 잠을 자고 일어나 혼자 밥을 차려 먹었다. 아내는 회사에 나갔고, 딸은 D광역시에서 재수학원에 갔다. 고등학생 아들은 저녁이 되어야 집으로 돌아올 것이었다.

밥을 먹은 나는 일기장을 펼쳐놓고 '죽을 때까지 술을 마시지 않겠다, 죽어서도 술을 먹지 않겠다. 나중에 제사상에 술 대신 사이다를 올려 달라고 유언을 남길 것이다.'하고 적었다. 술만 마시지 않으면, 모든 것이 제자리로 돌아올 것 같았다. 가족도 친구도 돌아오고 술 때문에 잃었던 신뢰를 회복할 수 있을 것 같았다. 노력한다면 일자리도 구할 수 있을 거였다. 나는 막노동을 해서라도 가장의 역할을 해내야 한다고 다짐했다.

수니 씨의 1심 선고 공판이 열렸다. 나는 피해자이자 증인으로 재판에 출석했다. 체포와 감금의 죄는 형량이 무거웠다. 나는 증인석으로 나가 질문을 받았다. 증인석에서 내려오는데 눈을 마주치지 않던 수니 씨가 나를 뚫어져라 쳐다보고 있었다. 눈이 마주친 순간, 나는 그녀가 가엾다는 생각이 치밀었다.

법정에서 가해자 진술을 통해 알게 된 사실이 있었다. 나를 감금하고 매일 외출했던 이유였다. 그녀는 매일 보육원에 가서 자원봉사로 설거지 등 궂은일을 해왔던 것이다. 나는 그녀에게 애증의 감정을 느꼈다. 돈이 필요해서 우리 가족에게 사기를 치려고 했지만 불쌍하고 외로운 사람이라는 생각이 들었다. 알코올중독자였던 부모를 가진 나는 고아로 자란 그녀보다 운이 좋은 사람이었다. 그녀를 위해 무엇이든 하고 싶어졌다. 그게 사람의 도리이자 질긴 인연을 끊어내는 마지막 선물일 것 같았다. 등을 돌려 판사를 바라보고 말했다.

"제가 한마디 해도 되나요?" 다행히 판사는 허락했다. "저와 조순이 씨가 만난 곳은 정신병원입니다. 술을 마시지 않고 지내던 병원에서 저와 조순이 씨는 아무 문제가 없었습니다. 오히려 행복했습니다. 저 여인이 돈을 갈취하려고 한다든지, 폭력을 행사한다든지, 나쁜 마음을 먹었을 때는 아마, 술기운이 남아 있는 상태였을 겁니다. 술은 마음을 마비시킵니다. 천사 같은 사람도 술을 마시고 중독자가 되면, 악마가 됩니다. 술김에 나쁜 마음을 먹은 조순이 씨에게 최대한 형량을 낮추어 선고해주시길 진심으로 바랍니다." 조순이는 징역 3년을 선고받았고 C 여자교도소에서 복역했다. 특수감금죄가 적용되어 형량이 가중되었음에도.

징역 3년의 형량은 판사가 최대한 선처한 선고였다. 나는 그녀의 소식을 여기까지만 알고 있다. 만기 출소한 뒤에도, 그녀는 나에게 연락하지 않았다. 나는 지금 그녀가 어디에서 무엇을 하며 어떻게 사는지 전혀 모른다. 그런데도 나는 간혹 꿈에서 그녀를 만난다. 칠 년 동안 한 잔의 술도 마시지 않고 살아왔지만, 알코올중독자라는 멍에가 평생 따라다니는 것처럼. 다행히 지금의 나는 환청 증세가 없어졌고, 기억력이 어느 정도 좋아졌다. 술을 끊어냈더니 많은 것이 제자리를 찾아가고 있는 것이다. 하지만 한 가지 분명한 것은 술에 얽힌 기억들은 사라지지 않는다는 거였다. 그 기억들은 영원히 눈물이 되어 흘러내렸다.

김영자 | 청포도

2012년 창작수필 수필 등단.
2023년 계간문예 소설 등단.

청포도

김영자

그녀는 진료 번호표를 뽑고 70번을 확인한다. 대기실 의자에 앉더니 주위를 죽 둘러본다. 보훈병원 중앙 접수실은 운동장만큼이나 넓다. 구부정한 남자가 지팡이를 짚으며 홀 가운데를 지나가고, 먼발치 승강기 앞에는 머리가 새하얀 할머니가 서 있다. 조만간 자신도 저런 백발이려니 생각하면서 희끗희끗 희어가고 있는 자신의 귀밑머리를 가만가만 매만진다.

접수창구 중 7번 점멸등에 65번이 깜빡거린다. 그녀는 70번이 뜰 창구를 슬슬 점쳐보며 핸드폰 전원을 끄고 이어폰을 말아서 백에 넣은 다음 지퍼를 닫는다. 드디어 1번 창구에 70번이 떴다.

"전화로 예약했는데요."

"주민번호 앞자리요?"

"430824-."

"이름요?"

"전양자."

"치과병원으로 가세요."

"어느 쪽으로 가죠?"

그녀는 접수원의 손끝 방향을 바라본다. 치과 전용 승강기라고 쓰인 붉은 팻말이 멀리서도 보인다. 치과는 초진이다. 엉뚱한 곳에서 20분을 기다린 게 억울했지만, 군소리 한마디 보태지 못하고 치과 전용 승강기 쪽으로 빠르게 걷는다.

엘리베이터가 내려오고 문이 활짝 열렸다. 예의 백발 할머니가 서 있다. 80살은 넘어 보인다 싶은데, 주름진 눈꺼풀 속의 회색 눈동자가 반짝 빛난다. 세월의 맥이 지펴지는 눈빛이다. 그녀의 옆얼굴을 쓱 훑으며 지나치던 백발 할머니가 멈칫 고개를 돌리는 기척을 느낀다. 스르르 닫히는 엘리베이터 문틈으로 백발 할머니의 회색 눈빛이 빛살처럼 꽂힌다.

"누구지?"

그녀는 갑자기 몽롱해진다.

5층 치과병원 대기실은 조용한 편이다. 백발의 회색 눈동자가 수평선 위의 고깃배처럼 아물거린다. 구부정한 남자가 다가와 옆자리에 앉으며 어득한 말투로 묻는다.

"임플란트도 해 주나요?"

지팡이를 짚으며 홀을 가로질러 가던 그 남자다.

"모르겠는데요. 저도 치과가 처음이라서…."

접수창구의 작은 구멍으로 턱을 들이밀고 말하기가 조금은 불편했던 모양이다. 그녀는 그를 도와주고 싶은 충동에 사로잡힌다.

"상이유공자신가요?"

"월남참전잡니다."

"제가 물어봐 드릴까요?"

그녀의 대기 번호가 뜨는 바람에 남자와의 대화는 중단되고 말았다. 접수원은 그녀에게 메모지를 주며 빨간 선을 따라 예진실로 가라고 이른다.

그녀는 빨간 선 끝 오른쪽에 있는 예진실 창구에다 메모지를 밀어 넣는다. 예진실 접수원은 파란 선을 따라가서 사진을 찍고 오라고 지시한다.

그러는 사이에 30분이 훌쩍 지나갔다. "전양자 님은 2번 차성진 진료실입니다."하는 멘트가 들린다. 가운데 통로를 중심으로 양쪽에 칸막이로 된 진료실은 얼핏 보아도 열 칸이나 되는 듯싶다. 그녀는 드디어 2번 진료실 유니트 체어에 눕는다. 50대 초반의 남자 의사가 다가와 앉으며 "전양자 어머니?"하고 이름을 확인한다. 갸름한 얼굴에 목덜미가 유난히 하얗다. 의사는 치과용 작은 미러를 그녀의 입 안에 넣고 살펴본 다음, 시술대 앞의 모니터에 올라온 그녀의 흑백 치아 사진을 보며 시술에 대한 설명을 이어간다. 의사가 콕콕 짚어가며 설명하는데 부산 말투다. 아래 앞니 하나가 뿌리 쪽이 많이 상했는데 발치하지 않고 반쯤 잘라낸 다음 옆 이와 함께 매끄럽게 갈아서 크라운을 씌울 거라고 설명한다. 그녀는 입속으로 음음 대답했지만, 내용은 잘 알아듣지 못했다. 그의 설명 중에 마취 주사라는 말에 그녀는 움찔 놀란다.

이빨을 갈아대는 소리가 시작되고 석션팁으로 이물을 흡입하는 소리가 다급하게 들린다. 침과 물이 고이면 계속 흡입해낸다. 이빨 갈아대는 소리가 지긋지긋하여 그녀는 으스스 몸을 떤다. 얼마나 시간이 흘렀을까. 의사는 거울을 그녀의 손에 쥐여준다.

"자, 거울 보세요."

"어머머!"

그녀의 입속은 휑하다. 아래 앞니 네 개가 사라졌다. 이가 있던 자리에 이쑤시개처럼 가는 뼈대만 네 개가 서 있다. 그녀는 입을 다물지 못한다. 의사는 거울을 제자리에 놓으면서 말한다.

"오늘은 그 위에 임시 크라운을 씌울 거예요."

원래는 가운데 두 개만 갈아서 크라운을 씌울 계획이었는데, 부러질 염

려가 있어서 양옆 두 개를 더 갈았다고 의사는 설명한다. 네 개를 한 줄로
붙여서 크라운을 씌우면 오래 사용해도 부러질 염려가 없을 거라고 덧붙
인다. 의사는 시술하면서 다 설명했고 추가로 마취 주사도 놓았다고 하는
데, 그녀는 그 사실을 왜 몰랐을까. 그 와중에도 백발 할머니를 생각하고
있었던 게 분명했다. 임시 크라운을 씌우고 나서 의사는 다시 거울을 그녀
의 손에 쥐여준다.

"거울 보세요."

"…"

"이를 딱딱 해보세요, 살살."

그녀는 딱딱거리며 고개를 끄덕인다. 크라운을 씌워놓으니 알아챌 수
없을 정도로 티가 나지 않는다.

"어머니, 당분간은 찰떡이나 엿은 먹지 마세요. 껌도 젤리도 안 돼요,
네? 훌렁 빠질 수도 있다고요. 임시로 씌워놓은 거니까." 조곤조곤 타이르
듯 말한다. 처음 해외여행 가던 날, 여권은 여기에 넣고, 티켓은 그 옆 칸
에 넣고, 비상금은 뒷칸에 넣으라고 또박또박 일러주던 아들의 모습이 떠
오른다.

드디어 초진이 끝났다. 재진은 일주일 후로 잡았다.

원무과에서 수납하고 돌아서던 그녀는 다시 창구로 고개를 돌린다.

"질문이 있는데요?"

"네."

"월남참전 유공자에게 임플란트도 해주나요?"

"아뇨."

"그럼 상이유공자는요?"

"몇 급인데요?"

"상이 3급인데요."

그 건 남편의 경우다.

"두 개는 무료로 해 드립니다."

"그담엔요?"

"보험 수급으로 해야죠."

주위를 둘러봐도 월남 참전 용사는 보이지 않는다. 그녀는 내심 안타깝다.

'입원 환자는 출입을 제한합니다.'

지하 1층 외래환자를 위한 식당 앞이다. 그녀는 출입문에 붙어 있는 안내문을 힐끗 보고 주문 카운터 줄 맨 뒤에 붙어 선다. 병원 구내식당에서 밥을 먹는 것은 흔한 일이다. 설렁탕은 한 시 이후, 중국식에는 자장면, 한식에는 미역국과 우거지탕이 있다는 글귀가 매식 카운터 앞에 적혀 있다. 그녀는 우거지탕 티켓을 받아들고 한식 배식구 앞으로 갔다. 오이무침, 막김치. 콩자반이 진열되어 있다. 조금씩 퍼담아 들고 빈자리를 찾아 앉는다. 대형 조리 기구에서 끓인 국물 맛은 그래도 진국이다.

당장 아픈 불은 껐으니 이제는 먹어야 산다는 당위적 결의로 뭉친 사람들로 식당은 만원이다. 자장면의 검은 면발을 쳐든 남자는 눈치 보는 것은 사치라는 태도로 입을 한껏 벌린다. 그녀는 우거지탕에 밥을 말아서 한 입 떠 넣고 멀거니 앞만 바라본다. 외래환자들로 북적대는 구내식당, 식판을 들고 줄 서 있는 배식구를 배경으로 백발 할머니가 시선에 잡힌다.

백발 할머니는 자신보다 10년은 연상인 듯해서 그녀는 선배나 친구 언니들을 소환해 보기로 한다. 우선 30년 전에서 거슬러 올라온다. 여의도 H수영장에서 수영 강습을 받을 때, 형님 아우로 지내던 회원들을 떠올린다. 글쎄…. 아닌 것 같다. 도대체 누굴까? 단식원에서 물만 마시다가 사흘째 되던 날, 베개처럼 쓰러져서 실려 갔던 김 여사? 아니다. 어느 한구석도 비슷한 데가 없다. 월드 짐에 다닐 때 PT는 받지 않고 트랙만 돌던 한양 아파트 형님이 생각난다. 그때 그 형님 몸무게가 80kg이었는데, 홀쭉해지면 백발 할머니처럼 저런 모습이 될까. 그도 아닌 것 같다. 10여 년 전, 나이 많은 신도들과 왜관 피정의 집에서 철야기도를 했는데, 신앙심으로 맺은 자매 중 누구일까? 아니면 합창단에서 노래를 부르며 봉사활동을 같이했던 대학 선배 중 누구일까? 패키지여행 중에 알았던 룸메이트도 기억의 대열에 올려놓아 본다. 10년 동안 못 만났다 해서 누군지 모를 수는 없지 않은가. 스치고 지나간 인연들을 하나하나 소환해 보았지만, 자신의 삶에 내재 되어 있는 의식 중에 백발 할머니와 일치하는 사람은 좀체 떠오르지 않는다. 도대체 누굴까.

한두 번 보고도 무엇이든 곧잘 알아맞히는, 그녀는 꽤 눈썰미가 좋은 여자라고 자부한다. 이웃 간에 있었던 사소한 일이며 한 번 들었던 이야기나 지나다 본 물건도 그녀는 잘 기억하는 편이다. 그러나 백발 할머니의 옛 모습을 그려내어 그가 누군지 알아맞히기는 그녀의 눈썰미로도 부족하다.

어떤 사람은 몰라볼 정도로 급격히 변하기도 하지만, 옛 모습을 고스란히 지니는 사람도 있는 법인데, 그녀는 아마도 후자에 속하기 쉽다. 천성이 느긋해서인지 표정도 한결같다. 눈꼬리는 약간 처졌지만 따뜻한 눈매는 옛날 모습을 간직하고, 오뚝한 콧날과 단정한 입매는 젊었을 때와 거의 데칼코마니다. 그녀의 눈에 비친 백발 할머니는 누구며, 백발 할머니의 눈에 비친 그녀는 과연 누구일까.

점심시간이 지나면 환자들은 삼삼오오 병원의 공원으로 모여든다. 면회 온 가족과 커피를 마시며 편하게 이야기를 나누기도 하고 가벼운 산책도 즐긴다. 예전에 이 공원은 트랙이 있는 아담한 운동장이었는데 지금은 잔디와 숲이 들어섰다. 등나무 그늘에 앉아 있는 그녀의 손에도 커피가 들려 있다. 외래환자들은 치료를 마치고 여기서 쉬었다 간다. 환자들 중 대부분은 원호대상자와 그 가족들이다.

어느 해, 현충일이었다. 원호병원은 현충일이 되면 대통령이 방문한다. 그녀의 남편이 입원해 있던 병실이 그해 대통령의 방문 병실로 지정되었다. 그녀와 그녀의 남편은 운 좋게 대통령과 악수를 하고, 위로의 말을 듣고 인터뷰를 했다. 그 장면이 고스란히 TV 뉴스에 보도되었고, 나중에 청와대로부터 대통령과 찍은 사진과 선물을 전달받았다. 엊그제 같은데 벌써 십여 년이나 흘렀다.

전화기가 울린다. 그녀의 남편으로부터 걸려 온 전화다. 치료는 끝났는지, 집에는 언제쯤 오는지 묻는다. K가 다음 주 부부 동반하여 점심을 먹자고 한단다. 어디서 뭘 먹을지 당신한테 물어보라는 특명을 받았나. K는 그녀의 남편과 군 동기생이고 40년 지기다. 그녀는 "해도 긴데 강화도에 가서 장어나 먹읍시다."하고 말한 뒤 전화를 끊는다.

남은 커피를 마시고 일어서려 할 때, 그녀의 등 뒤에서 나지막한 여자의 목소리가 들렸다.

"저어, 혹시…?"

돌아보니 백발 할머니다.

"아까…?"

백발 할머니는 한발 다가와서 조심스럽게 다시 묻는다.

"혹시 부산에 산 적이…?"

"…?"

부산이란 말에 그녀는 주춤한다. 그녀 남편의 사업이 부도가 나서 옥고를 치른 곳이 부산이다. 부도를 막아보려다가 살던 집마저 빚잔치로 내주었던 부산이다. 지금도 가끔 악몽을 꾼다. 부산은 그래서 기억하고 싶지 않은 도시다. 그러나 백발 할머니는 그녀의 기억을 살려 보려고 애쓰는 표정이 역력하다.

"혹시 D아파트에 산 적이…?"

"D…?"

그녀에게는 D라는 이름조차 암울하다.

"나 거기 401호에 살던….

"401호?"

비로소 401호 여자의 50대 모습이 백발 할머니의 주름 속에서 묻어난다.

"아, 맞다. 청포도! 청포도를 보내 주신?"

"이제 기억나세요?"

"네. 아드님이, 그때 아드님이…?"

부산서 살던 기억은 애써 지웠던 그녀다. 406호 아들에 대한 기억은 지우고 싶지 않았지만 함께 지워졌다. 가끔, 아주 가끔은 죽었는지 살았는지 궁금했지만 그것도 잊은 지 오래되었다.

그녀는 백발 할머니의 출현으로 잊고 있던 과거의 울회에 젖는다.

빚잔치로 집을 내놓고 정든 마을을 떠나야 했다. 이삿짐을 실은 트럭에 시동이 걸렸고 트럭 기사는 입에 문 담배에 불을 붙였다. 한 대 피워 물고 출발할 요량인 것 같았다. 그녀는 트럭 조수석에 올랐다. 향나무 정원수들은 말이 없고 울타리 넘어 보이는 아이들의 그네며 미끄럼틀이며 연못가에 꽃들은 눈에 밟혔다. 그림, 도자기, 가재도구를 하나씩 팔아서 일 년은 근근이 버텼다. 팔 수 있는 물건은 피아노가 마지막이었다. 그러나 그녀는 관상쟁이가 한 말을 지푸라기처럼 붙잡고 떠났다. "당장엔 살림이 어려워도, 식량이 떨어져도, 당신은 먹고 살아갈 운이 있으니…" 하긴, 산 입에

거미줄 치랴. 그녀는 차라리 웃는다.

　해변 시장통 입구에 있는 5층짜리 D아파트는 달랑 한 동뿐이었다. 그녀
는 거기 501호에 들어가서 짐을 풀었다. 아파트 뒤쪽은 아카시아가 무성
한 산이다. 사람들은 백산이라 불렀다. 아카시아꽃이 만발하면 이름처럼
백산이 되는 걸까. 5층에서는 멀리 수평선이 보인다. 수평선 위에 까만 점
이 아물거린다. 작은 점이 군함처럼 큰 배가 될 때까지 턱을 괴고 기다릴
까. 언제까지 바라봐야 하나?
　아파트 생활이 처음인 그녀는 문을 열면 여는 소리, 닫으면 닫히는 소리
가 들리는 앞집이 부담스럽다. 5층 계단을 오르내려야 하는 것도, 좁은 공
간의 답답함을 참아야 하는 것도 견뎌내기 힘들었다. 그러나 이 고비를 넘
길 동안은 아는 사람이 없는 곳에서 죽은 듯이 지내는 것이 차라리 잘된
일인지도 모른다고 생각했다. 102호 반장 집에서 반상회가 열렸다. 반짝
이는 건강 팔찌를 찬, 작은 키에도 옷맵시가 제법인 여자가 반장이다.
　"501호죠?"
　"예."
　"처음이네요. 여기 싸인 좀….”
　반장은 서류 한 장을 상 위에 올려놓았다. 상 위에는 새우깡이 담긴 접
시 세 개와 빨대가 꽂혀 있는 야쿠르트가 여남은 개, 그리고 기념품 가게
에서 본 듯한 암갈색 윤이 나는 나무 그릇에 감귤이 소복이 담겨 있다. 눈
매가 올라간, 기가 세 보이는 여자와 얼굴을 찡그린, 노파가 나란히 앉아
있다. 그녀는 기가 세 보이는 여자는 싫다. 주택을 내놓고 빚잔치할 때 식
칼을 휘두르던 여자의 이미지가 겹쳐졌기 때문이다. 그녀는 차라리 찡그
린 노파 곁에 앉는다. 그리고 무슨 사인인지 내용도 보지 않고 그냥 볼펜
을 갈겨 버린다.

"오늘은 이웃 간에 불편한 점이 있으면 기탄없이 의견을 나누어 보기로 해요."

반장의 말이 끝나자 기가 세 보이는 여자가 그녀에게 대뜸 물었다.

"아이가 몇이나 되우?"

"셋입니다."

"못살아! 낮잠을 잘 수가 없어요."

"…?"

"우리 집 양반이 밤에 일을 나가기 때문에 낮에는 잠을 좀 자야 하그덩."

"미안해요. 애들 단속할게요."

큰애는 육학년, 둘째는 사학년이고 사내애다. 막내는 이제 이학년인데 아마도 둘째하고 막내가 사고를 치나보다고 생각했다. 반상회를 마치고 나서 그녀는 또 한 번 401호 여자에게 미안하다는 말을 남겼다.

그녀는 빚쟁이처럼 버티고 있던 이삿짐 보따리를 정리했다. 홀가분해진 기분으로 아파트를 나섰다. 미장원, 이발소, 정육점 등 작은 점포들이 오밀조밀 갖추어져 있는 시장 골목으로 들어섰다. 바닥 위에 궤짝을 놓고 생선 비늘을 치는 남자, 신문지에 상추를 펼쳐놓고 쪽파를 까는 여자도 있다. 난전이 즐비해서 변두리 장터 분위기가 물씬 났다. 시장통 끝까지 내려갔다. 끝이라 해 봐야 400보 남짓했다.

슬래브 주택들이 드문드문 보였고 주차장 옆 매립지에는 횟집들이 즐비했다. 횟집 골목을 돌아나가니 수평선이 눈높이에 펼쳐졌다. 물가에는 횟감을 파는 파라솔이 줄지어 있고 파라솔 사이로 불을 밝힌 알전구들이 파도처럼 출렁였다. 해수욕장 옆 포장도로 위에는 자동차들이 쌩쌩 달렸다. 커피숍, 레스토랑, 빵집 등 큰 옷가게들이 있고 사람들도 많이 지나다녔다.

파장 무렵이면 지스러기 과일이 있기 마련이다. 그녀는 노점에서 사과와 상추를 샀다. 그리고 정육점에 들러서 삼겹살도 조금 샀다. 부촌에서 살 때보다 시장 물가가 훨씬 쌌다. 형편이 어려울 때는 변두리 시장 주변에 사는 것이 도움이 된다는 사실을 알았다. 아이들의 얼굴을 떠올리며 아파트 계단을 오를 때였다. 문밖에서 큰애가 동생들을 나무라는 소리가 들렸다.

"엄마가 뛰지 말라고 했지?"

엄마를 발견한 막내가 울먹인다.

"아래층 아줌마가 소리쳤어. 나가서 놀라고."

그녀가 딱히 약속이 없어도 일단 집을 나서고 본다. 일자리를 알아보기 위해서다. 4층 계단에서 401호 여자와 마주쳤다. 아이들이 시끄럽게 해서 늘 미안한 마음이었던 그녀는 고개를 숙여 인사를 했다. 서로 잘 알지는 못해도 이웃끼리 외출 시에 만나면 그냥 하는 인사말이 있다.

"어디 가시나 봐요?"하고 간단히 묻는다. 그러면 대개는 "네."라든가, "볼일이 있어서…" 라고 대답하고 자기 갈 길을 가는데, 401호 여자는 예상 밖의 대답을 했다.

"병원에여. 아들이 입원해 있어서요."라고 풀이 죽은 듯 힘없이 말했다. 그 바람에 그녀도 의도하지 않았던 질문을 내뱉었다.

"어디가 아픈가요?"

"…."

401호 여자는 아무 말이 없다. 차마 다음 말을 잇지 못하는 것 같았다. 그녀는 401호 여자의 아들이 어떻게 아픈지 궁금한 것은 아니었다. 물어본 것이 무안해진 그녀는 대답을 듣기 전에 계단을 내려가려 했다.

"아들이 의식을 잃고 누워 있답니다."

불현듯 친구 남편이 떠올랐다. 그녀의 친구 남편은 거의 10년째 병상에 누워 있다. 언제 정신이 돌아올지 아무도 모른다. 401호 여자의 아들도 그렇게 되면 어쩌나 해서 그녀는 계단을 내려가지 못했다. 비틀거리며 계단 난간을 잡으려 하는 401호 여자를 엉겁결에 부둥켜안으니 여자는 그만 울음을 터트렸다. 아이들이 시끄럽게 했다고 화를 낼 때는 기가 세 보였던 401호 여자는 한없이 약해 보였다.

"얼마나 건강하고 총명한 아들이었는데요."

401호 여자는 울먹이며 말했다. 여자의 말에 의하면, 아들은 Y대에 지원했다가 재수를 포기하고 일찍 입대했다고 한다. 자대 배치를 받은 지 얼마 되지 않아서 부대로부터 입원했다는 통보를 받았는데, 어디가 어떻게 아픈지 영문도 모른 채 달려가 보니, 혼수상태로 산소호흡기에 의존하고 있더라는 것이다. 어떻게 된 사고인지 알아보려 애썼으나 식물인간의 연명에 대한 의학적 소견만 들었을 뿐 다른 설명은 하지 않더라고 말했다.

낯선 사람한테 대놓고 자식이 식물인간이 되었다고 말할 때는 그 심정이 오죽했으면…. 끔찍하고 안타깝다. 401호 여자는 한 손으로 눈물을 훔치며 다른 손으로 그녀의 손목을 꼭 잡는다. 생때같은 자식이 군대에 가서 그런 참혹한 일을 당했으니 어찌 정신이 멀쩡할 수 있으랴. 혹시 선임 병사의 가혹행위가 있었던 것은 아닐까? 하고 그녀는 생각했다. 병영 내에서 일어나는 사건 사고는 군 특성상 대체로 비공개다. 가족에게도 신속하게 알리지 않는 것이 일반적이고, 알 만한 부서에 가서 물어봐도 보고 받은 바 없다가 답이고 법이다. 아들이 어쩌다가 저 지경이 되었는지 알지 못하는 것은 환자의 엄마인 401호 여자도 마찬가지였다. 영영 깨어나지 못하면 어떻게 살겠냐며 눈물을 흘린다. 넘어진 김에 쉬었다 가듯 하소연이 길어졌다. 그녀는 여자를 단순히 기가 센 여자로만 여겼던 것을 후회했다.

"애원하고 또 애원해서 퇴원을 연기해 왔답니다."

"퇴원요? 무슨 퇴원?"

"어제도 독촉 전화가 왔는걸요. 당장 퇴원하라고…."

"미친 것들!"

"오늘은 퇴원 수속을 해야 해요."

'의식이 없는 사병을 늙은 부모에게 떠넘기다니, 이건 말도 안 돼!' 그녀는 울컥 화가 치밀었다. 여자의 아들을 통해서 갑자기 그녀 자신이 겪었던 아픈 기억이 살아났다.

그녀의 남편은 공수특전사 대위였다. 막 결혼한 해였다. 5사단 정보과에 복무 중이던 남편은 갑자기 OO사단의 수색 중대장으로 보직 발령을 받고 비무장지대로 떠났다. 그녀는 민간인 지역에 홀로 남아 첫 아이를 출산했다. 비무장지대의 GP는 24시간 365일이 비상근무 지역이다. 수색 중대가 있는 지역은 토착민이 농사를 짓기 위해 들어갈 수 있는 범위도 엄격하게 규율이 정해져 있다. 중대장이 GP에서 외출을 나올 수 있는 날은 작은 짐승의 움직임도 감지할 수 있는, 달이 밝은 보름날 하루뿐이다.

평온하던 날이었다. OO사단 수색 중대에서 지뢰 폭발사고로 중대장과 두 명의 병사가 사망했다는 소문이 온 마을에 퍼졌다. 그녀에게 연락해 준 사람은 마을에서 미장원을 운영하고 있던 헌병대장 부인이었다. 그녀는 헌병대장의 지프차를 얻어 타고 OO사단 수색 중대를 찾아가느라 자정까지 산속 길을 달렸다. 초소를 지날 때마다 초소 병사의 말은 다 달랐다. 어떤 초소에서는 시신을 싣고 남쪽으로 이동했으니 돌아가라고 말했고, 둘은 죽었고 한 사람은 위독하다는 초병도 있었고, 셋 모두 죽었다고도 했다. 사건의 확실한 전말은 어느 부대에서도 들을 수 없었다. 모든 게 뒤죽박죽이고 엉터리였다. 그녀가 남편의 수술실을 찾은 것은 다음 날이었고 서울에 있는 국군통합병원이었다.

"퇴원은 절대 하지 마세요. 끝까지 버티세요."

"새댁, 말이라도 고맙소."

"제가 도와 드릴게요."

그녀는 그만 분에 맞지 않는 말까지 희떱게 내뱉고 말았다. 그녀는 무턱대고 오지랖이 넓은 여자는 아니다. 주제넘게 남의 일에 참견하는 여자는 더욱 아니다. 401호 여자가 그런 고통을 겪고 있는 와중에 아이들이 소란을 피워서 편히 쉬지 못하게 한 것이 마음에 빚이라고 생각했다.

사서 하는 고생인 줄 알면서도 선뜻 나선 것은 "힘든 일이 있으면, 언제라도 한 번 찾아와요."하던 남편 친구 K의 말이 생각났기 때문이다. 그녀는 K의 그 말을 히든카드로 생각하고 언젠가 자신이 힘들 때 찾아가리라 마음먹고 있었던 터다.

그녀는 401호 여자와 함께 택시를 탔다. 여자는 차에서 내려 국군 통합병원으로 들어갔고, 그녀는 병원 옆 다른 건물 지하 입구 앞에 섰다. 그곳은 누구나 드나들 수 있는 민원센터 같은 곳이 아니다. 어떤 대상을 비밀히 조사하여 의뢰인에게 알려주는 사설 기관도 아니다. 호랑이보다 무섭다는 부대, 나는 새도 떨어뜨릴 만큼 권력과 파워가 있다는 OO부대 지하 벙커다. 그녀는 무거운 마음으로 계단을 내려갔다.

병사가 그녀 앞을 막아섰다.

"어떻게 오셨습니까?"

"방금 부대장님과 전화하고 왔는데요."

"잠깐 기다리십시오."

지하 벙커는 사방이 회색 벽이다. 특수 부대라는 편견 때문일까. 서늘함이 느껴진다. 깍지 낀 열 손가락을 쥐었다 폈다 하는 것은 초조할 때 나타나는 그녀의 버릇이다. 자신의 방문 목적이 지하 벙커와 관련되는 바가 없기 때문이다. 게다가 K는 사업가처럼 이재가 밝고 사교적인 사람도 아니다. 자기 관리에 빈틈이 없고, 두뇌 회전이 빠르고 합리적인 사람이다. 사려 깊고, 온정적이고 귀가 엷은 그녀의 남편과는 반대 성향이면서 서로 거역하지 않고 막역지우로 지내는 것이 신기할 정도다.

병사가 부대장 집무실로 그녀를 안내하고 차를 내왔다. K는 남쪽 지방 특유의 투박한 억양으로 그녀를 맞아 주었다.

"오래마입니더. 어찌 지냈어요?"

"덕분에 잘 지내고 있습니다. 대령님은요?"

"나야 항상 좋죠. 그나저나 고생 많았어요."

"걱정만 끼쳐 드렸습니다."

"며칠 전에 친구를 면회하고 왔습니다. 이제 한시름 놓으세요."

K는 그녀 남편의 변호사를 통해서 출소일이 다음 달이라는 사실을 이미 알고 있었다. 그리고 왼쪽 시력이 매우 나빠져 있으며 부딪히거나 넘어지는 일이 잦다고 말하며 크게 걱정했다. 그녀의 남편은 GP 사고 당시 오른쪽 시력을 잃었던 것이다. 내 발등에 떨어진 불을 보면서 어찌 남의 불을 끄려고 나설까? 그녀는 K가 자신의 부탁을 듣고 한심하다고 생각할 것 같았다. 남편의 한쪽 남은 눈마저 나빠졌다는 말을 들으니 부탁할 용기가 나지 않았다. 남편의 근황을 전해 들었고, 감사하다는 말도 했으니, 이만 돌아가야겠다고 생각한 그녀는 자리에서 일어섰다.

"애로 사항이 있으면 말씀하세요."

눈치 빠른 K가 그녀를 주저앉힌다. 기회를 놓칠세라 그녀는 신세 진 지인의 일임을 전제하고 사실을 말하기 시작했다. 국군통합병원이 OO부대의 관할구역인 점을 들었고, 의식을 잃고 누워 있는 한 병사를 늙은 부모에게 떠넘기려 하다니, 군이 이래도 되느냐고 항변까지 했다. 말없이 듣고만 있던 K는 그야말로 그다운 합리적인 답변을 내놓았다. 청와대에 민원을 넣으라는 조언이었다. 즉석에서는 어리둥절했지만, 가장 확실한 방법임을 그녀는 곧 알아차렸다.

그녀는 401호 부부의 신원과 식물인간으로 사경을 헤매고 있는 아들의 출생, 학력, 성품까지도 메모했다. 다음 날 남편의 변론을 맡았던 변호사 사무실을 방문해서 사무장의 도움을 받았다. 육하원칙에 의거해서 좀 더 정확하고 자세하게 격식에 맞게 구구절절 민원 서류를 작성했다. 8절지 두 장이 빽빽했다.

그녀는 스스로 뿌듯한 기분에 젖었다. 그런 기분은 이번이 처음이 아니다. 스무 살 되던 해 칠월칠석이었다. 칠월칠석은 수영할 수 있는 여름의 마지막이 될 수 있는 날이다. 바다 수영에 능한 친구 몇 명과 촛대바위가 있는 추암해변으로 놀러 갔을 때다. 주일학교 어린이들이 모래밭에서 뛰어놀고 있었다. 그날따라 하늘이 꾸물대고 바람이 불었다. 파도가 바위에서 하얗게 부서지고 모래톱으로 세게 밀려왔다. 수영을 그만두고 그녀는 바위틈에서 소라며 전복을 따고 있었다. 그때다. 그녀의 눈에 어린아이가 물 밑으로 가라앉는 것이 보였다. 그녀는 본능적으로 물속으로 뛰어들었다. 잠수해서 아이를 안아 올렸다. 바위를 오르면 바로 모래톱으로 걸어 나올 수 있었기에 그녀는 아이를 바위 위로 밀어 올리려고 발버둥을 쳤다. 파도가 몇 번이고 아이를 안은 그녀를 바위에 내동댕이쳤다. 아이는 울었고, 그녀의 몸에는 여기저기 피가 배어났다. 나중에 사실을 안 친구들이 그녀에게 핀잔을 먹였다. "너 죽고 싶어 환장했구나." 자신이 돌이켜봐도 좀 무모한 행동이었다. 하지만 지금도 뿌듯하기만 하다.

청원서를 넣은 지 며칠 되지 않아서 낯선 남자 두 명이 401호를 방문했다. 그들의 방문 목적은 아들에 대한 미안하다는 사과의 말과 앞으로 병원 치료를 계속 받을 수 있도록 조치하겠다는 통보를 하기 위함이었다. 만약을 염두에 두고 원호 심사를 받을 수 있도록 돕겠다면서 후속 조치도 약속했다. 이는 그들이 다녀간 뒤 401호 여자가 그녀에게 말해서 알게 된 일이다.

401호 여자의 손에는 청포도가 가득 든 바구니가 들려 있었다. 새벽에 국제시장에 다녀왔다고 했다. 아이들이 청포도를 좋아했다. 바구니를 받아 든 아이들은 한 알씩 떼어먹으면서 "달다. 엄마, 달다. 맛있다!"하고 소리쳤다. 청포도는 일이 잘 풀렸다는 승리의 의미였다. 401호 여자는 아들을 돌보기 위해 매일 병원에 출근하다시피 했고, 그녀와 마주칠 때마다 고맙다는 인사말을 아끼지 않았다.

이듬해 아카시아꽃이 막 피기 시작할 무렵. D아파트 501호에서 이삿짐이 내려왔다.

그녀는 401호 현관문 앞에 노란 메모지만 붙여 놓았다. '아드님이 건강히 돌아오기를 학수고대합니다. 501호.'

"우리 애는 1년여 만에 깨어났답니다."

"어머나, 기적이네요."

"501호 덕분이죠."

"결혼은요?"

"했죠. 지금 이 병원 치과의사로 있답니다."

"그래요?"

"2번 진료실 담당 의사예요."

"오, 하나님!"

엘리베이터에서는 긴가민가했지만 돌아서서 다시 보니 분명 501호의 옛 모습이 보이더라고 했다.

"온다 간다 말도 없이 메모지 한 장 남기고 떠나시는 바람에…. 서른 해가 훨씬 지났지만, 지금까지 그 고마움을 잊은 적이 없습니다."

백발 할머니는 그녀의 손을 잡고 놓을 줄을 몰랐다.

재진 날. 그녀는 2번 진료실 유니트 체어에 누웠다.

의사는 임시 크라운을 벗기고 새 크라운을 씌웠다.

"자, 거울 보세요."

앞니가 하얗다. 그녀는 웃는다. 이가 가지런해서 웃는 게 아니다.

"마음에 드세요?"

"들고말고요."

의사는 당분간 조심할 것을 설명한다.

"선생님, 그건 알았고요."

"네. 뭐, 궁금한 거 있으세요?"

"청포도 좋아하세요?"

"좋아하죠. 갑자기 왜요?"

"선생님 어머님도 청포도를 좋아하시지요?"

"아니, 우리 어머님이 청포도 좋아하시는 걸 어떻게…?"

"느낌에…."

그녀의 눈에 지팡이를 짚는 남자가 뒤뚱뒤뚱 걸어가는 구부정한 모습이
들어왔다. 자신을 월남 참전자라고 소개하던 바로 그 남자였다.

김종혁 | 별미집 오순례

『수필과 비평』 수필 등단.
『인간과 문학』 수필 등단.
『인간과 문학』 소설 등단.

별미집 오순례

김종혁

1

여보, 아까 그 남자 말예요, 점심시간 끝날 때쯤, 천신암 신묘순 보살이 사업파트너라면서 식당으로 데리고 온 남자 말예요. 목 인사 하면서 살짝 보니까 눈웃음 짓는 모습이 자기와 너무 닮아서 비명을 지를 뻔했어요. 울컥 눈물이 쏟아지려고도 했구요. 신묘순이 그 남자와 함께 의자에 앉으면서 무슨 말을 했는데 하나도 안 들리는 거예요. 그 대신 애들 둘 데리고 닥치는 대로 살아온 세월이 밥솥의 쌀뜨물처럼 한꺼번에 떠오르잖아요. 눈앞이 뿌옇게 흐려지고 무릎에 힘이 쪼옥 빠져서 테이블을 짚고 간신히 서 있었어요. 신묘순에게 어지럽다고 말하고는 이층 내실로 들어와 침대에 누워있었어요.

아, 벌써 십 년도 넘었네. 경찰 전화를 받고 반은 넋이 나가서 대학병원으로 달려갔는데 자기는 이미 영안실에 누워있었잖아요. 이게 현실인가 싶어 백랍 같은 자기 얼굴을 만져보니까 얼음장이 따로 없었어요. 저는 그만 까무룩 혼절을 해버렸구요.

여보, 미소만 짓지 말고 제발 아무 말이나 해주세요. 작년 여름 당산제

때 자기가 회화나무에서 내려오는 바람에 얼마나 놀랐는지 아세요? 저는 그날 기절을 했잖아요, 남들은 당산제 준비하느라 피곤해서 그런갑다고 했지만, 한밤중에 죽은 사람이 나무에서 내려오는데 제정신으로 서 있을 여자가 어디 있겠어요. 그 후로 저는 신 내린 여자로 소문이 나고 말았네요.

요즘 제가 아무 이유 없이 정신을 잃을 때가 있어요. 신묘순은 제가 무병을 앓는 거라면서 신내림 굿을 해야 낫는대요. 그건 저더러 무당을 하라는 말이잖아요. 동서고금을 막론하고 불황을 모르는 직업이 점집이라면서 노하우를 가르쳐 주겠대요, 저는 신묘순이 무당인지, 장사꾼인지 헷갈려요. 아까도 그 남자를 사업파트너라고 소개했잖아요. 무슨 꿍꿍이가 있는 게 틀림없어요. 그러나 저는 무당이 될 생각은 손톱만큼도 없답니다. 신령님을 섬기면서 날마다 제사 지내고 사는 게 싫거든요. 가 보지도 않은 저세상에서 잘 살겠다고 이 세상을 불편하게 살기에는 제 인생이 너무 아깝거든요.

꿈속이지만 가끔 이렇게 당신 품에 안겨있으면 좋겠어요. 아. 그런데 여기는 어디예요? 왜 갑자기 황무지로 데려오셔요? 회화나무는 어디 있어요?

회화나무가 서 있던 사직저축은행 주차장은 학교 운동장 같은 공터로 변해 있었다. 남편이 바라보는 쪽에 나무 같은 게 어슴푸레 보였다. 나무를 찾으려고 고개를 길게 빼다가 뒤가 허전해서 돌아보니 남편은 흔적도 없이 사라지고 없었다.

2

오순례는 신묘순을 별미집으로 불렀다. 사직동에 재개발 아파트가 들어선다는 소문이 궁금했다. 몇 해 전, 동네 주민들이 도시정비사업을 신청했는데 시청이 이제야 승인했다는 것이다. 그건 헌 집들을 헐어버리고 새로 아파트를 짓는다는 말이었다. 사실, 반듯한 신시가지에 비하면 사직동 골목길들은 촌스러웠다. 하지만 오순례는 아파트에는 살고 싶지 않았다. 아파트는 이웃 간에 얼굴 보기도 힘들고 집이 공중에 떠 있는 느낌이 싫었다. 아기 웃음소리나 음식 냄새가 담을 넘어오고 이웃 간에 따뜻한 인사도 주고받아야 사람 사는 동네라고 할 수 있었다. 햇볕 좋은 날, 빨랫줄에서 옷가지들이 보송보송 마르는 모습은 평화로웠다. 오뉴월에는 여염집 담 너머로 라일락이 새댁처럼 고개를 내밀었고 그윽한 향기가 행인들의 마음을 달뜨게 했다. 골목길 한 뼘 빈터에는 누군가 심어놓은 채송화와 샐비어가 예뻤다.

점심 손님이 다 빠지고 브레이크 타임인데 신묘순이 별미집으로 찾아왔다. 밖에는 오전부터 내리는 장맛비가 부슬거렸다. 신묘순의 뒤에 며칠 전에 함께 왔던 그 젊은 남자가 접이 우산을 들고 주춤거리고 있었다. 키가 껑충하게 컸다. 남자의 하늘색 자켓 소매가 비에 젖어있었다. 신묘순이 젊은 남자를 소개했다.

"동생, 시행사라는 말 모르지? 가령 건설회사가 아파트를 지으려면 넓은 땅이 있어야 할 거 아냐? 시행사는 건설회사를 대신해서 땅을 사모아 주는 회사야. 이 양반은 그 시행사 사장님이지."

오순례는 젊은 남자의 얼굴에 또다시 죽은 남편이 오버랩 됐다. '도플갱어도 아니고….' 사각턱에 둥그스름한 눈매와 위로 올라간 입꼬리는 영락없이 닮았다. 남편과 달리 짝눈인데 눈을 자주 깜박거리는 게 이상했다. 나이는 마흔을 갓 넘었을까, 오순례보다 열 살은 어려 보였다. 정신이 아득해지려는 걸 추스르면서 흔연히 인사를 나눴다.

"며칠 전, 제대로 인사를 못 했습니다. 사직재개발 서요한입니다. 재개발예정지역의 토지소유자들을 모아서 재개발조합을 만드는 사업을 하고 있습니다. 조합에 들어오지 않는 토지소유자들의 땅을 사기도 하죠."

"그 재개발조합이 건설회사에다 대고 우리 땅이 이만큼 있으니까 아파트를 지어주세요, 하고 맡기는 식이래."

신묘순이 거들었고 서요한이 부연 설명했다.

"건설회사는 토지주님들께 아파트를 한 채씩 드리고, 남는 아파트를 조합원과 일반인들에게 분양해서 건축비로 충당합니다. 그러니까 토지소유자들은 돈 한 푼 안 들이고 수억 원 짜리 번듯한 새 아파트를 얻게 되는 거죠."

수저통을 정리하던 주방 김 씨 아줌마와 홀 서빙 숙이엄마가 사람 수대로 종이컵에 믹스커피를 타 왔다. 그들은 오순례 눈치를 살피다가 옆에 어물쩍 자리를 잡고 앉았다.

신묘순과 서요한은 주택조합이 결성되고 아파트가 들어서는 과정을 장황하게 설명한 다음, 재개발조합가입신청서를 놔두고 갔다. 다른 사람을 조합에 가입시키면 한 사람당 삼백만 원씩 모집수당을 준다고 했다. 김 씨 아줌마와 숙이엄마는 신청서를 몇 장씩 더 집어 들었다.

"서울 강남에서는 조합원 분양권 딱지만 팔아도 몇천은 손에 쥘 수 있대요."

숙이엄마가 어디서 들었는지 아는 소리를 했다. 김 씨 아줌마도 덧붙였다.

"두껍아 두껍아 헌 집 줄게 새집 다오. 시방 두꺼비들이 제 발로 찾아와서 새집 줄게 헌 집 달라고 하네. 우리 세 사람이 조합에 가입하면 신묘순 보살은 당장에 구백은 벌겠어요."

"무당이 업종전환 했나벼. 귀신을 부르려면 돈이 필요하나 봐. 귀신들 세상도 자본주의인 겨."

말수가 적은 오순례가 툭 던졌다. 세 여자는 입을 크게 벌리고 웃었다.

브레이크 타임에 김 씨 아줌마는 뒷방에서 낮잠을 자고 숙이엄마는 외출했다. 홀이 절간처럼 텅 비었다. 사직동을 전부 판판하게 밀어버릴 참이니 회화나무 운명도 이제 다 됐다. 비가 내리다 그치다 해서 오순례는 더 심란했다. 오순례는 속으로 '내 집이 없어지는 마당에 그깟 나무 걱정이라니 나는 참 어이없는 년일세.' 하며 픽 웃었다. 남편이 현몽해서 앞일을 알려 주면 좋겠다는 생각들이 뒤엉켰다. 어디서부터 어떻게 풀어야 할지 엄두가 나지 않았다. 천지개벽 같은 공사판이 벌어지면 별별 사람들이 한몫 잡으려고 할 것이다. 혼자 사는 여자는 이럴 때일수록 정신 똑바로 차려야 한다. 길에 떨어진 동전과 과부 돈은 먼저 본 놈이 임자라는 말도 있다. 오만 잡놈들이 덤벼들 텐데 아차 하면 알거지 되기 십상이었다. 기왕 벌어질 일이라면 미리 손을 써놓는 게 상수다. 아파트를 지을 동안 식당을 옮겨야 할 텐데 이주비를 단단히 받아야 한다. 장사는 첫째도 목이고 둘째도 목이다. 같은 상가라 해도 출입구 옆이 목이 좋다는 건 동네 꼬마들도 다 안다. 그리고 남편 혼령이 있는 회화나무를 살릴 방법이 있는지도 알아봐야 했다. 부슬부슬 내리던 비는 저녁 손님이 들기 시작할 때쯤 그쳤다. 도시를 솜이불처럼 덮고 있던 비구름은 높이 올라갔고, 서쪽 하늘에는 언뜻언뜻 햇발도 비쳤다. 습기 머금은 공기는 청량했다. 별미집 옆 회화나무도 촉촉하게 젖어있었다. 사람도 나무처럼 나이 들수록 예뻐지면 얼마나 좋을까. 비를 피해 숨어있던 새들이 한꺼번에 날아들어 지저귀는 소리가 명랑했다. 오순례는 근심 어린 표정으로 회화나무를 올려다봤다.

사무실로 돌아오는 차 안에서 서요한이 신묘순에게 물었다. 사무적인 어투였다.

"별미집 토지가 육십 평이니까 평당 천만 원만 쳐도 땅값이 육억 원입니다. 근데 별미집 오 사장님 말입니다. 회화나무 신령이 내렸다는데 정말입니까?"

"정말이다마다요. 당산제를 지내는데 눈을 까뒤집고 기절을 했다니까요. 나만 본 게 아니에요."

"평범해 보이던데…."

서요한은 낮게 중얼거리면서 작은 체구에 이목구비가 뚜렷한 오순례를 떠올렸다. 피부가 가무잡잡해서 야무져 보였고 눈꼬리가 길었다. 마늘각시처럼 반드레하지는 않았지만 재치 있고 귀여운 얼굴이었다. 얘기할 때는 고개를 숙여서 일부러 서요한을 외면하는 것 같았다. 신묘순이 따지는 투로 말했다.

"평범하지 않으면? 나는 접신녀요 라고 이마에 써 붙이고 다닐까? 오래전에 남편을 교통사고로 잃고 혼자서 안 해본 일이 없다고 하더군요. 사직동에서 식당 한 지는 십 년도 넘어요. 당산제 후에 손님이 무지 많아졌다고 합디다."

서요한은 별미집에 손님이 많다는 말에 점심을 대먹어야겠다고 생각했다. 아니 그럴 거 없이 숙소를 아예 별미집 근처 달방으로 옮길 작정을 했다. 잘하면 나이 많은 과붓집 안방에서 아침상을 받을지도 모른다. 서요한은 짝눈을 더 바쁘게 껌벅거리며 음흉한 미소를 지었다.

3

예금보험공사가 부도난 사직저축은행 토지 건물을 법원경매에 부쳤는데 케이건설이 낙찰을 받았다. 이튿날 오후, 사직저축은행 박동근 이사는 케이건설 김순섭 이사로부터 만나자는 전화를 받았다. 김순섭 이사는 대출 영업 때문에 예전부터 자주 만나던 사이였다. 서로 갑장이라 말을 트고 지냈다.

가경동 제일모텔 오백오 호에는 노란 서류철들이 어지럽게 널려 있었다. 한쪽 벽에는 사직동 지번도가 크게 붙어있었다. 도로 쪽 창가에 젊은 부하 직원이 노트북을 들여다보고 있다가 인사를 했다. 김순섭은 반팔 남방셔츠 차림이었다.

"박동근 이사. 오랜만이네. 많이 힘들지?"

"그렇지 뭐. 이젠 저축은행 청산 업무도 거의 끝나서 다른 일자리를 알아보고 있는데, 나이는 쉰이 넘고…. 좀 심란하네."

"사직저축은행 부도나고 예금보험공사 계약직으로 얼마나 있었지?"

"일 년 반쯤."

박동근은 예금보험공사의 청산팀에서 계약직 사원으로 일했다. 사직시장상조회가 사직저축은행을 인수하겠다고 하여 박동근은 잠시 그 일에 매달렸었다. 일만 잘 풀리면 저축은행장 자리는 따놓은 당상이었다. 그런데 사직시장상조회가 터무니없이 싼 가격을 제시하는 통에 그만 없던 일이 돼 버렸다.

김순섭은 박동근이 커피를 다 마실 때까지 기다렸다가 본론을 꺼냈다.

"우리 케이건설이 사직동에서 지역 재개발 사업을 하려고 해. 이번에 사직저축은행 부지를 낙찰받은 것도 그 때문이야. 토지를 많이 확보해야 구청에서 조합설립 인가를 쉽게 내주거든."

"사직저축은행 부지를 확보했다고 하면 이 동네 사람들이 느끼는 기대감도 크겠다."

"그렇겠지, 망설이던 사람들도 우리 조합에 쉽게 합류할 거야."

작달막한 키에 무테안경을 낀 김순섭은 말씨가 차분했다. 케이건설 김회장의 차남인데 자금 업무를 총괄했다. 박동근이 의아한 표정으로 물었다.

"근데, 나를 보자는 이유가 뭐야?"

"우리 회장님께서 자네에게 재개발조합추진위원회 일을 맡기라고 하셨다."

박동근은 횡재한 기분이었다.

며칠 후 아침나절이었다. 오순례는 식당 바닥에 앉아 주방 김 씨 아줌마와 함께 양파를 다듬고 있었다. 출입문이 빠끔히 열리더니 박동근이 쑥 들어섰다. 갈색 서류 가방을 든 청년 한 사람이 뒤따랐다.

김 씨 아줌마가 "아직 가게 문을 안 열었는데…." 하다 말고 "어머, 박 이사님이시네." 하면서 의아한 표정을 지었다. 오순례는 치마를 털고 일어나서 박동근 일행과 마주 앉았다. 박동근이 건넨 명함에는 케이재개발 대표이사라고 적혀 있었다. 오순례가 다짐받듯 박동근에게 물었다.

"그러니까, 서요한이라는 사람과는 다른 조합이라는 거예요?"

"그렇다니까요. 우리는 1군 건설업체 케이건설의 자회사입니다."

"어머, 이게 무슨 일이람. 사직동에 재개발조합이 두 개 생겼네."

"오 사장님이 저희 케이재개발의 추진위원을 맡아주세요. 나중에 재개발조합이 결성되면 추진위원님들께는 여러 가지 특전을 드릴 수 있습니다."

박동근이 차분한 목소리로 설득했다. 10년 넘게 알고 지낸 박동근이 서요한보다는 더 믿음이 가지만, 어느 쪽이 유리할지는 아직 모르는 일이다. 오순례는 말을 아껴야겠다는 생각이 들었다.

오순례는 본시 수다가 많은 편이 아니었다. 혼자 사는 여자가 말이 헤프면 추근대는 남자들이 있게 마련이었다. 하는 양이 우스워서 미소라도 지을라치면 남자들은 애기 똥 본 오리처럼 한없이 지절대기 일쑤였다. 그래서 일부러라도 찬바람 도는 얼굴을 하고 있는 게 마음이 편했다. 게다가 작년 여름 당산제 때 오순례가 접신했다는 소문이 나고부터는 별 손님이 다 있었다. 점 봐줄 때까지 오겠다면서 매일 식사하러 오는 사람도 있었다. 잔뜩 시킨 음식은 손도 대지 않은 채 점을 봐줘야 식대를 내겠다는 진상도 있었다. 이들과 말을 섞으면 큰 소리만 나서 메뉴판 밑에 점보지 않는다고 써 붙였다. 모름지기 여자는 말 안 하는 게 첫수다. '점쟁이라니…. 나이 오십에 무슨 부귀영화를 누리겠다고….' 턱도 없는 소리였다.

그러나 남들에게 말은 할 수 없었지만 헛것들은 자주 보였다. 새벽녘에 회화나무 옆으로 가면 그것들은 오순례를 둘러싸고 서로 먼저 얘기하려고 다투었다. 어느 날 새벽에는 희무스름하고, 또 어느 날은 거무스름한 것들이 담배 연기처럼 흔들거렸다.

─ 또 남편 보고 싶어 왔구나.

─ 회화나무를 살려줄 거지?

오순례는 어이가 없어서 중얼거렸다.

"힘없는 내가 무슨 재주로 회화나무를 살릴까?"

─ 자기가 힘없는 과부래. 귀신도 보면서….

나무 위인 성싶은데 딱 어디라고 짚을 수 없는 허공에서 누군가가 속삭이듯 말했다.

─ 이 나무는 기해년 박해 때부터 있던 거란다.

남편 목소리 같아서 고개를 번쩍 쳐들었으나 무심한 하늘만 보였다. 저쪽 옆에 서 있던 희무스름한 게 조금 더 뚜렷해졌다. 동백기름이 반지르르한 낭자머리에 나무 비녀를 꽂은 여자가 흔들흔들 다가왔다.

─ 기해년 박해를 아니? 나는 그때 가래형을 받고 죽었어. 끔찍했었지. 그래 난 천주학쟁이란다. 왜 천당에 가지 않느냐구? 여기가 천당인데 뭘….

오순례가 반문했다.

"뭐라구? 어떻게 여기가 천당이지? 이승과 저승이 같이 있는 거니?"

─ 다 마음속에 있는 거야. 이 세상이 있으니까 저세상도 있는 거야.

그렇게 알 수 없는 소리들을 두런두런 주고받았다. 그러다가 상당산성

위로 희뿌옇게 동이 트고 가로등이 꺼지면 그것들은 홀연히 사라지곤 했다.

4

미평동 청주교도소는 사직동에서 차로 십오 분 거리다. 서요한은 청주교도소에 수감된 서학수 행장을 접견 가는 일이 늘 부담스러웠다. 감옥이란 애초부터 기분 나쁜 곳인데다 십여 년 전 징역 살았던 기억이 되살아나기 때문이다.

접견실로 나온 서학수는 여름 징역에 시달린 탓인지 야위어 보였다.

"큰아버지, 연세도 많으신데 더운 여름에 고생이 너무 많으세요. 무엇보다 건강 주의하셔야 합니다."

서요한이 먼저 걱정부터 했다.

"그러게 말이다. 겨울에는 옆 사람 체온으로 추위라도 녹이는데, 여름에는 좁아터진 감방에서 서로 원수 보듯 한다. 그런데 말이야. 같이 징역 사는 방구석 변호사들이 사직저축은행 부실 대출은 전부 내 책임이라고 한다. 최소 다섯 바퀴는 돌아야 한단다. 하루가 여삼추인데 앞으로 사 년을 어떻게 보내야 할지 갑갑하구나."

서학수가 넋두리를 했다. 서요한은 사직저축은행 부지가 케이건설 측에 넘어갔다고 보고했다. 감방 안에서 티브이 뉴스를 봤는지 서학수는 덤덤했다.

"사직동 재개발 사업은 내가 사직저축은행장 하면서 남몰래 투자해놓은 사업이다. 우리가 사놓은 단독주택이 여러 채잖아. 우리가 재개발 사업 시행사로 지정되어야 나도 재기할 수 있다. 그런데 토지면적 못지않게 조합원 수도 중요한 인가 기준이니까 조합원 수를 늘려라."

"동네 부동산 사무실은 물론이고 조기축구회 같은 친목 단체들도 열심히 접촉하고 있습니다. 영업사원들도 뽑았습니다. 토지소유자들 중에는 노인들이 많아요. 그들을 설득하려면 나이 든 사람들도 괜찮겠지요?"

"노인회 사람들은 완고해서 이빨이 안 먹힐 거야. 천신암 신묘순은 욕심이 많으니까 얼씨구나 하고 앞장설 여자야. 동네 아줌마들 가정사도 많이 알고 있으니까 조합원을 쉽게 모집할 거다."

"조합원 한 명 모집할 때마다 수당으로 삼백만 원을 주겠다니까 정말이냐면서 깜짝 놀라더군요."

"그렇겠지. 요즘 굿하는 사람이 없는데 이게 웬 떡이냐 했을걸. 무당굿은 마음이 불안한 사람들 상대로 사기 치는 거야. 내가 굿당이란 데를 가봤다. 무당들은 무슨 뜻인 줄도 모르고 경문이란 걸 중얼거리더구만. 춤을 추는데 장단도 못 맞추고 제멋대로 뛰기만 해. 이러니 인터넷 시대에 굿이 먹히겠냐?"

"하나님의 독생자를 믿는 우리가 동네 무당에게 당했다니 어처구니가 없습니다."

"글쎄 말이다. 천신만고 끝에 사직저축은행 인수자를 구했었는데, 신묘순과 오순례가 노인회를 앞장세워서 회화나무를 못 베게 훼방을 놨지. 그 여자들만 아니었으면 나는 징역도 안 살고, 지금쯤 저축은행 판 돈으로 다른 사업을 하고 있을 텐데. 복장이 터진다."

"도시 한복판에 당산나무가 서 있고 당산제를 지내는 건 말이 안 돼요. 우리가 재건축 사업 시행사가 되면 재개발단지 설계 도면에서 회화나무를 없애버려야 합니다. 미신의 상징이잖아요."

"그래야겠지. 그건 나중 일이고…. 별미집 오순례는 접촉해봤니?"

"며칠 전에 다녀왔습니다. 별미집에 손님이 많습니다. 동네 주민들 만나기도 쉽고 홍보 효과도 높을 것 같습니다. 회사 사무실과 제 숙소를 그 부근으로 옮기려고요."

"잘했다. 기왕이면 신묘순과 오순례를 주님의 품으로 인도해보렴. 사업적으로나 영적으로 부수 효과가 엄청날 거야."

접견 시간 십 분은 금방 지나갔다. 서학수는 접견실 안쪽으로 총총히 사라졌다.

서요한은 신학대학원을 마치고 부산에 있는 교회에서 수련목을 했는데 강간죄로 구속된 일이 있었다. 그때 구해 준 사람이 큰아버지 서학수였다. 그 당시 서학수는 부산에서 연립주택 건축사업을 하고 있었다. 피해 여학생 부모와 합의하고 경찰서며 검찰까지 손을 써서 서요한을 집행유예로 석방시켜주었다. 그 후 서요한은 근 십 년 이상 서학수의 건설 현장 총무 일을 해왔다.

서요한은 시내로 돌아오면서 육십 대 후반인 서학수가 징역살이를 잘 견딜지 걱정이 됐다. 송진덩이에 불붙듯 하는 그의 성격 때문에 같은 감방에 있는 수형자들이 더 고생을 할 거라는 생각에 쓴웃음을 지었다. 누가 듣건 말건 베트남 전쟁 참전 무용담을 반복할 게 틀림없었다. 게다가 서학수는 교회의 전도사역에 누구보다 열심이었다.

5

사직동에는 두 개의 시행사가 재개발조합 설립 동의서를 받기 위해 움직였다. 구청의 승인을 받으려면 토지소유자 절반 이상의 동의서가 필요했다. 두 회사는 서로 먼저 오십 퍼센트 주민 동의서를 확보하려고 눈에 불을 켰다. 사직재개발 서요한은 별미집 건너편 빌딩 이층으로 사무실을 옮겨 왔다. 박동근이 대표를 맡고 있는 케이재개발은 예전 사직저축은행 일층에 문을 열었다. 주민들은 두 편으로 나뉘었고 동네가 소란스러워졌다.

추석을 지나자 아침저녁으로 바람결이 여실히 서늘해졌다. 행인들 옷차림이 어느새 가을옷으로 바뀌었다. 회화나무를 비롯하여 가로수들은 단풍이 들기 시작했다.

밤 열 시 가까이 되어서야 저녁 끝 손님이 나갔다. 오순례와 김 씨 아줌마는 서둘러 설거지와 청소를 끝냈다. 숙이엄마는 홀만 정리하고 바쁜 일이 있다면서 곧바로 퇴근했다. 오순례와 김 씨 아줌마는 달달한 믹스 커피 한 잔으로 하루를 마감하곤 했다. 장사가 잘된 날은 막걸리를 한 잔씩 할 때도 있었다. 오순례가 추석에 일어난 일을 얘기했다.

"추석날 새벽, 회화나무 앞에 황토를 뿌리고 자그마한 다반상을 차려놨잖아요, 나중에 보니까 동네 사람들이 그 앞에 꽃다발을 여러 개 놔뒀더라구요. 꽃다발 속에서 '별미집 사장님, 감사합니다.'라는 쪽지도 봤어요."

"사장님이 몇 년째 해오시는 일을 사람들이 응원하는 거예요. 주민들도 회화나무를 동네 당산나무로 알고 의지하는 거구요."

김 씨 아줌마가 칭찬했다.

"이 동네 재개발을 하더라도 회화나무는 살렸으면 좋겠는데….”

"그러게 말예요. 당산나무 잘못 손대면 동티 맞는다고 하잖아요."

오순례는 걱정스러운 얼굴이었다.

"건설업자들은 땅 한 평이 아쉬운 사람들이라 보나 마나 베어버린다고 할 거야. 교회 사람들도 미신이라면서 눈초리가 사납습디다."

"저 나무가 사직저축은행 주차장 안에 있으니까 박동근 씨에게 부탁해 보면 무슨 수가 나지 않을까요?"

"좋은 생각이에요. 그런데 오늘 서요한이는 저녁 먹으러 안 왔네요?"

"걔가 사장님이나 저에게 누님, 누님 하면서 곰살맞게 구는 게 속셈이 따로 있는 거잖아요."

"그럼요. 우리들을 자기 조합에 가입시키려는 거지 뭐."

"숙이엄마는 서요한 네 회사에 동의서를 해줬대요. 밖에서 몇 번 식사도 하고 돈도 받은 눈치예요."

"나는 좀 더 기다려 본 다음에 어느 쪽을 선택할지 정하려고요."

오순례에게 공을 더 들인 쪽은 사직재개발 서요한이었다. 서요한은 삼시 세끼를 별미집에서 해결했다. 회사 일이 없으면 식당 잡일도 거들어 주면서 한 식구처럼 굴었다. 언제부터인지 모르나 오순례와 김 씨 아줌마를 스스럼없이 누님이라고 불렀다. 자기보다 나이 어린 숙이엄마와는 오빠 동생으로 편하게 지냈다. 그렇게 살갑게 처신하는 속셈은 뻔했지만 어쨌든 별미집 세 여자는 서요한이 싫지 않았다. 숙이엄마는 서요한이 키도 크고 눈웃음을 살살 치는 걸로 보아 여자관계가 복잡한 사람일 거라고 단정했다. 그러면서도 그가 오지 않는 날은 은근히 걱정부터 했다. 오순례가 보기에 서요한은 건설업에 관한 한 박사였고 잡다한 세상사도 모르는 게 없었다. 더구나 오순례가 부탁하는 일이면 크건 작건 자상하게 처리해줬다. 매일 보는 얼굴인데도 뜬금없이 '젊었을 때는 더 고우셨겠다.'는 말을 할 때도 있었다. 여자 나이 쉰이면 볼 장 다 봤다지만 예쁘다는 소리를 들으면 손거울이라도 얼른 꺼내 보고 싶은 게 여자 마음이다. 하여튼 서요한은 먼 친척 동생 같은 사람이었다. 며칠 전까지는 그랬다.

6

며칠 전 새벽, 오순례가 무심천으로 새벽 운동을 나가는데 서요한이 따라왔다. 자기도 아침 운동으로 산책한다고 말했다. 저만큼 떨어져서 걸었으면 좋으련만 그는 한사코 옆으로 바짝 붙었다. 샤워를 하고 나왔는지 샴푸 냄새가 풍겼다. 어처구니가 없고 남들 눈에 띌까 봐 민망했다. 화장하지 않은 민낯을 보여주는 게 창피하기도 했다. "누님 연세에 아침 운동 코스가 너무 멀지 않으시냐?"고 말하는 걸로 보아 그는 오순례의 아침 동선을 이미 알고 있었다. 자기를 관찰하고 있었다는 말이었다. 그렇다면 서요한이 자기에게 접근하는 목적이 재개발조합 외에 다른 이유도 있다는 얘기다. 남자 문제에 관한 한 오순례의 직감은 틀린 적이 없었다. 목덜미에 소름이 돋고 왈칵 무섬증이 들었다. 피해버리는 게 상수인데, 서요한은 별미집의 단골손님이었다.

오순례는 브레이크 타임에 식당을 나섰다. 가경동 카페에 도착하니 박동근이 먼저 와서 기다리고 있었다. 옆에는 무테안경을 낀 남자가 앉아 있었다. 오순례가 머뭇거리자 박동근이 웃으며 그를 소개했다.

"이 사람은 케이건설 김순섭 이사입니다. 사직동 재개발 사업을 총괄하고 있지요. 저와는 십 년 이상 사귄 친구 사이입니다."

무테안경의 남자가 가볍게 목례를 하면서 명함을 건넸다. 두 남자 모두 진곤색 양복 차림이었는데 표정이 밝았다. 박동근이 말을 꺼냈다.

"오순례 사장님이 물어보신 회화나무 살리는 문제를 저희가 심도 있게 논의했습니다. 그리고 케이건설 김 회장님께 보고드리고 최종 결재까지 받았습니다."

김순섭이 말을 이었다.

"결론부터 말씀드리는 게 좋겠습니다. 저희 케이건설이 시공하게 되면 회화나무는 절대 베지 않겠습니다. 회화나무를 그대로 두고 조경설계를 하는 게 훨씬 더 환경친화적 이미지를 살릴 수 있습니다. 혹시 회화나무의 현재 위치 때문에 단지 설계가 불가능하다면 다른 장소로 옮기겠습니다. 현대 조경기술로 충분히 가능하다고 합니다."

"그럼, 그걸 문서로 약속해주시면 좋겠어요."

오순례가 뜻밖의 요구를 하자 두 남자는 당황하는 표정이 역력했다. 김순섭이 가방에서 사진을 몇 장 꺼내면서 말을 이었다.

"이 사진은 지난 추석 때 오순례 사장님이 회화나무 앞에 차려놓은 다반상과 주민들이 갖다 놓은 꽃다발 사진입니다. 케이건설 김 회장님과 임원 회의에 보고된 바도 있고요. 케이건설은 주민들과 마찬가지로 회화나무가 돈으로 환산할 수 없는 가치를 가졌다고 생각합니다. 그리고 많은 주민들이 회화나무와 오순례 사장님에 대해 호감을 갖고 있는 걸 잘 알고 있습니다. 현 상황에서 문서로 약속은 못 하지만 케이건설은 회화나무를 절대로 베지 않을 거라는 점을 믿어주셨으면 좋겠습니다."

오순례는 사진을 보면서 이미 이들의 마음을 읽었다. 동의서는 며칠 후에 해주기로 했다.

화제는 자연스럽게 사직재개발 서요한의 활동으로 넘어갔다. 서요한이 조합설립동의서를 해 달라고 집요하게 부탁한다는 얘기를 했다. 심지어 아침 운동하는 데까지 따라나섰다고 하자 김순섭의 표정이 돌처럼 굳어졌다.

7

별미집 세 여자는 늦은 점심을 마치고 여느 날처럼 커피를 마셨다. 오순례가 무슨 말을 할까 말까 망설이더니 새벽에 헛것을 봤다면서 얘기를 꺼냈다. 손님들이 점 봐달라고 하면 질색을 하는 오순례로서는 좀처럼 없는 일이었다.

"새벽에 소변 때문에 잠이 깼거든. 화장실에서 나오는데 아, 글쎄, 현관에 검은 점퍼를 입은 남자가 서 있는 거야. 젊은 사람이었어요. 얼굴은 윤곽만 보이고 이목구비는 흐릿해서 분명치 않았어요. 키도 그리 크지 않았고… 내가 너무 놀라서 입도 뻥긋 못한 채 바라보고 있으려니까 아무말 없이 거실 소파로 걸어가는 거야. 그 남자가 걸어갈 때 발등의 힘줄이 꿈틀거렸어. 그리고는 소파에 앉아서 무심하게 창밖을 바라 보더라구. 그 상태로 얼마쯤 있었을까, 내가 거실 전등 스위치를 올렸거든. 그러자 바로 그 남자가 흔적도 없이 사라졌어요."

오순례는 귀신을 실제로 봤다는 얘기를 하고 있었다. 김 씨 아줌마와 숙이엄마는 속으로 '이 여자는 신이 내리기는 확실히 내렸는갑다.'고 생각했다. 물론 그런 내색은 하지 않았다.

"무서워서 잠이 오던가요?"

"문단속 잘하셔야겠네요."

두 여자가 동시에 말했다.

"나는 무섭다기보다는 걱정이 됐어요. 왜냐하면 그전에는 헛것들이 집 안으로 들어온 적은 없었거든."

걱정과 두려움 때문인지 오순례 표정이 어두웠다.

그런 일이 있고 한 열흘 후였다. 저녁 무렵, 회화나무 밑 벤치에서 젊은 남녀가 데이트를 하고 있었다. 남자는 검은 오리털 점퍼에 청바지를 입고 있었고 여자는 빨간색 파카 위에 흰 목도리를 하고 있었다. 이십 대 중후반쯤 되어 보이는 그들은 웃기도 하고 손장난을 치기도 했다. 가끔 핸드폰으로 시간을 확인하는 걸로 보아 누구를 기다리는 듯했다. 오후 일곱 시가 다 되어갈 때쯤, 서요한이 회사직원 두 사람과 함께 별미집으로 들어가는 게 보였다. 아마 저녁 식사 겸 간단하게 술 한잔할 셈인 듯했다. 삼십 분쯤 후, 데이트 남녀도 별미집으로 들어갔다. 식당 안에는 빈자리가 여기저기 눈에 뜨였지만 그들은 굳이 서요한 일행의 옆 테이블에 자리를 잡았다. 서요한 일행은 벌써 술이 얼근히 취해서 목소리들이 컸다. 테이블에는 빈 소주병들이 보였다.

젊은 여자가 홀 서빙 숙이엄마에게 물었다.

"이모, 여기 짜글이 두 개 하고 소주 한 병 주세요. 근데 저기 메뉴판 밑에 '점 안 봅니다.' 라고 쓰여 있는데 무슨 말이에요?"

"가끔 우리 사장님께 점 봐달라고 하는 손님이 있어서 써 붙여 놓은 거예요."

숙이엄마가 카운터에 앉아 있는 오순례에게 들리지 않도록 작은 목소리로 대답했다.

"와! 사장님이 점도 보시는 갑다. 맞아, 회화나무 신령님이 내렸다는 소문을 들었어요."

젊은 여자가 반색을 하며 큰소리로 아는 체를 했다. 오순례가 고개를 돌려 젊은 여자를 바라보는데 눈길이 곱지 않았다. 젊은 여자는 오순례와 눈이 마주치자 대뜸 "사장님, 저 점 좀 봐주시면 안 돼요?" 하고 말을 붙였다. 누가 봐도 당돌했고 무례했다. 그러고 보니 요란한 머리 모양이나 옷매무새가 보통 여자는 아닌 성싶었다. 식당 손님들 눈이 그 여자와 오순례에게 쏠렸다. 오순례는 또 진상손님이 왔구나 싶어서 입을 굳게 다문 채 주방으로 들어가 버렸다. 숙이엄마가 금방 음식을 내왔다. 젊은 여자는 음식은 손도 대지 않은 채 큰 소리로 툴툴거렸다.

"손님 말이 말 같지 않은 갑네. 사장님, 공짜로 봐달라는 것도 아니잖아요."

처음부터 옆에서 젊은 여자의 수작을 듣고 있던 서요한이 얼굴을 일그러뜨리며 그 여자에게 말했다.

"거 좀 조용히 합시다. 젊은 여자가 말이 참 많네. 여기가 점집이 아니잖아. 점을 안 본다고 대문짝만하게 써 붙여놨구만, 젖 떨어진 강아지처럼 보채 싸니 시끄러워서 밥을 못 먹겠네."

젊은 남자의 얼굴에 야릇한 웃음이 스쳤다. 그가 서요한을 노려보며 씹어뱉듯이 말했다.

"니기미, 씨팔. 네가 이 집 기둥서방이야 뭐야? 밥 먹다가 뜬금없이 시집살이를 하네. 내 마누라에게 대놓고 반말지거리하는 주둥이를 확 찢어버릴라."

"뭐라구? 어린놈의 새끼가 말하는 뽄새 보소. 싸가지 없는 놈."

서요한과 젊은 남자가 서로 째려보며 동시에 벌떡 일어섰다. 젊은 남자는 서요한보다 키가 한 뼘 이상 작았고, 몸집도 왜소했다. 서요한이 손바닥으로 젊은 남자의 뺨을 힘껏 후려쳤다. 젊은 남자가 저만큼 나가떨어졌다. 의자가 넘어지고 물컵이 떨어지며 깨지는 소리가 요란했다. 젊은 여자의 외마디 비명이 허공을 찢었다. 여기저기 앉아있던 다른 손님들이 밥을 먹다 말고 서둘러 식당을 나갔다. 식당 바닥으로 뒹굴었던 젊은 남자가 벌떡 일어섰다. 그는 어느새 잭나이프를 손에 쥐고 있었다. 잭나이프가 형광등 불빛에 반사되어 하얗게 번쩍였다. 그 순간, 서요한이 테이블에 있던 소주병을 움켜쥐더니 곧바로 그 남자의 머리를 내리쳐버렸다. 오순례는 서요한의 눈에서 푸른빛이 번쩍했던 걸 봤다. 젊은 남자는 바닥에 쓰러지자마자 큰 대자로 뻗었다. 정수리에서 붉은 피가 분수처럼 솟구치고 있었다. 워낙 순식간에 일어난 일이라 식당 안에는 정적이 흘렀다. 갑자기 요란한 사이렌 소리가 들리더니 경찰 두 명이 식당으로 뛰어 들어왔다. 바깥으로 나간 손님들이 신고를 했던 것이다. 경찰들이 서요한에게 테이저건을 겨누며 소리쳤다.

"소주병 당장 내려놔. 무릎 꿇어."

8

오순례는 살인사건이 난 후 휴업했다. 경찰들이 폴리스 라인을 치는 바람에 식당 문을 열 수 없었다. 형사들이 수시로 조사를 나왔다. 오순례도 참고인으로 경찰서에 출석해서 사건 정황을 여러 번 진술했다. 살인사건 현장에서 범인을 잡았기 때문에 이 사건은 끝난 것처럼 보였다. 하지만 형사들은 식당 손님 간에 발생한 우발적 살인사건으로 보지 않았다. 죽은 남자의 이름은 최재근인데 서울 영등포 오거리 식구파의 칼잡이였다. 형사들은 서울 조폭이 왜 별미집에 나타났는지, 같이 왔던 빨간 파카 여자는 왜 사라져 버렸는지를 수사하고 있었다. 형사들은 최재근과 빨간 파카 여자가 부부로 위장한 걸로 봤다. 누군가가 서요한이나 오순례를 해코지하려고 최재근을 해결사로 보냈는데 오히려 최재근이 피살당한 걸로 추정했다. 그들은 빨간 파카 여자를 잡으려고 혈안이었다.

숙이엄마는 식당에 손님도 없고 무섭다면서 스스로 그만두었다. 넘어진 김에 쉬어가더라고 김 씨 아줌마가 안을 내서 식당 인테리어를 새로 했다. 헌 집 고치다가 살림 말아먹는다더니 당초 예상보다 돈이 세배는 더 들었다. 인테리어 업자가 재개발은 말이 나오고 나서 입주까지 최소 10년이 걸린다고 했다. 그 말에 간단하게 하려고 했던 공사판이 커져 버렸다. 오순례는 혼자 자는 게 무서웠다. 2층에 방을 하나 더 들여서 김 씨 아줌마와 함께 살기로 했다. 영업을 다시 시작했는데 단골손님들은 물로 씻은 듯이 발을 끊었다. 전후 사정을 모르는 뜨내기손님이나 가뭄에 콩 나듯 했다. 음식점은 저녁 장사에서 남는데 술손님이 없었다. 초저녁부터 식당은 절간처럼 조용했다.

서요한이 구속되면서 사직재개발은 소리 소문도 없이 사라졌다. 이제 사직동 재개발 조합 설립은 박동근의 케이재개발로 일원화되었다. 그래서 강력계 형사들 중에는 살인사건의 배후로 케이재개발과 모회사인 케이건설을 의심하는 사람도 있었다. 오순례는 가경동 카페에서 서요한이 집요하게 접근한다는 얘기를 했을 때, 김순섭의 표정이 돌처럼 굳어지던 게 마음에 걸렸다. 불현듯 김순섭이 살인사건에 연관될 수도 있겠다는 의심이 들었다. 만약 그렇다면 결국은 돈 때문에 발생한 사건이다. 거대 건설자본이 사직동을 허허벌판으로 밀어버린 다음 아파트를 짓겠다고 달려들고 있다. 돈을 숭배하는 그들 눈에는 오직 돈밖에 보이지 않는다. 그들 앞에 걸리적거리는 방해물은 무엇이든 치워버리려고 할 것이다. 오순례는 한속이 들면서 몸이 오들오들 떨렸다. 잎이 떨어진 회화나무는 유난히 작아 보였다. 앙상한 가지 사이로 초겨울 삭풍이 불고 있었다.

박태호 | HELP

2023년 문예계간지 『문예바다』에서
단편소설 「소야消夜」 신인상 수상으로 등단.
단편소설 「환생」, 「운당으로 가는 길」, 「꿈」, 「누생累生」.
장편소설 『시간의 창』.

HELP

박태호

K PD와 M PD가 탄 12인승 경비행기가 아마존 강기슭을 따라 정글 위를 날고 있었다. 정글에서 아직도 구석기시대를 살고 있는 원시 부족을 특집 다큐멘터리로 제작하기 위해 가는 중이었다. 세 시간이면 목적지에 도착할 수 있다고 했으나 두 시간쯤 날았을 때 날씨가 돌변했다. 비를 동반한 돌풍이 휘몰아치고 천둥번개가 먹구름과 짙은 안개를 가르며 비행기의 항로를 지워버렸다. 가이드 한 명을 포함해 아홉 명을 태운 경비행기는 길을 잃고 헤매기 시작했다.

두어 시간을 날았으나 목적지가 나타나지 않았다. 공포에 질려 모든 세포가 경직되어 있던 탑승자들이 동시에 비명을 질렀다. 투구게와 같은 괴물체가 비행기 앞에 나타났기 때문이었다. 조종사도 그것을 피하기 위해 급강하하다가 균형을 잃고 정글의 우듬지에 부딪치고 말았다. 비행기는 통제를 벗어나 삼사십 미터 높이의 정글 우듬지를 미끄러지며 추락했다. 추락 중에 탑승자들은 모두 정신을 잃어버렸기 때문에 추락의 끝을 의식한 탑승자는 없었다.

K PD가 눈을 떴을 때는 날개와 문짝이 떨어져 나가고 허리가 부러진

비행기의 동체에 붙은 의자에 안전벨트로 묶여있었다. 땅에서 10여 미터 높이의 부르진 나무에 아슬아슬하게 걸려있었다. 그는 왜 그러고 있는지 또 언제부터 그러고 있었는지는 알 수가 없었다. 바로 앞좌석의 M PD를 보는 순간 사건의 전말이 희미하게 떠올랐다. 그러나 꿈속에서 겪었던 일처럼 희미했다. 사방을 살펴보아도 조종사는 물론 나머지 일행들은 보이지 않았다.

K(견일두)와 M(민지수)는 같은 대학 같은 과의 선후배로 S방송국 입사 동기였다. K가 M의 선배였지만 군 복무 때문에 동기가 되었다. 둘은 학창 시절에 서로를 너무나 좋아했지만 엇갈린 인연 때문에 이루지 못한 분풀이를 결혼을 하고 자식까지 둔 지금도 애틋한 경쟁과 야릇한 무시로 계속하고 있다.

세찬 돌풍이 나무에 걸린 비행기동체를 사정없이 뒤흔들었다. 그 순간 그들을 매달고 있던 비행기 동체도 균형을 잃고 땅으로 내려앉았다. 정글 바닥에 내려앉았으나 계속 떨어지고 있는 관성을 느꼈다. 본능적으로 안전벨트를 풀고 탈출을 시도했다. 그러나 정글에서는 가장 안전한 곳이 비행기 잔해 위였다. M도 '우리가 살아 있느냐?'고 묻는 듯 초점이 흔들리는 시선으로 K를 바라보았다. 그 경비행기가 추락한 곳은 어떤 계곡이었으나 지도상의 좌표는 상상도 할 수가 없었다.

연기처럼 흐르는 짙은 안개에 가려 바로 옆에 있는 사물도 분간하기 어려웠다. 맹수가 덮쳐도 이빨이나 발톱이 몸에 닿는 순간까지는 알아차릴 수 없을 것 같았다. 경비행기의 거친 방문을 받은 정글은 잠깐 숨을 죽이고 동태를 살피는 듯 침묵했으나 곧 별일 아니라는 듯 다시 소리를 내기 시작했다. 두 사람은 바로 응급치료를 받아야 할 만큼 심한 내상으로 자유롭게 움직일 수도 없었다.

의식이 조금씩 회복되면서 거의 본능적으로 비행기 동체를 바닥으로 텐트를 쳤다. 비옷을 챙겨 입고 호신용으로 가져왔던 소총도 챙겼다. 낯선 정글에서 밤을 샐 수 있는 최소한의 준비를 끝내자 밤이 되었다. 텐트 안에 아무렇게나 모아놓은 물건들 틈새에 등을 대고 각각 장전된 소총을 격발자세로 끌어안고 앉았다. 그러나 정글의 밤은 장전된 소총마저 장난감으로 느껴질 만큼 험했다.

밤이 깊어지자 텐트에 관심을 갖고 다가오는 무엇인가의 기척을 느꼈다. 정글에서는 직접적인 위협이 없는 한 큰 소리를 내서 불필요한 관심을 끌어서는 안 된다고 배웠다. 머리카락이 곤두서고 맥박이 빨라졌다. 무엇인가가 점점 더 텐트에 가까이 접근해오는 것을 느꼈다. 텐트 옆을 왔다 갔다 하다가 맹렬하게 발톱으로 텐트를 긁었다. 발톱에 찢긴 틈으로 생물체의 푸른 발광이 어른거렸다. 온몸이 굳어져 방아쇠를 당길 수도 없었다.

반딧불 같은 생물발광을 빤히 보고 있던 M이 방아쇠에 닿아있던 손가락에 힘이 들어갔다. 연발로 발사된 총소리가 귀를 먹먹하게 할 정도로 정글을 뒤흔들었다. 텐트를 습격했던 존재의 생사를 알 수는 없었다. 정글의 모든 소리들은 총소리에 눌려 동시에 멈추었다. 한참 동안 쥐 죽은 듯 적막감만 감돌다가 작은 소리가 되살아났다. 그러나 훨씬 더 부드럽고 조심하는 눈치였다.

정글의 첫 밤은 길었다. 식사도 하지 않고 뜬눈으로 밤을 지새웠지만 피로를 느낄 수조차 없었다. 조심스럽게 찢긴 텐트의 구멍으로 밖을 내다보았다. 비바람이 멎고 안개가 말끔히 사라진 정글의 아침은 시리도록 싱그러웠다. 가장 궁금한 것은 어젯밤 거칠게 환영 인사를 주고받았던 그 짐승이었다. 조심스럽게 텐트를 열고 밖으로 나가자 피 묻은 털이 떨어져 있었다. 결이 센 털의 촉감으로 봐서 재규어나 퓨마와 같은 맹수의 것이 틀림없었다.

"다시 올까요?"

"글쎄? 이 정글에 그놈뿐일까요?"

"…?"

"배가 고프지요?"

"어제 점심부터 굶었나?"

라면을 끓여 먹었다. 육포와 초콜릿도 먹었다. 긴장이 조금 풀리자 졸리면서 온몸이 아프기 시작했다. 그러나 밤이 오기 전에 해야 할 일이 많았다. 가장 먼저 보다 안전한 곳에 잠자리를 마련해야만 했다. 또 죽은 동료들의 시신을 가매장이라도 해야만 했다.

점심으로 또 라면을 끓여 먹고 정글에 흩어진 생필품들과 촬영 장비들을 모았다. 8명이 6개월을 견디기 위한 생필품은 그 양이 적지 않았다. 여행용 캐리어가 10개, 등산용 배낭도 8개, 각종 휴대용 백 등을 대충 모아들이고 나니까 오후 4시가 넘었다. 이미 정글은 밤을 준비하고 있었다.

"왜 아직 구조의 몸짓이 없을까요?"

"회사에서 우리들의 사고를 알기나 할는지 모르겠어요? 알았다고 해도 이 넓은 정글에 경비행기 하나가 추락한 지점을 찾아낼 수 있을까요?"

"경비행기회사에서 연락이야 했겠지요?"

"기다려 봅시다."

텐트를 이중으로 설치하고 소총도 다시 장전한 다음 짐들 사이에 둘이 등을 대고 누웠다. 바로 잠이 들어버렸다. 다음 날 눈을 떴을 때는 오전 11시였다. 텐트는 이상이 없었다. 아직도 추락의 관성을 느꼈지만 조심스럽게 정글을 둘러보았다. 어디에도 사람의 흔적은 없었다.

무작정 구조를 기다리고 있을 수도 없었지만 탈출을 시도해볼 수도 없었다. 탈출할 수 있는 길을 모르기 때문이었다. 생필품이 있고 비행기의 잔해라도 있는 이곳에서 구조를 기다려볼 수밖에 없었다. 우선 구조될 때까지 밤들을 위해 텐트를 설치할 보다 안전한 곳을 찾아야 했다.

가까운 산기슭에서 경사가 30도쯤 되는 바위를 10여 미터쯤 올라가 바위벽에 뚫린 석굴을 발견했다. 그 석굴은 깊진 않았지만 방처럼 생겼다. 텐트 두 개를 설치하기에 충분한 넓이였다. 석굴 안의 바위틈에서는 시원한 바람과 물이 새어 나와 열대우림의 열기를 식혀주고 있었다. 물은 바닥에 파인 홈으로 흘러 작은 폭포로 이어졌다.

그들은 텐트를 옮겨 그 천연석굴 안에 설치했다. 생필품과 촬영 장비들을 알뜰히 챙겨 텐트 하나를 채웠다. 여덟 명이 6개월을 견딜 수 있는 양의 생필품들은 두 사람이 꽤 오래 버틸 수가 있는 양이었다. 낯설고 험한 원시 정글에서 그것들은 엔젤치어의 난황卵黃만큼이나 소중했다.

두 사람의 생활공간으로 세상에서 가장 튼튼한 또 하나의 텐트를 설치했다. 가능한 한 텐트 밖으로 나가지 않기 위해 물도 텐트 안으로 흐르게 했다. 석굴의 입구에는 통나무를 쌓았다. 텐트는 빙결氷結된 시공의 크레바스에 빠진 그들에게는 생명의 방주였다.

하늘이 보이지 않을 만큼 높고 조밀하게 자란 나무들과 뒤엉킨 덩굴식물들을 헤치며 지형을 익히고 탈출로를 찾아서 매일 조금씩 더 멀리 나가보았다. 반경 1km의 지형을 익히는 데도 꽤 오랜 시간이 걸렸다. 공포와 절망 속에서도 텐트 가까운 곳에 빨래를 하고 샤워도 하기 위해 계곡물을 막아 노천 풀장을 만들었다. 정글에서는 언제나 한 사람이 일을 하고 다른 한 사람은 보초를 섰다.

먹통이 되어버렸지만 전화기는 신체의 일부로 느껴졌다. 언제나 지니고 다니며 그것을 두드려 말소리를 대신하는 암호로 사용했다. '탁'하면 '오라' '탁탁'하면 '가라'처럼…. 용도가 바뀌어도 문명에서 명품은 정글에서도 명품이었다. 100일 같은 10일이 지나도 구조의 신호는 오지 않았다.

K는 틈만 나면 부서진 경비행기 조각들을 하나하나 제자리에 전동드라이브로 고정시켜가며 맞추었다. 손바닥 크기의 조각에서부터 대문짝만한 것에 이르기까지 조각들이 대부분 제자리를 잡자 경비행기도 제 모습을 갖추어 갔다. 혼자는 옮길 수 없는 큰 조각을 옮길 때는 아틀라스 애벌레를 돌보며 보초를 서고 있는 M에게 도와달라고 부탁했다.

"직업을 바꿔보시려고 실습을 하는 거예요?"

"소라게가 소라껍질을 수리하는 거지요."

"부서진 소라껍질?"

"그러니 고쳐야지요."

"추락하면서 혹시 뇌가 부서진 건 아닌가요?"

"그럴지도 모르죠. 그 반대일 수도 있고."

"그 반대라면?"

"이제야 제정신이 들었다, 뭐 이런."

"그럼 나는요?"

"징그러운 아틀라스 애벌레나 가지고 놀아 놓고선 들 정신이나 있어요?"

M은 울상을 지으며 웃었다. 그래도 그것이 추락 후 처음으로 웃는 웃음이었다. M은 생물학을 전공했다. 아틀라스 나방을 애완동물로 길렀다. 아틀라스 나방은 동남아시아에 서식하는 세상에서 가장 큰 나방으로 알려져 있다. 그녀는 이번 여행에도 아틀라스 한살이를 관찰한다며 애벌레 열 마리를 가져왔다. 비행기가 추락할 때도 그 애벌레들은 무사했다.

"나는 그들이라도 없었으면 숨이 막혀 죽었을걸요."

"그들이 산소호흡기라도 된단 말인가요?"

"산소호흡기만 있으면 숨이 막히지 않는다고? K형은 개대가리가 맞네."

'개머리'는 K의 이름인 견일두에서 유래한 별명이었다. 친한 친구들은 그를 '개대가리'라고 부르곤 했다.

"징그러운 애벌레 때문에 숨을 쉴 수 있다며?"

"이 절망의 상황에서도 궁극의 희망을 이야기해주니까요."

"나는 그 복음을 왜 못 듣지?"

"저 애벌레들은 그저 나방이 되기 전의 징그러운 미성숙한 예비 단계 즉 나방이 되기 위한 준비단계가 아니에요. 나방과 전혀 다른 종種처럼 나름의 생존전략으로 한 살이를 살아가는 완전한 독립체지요. 저 애벌레들이 감히 나방으로 사는 다음 생을 상상이나 하겠어요? 그러나 애벌레들이 주어진 생을 온전히 살아내기만 하면 다음 생은 자동적으로 주어지거든요. 그것이 바로'부서진 비행기 조각이나 만지작거리지 말고 어떻게 하면 남은 생을 온전히 살 수 있는지를 연구해야 한다.'는 말이 되는 거죠."

정글의 밤은 어두웠다. 생명체의 푸른 발광 외에는 빛이 거의 없었다. 정글에 추락한 첫날 벌어졌던 맹수의 습격 사건 때문에 여전히 밤은 공포 그 자체였다. 누가 먼저 잠들어 버리면 남는 사람은 불면의 보초가 되고 말았다. 특히 K가 먼저 잠들면 혼자 남은 M에게 밤은 고문이었다.

"개머리 형은 누가 가장 보고 싶어요?"

M은 인간이 낼 수 있는 최저음으로 답을 기대해서가 아니라 K가 잠드는 것을 막기 위해 말을 걸었다. K도 M이 깨어있다는 것이 반가워서 어떤 질문이든 정답을 찾기 위해 최선을 다했다.

"내가 가장 보고 싶네요."

"불 켜줄까요?"

"뭘 보게?"

"K형 자신이 가장 보고 싶다며?"

"소라껍질이 다 부서져 알몸이 된 초라한 모습 말고."

"문명이 인간에게 소라게의 소라껍질이라고?"

"대충 그렇지 않을까요?"

"부서진 비행기가 문명의 상징이고?"

"여기선 그렇지요."

잠들지 않기 위해 시작한 대화였지만 말은 스스로 길을 내며 물방울이 모여 바다로 흐르듯 새로운 담론으로 이어지곤 했다.

정글에서 사는 법을 배우기 위해 원숭이를 따라 정글을 헤매다가 K가 독사에게 물렸다. M은 바로 뱀의 이빨 자국이 선명한 K의 종아리를 입으로 빨아 뱀독을 제거하려 했으나 그는 표정이 일그러지며 실신하고 말았다. 항상 지니고 다녔던 해독약을 먹고 또 먹이고 자신보다 더 크고 무거운 남자를 업어 텐트로 옮겼다. 숨은 붙어있었지만 의식이 없는 K를 지켜보며 M은 꼬박 이틀 밤낮을 뜬눈으로 보냈다. 그동안 그녀는 아무것도 먹지 않았다. K가 눈을 뜨며 M과 눈이 마주치자 그녀가 실신하고 말았다.

M이 정신이 돌아오자 자신의 상체를 안고 있는 K에게 가는 목소리로 중얼거렸다. "세상에 한 명뿐인 남은 남이 아니지요?"그들은 부둥켜안고 울기 시작했다. 신은 아담과 이브에게 서로 사랑하란 말을 하지 않았다. 세상에 단 한 사람뿐인 남이라면 제 몸처럼 사랑하리란 것을 너무나 잘 알고 있었기 때문이었을 게다. 그들도 정글에 추락하기 전까지는 진정한

의미에서 제 몸처럼 소중한 남을 만난 적이 없었다.

풀장으로 오가는 길가에는 예쁜 야생화를 옮겨 심었다. 그러나 그것들은 허무의 꽃을 피웠고 절망의 열매를 맺을 뿐이었다. 개울을 막아 만든 풀장에는 이상한 물고기와 온갖 수서 생물들이 모여들었다. 그러나 소통이 불가능한 그들에서 느낄 수 있는 것은 고독뿐이었다. 맹독을 지닌 동물들을 피해 쉴 수 있도록 풀장 옆에 해먹도 설치했다.

"저게 뭐야?"

K가 해먹을 보며 비명을 질렀다. M도 K의 시선을 따라 해먹을 보는 순간 그 자리에 주저앉고 말았다. 소총을 발사 자세로 잡고 사방을 살폈으나 인기척을 느낄 수는 없었다. 조심스럽게 해먹에 다가가서 자세히 살펴보았다. 내장이 완전히 제거되고 풀잎으로 채워 덩굴로 묶은 멧돼지 사체였다. 목에 난 화살 자국을 제외하면 몸체는 살아 있는 것처럼 온전했다.

"귀신의 짓은 아니겠지요?"

M은 벽에 머리를 부딪쳐 정수리의 통증이 콧김으로 빠져나오는 고통을 느끼며 혼잣말처럼 내뱉었다.

"누가 왜 이런 짓을?"

K도 항거불능의 적 앞에 비무장으로 선 것처럼 무력감을 느끼면서 중얼거렸다. 그 멧돼지의 사체에 담긴 메시지를 이해할 수는 없었지만 사람의 짓이라는 것은 의심할 여지가 없었다.

"환영 인사가 아닐까요?"

"무슨 뜻인지 모르겠어요. 떠나라는 경고일 수도 있고 환영한다는 인사일 수도 있겠죠. 영역을 주장하는'갑'질일 수도 있고."

정글에 추락한 후로 처음 본 인간의 메시지였다.

"메시지가 무엇이든 인간이 있다는 사실은 우리에 복음이 아닐까요?"

"위험이기도 하지요."

M은 장전된 소총을 단단히 잡고 K에게 의지했던 자세를 풀고 경호하는 자세로 앞으로 나섰다.

"어떻게 하려고?"

"우리에겐 물러날 곳이 없잖아요? 통구이를 해서 먹어버립시다."

K가 해먹에서 멧돼지 사체를 끌어 내렸다. 풀장 옆에 임시 화덕을 만들어 바로 통구이를 시작했다. 구운 멧돼지고기를 원숭이에게 먼저 던져 주었다. 독이 든 것은 아니었다. 그들도 모처럼 바비큐로 포식을 했다.

"개머리 형은 신이 있다고 믿으세요?"

또 불면의 밤이 시작되었다.

"있는지는 몰라도 이 정글에 추락하고부터 있기를 갈망했어요."

"그건 도시에서도 마찬가지가 아닐까요? 문명을 신으로 착각하지만 않으면."

"니체는 그것을 착각이 아니라 신이 죽은 빈자리를 채울 미래의 인간상 위브멘쉬라고 하지 않았나? 허상이 사라진 위대한 정오에 제 발로 선 인간 말이야."

"유발 하리리는 그것을 신이 된 인간 즉 호모데우스라고 우기고?"

"그르면 우리들의 추락은 니체 이전으로 시간여행을 한 건가요?"

"문명에서 발생하는 현상들의 원인은 대부분 인간이니까 신이 존재할 빈자리가 없지만 정글에서 발생하는 현상들의 원인은 대부분 X니까 그것을 신으로 인식할 수밖에 없지 않았을까요? 관념적인 신이 상황에 따라서는 도깨비가 되었다가 지니 같은 요정이 되기도 하고 또 산신령도 되었다가 창조신도 되기도 하겠죠."

"신이 있다는 거요 없다는 거요? 그건 그렇고 언제 그렇게 깊은 신문학 神文學을 공부하셨담? 도미노의 시작 지점까지 따라가도 만든 이는 빈자리로 남을 수밖에 없지 않나? 그것을 신으로 생각할 수밖에 없다는 것이 피조물의 숙명이 아닌가요?"

무신론자에게도 신이 있다는 결론은 위로가 되었다. K는 밤마다 신이 있어야 살 것 같아서 신의 존재를 설명할 논리를 찾다가 자신도 모르게 유신론자가 되고 있었다. 추락한 지 200일처럼 느껴지는 20일이 지나도 구조의 손길은 오지 않았다. 소통이 되지 않는 타인의 지식은 지식이 아니었다. 수백 수천 마리의 원숭이들이 정글의 탈출로를 알고 있어도 K와 M에게 그것은 지식이 아니었다.

텐트 주위에는 가끔 사람의 맨발자국이 찍혀 있었고 인기척을 느낄 때도 있었지만 직접 대면할 수는 없었다. 발자국은 언제나 크고 작은 한 쌍으로 찍혀 있었다. 발자국 주인들에게 간절한 소망을 담아 아라한이라고 부르기로 했다. K는 2인 1조로 감시를 한다고 생각했고 M은 두 명의 남녀가 친해질 기회를 엿보고 있을지 모른다고 생각했다.

"저들이 우리들에게 유일한 희망인가요'?"
"그것도 가능성에 불과하지요."

순간순간 희망과 절망이 교차하면서 한 달이 지났다. 나날이 희망은 작아지고 정글은 더 넓어지는 것 같았다. 그동안 문명에서 지켰던 법률과 윤리는 허물어지고 본능이 그 자리를 차지하고 말았다. 그동안 등을 맞대고 밤을 맞이했던 염치도 누가 먼저랄 것도 없이 마주 보고 잠드는 쾌락으로 바뀌었다.

하늘이 열린 높은 곳을 찾아 문명 세계로 SOS를 보내기로 했다. 정글에서 찾을 수 있는 가장 높은 곳은 텐트를 품고 있는 바위의 꼭대기였다. 나무를 베어내고 돌을 깨며 그곳으로 가는 길을 내기 시작했다. 다음날 길이 나야 할 방향으로 아라한들의 맨발자국이 찍혀 있었다. 그 발자국을 따라 길을 내며 올라갔다. 그것이 가장 안전한 지름길이었다. 정글의 비탈에 300m의 길을 내느라 꼬박 이틀이 걸렸다.

정상에는 나무가 뿌리를 내릴 수 없는 넓은 바위가 있었다. 주위의 나무들도 높이 자라지 않아서 하늘이 열려있었다. '하늘을 온전히 보았던 것이 얼마 만인가?' 두 사람은 한참 동안 하늘을 감상했다. 테니스코트 두 개 정도의 넓이였다. 그것을 마당바위라고 부르기로 했다. 오른쪽 중간쯤에는 돌기둥이 하나 서 있었다. 그때 그 돌기둥 뒤에서 무엇이 연기처럼 나무들 사이로 사라져갔다. 거의 반사적으로 따라가 보았다.

산마루를 따라 얼마 가지 않아 두 명의 원시인들과 마주 보고 섰다. 벌거벗은 남자와 여자였다. 남자는 활을 들고 있었고 여자는 나무칼을 들고 있었다. K는 너무나 뜻밖의 상황이라 무엇을 해야 할지 알 수 없었다. M도 소총을 들고 한 발 뒤에 서서 원시인들을 보았다.

"저거 사람 맞지요? 그럼 총을 치워야지."

M은 그들이 들고 있는 활과 나무막대기를 보자 마음이 놓였다. 비대칭 무기인 소총을 거두며 K의 총부리도 다른 쪽으로 밀쳤다. K도 정신을 차리고 총을 거두었다. 원시인들은 처음부터 시선을 다른 곳에 두고 있었다.

"저들을 놓쳐서는 안 되는데 어떡하지?"

"강제로 뭘 할 수는 없잖아요? 저들이 선택하도록 기다려 봅시다."

"그래야겠지요?"

K와 M은 조용히 총을 거두고 그 자리에 앉았다. 그들도 그 자리를 떠나지 않고 가만히 서 있었다.

"저들도 우리의 선택을 기다리고 있지 않을까요?"

"우리가 뭘 선택할 수 있지요? 지금은 우리가 무조건 을일 수밖에 없는데."

"갑이든 을이든 저들을 놓쳐서는 안 되는데. 강제로 잡아갈까요?"

"그건 좋은 방법이 아닐 것 같은데요. 먹을 것을 좀 주어봅시다."

M이 백에서 초코파이 두 개를 꺼내 그들에게 가져가라는 몸짓을 했다. 그들은 망설이다가 한두 걸음 조심스럽게 다가왔다. 조용히 그들 앞으로 놓고 일단 그 자리를 피해 마당바위로 돌아왔다. 원시인들은 다시 나타나지 않았다. 산마루를 따라 다시 숲으로 들어가 보았으나 그들은 없었다.

선 돌 주위에는 불을 피웠던 흔적도 있고 물고기 뼈와 짐승의 뼈도 있었다. 그곳은 정글에서 햇볕이 가장 좋은 곳이었기 때문에 자주 오는 것 같았다. 선돌을 기점으로 직선을 긋고 다시 그 선과 직각으로 선을 그었다. 깊이 생각해보지도 않고 문명 세계에서 누구나 알 수 있는 +자를 그렸다. 멀리서도 잘 볼 수 있도록 흰색으로 가능한 한 굵고 진하게 칠했다.

"아라한들도 둘이어서 다행이네요. 혼자라면 정글에서 살기 어려웠을 텐데."

"도시에서도 혼자서 살기는 어렵지요."

"오늘은 그만 내려갑시다. 원시인들도 우리가 적이 아니란 것을 알았겠지요?"

그들의 SOS에 문명 세계는 답하지 않았다. 기대와 흥분은 실망과 좌절로 가라앉았다. 가끔 그 정글 위로 날아가는 비행물체의 소리가 들렸다. '그들은 우리의 SOS를 보지 못했을까? 비행기는 그렇더라도 지구의 표면을 구석구석 살피고 있는 수많은 인공위성들의 눈이 있다고 하지 않는

가? 그렇다면 정글에 갑자기 나타난 대형 ＋자문형을 보지 못했을 리가 없을 텐데.'라고 생각하며 또 기다려 보기로 했다.

요란한 천둥 번개와 더불어 한 차례 장대 같은 소나기가 쏟아지다가 언제 그랬냐는 듯이 파란 하늘이 드러났다. K와 M은 정오쯤에 SOS전망대가 걱정스러워 다시 올라갔다. 아라한들이 먼저 와서 일그러진 ＋자 문양을 흰색 물감으로 다시 칠하고 있었다. 말을 주고받을 수는 없어도 보수 작업을 함께 했다. M이 간식으로 가져간 초코파이를 그들에게 나누어 주었다.

그다음부터는 틈만 나면 아라한들을 만나기 위해 SOS전망대로 올라갔다. 선 돌 옆에 전망대 관리용 텐트를 하나 설치하고 간단한 생활 도구도 비치했다. 아라한들도 자주 들렀다. 아라한들과 친구가 되기만 하면 정글의 생존법을 간추려 놓은 작은 가이드북과는 비교도 할 수 없을 만큼 생존과 탈출에 실질적인 도움이 될 수 있다고 확신했다.

추락한 지 40일이 지났다. SOS전망대에서 보내는 시간이 점점 길어졌다. 간식거리만 챙겨서 오전 10시경에 도착해보면 이미 아라한들도 와있을 때가 많았다. 그러나 그들의 행동은 종잡을 수가 없었다. 웃으면 화를 내기도 하고 말을 걸면 방귀를 뀌는 흉내를 내기도 했다. 청각장애인가를 알아보기 위해 몸짓으로 소통을 시도해보아도 마찬가지였다.

도와줄 때도 있었지만 심술을 부릴 때도 있었다. 무의미한 몸짓 하나도 그들에게는 엉뚱한 의미로 해석되어 사달이 벌어질까 봐 조심스러웠다. 그러나 그들도 늘 둘뿐인 것으로 봐서 K와 M 못지않게 밀림이 두렵고 사람이 그리워서 SOS전망대를 맴도는 것 같았다.

"저것들이 사람을 닮은 원숭이가 아닐까요?"

"사람이지만 생존 논리와 방법이 달라서 그렇겠지."

"차라리 적개심이라도 보여주면 좋겠어요, 일관성 있게."

"미움보다 무서운 것이 무관심이라더니 그 말이 맞네요."

가져온 식량이 떨어지면 굶어 죽을 수밖에 없는 정글에서 살 수 있는 아라한들은 소중한 존재일 수밖에 없었다. 그들과의 관계 악화는 생존의 문제였기 때문에 무리하게 소통을 시도해보는 모험을 할 수는 없었다. 통계로 그들의 행동을 판독해보기 위해 일거수일투족을 전부 기록하기 시작했다.

배가 고프면 아라한들은 먼저 일어나 따라오라는 듯 머뭇거리다가 천천히 숲으로 들어갔다. K와 M도 그들을 따라가 그들이 먹는 열매와 뿌리를 먹어보았다. 어떤 때는 먹는 과정을 보라는 듯이 천천히 되풀이해서 시범을 보여줄 때도 있었지만 어떤 때는 보고 있으면 아무것도 않겠다는 듯이 딴전을 피울 때도 있었다.

"저들에게서 문명의 흔적을 발견할 수 없다는 것이 불길하네요."

"이 넓은 정글에 단둘뿐이란 것도 이해하기 어렵고."

"저들을 너무 믿지 맙시다. 개만도 못할 수 있어요."

"그래도 이 정글에서 저 나이가 되도록 살아있다는 것은 대단한 게 아닐까요?"

갑자기 쏟아지던 소나기가 멎으면서 햇살이 따가웠다. 그때 가까운 나무 위에서 원숭이가 뭔가 다급하다는 패턴의 소리를 내기 시작했다. 아라한들은 서둘러 K와 M을 텐트 안으로 끌어들이며 몹시 불안해했다. 처음으로 경험해본 아라한들과의 짜릿한 스킨십이었다. 정확한 의미는 알 수 없었으나 어떤 위험이 다가온다는 것을 직감할 수 있었다.

아라한들은 활과 나무칼로 방어 자세를 취했다. K와 M도 거의 본능적으로 총을 똑바로 잡고 경계 자세를 취했다. 아라한들은 낯선 원숭이 소리에 집중하는 것 같았다. 활을 든 남자 아라한이 세 사람 앞으로 나서며 정조준의 자세를 취했다. 그의 시선이 멎는 곳에 짐승의 눈이 보였다. K와 M은 동시에 목표물을 향해 방아쇠를 당겼다. 비명소리와 함께 무엇이 공중으로 솟아올랐다가 맥없이 떨어지면서 침묵이 이어졌다. 원숭이 소리도 평상시의 그것으로 되돌아갔다.

총을 격발자세로 잡고 K가 조심스럽게 텐트를 나가려 하자 아라한들이 그를 제지하며 이상한 몸짓을 했다. 한참을 짐승이 있었던 곳을 응시하다가 활을 든 아라한이 앞장서서 텐트를 나갔다. 네 명이 한 팀으로 다가가 보았다. 조금 떨어진 곳에 큰 퓨마 한 마리가 죽어있었다. 아라한들은 죽은 퓨마를 향해 활을 쏘고 나무칼로 내리치며 이상한 발작을 일으켰다. K와 M은 한 발 뒤로 물러서서 그들의 광란을 지켜보기만 했다. 그들은 퓨마의 사체를 물어뜯기도 하고 걷어차기도 하며 온갖 학대를 가하다가 땀에 흠뻑 젖어서 서로 부둥켜안고 울기도 했다.

"왜 저럴까요?"

"저 맹수에게 원한이 깊은 것 같네요. 가족을 저 짐승에게 잃었나?"

"가족을 저놈에게 다 잃고 둘만 남았다? 그나저나 우린 어떻게 하지요?"

아라한들의 의식이 끝난 다음 M과 K가 속삭였다. 아라한들도 그들이 속삭이는 소리를 들었다. 그들은 원숭이 경고를 듣고 텐트로 몸을 피했고 또 속삭임까지 듣는 것으로 봐서 청각장애인들이 아니란 것은 분명해졌다.

"저들에게 선물로 주어버리지요? 저 짐승에게 원한이 깊은 것 같은데."

"그르지요."

K와 M은 그들을 남겨두고 조용히 일어나 자리를 뜨려 하자 그들도 약

속이나 한 듯 따라나섰다. 눈치를 살피면서 조심스럽게 하산을 시작하자 그들도 퓨마 사체를 힘겹게 끌면서 따라오기 시작했다. 그들의 속내를 알 수는 없었으나 K와 M도 그들을 도와 퓨마 사체를 무사히 석굴까지 끌고 내려왔다. 그러는 동안 자연스럽게 스킨십이 이루어졌고 그들도 처음으로 이해할 수 없는 말을 하며 좋아하는 것 같았다.

그들에게 라면을 끓여주었다. 주저하지 않고 먹었다. 식사를 마치자 텐트 옆에서 바위 쪽으로 자란 나무를 타고 원숭이처럼 올라갔다. 텐트에서 5m쯤 위에 또 다른 석굴이 있었다. 적당한 굵기의 나무토막을 가져다가 나뭇가지와 바위 턱을 연결하는 다리를 놓았다. 그들은 그날 밤 거기서 머물렀다.

그날 이후로 아라한들은 K와 M을 대하는 태도가 달라졌다. 가끔 동물을 잡아서 풀장까지 가져와 손질한 다음 나무에 이상한 모습으로 매달아놓기도 하고 노천에서 바비큐를 만들어 반을 남겨놓고 가버리기도 했다. 그럴 때마다 풀장의 물을 빼고 청소를 다시 해야만 했다.

"무슨 생각으로 저런 짓을 하는지 모르겠어요."

"은인에게 베푸는 보은이겠지."

"인간이 신에게 바치는 제물과 같이?"

"신이 되어보니 알겠네요. 인간은 제물로 바쳤지만 신에겐 무용지물이거나 흉물이 될 수 있다는 것을."

아라한들은 귀한 음식이라고 생각해서 K와 M에게 선물했겠지만 K와 M은 낯선 동물의 고기를 먹을 수 없었다. 멧돼지 바비큐도 요리하는 과정을 보면 역겨울 정도로 비위생적이었다. 문명과 원시는 서로 다른 이유로 이웃하며 아주 느리게 친구가 되어갔다.

"저들은 개만도 못하네요. 개는 사람의 말에 관심이라도 갖지."

M이 입력된 프로그램으로 움직이는 로봇 같은 아라한들에게 분통을 터뜨렸다.

"대기설법對機說法이라고 하는 불교 용어가 생각나네요. 듣는 사람의 이해 능력에 맞추어 설법한다는 뜻이지요. 우리가 저들에게 맞출 수밖에 없겠지요."

"맞아요. 소통이 이루어지는 지점은 열등한 자의 수준이지 우월한 쪽의 수준일 수 없지요. 그러나 맞추는 것도 뭘 좀 알아야 맞추지요."

시간이 흘러도 정글에 적응하지 못하고 홀로 깨어있는 밤이 두려워 간단한 화제로 시작한 이야기가 거꾸로 두 사람을 이끌곤 했다.

어제 같은 오늘이 이어지면서 추락한 지 반년이 지났다. 일부 식량은 바닥을 드러내기 시작했지만 구조의 현실성은 점점 희박해지고 있었다. 그러나 절망과 체념은 이미 습관이 되었기 때문에 감당할 수 없는 고통은 아니었다.

"SOS를 고칠까요? +자는 신의 언어이지 인간의 언어는 아니잖아요?"

"아, +를 '구조해주세요'로 해석하지 않았을 수도 있다고? 대기설법對機說法? 그렇게 중요한 사실을 왜 이제야 알았지? 파레이돌리아(변상중)쯤으로 치부하고 말 수도 있다 뭐 이런!"

"인간의 기도도 신에게 범하는 저와 같은 실수의 반복이 아닐까? 우리가 부르짖는 간절한 기도에 신이 철저한 침묵으로 일관하면 우린 인간은 자기 오류를 생각하지 않고 먼저 신의 존재 여부를 문제 삼지."

"그건 그렇고 어떻게 고치지?"

"HELP로 할까요?"

"Good idea! 처음부터 그랬어야 했어요."

나무를 태운 숯으로 바닥은 검게 칠하고 Help는 흰색으로 가능한 한 선

명하게 그렸다. 매일 덧칠을 거듭하며 하늘을 쳐다보았다. 그러나 하늘
엔 해만 뜨고 질 뿐 얼마 동안은 반응이 없었다. 아라한들은 의미도 모르
면서 마르면 백색이 될 뿐만 아니라 잘 지워지지도 않는 나무에서 채집한
수액으로 열심히 도와주었다. 그 보답으로는 초코파이 한 개씩이나 라면
한 봉지가 전부였다.

7월 중순이 넘어서면서 아라한들은 SOS관리용 텐트 주위에 각종 먹을
수 있는 식물의 뿌리와 견과류를 가져다 놓기 시작했다. K와 M은 그들
의 의도를 알 수가 없었으나 일단 그 소중한 식량을 텐트 안으로 들여놓
았다. 그 다음 날도 또 가져다 놓았다.
　"우기를 대비하라는 뜻이 아닐까요? 우리의 프로젝트도 우기를 피하기
위해 7월에 끝내기로 되어 있었잖아요."
　"그래요. 우리를 돕는 순수한 선의겠지요."
　"K형은 처음에 저들을 적으로 간주하지 않았어요?"
　"우리가 저들을 아라한이라고 부른 것은 참 잘한 것 같습니다."
　우기는 8월에 시작되었다. 비가 자주 오고 또 많이 왔지만 비축된 일부
식량이 남아 있었기 때문에 견딜 만했다.
　어떤 생필품은 거의 바닥을 드러내면서 절망이 현실이 되고 있었다. 소
화기관이 정글에 적응되지 않았기 때문에 아라한들이 준 것들을 먹고 배
탈이 날 때가 많았다. 하루하루의 삶을 운에 맡길 수밖에 없을 무렵 헬리
콥터 한 대가 전망대 상공을 맴돌았다. 지옥에서 왔더라도 귓전을 찢을
듯이 정글을 뒤흔드는 그놈의 날갯소리가 K와 M에게는 환생의 메시지
로 들렸다. 전망대로 뛰어 올라갔다. 속도가 그만큼 소중하다고 생각해
본 적은 없었다. 'HELP와 +'을 생각해보지도 않고 기도에 대한 신의 침
묵만 원망했었다. 추락한 지 200일 만이었다.

신희동 | 효도는 얼마예요?

1965년 6월 전북 고창출생.
2011년 국민대 문예창작대학원 졸업.
2020년 문학나무 가을호 단편소설 「아이젠을 힘껏 꽂고」로 등단.

효도는 얼마예요?

신희동

나는 노파의 입속말을 알아듣기 위해 허리를 숙여 얼굴을 노파의 얼굴에 가깝게 들이댔다. 노파는 계속 웅얼웅얼 알아들을 수 없는 소리를 냈다. 화장실까지 자신의 어깨를 부축해 온 내 손을 조심스럽게 털어내면서 주변을 살피더니 낮은 소리로 중얼거렸다. 그러나 나는 노파의 소리를 좀처럼 알아채기 힘들었다. 식당의 화장실은 제법 넓었지만 여러 가지 소음이 스며들고 있었다. 창문 넘어 들려오는 자동차가 시동을 거는 소리와 함께 벽면 바깥으로는 정체를 알 수 없는 물 흐르는 소리까지 들려와 부산하고 소란스러웠다. 노파는 자신의 소리를 알아듣지 못하는 내가 답답한 모양이었다. 세면대를 짚었던 손에 힘을 주자 굽었던 노파의 등이 갑자기 펴졌다. 내 얼굴 가까이까지 다가온 노파의 입이 분명한 소리를 냈다. 그 집은 니꺼야, 알았지? 웅얼거리던 노파의 소리가 똑똑히 들리는 순간 나는 입을 다물지 못했다. 왜요? 벌어진 내 입에서 나온 소리가 몹시 못마땅한 듯 노파는 자신의 이마를 찡그렸다. 오랜 기억 속에서 보았던 노파의 고집스러운 눈빛이 나를 노려보았다. 나는 나도 모르게 노파의 시선을 피했다. 노파는 여전히 내게는 두려운 존재였다. 노파의 등이 다시 굽었다. 손을 뻗어 내 손을 잡고 자신의 몸을 슬며시 내게 기대어 왔다. 노파의 이런 행동은 전에 없던 일이라 나는 긴장했다. 노파의 은근한 목소리가 몸에서 뿜어 나오듯 다정하게 들렸다. 너는 그냥 내

집에 들어오기만 하면 돼. 노파의 은밀한 목소리에 맞춰 나는 눈을 가늘게 떠 눈웃음을 짓고, 입꼬리를 한껏 올리며 미소를 지었다. 나는 노파의 어깨를 다시 조심스럽게 부축했다. 그리고 내가 낼 수 있는 가장 다정한 목소리로 노파에게 물었다. 근데요, 어머니. 그 집은 얼마예요?

공들여 깐 커다란 꽃게 다리는 노파가 먹기 좋게 껍질이 반쯤 까여 투명한 살빛으로 흔들렸다. 덥석 건너온 노파의 거친 손이 내 손끝에 쥐고 있던 게 다리를 낚아채듯 받았다. 투명한 게살을 바라보는 노파의 눈이 반짝거리며 빛났다. 게 다리에서 검은 간장물이 흘러 노파의 손등을 타고 흘렀다. 노파는 내가 건네준 게의 다리를 받아 들더니 곧장 입으로 가져갔다. 노파는 쭙, 소리가 내며 게의 다리를 빨았다. 투명한 게살이 노파의 붉은 입 속으로 빨려 들어갔다. 게살이 노파의 목구멍으로 넘어가기 무섭게 노파는 손가락을 적신 간장 물을 핥았다. 몇 번 붉은 혀를 날름거리며 손가락을 핥더니 반쯤 남겨진 게 다리의 껍질을 깨물기 시작했다. 우걱 소리를 내며 노파의 입속에서 게 다리가 부서졌다.

어버이날을 앞둔 주말, 남한강변에 위치한 간장게장 전문 식당은 입구부터 주차장까지 빨갛고 하얀 영산홍이 원색의 빛깔로 화려함을 자랑하고 있었다. 길 따라 만개한 영산홍 꽃 무더기 위로 5월 한낮의 따가운 햇살이 눈을 찔렀다. 검은 선글라스가 아니었다면 자칫 눈이 멀 지경이었다. 식당은 무한리필이라는 영업 전략으로 이미 맛집으로 소문이 났는지 손님으로 넘쳐났다. 몇 번 지인들과 찾아왔었지만 올 때마다 복잡하고 소란스러워 정신없이 식사를 마치기 일쑤였다. 개인적으로 이렇게 산만한 분위기의 식당에서 식사하는 것을 나는 좋아하지 않는다. 도떼기 시장통같이 이렇게 정신없는 곳에서 도대체 무슨 맛을 느낄 수 있단 말인가. 시누이가 어버이날 가족들 식사로 노파가 간장게장을 먹고 싶어 한다는 말을 전했을 때, 나는 이 집이 생각났지만 결코 내 입으로 이런 곳을 추천하고 싶지는 않았다. 이곳을 추천한 사람은 손아래 동서였다. 그러고 보니 동서의 집이 지역적으로 이곳과 가까웠다. 이미 맛집으로 소문난 곳이라니 당연히 동서도 입소문을 들었을 것이다. 일 년에 몇 번 모이지 않는 가족들의 식사에 겨우 간장게장 따위가 먹고 싶다는 시어머니도 마음에 들지 않았지만 시어머니의 요청에 선뜻 이 집을 추천한 동서는 더욱 마음에 들지 않았다. 동서의 추천에 시누이가 합세했고, 속절없이 남편도 찬성의 뜻을 드러내 자연스럽게 장소가 정해졌다. 소갈비도 아니고 겨우 간장게장이라니. 입을 삐죽이며 입속말을 해 보았지만, 어느 누구도 내 말을 귀담아듣지 않았다.

10년 만의 재회였다. 어제저녁 느닷없이 받은 시어머니의 전화 때문에 갑자기 만나게 된 시댁 식구들이었다. 시누이와 시동생 부부. 그들은 이미 알고 있었지만 나는 오늘 시어머니의 집을 처음 보았다. 번듯하게 서 있는 덩치 큰 4층짜리 다세대주택의 위용은 대단해 보였다. 그림자조차도 한없이 넓어 보였다. 식당으로 가기 위해 집을 나서면서 나는 시어머니의 집을 다시 한번 둘러보았다. 한 층만 해도 내가 살고 있는 집의 세 배는 더 되는 듯싶었다. 나는 이 정도의 넓이라면 도대체 가격으로 얼마나 되는 건지 도통 가름할 수 없었다. 더군다나 서울이지 않은가. 또 한 가까이에 대한민국 최고의 대학교가 위치하고 있으니 이 집의 가치는 더욱 짐작조차 되지 않았다. 내가 생각할 수 있는 범위보다 더 비쌀 것이라는 막연한 생각만 들 뿐이었다. 서둘러 남편의 차와 시동생의 차로 나눠 탄 식구들이 식당을 향해 출발했을 때, 시어머니는 굳이 남편이 운전하는 차에 타겠다고 고집을 피웠다. 오랜만에 만나 어색하기도 하고 지난 시간의 기억에 마음이 무거운 나는 시어머니의 존재가 몹시 불편했지만 예전에도 그랬듯이 여전히 그녀의 고집은 꺾을 수 없었다. 나는 10년의 세월쯤은 아무것도 아니라는 듯 다정한 며느리의 표정을 짓는 것에 노력해야 했다. 무언가 감격스러운 표정을 한 채 노파는 남편이 운전하는 뒷좌석에서 얌전히 있었다. 식당에 도착할 때까지 노파는 내 손을 잡고 놓지 않았다.

　노파가 자신의 입속에서 깨진 게 껍질을 꺼내 식탁 위로 쌓기 시작했다. 노파의 손가락을 적신 검은 간장 물이 손등 위로 흐르고 있었다. 노파는 간장 물쯤은 안중에도 없다는 듯이 입으로 게의 다리를 깨고 손가락으로 입속에서 그 껍질을 꺼내 식탁 위로 내려놓기를 반복하고 있었다. 노파의 손등을 타고 내려 온 간장 물은 팔뚝을 적시며 식탁으로 떨어졌다. 나는 노파의 팔뚝에서 떨어지는 간장 물이 마치 내 치마를 적실 것 같아 치마를 덮은 앞치마를 손바닥으로 눌렀다. 아이, 엄마. 좀 천천히 드슈. 맞은편에 앉은 시누이가 물수건으로 식탁 위를 닦으며 조그맣게 말했다. 시누이의 말은 소란스러운 식당의 여러 소리에 묻혀 노파에게 전달되지 않았는지, 노파는 딸에게 시선조차 주지 않은 채 게 다리의 살을 발라 먹고 있었다. 노파의 팔뚝에서 떨어진 간장 물이 시누이의 손끝에서 물수건에 흡수되고 있었다. 간장 물이 밴 물수건이 곧 검게 변했다. 무심히 시누이의 손끝을 바라보던 나는 무심히 고개를 들다 시누이의 눈과 마주쳤다. 시누이는 언제부터 나를 바라보고 있었던 걸까. 시누이와 눈이 마주치자 나는 당황한 속마음을 들키지 않게 눈을 가늘게 뜨며 억지로 입술 꼬리를 올렸다. 나는 이렇게 웃는 모습이 내 모습이 다른 사람들에게 착하고 순한 인상으로 보여진다는 것을 알고 있었다. 그녀는 조금 웃는 듯도 했고 아닌 듯도 한 묘한 얼굴빛을 했다. 혹시, 귀찮은 표정인 것도 같았다. 아니, 잘 모르겠다. 예전엔 그토록 눈치 보던 시누이의 심중 따위는 내게 별로 중요하지 않게 된 지 오래였다. 시누이가 다시 노파에게로 눈길을 거두어 가자, 나도 입술 꼬리를 내렸다. 나는 조금 전, 시누이가 나를 바라보고 있던 순간에 나는 어떤 표정을 하고 있었을까를 잠시 생각했다. 나는 노파의 팔뚝을 타고 흐르는 간장 물이 더럽다고 느껴져 슬쩍 노파에게서 눈길을 거둬 먼데 창을 바라보았다. 날름 거리며 몇 번이고 게 껍질을 솎아내는 붉은 혀가 징그러워 속이 메슥거렸다. 가끔씩 만족스러운 미소를 띠는 노파의 입속에서 반짝이던 황금 이도 누런 치석에 덮여 지저분하게 보였다. 노파의 게슴츠레한 눈꼬리 끝에 눈곱이 끼어 있었지만, 짐짓 못 본 척했다. 다정하게 손을 뻗어 눈가를 쓸어 눈곱을 떼어내 주는 짓 따위는 하고 싶지 않았다. 나는 그저 내 눈길을 조금 돌려 노파의 눈곱이 내 시야에 들어오지 않도록 시선을 피하고 있을 뿐이었다. 나는 내 속마음이 내 표정에 고스란히 나타나 있었을 것이 갑자기 염려스러워졌다. 시누이가 정말 내 표정을 읽었을까, 나는 조심스럽게 시누이의 표정을 살폈다. 시누이는 옆에 앉은 동서를 향하고 앉아 서로 마주 보고 있었다. 조금 전 노파의 간장 물을 닦은 검은 물수건이 시누이의 밥그릇 옆에 놓여 있었다. 동서는 시누이를 보고 무엇인가 얘기를 건네고 있었지만 소란스러운 식당의 소음에 섞여 둘의 얘기를 알아들을 수는 없었다. 둘은 낮게 소곤거렸고 가끔씩 마주 보고 웃었다. 노파를 사이에 두고 옆에 앉은 남편과 건너편의 시동생도 서로를 바라보며 떠들고 있었다. 나는 남편이 시동생과만 떠드는 것인지, 혹은 시누이, 동서와 함께 얘기하는 것인지 잘 분간이 되지 않았다. 소란스러운 식당의 소음과 뒤섞여 그들은 물속에서 입술만 뻐끔거리는 금붕어처럼 보였다. 웅성웅성 넓은 식당 안에 가득 찬 많은 사람들이 저마다 목소리를 높여 웃고 떠드는 소리가 한여름 매미가 울어 대듯 귓가를 찔러대는 통에 조금씩 머리가 아파왔다. 노파의 팔뚝을 타고 흐르는 간장 물이 모처럼 입고 나온 흰 플라워 무늬의 원피스 위로 떨어지지 않도록 앞치마를 당겨 무릎 밑에 감추는 것도 신경 쓰이는 일이었다. 나는 눈매가 선량해 보이도록 눈을 가늘게 뜨고 입꼬리를 올리는 것을 주의하며 시누이와 동서를 쳐다보았다. 이런 표정이라면 내가 저들을 얼마나 얄밉게 생각하는지 둘은 알지 못할 것이다. 억지로 올리고 있는 입꼬리 때문인지 얼굴에 경련이 일었지만, 미소가 지워지지 않도록 눈을 더욱 가늘게 떴다.

나는 노파가 게 다리를 편하게 먹을 수 있도록 집게를 이용해서 반쯤 깐 다음에 노파에게 건네주는 것을 멈추지 않았다. 노파는 내가 건네주는 꽃게의 다리를 쭙쭙 소리가 나도록 빨아 먹었다. 그리고 남은 나머지 반쪽의 게 다리를 우적거리며 씹어서 식탁 한 편으로 쌓았다. 노파의 손가락과 손등을 거친 검은 간장 물이 여전히 노파의 팔뚝을 적시고 있었다. 저들만의 대화에 빠진 시누이는 노파의 팔뚝에 흐르는 간장 물에 다시는 관심을 갖지 않았다. 다리를 씹어 내려놓는 노파의 이마에 고집스런 주름이 깊이 패어 있었다. 곱슬한 백발의 짧은 머리가 선풍기 바람에 날리면서 형광등 불빛에 은빛으로 빛났다. 노파의 두터운 입술 옆에 붙은 게 껍질의 부스러기가 백발과 함께 반짝였다. 그 모습이 내게는 계속 눈에 거슬렸지만 물수건으로 노파의 입 주변을 닦아주는 친절 따위도 하지 않았다. 노파의 자식들 중 어느 누구도 역시 그런 일은 하지 않는다.

어젯밤이었다. 핸드폰에 시누이의 전화번호가 떴을 때, 가슴에서 돌멩이가 떨어지는 소리를 들었다. 10년 동안 왕래가 없던 시댁이었다. 간간이 동서를 통해 노파의 소식을 전해 듣긴 했었지만, 그마저도 5년 전부터는 아예 소식을 끊었다. 늦은 저녁, 떨리는 마음을 겨우 진정하며 전화를 받았다. 전화기 건너에서 들려 온 시누이의 목소리는 건조했다. 잘 지냈냐는 안부가 머뭇거리며 겨우 건너왔다. 왜요? 무슨 일이에요? 시누이의 낮은 목소리를 젖히며 내가 재차 물었을 때, 나는 내가 들을 소식은 한 가지 뿐이라고 생각했다. 어쩌면 팔순을 오래전에 넘긴 노모의 별세 소식을 기대했는지도 모르겠다.

"아가, 어떻게 지내고 있냐? 보구 싶구나."

예상과 달리 시누이의 전화기를 빼앗은 노파의 다급한 목소리가 들려왔다. 콧물을 훌쩍이며 젖은 목소리로 나를 찾는 노파의 목소리가 귀에 꽂히던 그 순간 나는 이해할 수 없는 추위에 몸을 떨었다. 마치, 저승에서 귀신이라도 찾아온 듯한 공포가 심장을 눌렀다. 온몸을 감싼 냉기가 미처 지나지 않은 겨울의 찬바람 앞에 벌거벗긴 채로 서 있는 것 같았다.

"아 어, 머, 니."

공포스러운 감정과 추위에 질려 나는 온몸에 돋는 소름을 느끼며 아득해져 가는 정신을 간신히 부여잡고 있었다. 노파는 울음소리를 내면서 무슨 말인가를 계속하고 있었지만, 한 마디도 알아들을 수 없었다. 웅얼웅얼 거리는 노파의 말속에 간간히 힘 있게 뱉어내는 '집을 지었다'는 말만은 또렷하게 전해져 왔다. 알 수 없는 공포와 한기가 알아들을 수 없이 계속되는 노파의 웅얼거림에 차츰 짜증으로 변해갈 즈음 시누이가 노파의 전화기를 뺏었다.

친정의 먼 친척이 중매를 했다. 동네 시장통에서 건어물 가게를 하는 엄마를 도와 매일 출근하는 언니와 달리 고등학교를 졸업하고 특별한 직장이 없던 나는 엄마 표현에 의하면 집에서 빈둥거리기나 하던 겨우 스물한 살이었다. 주말이면 취직한 친구들을 만나려고 용돈을 타기 위해 징징거리는, 엄마에게는 애물단지였다. 일찍 치워 버리고 싶은 아깝지 않은 딸이었다. 제법 행세 꽤 나 한다는 이종사촌의 말을 믿고 엄마는 주저 없이 시댁과 사돈이 되었다. 어린 나이에 무슨 시집이냐고 온통 화가 나

있던 나는 막상 선 자리에 나온 남편을 보고, 가슴이 설렜다. 훤칠한 키에 세련된 이목구비는 흠잡을 데가 없었다. 몇 번의 데이트에서 보여 준 남편의 조용한 성격과 다정한 성품은 내게 신뢰를 주었다. 어머니와 함께 사업을 한다는 남편의 직업에 대해서 자세히 알아볼 생각 같은 것은 하지도 않았다. 취직도 되지 않아 엄마에게 잔소리나 듣고 있는 할 일 없이 따분한 처지를 빨리 벗어나고 싶었다. 아버지 없이 자란 내게 다정한 미소를 짓는 낯선 남자가 무턱대고 좋았다. 느껴보지 못했던 아빠의 정 같은 푸근한 느낌에 제법 많은 여덟 살의 나이 차이쯤은 문제가 되지 않았다. 그런데 결혼을 결심하고 처음 인사 간 시댁에서 마주친 시어머니를 보고, 나는 놀라지 않을 수 없었다. 지나칠 정도로 짧은 퍼머의 머릿결은 철사처럼 뻣뻣해 보였다. 얼굴 중앙에 고목처럼 자리 잡고 있는 커다란 코와 쌍꺼풀 없는 작은 눈에는 까만 눈동자가 생쥐처럼 반짝였다. 유난히 두툼한 입술이 시어머니의 인상을 고집스러워 보이게 했지만, 무엇보다 여자로는 큰 키에 떡 벌어진 어깨 때문에 시어머니의 첫인상은 매우 남성적이었다. 시어머니를 더욱 강해 보이게 했던 것은 우렁우렁한 그녀의 목소리였다. 허스키함이 배어 있는 그녀의 목소리는 성량이 커서 조그맣게 말해도 싸움을 하는 사람들의 그것처럼 상대를 위축시켰다. 웬만한 남자들조차 감히 말을 걸어 볼 엄두를 내기 어렵다고 했다. 불같이 화를 내기가 일쑤였고, 막걸리 주전자를 통째로 들고 그냥 마셔버리기도 했다. 시어머니의 요란한 성정을 두고 남들은 뒤에서 시어머니를 여장부라 부르기도 했지만, 대게는 쌈닭이라고 했다. 저런 시어머니에게서 남편처럼 부드러운 성품의 아들이 있다는 사실이 신기할 지경이었다.

젊은 나이에 홀로 된 시어머니는 집 장사를 했다. 시아버지가 하던 일이라고 했다. 마을의 중간중간 비어있는 땅을 헐값에 사서 다세대를 지었다. 뇌졸중인지 심장마비인지 급살 맞았다고 표현되는 시아버지가 갑자기 쓰러지면서 병원으로 옮겨 가는 중에 이미 사망하였다. 시어머니에게는 어느 날, 남편이 짓다 만 건물과 어린 삼 남매가 남겨져 있었다. 아이들과 살아야 했던 시어머니는 노가다판이라 칭하는 공사 현장 인부들과의 험한 말도 마다치 않고 직접 건물을 완성했다. 한 번의 경험은 두 번째를 두려워하지 않았다. 이재에 밝았는지 시어머니는 계속 집을 지었다. 시어머니가 지은 집은 개별적으로 세를 주거나, 건물 통 채로 거래가 되기도 했다.

입을 오물거리며 게 껍질을 발라내던 노파가 손을 멈추고, 옆에 놓인 물수건을 들었다. 노파가 먹기 좋도록 게 껍질을 잘라주던 나도 손을 멈추고 노파를 바라보았다. 노파는 손에 든 물수건으로 입 주변을 닦더니 손에 묻은 간장 물도 닦아냈다. 물수건으로 힘껏 닦아 낸 입가에는 반짝이던 게의 껍질들이 사라지고 붉게 수건 자욱이 남았다. 노파는 오물거리던 입술을 굳게 다물었다. 두터운 입술 위로 특유의 고집스러움이 드러났다. 검게 간장 물이 든 물수건이 노파의 손에 들려 있었다. 나는 들고 있던 집게를 내려놓고 엄지와 검지 손가락을 집게처럼 구부려 노파의 손에 들린 물수건을 들어 상 위에 내려놓았다. 나는 여전히 가늘게 뜬 눈과 힘껏 올라간 입꼬리로 미소를 지은 채 노파를 보았다. 어머니, 뭐 드려요? 내 표정은 이렇게 말하고 있을 것이다. 노파는 내 표정을 알아보았다. 노파가 한쪽 무릎을 세우며 엉덩이를 들썩였다. 나는 노파가 화장실에 가고 싶어 한다는 것을 알 수 있었다. 황급히 앞치마를 내려놓으며 일어섰다. 허리를 숙여 오른팔을 노파의 어깨 밑으로 넣으며 반대편 팔은 손바닥을 펴 노파의 등을 받쳤다. 노파가 조심스럽게 일어날 수 있도록 어깨 밑으로 넣은 팔에 힘을 주며 위로 당겼다. 노파가 끄응 소리를 내며 따라 올라왔다. 구십을 바라보는 노파의 굽은 등이 손바닥에 느껴졌다.

커다랗던 몸이 세월에 묻혀 삐걱 소리가 들리는 듯 쇠약해 보였다. 앉아 있던 방석을 밟으며 몸의 방향을 트는 것도 힘겨운지 노파의 몸짓이 더디게 움직였다. 일어서는 노파와 나를 식탁의 맞은편에서 시누이와 동서가 올려다보고 있었다. 시동생이 따라 일어났다. 엄마, 화장실 다녀오시게? 같이 갈까? 시동생이 우리 쪽으로 움직이려 하자, 노파가 손을 올렸다. 그만두라는 뜻이었다. 내비둬, 큰애랑 같이 갔다 올겨. 노파는 허리를 곧게 펴지 못하고 엉거주춤 발을 떼었다. 노파의 등을 부축하며 슬쩍 바라본 동서의 얼굴이 한쪽으로 돌아갔다. 미세하게 왼쪽의 입술이 샐쭉 올라가는 것이 보였다. 들을 수는 없었지만 콧방귀 소리도 들리는 듯했다. 시누이의 시선은 아래를 향하고 있었다. 식탁의 중앙에 놓인 간장게장의 접시에는 아직도 꽃게가 수북이 쌓여 있었고, 시누이는 젓가락으로 게장을 뒤적이고 있었다. 일부러 시선을 피하는 것 같았다. 당신이 수고해 줘. 남편이 서 있는 시동생을 향해 손을 까닥이며 앉으라는 신호를 하면서 나에게 말했다. 나는 노파를 조심스럽게 부축하며 화장실을 향해 걸었다. 노파의 굽은 등 때문에 치맛자락이 앞으로 쏠려 노파의 발에 걸리적거렸다. 나는 노파의 등을 받치던 손을 앞으로 돌렸다. 노파의 치마를 슬쩍 들어 내 손으로 말아 쥐며 노파가 걷는데 불편하지 않도록 했다. 어버이날을 앞둔 주말이어서 손님이 많은 건지, 아니면 맛집으로 소문이 나서 원래 손님이 이렇게 많은 것인지 알 수 없었지만, 식당은 많은 손님들 때문에 걸음을 쉽게 옮기기가 힘들었다. 통로를 막는 손님들에게 일일이 양해를 구하며 천천히 나아가야 하는 화장실까지의 여정은 참으로 힘들고 어려운 길이었다.

결혼 후 시어머니와 함께 살았던 결혼생활은 말 그대로 악몽이었다. 시어머니는 월급을 줄 필요가 없는 가정부를 하나 들인 듯했다. 하루는 새벽부터 시작되었다. 식구들의 식사 준비와 빨래, 방도 많고 불편한 구조의 단독주택 청소는 물론이고, 시어머니 현장의 인부들 간식까지도 챙겨야 했다. 늦은 밤까지 계속되는 집안일은 나를 몹시 피곤하게 했다. 집장사를 한다고 이곳저곳에 벌여 놓은 현장 때문에 시어머니는 가사 일을 전혀 돌보지 않았다. 남편과 세 살 차이의 시누이는 시어머니를 도와 사무실 일을 하고 있었기에, 시어머니 못지않게 바빴고, 아직 학생이었던 막내 시동생은 자신의 청춘에 바빴다. 그렇다고 남편이라고 내게 편안한 사람은 아니었다. 결혼 전 짧은 데이트 때는 말도 잘 들어주고 마주 보며 웃기도 하였건만, 막상 결혼을 하고 나니 사정이 달라졌다. 새벽부터 시어머니와 함께 나간 남편은 늦은 밤에 겨우 돌아왔다. 집안일로 바쁜 나는 부엌을 벗어나기 힘들어 우리는 서로 얼굴 보기가 힘들었다. 그마저도 남편은 가끔 몇 달씩 집에 들어오지 않기도 했다. 처음 현장을 시작할 때는 자재를 많이 갖다 놓기에 지킬 사람이 필요하다는 설명을 겨우 들었다. 시어머니의 말을 잘 듣는 남편이었다. 아이가 태어나고 살림만이라도 분가하고 싶었지만, 시어머니 성정을 누구보다 잘 알고 있었던 나는 감히 그런 말을 꺼내 볼 수도 없었다. 무엇보다도 우렁우렁한 시어머니의 음성이 무서워 제풀에 미리 포기해 버린 건지도 몰랐다.

남편도 없는 집에서 갓 난 딸아이를 등에 업고 새벽부터 식사 준비와 청소는 물론이고 많은 빨래를 돌리고, 널고, 개는 일상을 반복하면서 나는 나의 존재가 의심스러워졌다. 내가 정말 이 집의 식구가 맞는지 모두에게 묻고 싶었다. 시어머니는 걸핏하면 반찬 타박을 하며 상을 엎었고, 술에 취하면 대학교라도 졸업한 남편과 겨우 고졸의 내 처지를 비교하며 수준 차이를 들먹였다. 딸이 커 가며 아장아장 걸어 유치원을 지나고 초등학교에 다니는데, 얼굴 볼 때마다 인사를 건네도 눈길 한번 맞춰주지 않아 아이를 주눅 들게 했다. 당신의 핏줄인데도 정을 표현하지 않는 시어머니가 나는 이해하기 어려웠다. 시어머니가 나를 정말 힘들게 했던 것은 친정을 이야기할 때였다. 시어머니는 바람 난 친정아버지와 일찍 이혼한 친정엄마가 다시 새아버지와 재혼한 것을 험담처럼 얘기하는 것이었다. 사별한 당신이 개가하지 않고 자식들을 거두며 혼자 살아온 시간에 대한 자부심인 것 같았다. 나는 시어머니의 얘기를 들을 때면 마치 친정엄마가 부정이라도 저지른 것처럼 모멸감이 느껴졌다. '친정 같지도 않은'이라는 표현을 서슴지 않더니 매번 친정 나들이를 쉽게 보내주지 않았다. 나는 결국 명절 때마다 눈치를 보다가 스스로 주저앉고 말았다.

행세 꽤 나 한다던 시댁의 살림은 풀리지 않는 미스테리였다. 몇 번이나 집을 지어서 팔고, 다시 땅을 사서 짓고 팔기가 여러 번 반복되었지만, 시어머니는 월말이면 인부들 월급 맞추기를 힘들어했다. 자재 대금도 밀리기 일쑤였고, 은행 이자는 왜 그렇게 불어나는지 알 수가 없었다. 늘 대단한 사업처럼 바빠 죽겠다는 시어머니의 형편은 좀처럼 나아지지 않았다.

시댁을 나오던 날의 풍경이 눈에 선하다. 15년 동안 하루의 휴가도 없이 종종걸음으로 살림에 파묻혀 살던 나는 그날 밤이 운명처럼 느껴졌다. 봄날의 어느 날로 기억된다. 마당에 핀 벚꽃이 함박눈처럼 흩날렸다. 저녁에 돌아온 시어머니의 뒤를 따라 몇 명의 인부들이 집안으로 들어섰다. 저녁상을 들고 부엌을 나와 마루에 상을 보았다. 인부들에게서 옅은 술 냄새가 났다. 마루에 앉은 시어머니가 때가 되었으니 밥을 먹고 가라고 인부들을 불렀다. 그러나 인부들은 마루로 올라서지도 않고 시어머니에게 돈을 내놓으라고 했다. 그들의 대화로 미루어보면 시어머니는 인부들에게 주어야 할 월급을 여러 번 약속을 미루었고 기다리다 못해 그들이 집까지 찾아온 듯했다. 약속을 지키라고 큰소리로 언쟁이 벌어졌고, 험한 말이 오고 갔다. 자주는 아니어도 몇 번 있었던 일이었기에 놀라지도 않고 나는 시어머니와 그들의 다툼을 지켜보았다. 다시 약속 날짜가 정해지고 인부들이 돌아가자 제 분을 삭이지 못한 시어머니가 마당으로 상을 던졌다. 그때, 마침 학교에서 돌아오던 딸에게 반찬 접시가 날아가 딸의 이마를 찢었다. 찢어진 이마에서 선홍빛 피가 흘렀다. 봄바람에 흩날리던 벚꽃잎 하나가 딸의 이마에 붙었다. 흰빛인 듯 연한 분홍의 꽃잎이 곧 선홍의 피에 붉게 물들었다. 엉덩방아를 찧은 채 이마에 흐르는 자신의 피를 보고 놀란 딸이 울음을 터트렸고, 딸의 울음소리에 남편이 뛰어나왔다. 시어머니와 인부들의 싸움에는 관여하고 싶지 않아 일부러 방에서 모른 척하고 있던 남편도 딸의 이마에 흐르는 피를 보는 것은 상황이 달랐다. 병원에 가려고 딸을 일으켜 세우는 남편을 바라보던 시어머니가 그대로 안방으로 들어가 버렸다. 당신의 잘못으로 벌어진 일이니, 맨발로 달려가 딸애를 안아줬어야 마땅할 상황이었건만 그러지 않은 시어머니의 태도에 그 밤, 나는 이성을 잃었다. 내 생각은 굳이 당신의 잘못이었건 아니었건이 중요치 않았다. 나는 딸애를 대하는 시어머니의 냉정한 태도가 그동안 내가 받아왔던 불합리한 대우보다 더욱 받아들일 수 없었다.

이마에 열 개의 바늘 자국을 남기고 제 머리통보다 더 크게 붕대를 감은 딸을 입원실에 눕혀둔 채 병원에서 돌아온 나는 남편에게 말했다. 이렇게는 살 수 없어요, 나는 딸을 데리고 이 집을 나갈 테니 당신은 어머니와 사세요. 대신 나와 딸이 살아갈 작은 집을 하나 구해 주세요. 나는 내가 식구인지 가정부인지 분간할 수 없는 대우를 받으며 살아온 15년 노동력의 대가를 요구했다. 내 얘기를 듣던 남편이 일어나서 시어머니 방으로 건너갔다. 남편을 따라 시어머니 방에 들어간 나는 남편이 나를 위해 어떤 행동을 취해줄 수 있는지 확인하고 싶었다. 남편은 시어머니에게 돈을 달라고 했다. 그동안 자신이 받아야 할 월급이라고 했다. 놀란 나는 벌어진 입을 다물 수가 없었다. 시어머니는 하루종일 어머니와 함께 일해온 아들에게 따로 월급이라고 준 것이 없었던 것이다. 식비 및 각종 공과금에 쓰이는 생활비를 건네줄 때마다 시어머니는 살림이 헤프다느니 자식들 뒷바라지에 자신의 허리가 휜다느니 하는 온갖 치사한 소리를 하며 나를 힘들게 하였던 기억에 다리에 힘이 풀려 그대로 주저앉았다. 우리 가정의 미래를 위해서 남편이 따로 월급을 모아놓고 있으리라는 막연한 기대를 했었다. 어머니 집에 얹혀사는 처지라고 생각하고 어머니의 잔소리를 견디었던 내가 한심스러웠다. 좋은 대학교 나오면 뭐하나. 정작 자기 처자식 하나 제대로 돌봐주지 못하는 남편이 시어머니 현장의 노가다 인부들보다 무능해 보였다. 다 썼다는 소리만 계속할 뿐, 정확한 얘기를 해 주지 않는 시어머니에게 남편이 계속 물었다. 끈질긴 남편의 추궁 끝에 결국 시어머니는 시누이에게 커다란 식당을 사줬다는 고백을 해야만 했다. 얼마 전에 강남에 개업한 시누이의 소갈비 식당이 결국 15년 동안 자기 식구의 노동력과 자신의 월급이었다는 사실을 알게 된 남편은 심한 충격을 받았다. 그토록 나아지지 않는 시어머니 사업의 이유가 드디어 밝혀진 것이다.

그날 밤, 남편과 나는 딸이 입원해 있는 병원에 갔다. 진통제를 맞고 잠든 딸의 얼굴을 보며 둘은 보조 의자에 쭈그린 채 잠을 청했다. 새벽녘, 설핏 들었던 잠에서 깨어 옆자리에 있던 남편을 찾으니 보이지 않았다. 남편을 찾아 복도로 나섰으나, 고요한 병원 복도 어디에도 남편은 보이지 않았다. 남편을 찾은 것은 병원의 1층, 외래 진료실이 몰려있는 복도 한 끝에서였다. 남편은 조명도 꺼진 어두운 복도에서 짐승처럼 웅크린 채 울고 있었다. 숨죽여 흐느끼는 남편의 발 옆으로 정체를 알 수 없는 물이 창으로 스며든 달빛에 번뜩이고 있었다.

우리는 다음 날 시어머니와 함께 살던 집을 나왔다. 남편은 어디서 구했는지 말하지 않았지만 내 소망대로 아주 작은 아파트를 얻었다. 낡은 그 아파트는 친정도 시댁도 아닌 서울 외곽의 낯선 도시에 있었다. 남편은 이른 새벽부터 출근을 했고 지친 걸음으로 늦은 밤 돌아왔지만 돌아오지 않는 밤은 없었다. 시어머니와 함께 일하는 것 같지 않았다. 친구와 함께 새로운 일을 한다고 했다. 시댁의 그림자가 드리워지지 않는 곳에서 나는 비로소 자유를 느꼈다. 휴일도 없이 바쁜 남편을 대신해 서둘러 아이를 전학시키고 나 역시 새로운 일자리를 알아보았다. 특별한 기술도, 경력도 없는 내가 할 수 있는 일은 간단했다. 식당의 서빙이나 대형마트의 점원이었다. 처음 하는 직장생활이지만 시댁에서의 생활만큼 힘들지 않았다. 오히려 같은 처지의 여러 사람들을 만나고 부딪치면서 사회생활이라는 소소한 재미도 느낄 수 있었다. 더욱이 내가 제공한 노동력이 매달 월급으로 환산되어 내게 돌아오는 것은 대단한 즐거움이었다. 남편 역시 내게 자신의 월급을 주었다. 우리 가족은 늦은 밤이 되어야 서로 얼굴을 마주 할 수 있었지만 단란했다. 내 주변의 다른 평범한 사람들처럼. 작은 아파트에서 점점 큰 공간으로 여러 번 이사를 하고 낡은 중고차를 사서 휴일이면 단출한 세 식구가 외식을 나가기도 했다.

　매일이 자유롭고 평화로울 것 같았던 날들은 길지 않았다. 사람들에게 치이고 늦은 밤까지 일하는 내 몸뚱이는 점점 지쳐갔다. 아이의 학원비는 턱없이 비싸기만 했고 남편과 나의 월급은 그에 미치지 못했다. 여러 번 집을 옮겨도 내 집은 가질 수 없었다. 한번 옮길 때마다 대출금은 눈덩이처럼 커져 있었지만 이자를 내기에도 우리는 허덕이고 있었다. 사회생활이라는 것을 하면서 배운 소주 한 잔이 매일 밤 위로가 되었다. 그런 밤이면 시어머니 집에서 철없이 지낸 15년의 세월이 아까워졌다. 철없이 시어머니의 농간에 휘둘린 남편이 미웠다. 무엇보다 그런 남편을 택한 나 자신을 용서할 수 없었다. 그런 밤이면 잊었던 시간이 달려들어 심장을 할퀴고 가슴에 불을 붙였다. 미친 사람처럼 울면서 남편을 힘들게 했다. 지나 버린 시간 속에 무심히 흘려보낸 청춘이 아깝고, 억울했다. 아니, 무심히 흘러간 것이 아니었다. 온갖 구박과 설움으로 긴장 속에 움츠러들고 짓이겨진 세월은 가슴 깊숙이에서 어느덧 화병이 되어 있었다. 그것은 가슴에 문신처럼 남아 절대로 지워지지 않을 것 같았다. 병원에서는 우울증이라고 했고 나는 갱년기라고 변명했다.

시어머니 집을 나온 후 처음 몇 년 동안 남편은 명절에는 시댁에 가서 차례를 모셨다. 한 집안의 장남이라는 책임감은 아무리 자신을 서운하게 했던 어머니라도 끝내 밀어낼 수는 없었던 모양이었다. 처음에 남편은 나와 함께 가고 싶다고 말했다. 나는 악몽의 과거로 돌아갈 수는 없었다. 딸과 아내가 있는 가정을 택하거나 장남의 책임감으로 시어머니를 택하거나를 가지고 나는 남편에게 선택을 강요했다. 시어머니와 계속 왕래를 요구한다면 나는 남편을 버릴 수 있었다. 남편은 이미 내 가슴 속 깊이 자리한 화병의 깊이를 짐작하고 스스로 포기했다. 시댁에 다녀오는 남편의 손에는 시어머니가 보냈다며 전이나 떡 같은 음식이 손에 들려져 있었다. 남편이 현관에 들어서는 동시에 나는 남편의 손에서 음식 봉지를 빼앗아 남편이 보는 앞에서 쓰레기통에 버렸다. 나는 시어머니 냄새만 맡아도 가슴이 벌렁거려 숨을 쉴 수가 없다고 미친 듯이 소리 질렀다. 시댁에 당신이 가는 것까지는 막지 않겠지만 제발, 음식만은 갖고 오지 말아 달라고 애원했다. 남편은 음식만 날라 오는 것이 아니라 시댁의 소식도 날아왔다. 시누이가 차렸던 소갈비집이 결국 문을 닫는 바람에 시설비며 권리금의 큰돈을 손해 봤다는 소식이나 건설회사에 다니는 시동생이 간간이 시어머니의 사업을 도와준다는 정도의 소식을 혼잣말처럼 중얼거렸다. 나는 시어머니의 안부는 물론이며, 시누이와 시동생의 소식도 듣고 싶지 않았다. 그들의 존재 역시 내게는 시어머니와 똑같은 부피의 악몽이었다. 함께 소리 지르며 나를 나무라던 남편과의 싸움도 해가 지나면서 시들해졌다. 남편은 절대 음식을 날라오지 않더니, 한 번 두 번 시댁에 가는 걸음도 멀어졌다. 독립 후 5년 후에는 남편도 나도 명절에는 다른 여행 계획을 잡았다.

화장실을 가겠다고 나선 노파는 화장실까지 가는 동안 내게 자신의 체중을 실어 온몸을 의지하고 걸었다. 절뚝거리는 걸음걸이는 무언가 몹시 불편해 보였다. 굽은 등 밑으로 커다란 엉덩이가 실룩였다. 힘이 빠진 무릎에 얹힌 엉덩이는 앙상한 다리와 비교되어 우스꽝스러운 모습이었다. 무언가 불편해 보인 것은 유난히 커다란 엉덩이와 근육이 빠져 앙상해진 두 개의 다리에서 느껴지는 비대칭의 그림 때문인 것 같았다. 노파의 왼팔을 잡은 내 팔뚝에 힘이 들어갔다. 내 오른팔은 노파의 오른쪽 어깨를 감싸듯이 안았다. 세월의 무게처럼 줄어든 몸피가 처량하게 느껴졌다. 아직도 깊은 밤 소스라치게 놀라는 악몽에는 시어머니가 던진 사기접시에 깨진 이마를 붙들고 울고 있는 딸이 보였다. 어떤 날은 울고 있던 딸의 모습이 하루종일의 살림살이로 피곤에 지친 나이기도 했다가 시집오기 전, 어린 시절의 내 모습이기도 했다. 봄바람에 흩날리던 벚꽃 잎이 처연하게 아름다워 서럽게 울다가 깨곤 했다.

힘이 빠진 노파의 모습에서 결코 용서할 수 없을 것 같았던 10년 세월의 건너에 서 있는 시어머니의 모습이 오버랩 되었다. 애증의 감정이 서로 뒤섞여 마음이 점점 복잡해져 왔다. 노파는 무슨 말인가를 계속 얘기하고 있었다. 소란한 실내의 여러 소리에 뒤섞여 나는 노파의 중얼거리는 소리를 도무지 알아들을 수 없었다. 감싸듯 안은 노파의 어깨가 손에서 빠져나가지 않도록 손에 힘을 주는 것에 신경을 쓰느라고 노파의 웅얼거림은 더욱 들려오지 않았다.

"집 말이다, 집."

화장실의 세면대 앞에 선 노파의 작은 눈이 까맣게 빛났다. 아흔을 바라보는 노인의 눈에서 달빛도 제 빛을 감춘 어둠 속에, 저 홀로 반짝이는 샛별을 본 느낌이 들어 잠시 당황스러워졌다. 당신의 목소리가 너무 컸다고 느꼈는지 노파의 목소리가 다시 은밀해졌다.

"그거 니꺼란다, 내가 너 줄려고 지은 거야, 알았지?"

노파의 말이 한순간에 다가왔다. 그러니까, 집이란 노파의 집이었다.

노파는 자신이 살던 단독주택을 헐어 지난해 공들여 집을 지었다. 마당까지 300여 평의 넓이였던 단독주택은 한 층에 30평의 넓이를 가진 네 개의 독립된 집이 들어찼다. 집은 4층짜리 다세대 건물로 제법 근사한 외형을 갖고 있었다.

노파는 어제 느닷없이 전화를 걸어 우리를 불렀다. 본인이 몹시 아파서, 죽기 전에 우리의 얼굴을 한번 꼭 보고 싶다고 했다. 죽을 것처럼 엄살을 떨며 울어대는 통에 차마 거절할 수 없어서 찾아가겠다고 약속을 했었다.

예상대로 노파는 죽을 정도로 아픈 것은 아니었다. 대신 우리는 우리가 도망치듯 빠져나왔던 옛 터전에, 노파의 의지대로 번듯하게 서 있는 다세대 건물을 보았다. 그리고 한 층에 네 개이던 2층에는 두 개를 합쳐 한 개의 집을 지어서 노파가 혼자 살고 있었다. 노파는 우리에게 자신이 지은 새로운 집을 자랑하고 싶었던 것이다. 그 집을 내게 준다고?

나는 한 번에 노파의 속을 읽어낼 수 있었다. 노파는 장남이 보고 싶은 것이다. 아흔의 노파에게는 다른 어느 자식도 장남의 역할을 대신할 수 없었다. 왕래가 끊긴 5년 동안 노파는 오로지 장남을 그리워했을 것이다. 자신의 생을 걸고 노파는 마지막 거래를 하고 있는 것이다. 자신이 가진 모든 것을 주고 장남의 얼굴을 마지막까지 볼 수 있는 그런 거래. 영악한 노인네.

2025 신예작가

초판 인쇄 | 2024년 11월 1일
초판 발생 | 2024년 11월 1일

발행인 | 이상문
편집위원 | 고중제 권비영 서용좌 이수정 이영철 이우상 이채형 조경진
편집국장 | 박의림
발행처 | 사단법인 한국소설가협회
이사장 | 이상문
부이사장 | 공애린 이채형 채문수
상임이사 | 채문수
이사 | 강송화 공애린 김다경 김미수 김성달 박종윤 박희주 윤재룡
     윤찬모 이덕화 이수정 이재연 이찬옥 이채형 정수남 정승재
     채문수 최성배 최외득
기획실장 | 박종윤
사무국장 | 송인자
등록번호 | 제313-2001-271호(2001. 12. 13)

주소 | 04175 서울 마포구 마포대로 12, 한신빌딩 1113호
전화 | 02) 703-9837 팩스 02) 703-7055
전자우편 | novel2010@naver.com
한국소설가협회 홈페이지 | http://www.k-novel.co.kr
인쇄 | 신아출판사 063) 275-4000
총판 | 한국출판협동조합 02) 716-5616

ISBN 979-11-7032-104-0 (03810)
정가 15,000원

사단법인 한국소설가협회는 소설가로만 구성된 국내 유일의 단체입니다.